Prometida
POR UM DIA

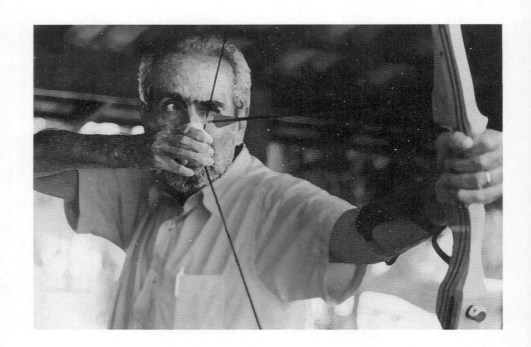

O Arqueiro

GERALDO JORDÃO PEREIRA (1938-2008) começou sua carreira aos 17 anos, quando foi trabalhar com seu pai, o célebre editor José Olympio, publicando obras marcantes como *O menino do dedo verde*, de Maurice Druon, e *Minha vida*, de Charles Chaplin.

Em 1976, fundou a Editora Salamandra com o propósito de formar uma nova geração de leitores e acabou criando um dos catálogos infantis mais premiados do Brasil. Em 1992, fugindo de sua linha editorial, lançou *Muitas vidas, muitos mestres*, de Brian Weiss, livro que deu origem à Editora Sextante.

Fã de histórias de suspense, Geraldo descobriu *O Código Da Vinci* antes mesmo de ele ser lançado nos Estados Unidos. A aposta em ficção, que não era o foco da Sextante, foi certeira: o título se transformou em um dos maiores fenômenos editoriais de todos os tempos.

Mas não foi só aos livros que se dedicou. Com seu desejo de ajudar o próximo, Geraldo desenvolveu diversos projetos sociais que se tornaram sua grande paixão.

Com a missão de publicar histórias empolgantes, tornar os livros cada vez mais acessíveis e despertar o amor pela leitura, a Editora Arqueiro é uma homenagem a esta figura extraordinária, capaz de enxergar mais além, mirar nas coisas verdadeiramente importantes e não perder o idealismo e a esperança diante dos desafios e contratempos da vida.

OS MISTÉRIOS DE BOW STREET
· LIVRO 3 ·

Prometida
POR UM DIA

LISA KLEYPAS

Título original: *Worth Any Price*

Copyright © 2003 por Lisa Kleypas
Copyright da tradução © 2021 por Editora Arqueiro Ltda.

Todos os direitos reservados.
Nenhuma parte deste livro pode ser utilizada ou reproduzida
sob quaisquer meios existentes sem autorização por escrito dos editores.

tradução: Thalita Uba

preparo de originais: Marina Góes

revisão: Carolina Rodrigues e Camila Figueiredo

diagramação: Abreu's System

capa: Renata Vidal

imagem de capa: © Drunaa / Trevillion Images

impressão e acabamento: Cromosete Gráfica e Editora Ltda.

CIP-BRASIL. CATALOGAÇÃO NA PUBLICAÇÃO
SINDICATO NACIONAL DOS EDITORES DE LIVROS, RJ

K72p
    Kleypas, Lisa
        Prometida por um dia / Lisa Kleypas ; tradução Thalita
Uba. – 1. ed. – São Paulo : Arqueiro, 2021.
        272 p. ; 23 cm.   (Os mistérios de Bow Street ; 3)

        Tradução de: Worth any price
        Sequência de: Amante por uma tarde
        ISBN 978-65-5565-200-0

        1. Ficção americana. I. Uba, Thalita. II. Título.
III. Série.

21-71595
                          CDD: 813
                          CDU: 82-3(73)

Meri Gleice Rodrigues de Souza – Bibliotecária – CRB-7/6439

Todos os direitos reservados, no Brasil, por
Editora Arqueiro Ltda.
Rua Funchal, 538 – conjuntos 52 e 54 – Vila Olímpia
04551-060 – São Paulo – SP
Tel.: (11) 3868-4492 – Fax: (11) 3862-5818
E-mail: atendimento@editoraarqueiro.com.br
www.editoraarqueiro.com.br

Para minha sogra, Ireta Ellis,
por seu amor, sua generosidade e sua compreensão,
e por me fazer feliz sempre que estou com você.

Muito amor da nora que mais a admira,

L.K.

PRÓLOGO

Londres, 1839

Ele tinha 24 anos e visitava o prostíbulo pela primeira vez. Nick Gentry resmungou sozinho pelo suor gelado que molhava seu rosto. Estava ardendo de desejo, gélido de pavor. Depois de evitar aquilo por anos, finalmente cedera ao desespero do desejo carnal. A ânsia de copular se tornara mais forte do que o medo.

Forçando-se a continuar andando, Nick desceu a escada do estabelecimento de tijolinhos vermelhos da Sra. Bradshaw, o negócio exclusivo que atendia clientes abastados. Era de conhecimento geral que uma noite com uma das garotas da Sra. Bradshaw custava uma fortuna, visto que se tratava das prostitutas mais talentosas de Londres.

Nick poderia pagar qualquer valor sem nenhuma dificuldade. Tinha levantado uma boa quantia como captor de ladrões particular e, além disso, fizera fortuna com seus negócios no submundo. E, no caminho, havia ficado famoso. Embora fosse popular com o público em geral, era temido no submundo e odiado pela força policial de Londres, que o considerava um rival inescrupuloso. Nesse ponto, os policiais tinham razão – ele era, de fato, um homem sem qualquer escrúpulo. Para Nick, escrúpulos sempre atrapalhavam os negócios e, portanto, ele não via utilidade nisso.

A música saía pelas janelas, por onde Nick avistava homens e mulheres elegantemente vestidos, socializando como se estivessem em uma recepção da alta sociedade. Aquele era um mundo bem distante de seu muquifo perto da zona do Fleet Ditch, onde meretrizes de quinta categoria atendiam nas ruelas por alguns xelins.

Endireitando a postura, Nick usou a aldrava de bronze em formato de cabeça de leão para bater com força na porta, que se abriu, revelando um mordomo carrancudo. O sujeito perguntou o que ele queria ali.

Não é óbvio?, Nick se perguntou em silêncio, irritado.

– Quero me encontrar com uma das moças.

– Receio que a Sra. Bradshaw não esteja aceitando novos clientes a esta hora, senhor...

– Diga a ela que Nick Gentry está aqui.

Nick enfiou as mãos nos bolsos do casaco e fitou o mordomo com austeridade.

Os olhos do homem se arregalaram, denunciando que reconhecera o nome infame. Ele abriu a porta e inclinou a cabeça com gentileza.

– Sim, senhor. Se puder esperar no saguão de entrada, informarei a Sra. Bradshaw da sua presença.

O ar recendia a perfume e fumaça de tabaco. Respirando fundo, Nick observou toda a extensão do saguão com piso de mármore, ladeado por grandes pilastras brancas. A única decoração era a pintura de uma mulher nua encarando o próprio reflexo em um espelho oval, a mão delicada repousada sobre a coxa. Fascinado, Nick ficou olhando para o quadro em sua moldura dourada. A imagem refletida no espelho estava levemente embaçada; o triângulo entre as pernas da mulher fora pintado com pinceladas nebulosas. Nick sentiu um frio na barriga. Um criado vestindo uma calça curta e preta atravessou o saguão equilibrando algumas taças em uma bandeja, e o olhar de Nick desviou-se brevemente da pintura.

Estava ciente da porta atrás de si e da possibilidade de dar meia-volta e ir embora. Mas Nick já havia passado tempo demais sendo covarde. Independentemente do que acontecesse naquela noite, ele iria até o fim. Cerrando as mãos dentro dos bolsos, fixou o olhar no chão lustroso; o mármore, com seu padrão de espirais brancas e acinzentadas, refletia o brilho do candelabro no teto.

De repente, uma voz feminina cortou o ar:

– Mas que honra receber o celebrado Sr. Gentry! Seja bem-vindo.

O olhar dele foi subindo da barra do vestido de veludo azul até o par de olhos castanhos sorridentes. A Sra. Bradshaw era uma mulher alta, de medidas proporcionais. A pele clara era polvilhada de sardas e os cabelos castanho-avermelhados estavam presos em cachos frouxos. Era dona de uma beleza pouco convencional – seu rosto era anguloso demais, e o nariz era largo. No entanto, era sofisticada, estava impecavelmente arrumada e exalava tanto charme que a beleza se tornava algo supérfluo.

E, apesar das circunstâncias, deu um sorriso que fez Nick relaxar. Mais tarde, ele descobriria que não era o único a ter essa reação. Todos os homens relaxavam na presença agradável de Gemma Bradshaw. Só de olhar para aquela mulher dava para perceber que ela não se importava com palavras rudes ou que colocassem os pés sobre a mesa, que adorava uma boa piada e que nunca era tímida ou desdenhosa. Os homens adoravam Gemma porque ela os adorava.

Ela deu a Nick um sorriso conspiratório e fez uma reverência profunda o bastante para exibir seu colo magnífico.

– Diga que veio aqui a lazer e não a negócios.

Quando ele assentiu, a Sra. Bradshaw sorriu.

– Maravilha. Venha dar uma volta no salão comigo e discutiremos como melhor atendê-lo.

Ela se adiantou para enganchar o braço no dele. Nick se encolheu de leve, contendo o impulso instintivo de afastar a mão dela.

A mulher não deixou de perceber a rigidez do braço dele. Logo baixou a mão, mas continuou a falar descontraidamente como se nada tivesse acontecido.

– Por aqui, por favor. Meus convidados gostam de jogar cartas ou bilhar, ou de relaxar na sala de fumo. O senhor pode conversar com quantas jovens quiser antes de escolher uma. Quando se decidir, ela o levará a um dos quartos no piso superior. A cobrança é feita por hora. Eu mesma treinei todas as meninas, e o senhor descobrirá que cada uma tem um talento especial. É claro que discutiremos suas preferências, visto que algumas garotas são mais dispostas do que outras a se envolverem em atividades mais brutas.

Quando entraram no salão, algumas das mulheres lançaram olhares convidativos na direção de Nick. Todas pareciam saudáveis e bem-cuidadas. Elas flertavam, conversavam, negociavam, tudo com a mesma descontração da Sra. Bradshaw.

– Seria um prazer apresentá-lo a algumas delas – disse a Sra. Bradshaw em seu ouvido. – Alguma chamou sua atenção?

Nick meneou a cabeça. Ele costumava ser conhecido por sua arrogância descontraída, por ter a lábia suave e tranquila de um malandro confiante. No entanto, naquela situação incomum, as palavras lhe faltaram.

– Me permite algumas sugestões? A de cabelos escuros e vestido verde é bem popular. Se chama Lorraine. É charmosa, cheia de vida e bastante perspicaz. A que está perto dela, a loira... Mercia. É mais quieta, de modos mais delicados, algo que apetece muitos de nossos clientes. Já Nettie, aquela perto do espelho, tem experiência com artes mais exóticas... – A Sra. Bradshaw fez uma pausa e observou o maxilar tensionado de Nick. – O senhor prefere a ilusão da inocência? – perguntou ela, com delicadeza. – Posso providenciar uma garota do interior que faz uma virgem bastante convincente.

Nick não fazia a menor ideia de quais eram suas preferências. Ele olhou para todas aquelas mulheres, morenas, loiras, magras, corpulentas, de todos os formatos, tamanhos e cores imagináveis, e, de repente, a simples variedade o oprimiu. Quando tentou se imaginar indo para a cama com qualquer uma delas, sentiu o suor escorrer pela testa.

Seu olhar se voltou para a Sra. Bradshaw. Os olhos dela eram de um castanho límpido e caloroso, adornados por sobrancelhas de um tom ruivo mais escuro que o do cabelo. Seu corpo alto era um parque de diversões convidativo, a boca parecia macia e aveludada. Foram as sardas, contudo, que o fizeram se decidir. As sardas cor de âmbar decoravam sua pele clara com uma graça tão alegre que Nick sentia vontade de sorrir.

– Você é a única aqui que vale a pena ter – disse de repente.

Os cílios flamejantes da mulher voltaram-se para baixo, ocultando seus pensamentos, mas ele sentiu que a surpreendera. A Sra. Bradshaw sorriu.

– Meu caro Sr. Gentry, que elogio delicioso. No entanto, não durmo com os clientes do meu estabelecimento. Isso ficou no passado. Por favor, deixe que eu lhe apresente a uma de nossas garotas e...

– Eu quero *você* – insistiu ele.

Quando a Sra. Bradshaw viu a sinceridade nos olhos dele, um leve rubor cor-de-rosa se espalhou por suas bochechas.

– Minha nossa – disse ela, soltando uma risada súbita. – É uma proeza e tanto fazer uma mulher de 38 anos corar. Pensei já ter esquecido como fazer isso.

Nick não sorriu de volta para ela.

– Pagarei o preço que for.

A Sra. Bradshaw balançou a cabeça, espantada, ainda sorrindo. Então olhou para a camisa dele, concentrada, como se refletisse sobre uma questão importante.

– Nunca faço nada por impulso. É uma regra pessoal.

Lentamente, Nick pegou a mão dela e, tocando-a com toda a delicadeza, deslizou as pontas dos dedos pela palma em uma carícia cuidadosa e íntima. Embora ela tivesse mãos longas, compatíveis com sua estatura, as dele eram muito maiores, com dedos duas vezes mais grossos do que os dedos estreitos dela. Nick acariciou as pequenas dobras úmidas na parte interna dos dedos dela.

– Toda regra deve ser quebrada de vez em quando – disse ele.

A mulher ergueu os olhos, parecendo fascinada por algo que viu naquele rosto exaurido pelo mundo. Então, de repente, pareceu tomar uma decisão.

– Venha comigo.

Nick a seguiu para fora do salão, alheio aos olhares que os acompanharam. Ela o conduziu pelo saguão de entrada, subindo por uma escada curva que levava a um corredor de quartos privativos. Os aposentos da Sra. Bradshaw eram sofisticados e confortáveis; os móveis eram bem estofados; as paredes, recobertas por papel de parede francês; a lareira reluzia com o fogo alto. O aparador na sala de visitas estava tomado por uma coleção de decantadores e taças de cristal cintilante. A Sra. Bradshaw pegou uma taça de uma bandeja prateada e olhou para ele com olhos ansiosos.

– Conhaque?

Nick assentiu.

Ela serviu a bebida de coloração dourado-avermelhada na taça. Habilidosamente, riscou um fósforo e acendeu uma vela no aparador. Segurando a taça pela haste, girou o bojo sobre a chama da vela. Quando o conhaque chegou a uma temperatura satisfatória, ela entregou a taça para Nick. Nunca antes uma mulher havia feito aquilo para ele. O conhaque era saboroso, tinha gosto de nozes e notas suaves de especiarias que penetravam em suas narinas enquanto ele bebericava.

Olhando ao redor, Nick percebeu que uma parede era tomada de prateleiras repletas de livros, cada centímetro ocupado por exemplares com capas de couro costuradas e fólios. Ele se aproximou das prateleiras, examinando os volumes. Embora não soubesse ler muito bem, percebeu que a maioria das obras era sobre sexo e anatomia humana.

– Um passatempo meu – explicou a Sra. Bradshaw, com os olhos brilhando em um tom amigável de desafio. – Coleciono livros sobre técnicas sexuais e costumes de diferentes culturas. Ao longo da última década, acumulei um vasto conhecimento sobre meu assunto preferido.

– Suponho que seja mais interessante que colecionar caixinhas de rapé – respondeu Nick, e ela riu.

– Espere aqui. Levarei apenas um minuto. Fique à vontade para examinar minha biblioteca enquanto isso.

Ela saiu da sala de visitas e entrou em um cômodo adjacente, onde se podia avistar a ponta de uma cama de dossel.

Nick voltou a sentir o estômago pesar. Terminando sua bebida em um único gole suave e ardente, ele pousou a taça e foi até as prateleiras. Um exemplar grande, com capa de couro vermelho, chamou sua atenção. O couro antigo emitiu um leve ruído quando ele abriu o livro, repleto de ilustrações pintadas à mão. Ao ver os desenhos de corpos contorcidos em posições sexuais peculiares, o que era apenas uma inquietação virou um desconforto enorme. Seu coração palpitava e, ao mesmo tempo, seu membro se avolumava em um desejo exacerbado. Nick fechou rapidamente o livro e o enfiou de volta na prateleira. Voltando ao aparador, serviu-se de mais uma dose de conhaque e bebeu tudo em um só gole.

Como prometido, a Sra. Bradshaw voltou logo e parou no vão da porta. Ela tinha colocado uma camisola fina, adornada com renda; as mangas se alongavam em pontas compridas. O traje de seda branco revelava a protuberância dos seios fartos, e até mesmo a sombra dos pelos entre as coxas. A mulher tinha um corpo magnífico e sabia disso. Então ficou ali parada, com um joelho dobrado, exibindo pela abertura da camisola o contorno longo e esguio da perna. Seus cabelos flamejantes escorriam pelos ombros e pelas costas, tornando-a mais jovem, mais delicada.

Um tremor de desejo desceu pela espinha de Nick e ele sentiu a respiração se acelerar.

– Quero que saiba que sou seletiva com relação a meus amantes – disse ela, acenando para que ele se aproximasse. – Um talento como o meu não deve ser desperdiçado.

– Ah, é? Então por que eu? – perguntou Nick, com a voz rouca.

Ele se aproximou, chegando perto o suficiente para perceber que a Sra. Bradshaw não estava usando perfume. Ela cheirava a sabonete e frescor, uma fragrância muito mais excitante do que jasmim ou rosas.

– Pela maneira como me tocou. Você encontrou de forma instintiva as partes mais sensíveis da minha mão... O centro da palma e a parte interna das articulações. Poucos homens têm essa sensibilidade.

Em vez de se sentir lisonjeado, Nick vivenciou um arroubo de pânico. A mulher tinha expectativas com relação a ele – expectativas que ele sem dúvida frustraria. Ele manteve o rosto inexpressivo, mas o coração ficou atordoado enquanto ela o conduzia ao quarto quente, iluminado pelo fogo.

– Sra. Bradshaw – começou ele enquanto se aproximavam da cama –, eu preciso contar uma coisa...

– Gemma – murmurou ela.

– Gemma...

Todos os pensamentos coerentes de Nick se despedaçaram quando ela o ajudou a tirar o casaco.

Desatando o nó na gravata úmida de suor, a mulher sorriu diante do rubor dele.

– Você está tremendo como um garoto de 13 anos. O ilustre Sr. Gentry se sente tão intimidado assim com a ideia de ir para a cama com a famosa Sra. Bradshaw? Eu não esperaria isso de um homem com tanta experiência. Dada a sua idade, você não pode ser virgem. Você tem o quê? Vinte e três anos?

– Vinte e quatro.

Nick estava morrendo por dentro, ciente de que não conseguiria, de jeito nenhum, fazê-la continuar acreditando que ele era experiente. Engolindo em seco, ele confessou, com a voz embargada:

– Eu nunca fiz isso antes.

Os arcos avermelhados das sobrancelhas dela se ergueram.

– Nunca visitou um bordel?

De alguma forma, ele forçou as palavras a saírem da garganta que ardia em chamas:

– Nunca me deitei com uma mulher.

A expressão de Gemma não mudou, mas ele sentiu sua surpresa. Depois de uma pausa longa e diplomática, ela perguntou, em tom cortês:

– Já teve intimidades com outros homens, então?

Nick meneou a cabeça, olhando para o papel de parede estampado. O silêncio pesado só era quebrado pelas marteladas em seus ouvidos.

A curiosidade da Sra. Bradshaw era quase palpável. Ela baixou o degrau móvel de madeira que ficava ao lado da cama alta e subiu no colchão. Lentamente, se deitou de lado, relaxada e com um ar felino. E, em sua compreensão infinita do sexo masculino, permaneceu em silêncio e esperou.

Nick tentou manter o tom de voz casual, mas um tremor transpareceu.

– Quando eu tinha 14 anos, fui condenado a cumprir pena trabalhando em um navio prisional.

Pela expressão de Gemma, Nick viu que ela compreendeu de imediato. As condições terríveis dos navios, o fato de os homens ficarem acorrentados a meninos em uma única cela enorme, nada disso era segredo.

– Os homens do navio sem dúvida tentaram forçá-lo – disse ela, e seu tom era de naturalidade quando ela perguntou: – Algum deles conseguiu?

– Não. Mas desde então...

Nick fez uma longa pausa. Ele jamais contara a ninguém sobre o passado que o assombrava. Não eram medos fáceis de exprimir em palavras.

– Eu não suporto ser tocado – confessou ele. – Por ninguém, de jeito nenhum. Eu já quis...

Ele parou por um instante, sentindo-se agitado.

– Às vezes eu fico prestes a enlouquecer de tanto desejar uma mulher. Mas acho que não consigo...

Nick se calou. Parecia impossível explicar que, para ele, sexo, dor, prazer e culpa estavam entrelaçados, que o simples ato de fazer amor com alguém parecia impossível. O toque de outra pessoa, mesmo o mais inocente, despertava nele uma necessidade perigosa de se defender.

Se Gemma tivesse exibido uma reação dramática de horror ou empatia, Nick teria ido embora correndo. No entanto, ela apenas o encarou. Em um movimento gracioso, ela jogou as pernas para o lado da cama e se levantou. Parando diante dele, começou a desabotoar seu colete. Nick ficou tenso, mas não se afastou.

– Você deve ter fantasias – disse Gemma. – Imagens e pensamentos que o excitam.

A respiração de Nick ficou rápida e curta enquanto ele tirava o colete. Resquícios de sonhos lhe vieram à cabeça... Pensamentos obscenos que haviam deixado seu corpo ardendo em brasa na escuridão vazia. Sim, ele tinha fantasias, visões de mulheres amarradas e gemendo sob ele, com as pernas escancaradas enquanto ele se movimentava entre elas. Coisas vergonhosas que jamais poderia confessar. Mas os olhos castanhos de Gemma Bradshaw continham um convite que era quase irresistível.

– Eu vou contar as minhas primeiro – sugeriu ela. – Você gostaria de ouvir?

Ele assentiu e sentiu o calor se espalhar por suas partes íntimas.

A voz de Gemma era grave e melosa enquanto ela falava.

– Eu fantasio estar nua diante de uma plateia de homens. Escolho um que chame a minha atenção. Ele se junta a mim no palco e faz todas as peripécias sexuais que eu desejo. Depois disso, eu escolho outro, e outro, até estar saciada.

Ela puxou a camisa dele de dentro das calças. Nick passou a peça úmida pela cabeça e jogou-a no chão. Seu membro pulsava dolorosamente. Gemma olhava para seu peito desnudo. Ela tocou a camada de pelos grossos e muito mais escuros do que o castanho dos cabelos dele, então deixou escapar um som rouco de prazer.

– Você é bastante musculoso. Gosto disso.

Os dedos dela aventuraram-se pelos cachos emaranhados e acariciaram a pele quente por baixo, e Nick deu um passo instintivo para trás. Languidamente, Gemma acenou para que ele voltasse.

– Se você quer fazer amor, meu bem, receio que não poderá evitar ser tocado. Fique quietinho.

Ela levou as mãos ao primeiro botão da calça dele.

– Agora, me conte qual é a *sua* fantasia.

Nick olhou para o teto, a parede, as janelas encobertas pelas cortinas de veludo, qualquer coisa para evitar olhar para as mãos dela em suas partes baixas.

– Eu... quero estar no controle – confessou ele. – Imagino amarrar uma mulher à cama. Ela não pode se mover, nem me tocar... Não pode me impedir de fazer o que eu bem entender.

– Muitos homens têm essa fantasia...

O dorso dos dedos de Gemma roçou na parte de baixo do membro de Nick enquanto ela abria os últimos botões. E, de repente, Nick se esqueceu de respirar. Gemma se aproximou e ele sentiu a respiração dela nos pelos do peito.

– E o que você faz com a mulher depois de amarrá-la? – murmurou ela.

O rosto dele se fechou, enrubescido por uma mistura de excitação e vergonha.

– Eu toco o corpo dela inteiro. Uso a boca e os dedos até ela implorar para que eu a possua. Eu a faço gritar.

Ele contraiu o maxilar e grunhiu quando os dedos compridos e frios de Gemma envolveram seu membro e o libertaram da calça.

– Meu Deus...

– Bem – ronronou ela, deslizando os dedos experientes até a base e depois subindo novamente até a ponta inchada do membro. – Você é um jovem muito bem dotado.

Nick fechou os olhos, se deixando levar por uma onda poderosa de sensações.

– Isso satisfaria uma mulher? – perguntou ele, inseguro.

Gemma continuou tocando-o enquanto respondia.

– Nem todas. Algumas não conseguem acomodar um homem do seu tamanho. Mas isso pode ser remediado.

Ela o soltou e se dirigiu a uma grande caixa de mogno na mesa de cabeceira, erguendo a tampa e procurando algo dentro dela.

– Tire o restante das roupas – instruiu ela sem olhar para ele.

O medo e o desejo colidiram dentro dele, mas enfim o segundo venceu. Ele tirou as roupas, sentindo-se vulnerável e em chamas. Gemma encontrou o que estava procurando, virou-se e jogou algo delicadamente na direção dele.

Nick agarrou o objeto. Era uma corda de veludo bordô.

Perplexo, ele observou Gemma desamarrar a própria camisola e deixá-la cair a seus pés. Cada centímetro de seu corpo estava exposto, inclusive a abundância de pelos vibrantes do sexo. Com um sorriso provocativo, ela subiu na cama, exibindo as nádegas arredondadas ao fazê-lo. Apoiando-se nos cotovelos, apontou com a cabeça para a corda de veludo que Nick segurava com força.

– Acredito que você saiba o que fazer agora – disse ela.

Nick estava surpreso e maravilhado por ela se expor tão indefesamente a um estranho.

– Você confia em mim tanto assim?

A voz dela era muito suave.

– Isso requer confiança de ambas as partes, não acha?

Nick se juntou a ela na cama. Com as mãos trêmulas, amarrou os pulsos dela e os prendeu na cabeceira da cama. Aquele corpo esguio estava à mercê dele. Subindo em cima dela, Nick baixou a cabeça e beijou sua boca.

– Como posso satisfazê-la? – sussurrou ele.

– Satisfaça a si mesmo primeiro.

A língua dela tocou no lábio inferior dele em um movimento leve e sedoso.

– Você pode se preocupar com as minhas necessidades depois.

Nick se pôs a explorar o corpo de Gemma sem pressa e todos os seus medos se dissolveram em uma onda de calor. O desejo rugia dentro dele enquanto ele encontrava partes do corpo dela que a faziam se contorcer... A curva do pescoço, a parte interna dos cotovelos, a pele sensível dos seios. Ele acariciou, saboreou, mordiscou a pele dela, inebriado com sua maciez, sua fragrância feminina. Finalmente, quando o desejo chegou a um nível insuportável, ele se acomodou entre as coxas dela e penetrou as profundezas úmidas e quentes pelas quais tanto ansiava. Para sua humilhação, atingiu o clímax logo na primeira investida, antes de tê-la satisfeito. Seu corpo estremeceu com um prazer insuportável, e ele enterrou o rosto no emaranhado do cabelo dela enquanto grunhia com força.

Arfando após o êxtase, ele se atrapalhou para soltar os pulsos amarrados de Gemma. Depois de libertá-la, deitou-se de lado, longe dela, e ficou olhando cegamente para as sombras na parede. Sentia-se zonzo de alívio. Por algum motivo obscuro, os cantos de seus olhos ardiam, e ele apertou os olhos para conter a ameaça terrível das lágrimas.

Gemma se mexeu atrás dele, colocando a mão de leve em seu quadril desnudo. Nick se encolheu com o toque, mas não se afastou. Ela pressionou a boca nas costas dele, uma sensação que se espalhou até seu membro.

– Você tem potencial – murmurou ela. – Seria uma pena se essas habilidades não fossem desenvolvidas. E, por isso, vou lhe fazer um convite raro, Nick. Venha me visitar de tempos em tempos e vou compartilhar meu conhecimento com você. Tenho muito a ensinar, e não há necessidade de pagamento algum... Só me traga um presente de vez em quando.

Como ele não se moveu, ela mordiscou sua nuca.

– Quando eu terminar, nenhuma mulher no mundo conseguirá resistir a você. O que me diz?

Nick se virou e a prendeu no colchão, olhando para seu rosto sorridente.

– Estou pronto para a primeira lição – respondeu ele, cobrindo a boca de Gemma com um beijo.

CAPÍTULO 1

Três anos depois

Como já estava acostumado a fazer havia muito tempo, Nick entrou nos aposentos privativos de Gemma sem bater. Era um domingo à tarde, horário em que eles se encontravam quase toda semana. Àquela altura, o aroma familiar do cômodo – couro, licor, notas de flores frescas – bastava para despertar sua libido. Seu desejo estava especialmente forte naquele dia, visto que o trabalho o impedira de visitar Gemma por duas semanas.

Desde a primeira noite em que se encontraram, Nick seguia as regras dela sem questionar. Não havia escolha se ele quisesse continuar se encontrando com ela. Os dois eram amigos, de certa forma, mas suas interações eram apenas físicas. Gemma não havia evidenciado qualquer interesse em saber o que se passava em seu coração, ou mesmo se ele tinha um. Ela era uma mulher gentil, mas nas raras ocasiões em que Nick tentara conversar sobre assuntos mais profundos, fora delicadamente dispensado. Era melhor assim, aprendera. Ele não nutria desejo algum de expô-la à feiura de seu passado ou à confusão de emoções que mantinha bem guardadas dentro de si.

Então, uma vez por semana, os dois se juntavam na cama com seus segredos intactos. A instrutora e seu aluno dedicado. No casulo luxuoso do quarto de Gemma, com seu papel de parede dourado, Nick tinha aprendido mais sobre a arte de fazer amor do que um dia imaginara possível. Passara a apreciar a sexualidade feminina de um modo que poucos homens entendiam. A complexidade do prazer de uma mulher, as formas de excitar seus pensamentos e também seu corpo. Nick aprendera a usar os dedos, a língua, os dentes, os lábios e o membro com delicadeza, mas também com vigor. Acima de tudo, aprendera sobre disciplina e sobre como a paciência e a criatividade poderiam fazer até mesmo a experiente Sra. Bradshaw gritar até ficar rouca. Aprendera como manter uma mulher no limite do êxtase por horas a fio. Aprendera também como fazê-la chegar ao clímax com nada além da boca em seu mamilo, ou com um toque suave com a ponta do dedo.

Na última vez que tinham se encontrado, Gemma o desafiara a levá-la ao orgasmo sem sequer tocá-la. Ele sussurrara em seu ouvido por dez minutos, descrevendo imagens sexuais que foram ficando cada vez mais deliciosas e fantásticas até fazê-la corar e estremecer.

Quente de ansiedade ao pensar no corpo exuberante daquela mulher, Nick entrou na sala de visitas. Parou imediatamente quando viu um jovem loiro sentado na *chaise* de veludo estofado, usando apenas um robe de seda bordô. Desnorteado, Nick percebeu que era o mesmo robe que ele usava sempre que visitava Gemma.

Ela não havia feito promessas de fidelidade a ele e Nick não tinha ilusão alguma de que fora seu único amante nos últimos três anos. Mesmo assim, ficou atordoado com a imagem de outro homem na sala de visitas dela e com o cheiro inconfundível de sexo no ar.

Ao vê-lo, o estranho enrubesceu e se empertigou. Era um jovem robusto, de pele clara, com inocência suficiente para ainda se sentir constrangido com a situação.

Gemma saiu do quarto, usando um negligê verde transparente que mal cobria seus mamilos rosa-amarronzados. Ela sorriu ao ver Nick, nem um pouco abalada pela chegada inesperada dele.

– Ah, olá, querido – murmurou ela, relaxada e simpática como sempre.

Talvez não estivesse nos planos de Gemma que Nick descobrisse sobre seu novo amigo daquele jeito, mas aquilo também não a perturbou.

Virando-se para o loiro, ela falou delicadamente com ele:

– Me espere no quarto.

O jovem respondeu com um olhar acalorado de adulação e obedeceu.

Enquanto Nick o observava desaparecer quarto adentro, lembrou-se de si mesmo, três anos antes: inexperiente, ávido e fascinado pelas artes sensuais de Gemma.

Ela ergueu sua mão delicada e acariciou os cabelos de Nick.

– Eu não esperava que você fosse voltar de sua nova investigação tão cedo – confessou ela, sem qualquer traço de pesar. – Como pode ver, estou entretendo meu novo protegido.

Com uma sensação fria de abandono, Nick disse a frase mais como uma afirmação do que como uma pergunta:

– E meu substituto.

– Sim – confirmou Gemma. – Você não precisa mais das minhas aulas, querido. Agora que já aprendeu tudo que eu podia ensinar, é só uma questão de tempo até nossa amizade se tornar insossa. Prefiro encerrá-la enquanto ainda é agradável.

Nick sentiu uma dificuldade surpreendente em falar.

– Eu ainda desejo você...

Sorrindo afetuosamente, Gemma aproximou-se para dar um beijo na bochecha dele.

– Só porque sou uma opção segura e familiar. Mas não seja covarde, querido. Está na hora de você encontrar outra pessoa.

– Ninguém vai chegar aos seus pés – respondeu ele.

Isso rendeu-lhe uma gargalhada e outro beijo. A sugestão de um sorriso perpassou os olhos castanhos dele.

– Isso demonstra que você ainda tem muito o que aprender. Encontre uma mulher que mereça seus talentos. Leve-a para a cama, faça com que ela se apaixone por você. Um caso de amor é algo que todos deveriam vivenciar ao menos uma vez.

Nick olhou para ela com um ar rabugento.

– Essa é a *última* coisa da qual eu preciso – informou ele, fazendo-a rir.

Afastando-se, Gemma soltou os cabelos e balançou a cabeça.

– Nada de "adeus", está bem? – disse ela, colocando os grampos na mesa ao lado da *chaise*. – Prefiro muito mais um "*au revoir*". Agora, se me der licença, meu pupilo está esperando. Beba um drinque antes de ir embora, se quiser.

Perplexo, Nick ficou imóvel enquanto ela entrava no quarto e fechava a porta com um clique firme.

– Meu Deus – resmungou ele.

Um riso incrédulo escapou dele por ter sido dispensado com tanta facilidade depois de tudo que tinham feito juntos. Mesmo assim, Nick não conseguiu sentir raiva. Gemma tinha sido generosa demais, gentil demais para ele sentir qualquer outra coisa que não fosse gratidão.

Encontre uma mulher que mereça os seus talentos, pensou ele, confuso. Parecia uma tarefa impossível. Havia mulheres por toda parte, é claro. Cultas, comuns, roliças, esguias, de pele escura, de pele clara, altas, baixas, e em todas elas ele encontrava algo que o agradava. Mas Gemma foi a única com quem ele ousara libertar sua sexualidade. Não conseguia imaginar como seria fazer isso com qualquer outra pessoa.

Fazer com que uma mulher se apaixonasse por ele? Nick abriu um sorriso amargurado, pensando, pela primeira vez, que Gemma não sabia que diabo estava dizendo. Nenhuma mulher se apaixonaria por Nick Gentry... E, se algum dia isso acontecesse, ela seria a maior tola do mundo.

CAPÍTULO 2

Ela estava ali. Ele tinha certeza.

Nick analisou os convidados da festa enquanto eles se espalhavam pelos jardins atrás do Stony Cross Park. Enfiou a mão no bolso do casaco, encontrando um camafeu que continha o retrato de Charlotte Howard. Observando a multidão, ele acariciava a lateral esmaltada e brilhante do objeto com o polegar.

Seus dois meses de buscas por Charlotte o haviam levado a Hampshire, um lugar de colinas cobertas de urze, florestas de caça ancestrais e pântanos traiçoeiros. O condado oeste era próspero; suas vinte cidades mercantis produziam lã, madeira, laticínios, mel e toucinho em abundância. Entre as propriedades renomadas de Hampshire, Stony Cross Park era considerada a mais sofisticada. A mansão e o lago privativo ficavam no fértil vale do rio Itchen. Era um bom lugar para se esconder, pensou Nick. Se suas suspeitas se provassem corretas, Charlotte tinha conseguido um emprego na casa do conde de Westcliff como dama de companhia da mãe dele.

Em sua busca, Nick havia descoberto tudo o que podia sobre ela, tentando entender como pensava e se sentia, como os outros a viam. Curiosamente, os relatos sobre Charlotte foram tão contraditórios que Nick se perguntava se seus amigos e familiares estavam descrevendo a mesma jovem.

Para seus pais, Charlotte havia sido uma filha obediente, solícita, que temia ser desaprovada. Seu desaparecimento fora uma verdadeira surpresa, já que eles acreditavam que ela estava conformada com o noivado com lorde Radnor. Charlotte sabia, desde pequena, que o bem-estar da família dependia desse casamento. Os Howards, então, tinham feito um pacto com o diabo e trocado o futuro da filha pelos benefícios financeiros oferecidos por Radnor, usufruindo de seu patronato por mais de uma década. Mas, quando chegou a hora de sanar a dívida, Charlotte fugira. Os Howards deixaram claro para Nick que queriam que Charlotte fosse encontrada e entregue a Radnor o quanto antes. Os pais não entendiam o que levara a moça fugir, pois acreditavam que ela teria um ótimo futuro como lady Radnor.

Mas, pelo visto, Charlotte não pensava o mesmo. Suas amigas – a maioria delas já casada – na Maidstone's, o internato de elite que ela frequentava, descreveram uma garota que havia se tornado cada vez mais ressentida com a forma como Radnor supervisionava todos os aspectos de sua existência. Aparentemente, os funcionários da escola, desejosos das doações generosas que Radnor fazia, ficavam felizes em satisfazer todas as suas vontades. O currículo escolar de Charlotte era diferente do de todas as outras meninas; Radnor havia escolhido as disciplinas que ela deveria estudar. E também havia determinado que ela deveria ir para a cama uma hora mais cedo que as demais internas e tinha até definido o tamanho das porções de comida que lhe eram servidas, depois de observar, em uma de suas visitas à casa dos pais, que ela havia ganhado peso.

Embora Nick entendesse a rebeldia de Charlotte, não sentia qualquer empatia por ela. Não sentia empatia por ninguém. Aceitara, havia muito tempo, o fato de que a vida é injusta e que ninguém pode evitar para sempre as reviravoltas do destino. As tribulações de uma menina não eram nada em comparação com a monstruosidade do que ele havia visto e vivenciado. Por isso, não sentiria remorso algum em levar Charlotte até Radnor, receber o restante de seu pagamento e apagar a desafortunada futura esposa de sua mente.

Inquieto, Nick vasculhou o ambiente, mas não viu sinal de Charlotte. A casa enorme estava tomada por pelo menos trinta famílias, todas participando do que seria um festival com um mês de duração. O evento anual era organizado por lorde Westcliff. As horas do dia eram dedicadas à caça, ao tiro e à prática de esportes ao ar livre. À noite, o entretenimento ficava por conta de saraus musicais e bailes.

Embora fosse quase impossível conseguir um dos muito cobiçados convites para Stony Cross Park, Nick obtivera o dele com a ajuda de seu cunhado, sir Ross Cannon. Para tal, Nick tinha feito as vezes de aristocrata entediado que precisava de algumas semanas no campo para se revigorar. A pedido de sir Ross, o conde de Westcliff lhe enviara o convite, sem fazer ideia de que Nick era um detetive da Bow Street à procura de uma noiva em fuga.

As várias lamparinas dependuradas nos galhos do carvalho faziam as joias das mulheres brilharem. Um sorriso torto curvou os lábios de Nick enquanto ele refletia sobre como seria fácil despojar aquelas pombinhas de seus badulaques. Não muito tempo antes, ele teria feito exatamente isso. Afinal, era ainda melhor como ladrão do que como alguém que prendia ladrões. Mas, naquele momento, estava na posição de detetive e tinha que parecer respeitável.

– Lorde Sydney.

No terraço, uma voz masculina interrompeu seus pensamentos e Nick virou-se para cumprimentar Marcus, lorde Westcliff. O conde tinha uma presença imponente. Embora fosse de estatura mediana, seu tronco era largo e musculoso, quase feroz em sua potência. Seus traços eram audazes e marcantes e os olhos pretos astutos repousavam, profundos, no rosto moreno.

Em suma, Westcliff não se parecia em nada com os nobres esguios e pálidos que ocupavam o mais alto escalão da sociedade. Se não estivesse usando roupas elegantes de festa, poderia ser confundido com um trabalhador das docas, ou artífice. No entanto, o sangue de Westcliff era inegavelmente azul. Ele havia herdado um dos condados mais antigos do reino, um título conquistado por seus antepassados no final dos anos 1300. Ironicamente, dizia-se que o conde não era um apoiador ferrenho da monarquia nem da transferência hereditária de propriedades, já que achava que nenhum homem deveria ser poupado das labutas e preocupações da vida comum.

Com sua voz rouca, Westcliff continuou:

– Bem-vindo a Stony Cross, Sydney.

Nick fez uma reverência breve.

– Obrigado, milorde.

O conde o fitou com um olhar cético.

– Na carta que me enviou, seu padrinho mencionou que o senhor sofre de tédio.

O tom dele deixava claro que ele não tinha paciência para um homem rico reclamando de tédio excessivo.

Assim como o próprio Nick, que também estava contrariado por precisar fingir estar entediado.

– Exato – confirmou ele, com um sorriso cansado. – E digo que é uma condição bem debilitante. Me tornei um sujeito melancólico. Então me disseram que uma mudança de cenário poderia ajudar.

O conde deixou escapar um grunhido ríspido.

– Bem, posso recomendar uma cura excelente para o tédio: encontre uma atividade útil.

– O senhor está sugerindo que eu *trabalhe*? – perguntou Nick, se esforçando para fazer uma expressão enojada. – Talvez isso funcione para outra pessoa. O *meu* tipo de tédio requer um equilíbrio delicado entre descanso e entretenimento.

O desgosto lampejou nos olhos escuros de Westcliff.

– Vamos nos esforçar para lhe oferecer quantidades satisfatórias de ambos.

– Mal posso esperar – murmurou Nick, tomando o cuidado de disfarçar seu sotaque.

Embora fosse filho de um visconde, os muitos anos vividos no submundo de Londres tinham conferido ao seu jeito de falar a cadência das classes inferiores.

– Mas, no momento, o que mais me agradaria seria uma bebida e uma companhia deliciosamente tentadora.

– Tenho um Longueville Armagnac excepcional – murmurou o conde, desesperado para escapar da interação com Nick.

– Seria um prazer experimentar.

– Ótimo. Mandarei um criado buscar uma taça.

– E quanto à companhia? – insistiu Nick, reprimindo o sorriso ao ver como as costas do conde enrijeceram.

– Isso, Sydney, é algo que você precisará conseguir por conta própria.

Quando o conde deixou o terraço, Nick permitiu-se um sorriso breve. Até o momento, estava interpretando o papel de um nobre jovem e mimado com muito sucesso. Tinha conseguido irritar o conde. Na verdade, até gostava de Westcliff, pois reconhecia nele a mesma determinação ferrenha e o cinismo que tinha.

Nick deixou o terraço e se encaminhou para os jardins, que foram planejados para ter tanto espaços ao ar livre quanto cobertos, proporcionando inúmeros esconderijos para encontros indecorosos. O ar estava tomado pelos aromas campestres. Pássaros ornamentais presos em um aviário cantaram quando ele se aproximou. Para a maioria das pessoas, certamente era um clamor alegre, mas, para Nick, os gorjeios incessantes soavam desesperados. Sentiu-se tentado a abrir a porta e libertar os benditos bichos, mas de nada adiantaria, visto que suas asas haviam sido cortadas. Parando no terraço ao lado do rio Itchen, Nick observou o fluxo escuro e cintilante da água, o luar que iluminava os filamentos oscilantes dos salgueiros e os aglomerados de faias e carvalhos.

Já era tarde. Talvez Charlotte estivesse dentro da casa. Explorando casualmente os arredores, Nick foi até a lateral da mansão, uma residência construída com pedras cor de mel, ostentando quatro torres nos cantos que chegavam a seis andares de altura. Diante da casa, havia um jardim imenso, com estábulo, lavanderia e construções mais baixas onde viviam os criados. A parte da frente dos estábulos fora projetada para espelhar a capela do outro lado do jardim.

Nick ficou fascinado pela imponência dos estábulos, diferente de tudo o que ele já tinha visto. Passou por um dos arcos e encontrou um pátio cheio de arreios brilhantes pendurados. Uma mistura agradável de aromas tomava conta do ar; cavalos, feno, couro e graxa. No fundo, havia uma fonte de mármore para os cavalos beberem água, ladeada por entradas separadas para as baias dos animais. Nick caminhou pelo piso de pedras com os habituais passos leves e quase inaudíveis de todos os detetives da Bow Street. Embora quase não fizesse barulho, os cavalos se agitaram e bufaram, desconfiados, quando ele se aproximou. Para além do arco, Nick avistou fileiras de baias ocupadas por, pelo menos, sessenta animais.

Exceto por eles, os estábulos pareciam vazios, e Nick saiu pela entrada do lado oeste. Imediatamente se deparou com um paredão de rocha de quase dois metros de altura. Não havia dúvida de que tinha sido construído para prevenir que visitantes descuidados caíssem do desfiladeiro no rio. Nick parou imediatamente diante da aparição inesperada de uma figura esbelta em cima do paredão. Era uma mulher, mas estava tão imóvel que, à primeira vista, ele pensou se tratar de uma estátua. Mas a brisa esvoaçando a barra de sua saia e o movimento de soltar uma mecha loira do coque frouxo deixaram claro que era uma pessoa.

Fascinado, Nick se aproximou, o olhar fixo nela.

Apenas um tolo imprudente subiria naquele muro torto. Se perdesse o equilíbrio ali, a perspectiva era a morte certa. A mulher não parecia perceber a queda fatal que pairava diante dela. A inclinação de sua cabeça indicava que ela estava olhando para o horizonte escuro da noite. Que diabo ela estava fazendo? Dois anos antes, Nick vira um homem parado de forma similar pouco antes de saltar de uma ponte no Tâmisa.

Enquanto passeava o olhar pelo corpo dela, Nick percebeu que a barra de sua saia longa estava presa debaixo de um calcanhar. Aquela imagem o motivou a agir. Com alguns passos furtivos, ele subiu no muro com facilidade, sem fazer barulho.

Ela só o viu quando ele estava bem próximo. Quando a moça se virou,

Nick viu o lampejo de seus olhos escuros no exato momento em que ela perdeu o equilíbrio. Segurando-a antes que pudesse cair, Nick a puxou contra seu peito. Seu antebraço a enlaçou logo abaixo dos seios. O simples ato de pressionar o corpo dela contra o dele era estranhamente prazeroso, como uma peça de quebra-cabeça se encaixando com perfeição. Ela soltou um gritinho e segurou o braço dele. A mecha de cabelo solta roçou o rosto de Nick e ele sentiu a fragrância fresca, salgada da pele feminina. O aroma o fez salivar e o deixou surpreso com essa reação; ele nunca reagira de forma tão visceral a uma mulher. Queria saltar do muro e carregá-la para longe, como um daqueles lobos que uivavam nas florestas medievais, e encontrar um lugar tranquilo para devorar sua presa.

Ela estava rígida, respirando com dificuldade.

– Me solte! – ordenou ela, agitando-se nos braços dele. – Por que diabo você fez isso?

– Você ia cair.

– Não ia, não! Eu estava perfeitamente bem até você aparecer e quase me derrubar...

– A barra da sua saia está presa no seu calcanhar.

Movendo-se com cuidado, ela ergueu o pé e percebeu que ele tinha razão.

– Ah, sim – falou.

Já tendo resgatado pessoas de todos os tipos de situação possíveis, Nick estava acostumado a receber pelo menos uma leve demonstração de gratidão.

– Ora, não vai me agradecer por ter salvado sua vida?

– Tenho ótimos reflexos. Eu poderia ter salvado a minha vida sozinha.

Nick soltou uma risada incrédula, tanto irritado quanto fascinado pela teimosia dela.

– Se não fosse por mim, você teria quebrado esse seu pescocinho.

– Garanto, senhor, que seu suposto resgate foi desnecessário. No entanto, como é óbvio que o senhor vai continuar insistindo... Obrigada. Agora, por favor, tire as mãos de mim.

Seu tom excluía das palavras qualquer sinal de gratidão.

Nick sorriu, apreciando a coragem dela, embora o coração da jovem ainda batesse freneticamente. Com cuidado, ele a soltou e a ajudou a se virar. Ela cambaleou de leve e enterrou os dedos na manga do casaco de Nick, em um espasmo de ansiedade.

– Peguei você – garantiu ele, sem hesitar.

No momento em que os olhares se encontraram, os dois ficaram parali-sados. Nick se esqueceu do muro sob seus pés. A sensação era de estarem flutuando no ar, em uma nuvem azul de luar que fazia tudo parecer surreal. Então Nick foi atingido por um raio de clareza. Por incrível que fosse, ele estava diante de feições quase tão familiares para ele como seu próprio rosto.

Charlotte.

– Peguei você – repetiu ele, com um sorriso fraco.

CAPÍTULO 3

— Sente-se – disse o estranho a Lottie, fechando as mãos nos ombros dela e empurrando-a para baixo.

Ela obedeceu e sentou sobre o muro com as pernas dependuradas. O homem saltou para o chão, pousando delicadamente apesar da altura, e ergueu os braços na direção dela. Um punho gelado parecia estar apertando seu coração e ela hesitou. Todos os instintos lhe diziam para não pular nos braços daquele homem. Ele parecia um predador esperando para abocanhá-la.

– Venha – murmurou ele.

O luar fazia centelhas azuis reluzirem nos olhos dele.

Com relutância, Lottie esticou os braços e se inclinou para a frente. Suas mãos se apoiaram nos ombros dele, e ele segurou sua cintura com firmeza, ajudando-a descer com mais facilidade. As mãos dele se demoraram ao redor dela, garantindo que estava equilibrada antes de soltá-la.

No chão, parada diante dele, Lottie ficou perplexa com o tamanho daquele homem. O estranho era incomumente alto, com ombros largos, mãos e pés grandes. Embora estivesse bem-vestido, usava um casaco de corte moderno de lapelas longas e calças largas de alfaiataria, seu corte de cabelo era ultrapassado, e o rosto, bem barbeado. Era algo incomum em meio aos elegantes convidados de Stony Cross Park. Cavalheiros sofisticados mantinham os cabelos na altura do pescoço, não curtos como os dele, e usavam costeleta e bigode. Aquele homem não tinha nem uma sombra de cavanhaque para suavizar seu maxilar.

Ele apontou para o muro com a cabeça.

– Por que você estava ali em cima?

Olhando para aquele rosto bonito, por um instante Lottie ficou sem palavras. A natureza tinha sido generosa com aquele homem, presenteando-o com traços ousados, aristocráticos, e olhos azuis tão intensos quanto o céu noturno. O cinismo contido neles era um contraste fascinante ao toque de humor que se escondia nos cantos de sua boca larga. Ele parecia ter cerca de 30 anos, época em que um homem começava a abandonar a irresponsabilidade e assumia a maturidade em sua plenitude. Sem dúvida, mulheres de todas as idades ficavam encantadas com ele.

Recompondo-se, ela conseguiu responder:

– Eu gosto da vista.

– Dá para apreciar a mesma vista de uma janela, em segurança.

Um sorriso sem graça tocou os lábios dela.

– A vista é muito mais recompensadora quando há algum risco envolvido.

Como se entendesse exatamente o que ela estava dizendo, ele deu um sorriso malicioso deslumbrante, que quase fez o coração de Lottie parar. Ela não conseguia desviar o olhar daquele homem. Parecia haver alguma coisa importante e não verbalizada pairando no ar, como se eles já tivessem se conhecido antes mas se esquecido disso.

– Quem é o senhor? – perguntou ela. – Nunca o vi aqui.

– Talvez eu seja o seu anjo da guarda.

– O senhor não me parece muito angelical – respondeu ela com ceticismo.

Nick riu, depois fez uma reverência e se apresentou.

– Lorde Sydney, ao seu dispor.

Lottie retribuiu a reverência.

– Srta. Miller. Sou a dama de companhia da condessa viúva – disse ela, fitando Nick com olhos especulativos. – A lista de convidados para as festas na residência de lorde Westcliff é bastante exclusiva. Como o senhor conseguiu um convite?

– O conde foi bastante gentil em me convidar por recomendação de um amigo em comum.

– O senhor veio para caçar? – questionou ela.

– Sim – respondeu ele, com um toque irônico e enigmático. – Eu caço.

Uma explosão de música veio do local onde acontecia a festa ao ar livre, e ambos olharam na direção dos jardins.

– Vim dar uma olhada nos cavalos – disse Sydney. – Perdoe-me por invadir sua privacidade.

– O senhor pretende voltar para a festa agora?

As sobrancelhas dele se ergueram desafiadoramente.

– Vai subir no muro de novo se eu me afastar?

Minha nossa, era um disparate que um único homem tivesse tanto charme! Ela sorriu.

– Não esta noite, milorde.

– Permita-me acompanhá-la de volta à casa, então.

Lottie não protestou enquanto ele se posicionava ao lado dela para a caminhada.

Era bastante incomum encontrar alguém como aquele homem em Stony Cross Park. Quase sempre a propriedade estava abarrotada de machos musculosos em busca de lazer. Nos últimos dois anos, Lottie tinha sido abordada por muitos deles. Mas havia algo diferente em lorde Sydney. Ele não tinha aquele ar de tranquilidade, de falta de perspectiva típico dos outros aristocratas que se viam por ali. Ela sentia a brutalidade que espreitava por trás daquela fachada. Não se sentia muito segura perto dele. Mas, ao mesmo tempo, sentia-se estranhamente inclinada a atraí-lo ainda mais, a fazê-lo sorrir de novo.

– Você parece não ter medo de altura, Srta. Miller – comentou ele.

– Não tenho medo de nada – afirmou ela com confiança.

– Todo mundo tem medo de alguma coisa.

– Ah, é? – perguntou ela, olhando-o em tom de provocação. – Do que um homem como o senhor poderia ter medo?

Para sua surpresa, ele respondeu com seriedade:

– Não gosto de lugares fechados.

A gravidade da resposta fez o coração de Lottie palpitar com força. Que bela voz aquele homem tinha, com uma rouquidão provocante, como se tivesse acabado de acordar de um sono profundo. O som pareceu penetrar o corpo dela e percorrê-la de cima a baixo como mel quente.

– Nem eu – admitiu ela.

Eles pararam à porta da torre sul, onde muitos dos criados superiores, inclusive ela, ficavam alojados. A luz atravessava as janelas cintilantes e pontilhava as trilhas de cascalho. Lottie enfim pôde ver que os cabelos dele não eram pretos, mas de um castanho escuro e intenso; as mechas curtas e sedosas continham todos os tons possíveis entre o caramelo queimado e o marrom. Ela queria poder senti-los com os dedos. A força dessa necessidade a deixou confusa.

Dando um passo atrás, ela abriu um sorriso pesaroso.

– Adeus, milorde. E obrigada por ser um acompanhante tão agradável.

– Espere – disse ele, com certa urgência na voz. – Eu a verei de novo, Srta. Miller?

– Não, milorde. Receio que meu tempo seja totalmente ocupado pela condessa viúva.

Mas Lottie percebeu pelos olhos dele que as palavras não o dissuadiram.

– Srta. Miller...

– Adeus – repetiu ela em um tom caloroso. – Desejo que tenha uma noite muito agradável, milorde.

E então, ciente do olhar inquietante dele, Lottie afastou-se depressa.

Assim que entrou em seu quarto, ela trancou a porta e suspirou. Desde sua chegada a Stony Cross Park, ela era abordada com frequência por convidados do sexo masculino fazendo-lhe propostas variadas. Até aquela noite, não tinha se sentido atraída por nenhum deles, independentemente de sua beleza e conquistas. Depois da experiência com lorde Radnor, ela não queria mais saber de homem algum.

Se Radnor tivesse sido gentil, em vez de calculista; delicado, em vez de dominador, Lottie teria conseguido se conformar com a ideia de se casar com ele. As intenções de Radnor, no entanto, estiveram claras desde o início: o objetivo dele era controlar cada aspecto de sua existência. Radnor planejava destruir todas as facetas da pessoa que ela era e substituí-las pelas que ele mesmo criaria. O casamento com ele seria pior do que morrer.

Os pais dela se recusavam a reconhecer o óbvio, visto que precisavam dos recursos financeiros dele. Lottie ficara arrasada por ter que deixá-los, porque tinha plena consciência da repercussão dessa fuga para eles. Frequentemente a culpa a assombrava; ela sabia que deveria ter se sacrificado a Radnor pelo bem deles. Seu instinto de autopreservação, no entanto, tinha falado alto demais. No fim das contas, ela não conseguira evitar fugir e, de alguma forma, a providência a havia levado a Hampshire.

Como Lottie já esperava, essa liberdade tivera um preço. Volta e meia, ela acordava encharcada de suor depois de ter pesadelos em que era arrastada de volta para Radnor. Era impossível esquecer – por um segundo sequer – que ele havia contratado pessoas para procurarem-na. Qualquer ideia de segurança era ilusória. Embora sua vida em Stony Cross Park fosse agradável, ela estava presa ali, como os pássaros no aviário, com as asas cortadas e transformados em animais que não pertenciam nem à terra nem ao ar. Ela não podia ir a lugar nenhum nem fazer nada sem ter em mente que um dia seria encontrada. E essa condenação a tornara hostil, incapaz de confiar em qualquer pessoa. Até mesmo em um belo jovem com olhos azuis devastadores.

Em vez de voltar para a festa, Nick foi para seus aposentos. Seu baú e sua mala de viagem já tinham sido desfeitos pelos criados. Suas roupas estavam na cômoda e no armário, que emanava um perfume de cravos.

Com impaciência, Nick tirou o casaco, o colete e a gravata de seda cinza. Tirando a camisa, ele a amassou em uma mão e usou para secar a camada de suor que cobria seu rosto, pescoço e torso. Depois largou a peça de linho no chão e sentou-se na cama para tirar os sapatos e as meias. Vestindo apenas as calças pretas, se deitou e ficou olhando para os painéis de madeira do teto.

Finalmente compreendia a obsessão de Radnor.

Charlotte Howard era a mulher mais encantadora que ele já tinha visto. A impressionante força de vontade que ela irradiava de alguma forma transmitia uma sensação de movimento mesmo quando ela estava parada. Seu corpo, seu rosto, todas as partes daquela mulher eram um amálgama perfeito de delicadeza e força. Ele queria se enterrar naquele calor vibrante, possuí-la até o êxtase, afundar o rosto nas curvas sedosas de seus seios. Ele a imaginava relaxada e sorrindo, com a pele vermelha de carícias enquanto os dois permaneciam deitados lado a lado na cama.

Não era de se admirar que Radnor a desejasse. Mas, por outro lado, em suas tentativas de possuí-la, o conde logo extinguiria tudo que a tornava tão desejável.

Nick sabia que seria fácil arrastar Charlotte para Londres antes que os Westcliffs percebessem o que estava acontecendo. Supostamente, ele deveria fazê-lo pela manhã, usando o elemento surpresa a seu favor. Sentindo-se incomodado, ele entrelaçou os dedos atrás da cabeça. "Não tenho medo de nada", dissera Charlotte. Embora ele não acreditasse nisso, a admirava por dizê-lo. É claro que Charlotte tinha medo – ela sabia o que Radnor faria com ela quando retornasse. Mas isso não era problema de Nick. Sua única responsabilidade era fazer o que tinha sido pago para fazer.

Por outro lado...

Não tinha por que ter pressa. Por que não ficar em Stony Cross Park por alguns dias? Ele só precisaria se apresentar na Bow Street dali a duas semanas, e os bosques de Hampshire eram preferíveis ao caos úmido e fedorento de Londres. Se ficasse ali mais um ou dois dias, poderia descobrir mais sobre Charlotte. Precisava saber se ela era tudo o que parecia ser.

Virando-se para o lado, Nick refletiu sobre a ideia. Nunca tinha quebrado as próprias regras antes, e uma delas o proibia de criar qualquer intimidade com a presa. Mas Nick nunca fora um homem de obedecer regras, nem mesmo as estabelecidas por ele.

Pensar em Charlotte o deixava quente, irritado e cheio de desejo. Gemma tinha encerrado o arranjo com ele seis meses antes, e Nick estava celibatário desde então. Não que não sentisse desejo... Na verdade, ele ardia, tamanho seu fogo contido. E tinha conhecido muitas mulheres dispostas a apagá-lo. Mas ele não se interessava pelo ordinário ou pelo mundano. Queria uma mulher capaz de oferecer a intensidade sexual de que ele precisava. Uma mulher como essa seria experiente demais na cama... ou então totalmente inexperiente.

Esticando-se nos lençóis, Nick vasculhou a pilha de roupas descartadas e encontrou a miniatura. Com a destreza criada pelo hábito, pressionou o fecho do camafeu e o abriu. Deitando-se de barriga para cima, ficou olhando para o rosto belíssimo de Charlotte.

Será que é você?, pensou ele, contornando a linha do maxilar dela com o dedo. O desejo se concentrou em seu membro e o fez enrijecer. Suas pálpebras se fecharam de leve enquanto ele continuava observando o rostinho minúsculo e sua mão ia de encontro à saliência de sua excitação.

~

Como de hábito, Lottie saiu logo cedo para uma caminhada pela paisagem de Stony Cross, subindo morros íngremes cobertos pela urze ou pela floresta, passando por pântanos, lagoas e clareiras cheios de vida. A maioria dos convidados da mansão, inclusive lady Westcliff, dormia até tarde e tomava café da manhã às dez horas. Lottie, contudo, nunca conseguira se adaptar a esse costume. Ela precisava de algum tipo de exercício físico para se livrar do excesso de ansiedade. Em dias frios ou chuvosos demais para caminhar, ela ficava agitada a ponto de deixar lady Westcliff exasperada.

Lottie tinha planejado três ou quatro roteiros diferentes, cada um com cerca de uma hora de duração. Naquela manhã, escolheu o que começava na Hill Road, atravessava uma floresta medieval de carvalhos e aveleiras e passava pela fonte de uma nascente local chamada Poço dos Desejos. Era uma manhã fria e úmida, típica do início de maio, e Lottie inspirou fundo o ar perfumado de terra. Usando um vestido de saias soltas na altura dos tornozelos e com os pés protegidos por sapatos grossos de cano alto, Lottie trotava energicamente para longe da Mansão Westcliff. Seguiu por uma trilha de areia que levava à floresta, enquanto sapos saltavam para fora de seu caminho. As árvores sussurravam e o vento levava pelo ar os choros de trepadeiras e papuxas. Um pássaro enorme e desajeitado voou na direção dos pântanos próximos à procura de seu café da manhã.

De repente, Lottie avistou alguém adiante. Um homem perambulava pela floresta. Sua silhueta estava ocultada pela névoa. Um caçador, talvez. Embora Lottie tenha parado a certa distância, o homem tinha um ouvido bastante apurado e virou a cabeça quando um graveto se quebrou sob o calçado dela.

Lottie ficou alerta enquanto ele se aproximava e reconheceu a graciosidade fluida, quase felina, de seus movimentos. Ele vestia roupas casuais, apenas uma camisa e um colete preto, botas e calças velhas. Lorde Sydney... parecendo nada respeitável e indecentemente bonito. Ela ficou surpresa ao vê-lo ali, quando todos os outros convidados da Mansão Westcliff ainda estavam na cama. Mais surpreendente ainda foi sua própria reação a ele, uma onda de excitação e alegria.

– Bom dia – cumprimentou lorde Sydney, com um sorriso fraco brincando em seus lábios.

Seus cabelos escuros estavam bagunçados e a gravata frouxa.

– Eu não esperava que o senhor estivesse de pé a esta hora – confessou ela em um tom alegre.

– Sempre levanto antes do nascer do sol.

Lottie apontou com a cabeça para a trilha que ele estava contemplando.

– Está planejando seguir por aquele caminho? Eu não recomendaria.

– Por que não?

– Bem, é uma trilha que leva a lagoas lamacentas e pântanos bem profundos. Um passo em falso e o senhor poderia acabar afundando na lama, supondo que não será morto por aranhas ou cobras antes – explicou Lottie, meneando a cabeça em um gesto de lamento fingido. – Já perdemos alguns bons hóspedes assim.

Ele deu um sorriso preguiçoso.

– Você recomendaria uma rota alternativa?

– Se for pelo outro lado, o senhor chegará a uma pista de equitação que leva a uma trilha em baixo relevo. Siga por ela até o jardim da casa da guarda, atravesse a abertura na sebe e o senhor encontrará um caminho que leva ao topo de um morro. Lá de cima dá para ver os lagos, vilarejos, florestas, tudo se estendendo à sua frente... A vista é deslumbrante.

– É para lá que está indo?

Ela meneou a cabeça e respondeu em um tom insolente:

– Não, eu vou na direção oposta.

– Mas quem vai me salvar dos lamaçais, então?

Ela riu.

– Não podemos caminhar juntos, milorde. Não seria apropriado nem prudente.

Se eles fossem vistos juntos, haveria fofocas. E certamente isso desagradaria lady Westcliff, que a aconselhara a nunca aceitar um "acompanhante", o termo educado a se usar.

– Ah, você quer ficar sozinha? – perguntou lorde Sydney.

Uma nova expressão surgiu no rosto dele, tão rápida e sutil que pouquíssimas pessoas teriam percebido.

– Peço perdão. Mais uma vez invadi a sua privacidade.

Lottie se perguntou o que havia visto nos olhos dele durante aquela fração de segundo... Uma desolação tão profunda e impenetrável que a assustou. Mas por quê? Aquele homem tinha tudo que uma pessoa precisa para ser feliz... Liberdade, riqueza, beleza, prestígio social. Não havia motivo para que ele sentisse qualquer outra coisa que não êxtase. Mas lorde Sydney era infeliz, e tudo na natureza de Lottie urgia que ela lhe oferecesse alento.

– Estou bastante acostumada a ficar sozinha – respondeu ela com delicadeza. – Talvez um pouco de companhia seja uma mudança bem-vinda.

– Se estiver certa disso...

– Sim, venha comigo – convidou ela, então olhou para a figura atlética dele com uma expressão deliberadamente desafiadora. – Só torço para que o senhor consiga me acompanhar.

– Vou tentar – afirmou ele em um tom irônico, apressando o passo para postar-se ao lado dela enquanto ela continuava caminhando.

Logo se aproximaram do tronco de um carvalho enorme que tinha caído na trilha. Insetos zuniam em meio aos raios do sol que se espreguiçavam acima deles.

– Olhe – disse Lottie, apontando para uma libélula enquanto ela voava e mergulhava diante deles. – Sabia que existem mais de dez espécies de libélulas nesta floresta, e ao menos cem tipos de mariposas? Quando anoitece é possível ver borboletas de asas arroxeadas; elas se reúnem bem no topo das ár...

– Srta. Miller – interrompeu ele –, sou de Londres. Nós não nos importamos com insetos, exceto para refletir sobre a melhor maneira de exterminá-los.

Lottie soltou um suspiro teatral, como se estivesse perplexa com o desinteresse dele pelo assunto.

– Está bem, então. Vou me abster de descrever as muitas variedades de besouros aquáticos que temos por aqui.

– Obrigado – foi a resposta fervorosa dele. – Agora me deixe ajudá-la a passar pelo carvalho...

– Não precisa.

Lottie saltou em cima do tronco tombado e caminhou sobre a superfície rugosa, exibindo sua coordenação motora sem qualquer traço de modéstia. Quando seus esforços foram recompensados apenas com o silêncio, ela olhou para trás e viu Sydney caminhando logo atrás dela, com passos tão confiantes e tranquilos quanto os de um gato. Deixou uma risada perplexa escapar enquanto chegava ao final do tronco.

– O senhor é bastante ágil para um homem do seu tamanho.

Lorde Sydney deixou o comentário passar, embora sua boca tenha se contorcido, indicando que não dava importância nenhuma a isso.

– Por que se tornou dama de companhia?

Lottie saltou para o chão, fazendo farfalhar a camada de folhas quebradiças. Nick a seguiu e aterrissou no mesmo local, fazendo bem menos barulho apesar de ter, no mínimo, o dobro do tamanho dela.

Lottie escolheu suas palavras com muita cautela. Ela não gostava de falar do seu passado – o assunto não só era perigoso, como também a enchia de melancolia.

– Minha família é pobre. Não havia outro jeito.

– Você poderia ter se casado.

– Nunca conheci alguém com quem quisesse casar.

– Nem mesmo lorde Westcliff?

– Lorde Westcliff? – repetiu ela, surpresa. – Por que eu teria qualquer interesse nele?

– Ele é rico e tem um título de nobreza, e você vive sob o teto dele há dois anos – foi a resposta sardônica de Sydney. – Por que não?

Lottie franziu a testa, pensativa. Não que o conde fosse desinteressante – pelo contrário, para falar a verdade. Westcliff era um homem atraente, que assumia responsabilidades e considerava indigno reclamar delas. Além de sua moralidade ferrenha, lorde Westcliff era de uma astúcia mordaz e ocultava cuidadosamente sua empatia e, como Lottie havia observado, empregava modos corteses tão habilmente quanto uma arma. As mulheres ficavam atraídas, mas Lottie não era uma delas. Ela sentia que não seria capaz de afastar a austeridade inata dele... E também não havia se sentido tentada a revelar a ele o motivo de sua rigorosa solidão.

– É claro que um homem na posição de Westcliff jamais consideraria *esse* tipo de interesse por uma dama de companhia – respondeu ela à pergunta de lorde Sydney. – Mas mesmo que estivéssemos no mesmo patamar social, tenho certeza de que o conde jamais me olharia desse jeito, nem eu a ele. Nossa relação, se é que podemos chamar assim, não tem essa... – Lottie pausou, procurando pela palavra adequada – alquimia.

A palavra pairou no ar, dissipando-se apenas com o som da voz suave de Sydney.

– Alquimia não é nada se comparada à segurança que ele poderia lhe oferecer.

Segurança. A coisa que ela mais queria, mas jamais poderia ter. Lottie parou e observou o rosto sombrio dele.

– O que o faz pensar que preciso de segurança?

– Você vive sozinha. Uma mulher precisa de alguém para protegê-la.

– Ah, não preciso de proteção alguma. Levo uma vida muito agradável em Stony Cross Park. Lady Westcliff é bastante gentil, não me falta nada.

– Lady Westcliff não viverá para sempre – disse Nick, e embora suas palavras fossem francas, sua expressão era estranhamente compreensiva. – O que você fará depois que ela se for?

A pergunta pegou Lottie de surpresa. Ninguém nunca fizera perguntas assim. Confusa, ela demorou a responder.

– Não sei – confessou ela com sinceridade. – Suponho que não me permito pensar muito no futuro.

O olhar de Nick estava fixo nela, os olhos de um tom de azul quase sobrenatural.

– Nem eu.

Lottie não sabia o que achar de seu acompanhante. Tinha sido fácil, em um primeiro momento, pensar nele como um jovem aristocrata mimado, com suas belas roupas feitas sob medida e seus traços perfeitos. Mas, olhando mais de perto, havia sinais que transmitiam o oposto. As olheiras acentuadas denunciavam incontáveis noites sem dormir. As rugas profundas nos dois cantos da boca lhe conferiam uma aparência cínica que era estranha para um homem tão jovem. E quando ele baixava a guarda, como naquele momento, ela percebia em seus olhos que a dor não lhe era estranha.

A expressão dele mudou em um piscar de olhos. Em segundos era de novo o cafajeste preguiçoso com olhar desdenhoso.

– O futuro é entediante demais para contemplar – disse ele. – Vamos continuar, Srta. Miller?

Desconcertada por aquela mudança brusca de humor, Lottie o conduziu para fora da floresta, até uma estrada escavada. O sol da manhã se erguia cada vez mais, afugentando o lilás do céu e aquecendo os prados. O campo pelo qual passaram estava tomado pela urze e por musgo cor de esmeralda, pontilhado por pequenos botões de rosetas.

– Não há paisagens como esta em Londres, não é? – observou Lottie.

– Não – concordou ele, embora não parecesse nem um pouco tocado pela silenciosa beleza campestre.

– Suponho que o senhor prefira a vida na cidade – comentou Lottie com um sorriso. – Cortiços, ruas de paralelepípedos, fábricas, fumaça de carvão e todo aquele barulho. Como alguém poderia gostar mais dessas coisas do que *disso*?

A luz do sol tocava as mechas castanhas e douradas dos cabelos dele.

– Fique com seus besouros e seus pântanos, Srta. Miller. Eu sempre vou preferir Londres.

– Bem, vou mostrar uma coisa que não existe em Londres.

Com ar triunfante, Lottie o conduziu pela estrada e logo chegaram a uma abertura cheia de água do córrego que corria ao lado dela.

– O que é isso? – perguntou lorde Sydney, olhando com desconfiança para o buraco lamacento.

– Um poço dos desejos. Todos no vilarejo vêm até aqui.

Agitada, Lottie revirou os bolsos do vestido.

– Ah, droga, não tenho nenhuma moeda.

– Para que você precisaria de moedas?

– Para jogar no poço – disse ela, com um sorriso de repreensão. – Achei que todos soubessem que não se pode fazer desejos sem uma moeda.

– O que está pensando em desejar? – perguntou ele em uma voz rouca.

– Ah, não é para mim. Eu já fiz dezenas de pedidos aqui. Queria que o senhor pudesse fazer um.

Desistindo de procurar uma moeda, Lottie olhou para ele.

Havia uma expressão estranha no rosto de lorde Sydney... Vazia, dolorosamente surpresa... Como se tivesse levado um chute no estômago. Ele não se mexeu nem piscou, apenas ficou olhando para ela como se não conseguisse entender o que dizia. O silêncio entre eles ficou pesado, e Lottie esperou, fascinada, que ele o quebrasse. Desviando o olhar, lorde Sydney observou o campo de urze com uma intensidade desconcertante, como se sua mente se esforçasse para se convencer de algo que não fazia sentido.

– Faça um pedido – disse Lottie. – Vou jogar uma moeda em seu nome na próxima vez que eu vier aqui.

Lorde Sydney meneou a cabeça. Quando falou, sua voz ainda estava rouca.

– Eu não saberia o que pedir...

Os dois continuaram em silêncio, seguindo seu caminho por um trecho lamacento até uma ponte que atravessava um pequeno riacho. Na margem oposta, uma campina os cumprimentava, reluzindo com suas rainhas-dos-prados amarelas que chegavam à altura da cintura.

Lottie ergueu as saias até os joelhos enquanto eles atravessavam a grama e a urze, se aproximando de uma barreira de cerca-viva.

– Por aqui. Além da sebe, a trilha leva de volta a Stony Cross Park pela floresta.

Ela apontou para um portal em forma de arco, tão estreito que só uma pessoa conseguiria passar por vez. Olhando para lorde Sydney, ela ficou aliviada ao ver que ele havia recobrado a compostura.

– A única passagem é por aquele portal do beijo.

– Por que é chamado assim?

– Não sei – disse ela, pensativa. – Acho que é porque seria uma consequência inevitável entre duas pessoas que tentassem passar por ele ao mesmo tempo.

– Uma teoria interessante.

Ele parou debaixo do portal. Apoiando-se em um dos lados, lançou um sorriso desafiador na direção dela, sabendo muito bem que ela não conseguiria passar sem encostar nele.

Lottie ergueu as sobrancelhas.

– O senhor por acaso está esperando que eu faça o teste?

Lorde Sydney ergueu um ombro em um gesto relaxado, observando-a com um charme que era quase irresistível.

– Bem, se você quiser, eu não vou impedir...

Era óbvio que ele não esperava que ela aceitasse o desafio. Lottie sabia que só precisava revirar os olhos e repreendê-lo e ele a deixaria passar. No entanto, enquanto refletia sobre sua resposta, sentiu um vazio horrível. Ela não era tocada por ninguém havia dois anos. Nenhum abraço impulsivo das amigas de Maidstone's... Nenhum carinho de sua mãe, nenhum beijinho doce dos irmãos mais novos. Ela se perguntou o que havia naquele homem que a deixava ciente dessa privação. Lorde Sydney a fazia querer contar seus segredos. O que era, é claro, impensável. Ela jamais poderia confiar em ninguém, pois sua vida estava em risco.

Ela notou que o sorriso de lorde Sydney havia desaparecido. Sem perceber, ela tinha se aproximado dele e agora estava a um braço de distância. Seu olhar se voltou para a boca dele, tão larga, masculina, farta. Sua pulsação acelerou a um ritmo frenético à medida que a tentação exercia uma força maior do que qualquer coisa que ela conhecia... Tão forte quanto o medo, tão intensa quanto a fome.

– Fique parado – disse ela.

Cuidadosamente, colocou a mão no peito dele.

No instante em que Lottie o tocou, o peito de lorde Sydney subiu e desceu debaixo da mão dela em um ofego forte e rápido.

As marteladas de seu coração sob os dedos dela encheram Lottie de ternura e curiosidade. Ele parecia congelado, como se receasse que qualquer movimento pudesse afugentá-la. Com delicadeza, ela tocou o lábio inferior dele com a ponta dos dedos e sentiu a respiração quente roçar sua pele. Uma borboleta saiu de seu local de repouso no portal e voou para longe, uma mancha de cor esvoaçante no ar.

– Qual é o seu nome? – sussurrou Lottie. – Seu primeiro nome.

Ele levou um tempo inexplicavelmente longo para responder. Seus cílios estavam baixos, ocultando seus pensamentos.

Ele era tão alto que Lottie precisou ficar na ponta dos pés para alcançar sua boca e, mesmo assim, mal conseguiu. Segurando a cintura dela com as mãos, Nick a pressionou contra seu corpo. De repente, uma expressão estranha e perdida inundou os olhos dele, como se ele estivesse se afogando. Hesitando, Lottie colocou a mão na nuca dele, onde os músculos haviam se enrijecido.

Ele deixou que ela puxasse sua cabeça cada vez mais para baixo, até sua respiração se misturar à dela e seus lábios se tocarem em um beijo doce e suave. A boca dele permaneceu quente e imóvel contra a dela, até que de repente seus lábios começaram a se mover suavemente. Desorientada, Lottie oscilou naquele abraço e Nick envolveu suas costas para segurá-la com firmeza. Instintivamente, ela se esticou ao máximo para cima, tentando intensificar a pressão, mas ele tomou o cuidado de manter seu desejo sob rédeas curtas, recusando-se a dar qualquer passo adiante.

Aos poucos, ela foi se afastando e voltou a colocar os calcanhares no chão. Lottie ousou tocar na bochecha dele, saboreando o calor da pele.

– Paguei o pedágio – sussurrou ela. – Posso passar pelo portal agora?

Ele assentiu e se afastou.

Lottie passou pela cerca-viva e ficou surpresa ao perceber que suas pernas estavam um pouco bambas. Seu acompanhante a seguiu em silêncio enquanto ela caminhava pela trilha que levava a Stony Cross Park. Quando estavam quase de volta à mansão, pararam sob um carvalho.

– Precisamos nos separar aqui – informou Lottie. – Não seria bom se fôssemos vistos juntos.

– É claro.

Uma dor saudosa surgiu no peito dela enquanto ela olhava para ele.

– Quando o senhor pretende partir de Stony Cross Park, milorde?

– Em breve.

– Não antes de amanhã à noite, espero. As pessoas do vilarejo fazem uma festa lindíssima para celebrar a primavera. Todos da mansão vão para assistir.

– Você também?

Lottie meneou a cabeça.

– Não, eu já vi outras vezes, então é provável que eu fique no quarto, lendo um livro. Mas, para alguém que vem pela primeira vez, as festividades serão interessantes.

– Pensarei a respeito – murmurou ele. – Obrigado pela caminhada, Srta. Miller.

E, inclinando a cabeça educadamente, ele a deixou.

Depois do café da manhã, Charlotte empurrou a cadeira de rodas de lady Westcliff pelas calçadas pavimentadas dos jardins da propriedade. Nick a observava por uma janela aberta no primeiro andar e conseguia ouvir a velha aristocrata dando lições.

– Não há o que substitua a inspeção diária – dizia lady Westcliff, gesticulando com a mão cheia de joias. – As ervas daninhas precisam ser arrancadas assim que surgem. Nunca se deve permitir que as plantas cresçam fora de seus devidos lugares. Caso contrário, elas arruinarão a proporção do jardim...

Charlotte parecia escutar respeitosamente enquanto conduzia a cadeira de rodas pela calçada. A facilidade com que a manuseava ocultava o peso óbvio do veículo. Seus braços finos eram fortes e ela não dava nenhum sinal de cansaço enquanto seguiam margeando a cerca-viva.

Nick a observava enquanto tentava colocar ordem na bagunça de seus pensamentos. Seu apetite costumeiro tinha desaparecido após a caminhada matinal. Ele não tomara café da manhã. Não fizera qualquer outra coisa, para falar a verdade, exceto perambular pela propriedade em uma espécie de transe que o deixava confuso. Nick julgava a si mesmo como um homem insensível, sem honra alguma e que de forma alguma era capaz de abafar seus instintos brutos. Boa parte de sua vida se resumira a sobreviver, de modo que ele nunca fora livre para ter ambições mais audaciosas. Ele pouco entendia de literatura ou história, e suas habilidades matemáticas eram limitadas a questões financeiras e probabilidades em apostas. A filosofia era um amontoado de princípios cínicos aprendidos através da experiência com o que havia de pior na humanidade. Àquela altura, nada era capaz de surpreendê-lo ou intimidá-lo. Ele não temia a perda, a dor, nem mesmo a morte.

Mas com algumas poucas palavras e um beijo desajeitado e inocente, Charlotte Howard o devastara.

Estava claro que ela não era mais a garota que seus pais, suas amigas e até o próprio Radnor conheciam. Estava acostumada a viver no presente, a nunca pensar no futuro. Saber que estava sendo procurada, que seus dias preciosos de liberdade eram limitados, deveria tê-la tornado uma mulher amarga e desiludida. No entanto, ela ainda jogava moedas em poços dos desejos. Um desejo. Uma fagulha de esperança que significava... Aquilo atingira a alma que ele acreditava já não possuir.

Ele não podia entregá-la a Radnor.

Ele precisava de Charlotte para si.

Sua mão se fechou no caixilho de madeira, apertando-o com força para manter o equilíbrio. Caso contrário, a violência dessa descoberta o teria feito cair.

– Sydney.

O som da voz de lorde Westcliff o assustou. Nick não ficou contente quando notou que estivera tão absorto observando Charlotte que seu senso de vigilância havia desaparecido. Mantendo uma expressão neutra, virou-se na direção do conde.

Os traços de Westcliff pareciam ainda mais obtusos e inflexíveis do que de costume. Seus olhos escuros exibiam um brilho duro, frio.

– Vejo que se encantou com a dama de companhia da minha mãe – observou ele. – Uma moça atraente, além de vulnerável. Já algumas vezes me vi obrigado a desencorajar o interesse de um convidado meu pela Srta. Miller, visto que eu jamais permitiria que alguém tirasse proveito dos meus criados.

Nick encarou o olhar fixo de Westcliff, ciente de que estava sendo alertado a ficar longe de Charlotte.

– Estou invadindo o seu território, milorde?

Os olhos do conde se estreitaram diante da pergunta insolente.

– Estendi minha hospitalidade a você com pouquíssimas condições, Sydney. Mas uma delas é que você deixe a Srta. Miller em paz. Isso não está aberto a negociação.

– Entendo.

A suspeita inflamou-se dentro dele. Charlotte tinha contado seu segredo ao patrão? Ele achava que ela não confiaria em ninguém, nem mesmo em um homem tão honrado quanto Westcliff. No entanto, se ela o tivesse feito, o conde se oporia ferrenhamente ao afastamento dela de Stony Cross Park. Também era possível que Charlotte tivesse conquistado essa proteção dormindo com Westcliff.

A ideia de Charlotte nua nos braços de outro homem deixou um gosto ácido na boca de Nick e ele sentiu-se irado. *Isso deve ser ciúme*, pensou ele, incrédulo. Meu Deus...

– Bem, deixarei a escolha para a Srta. Miller – respondeu Nick secamente. – Se ela desejar minha presença, ou minha ausência, farei o que *ela* desejar. Não o senhor.

Nick percebeu, pelo brilho de advertência nos olhos de Westcliff, que o conde não confiava nele.

O homem tinha bons instintos.

CAPÍTULO 4

O festival inglês do equinócio da primavera variava de um vilarejo para o outro. Tratava-se de uma antiga celebração romana que homenageava a deusa da primavera e, com o tempo, cada região havia acrescentado seus próprios costumes à tradicional dança de pau-de-fitas e das músicas típicas. Nick tinha vagas lembranças de infância das celebrações em Worcestershire, sobretudo do homem fantasiado de árvore, o famoso "Jack in the Green", que andava pelo vilarejo coberto de folhas verdes. Quando criança, Nick morria de medo daquele homem enrolado em folhagens e se escondia atrás da saia da irmã mais velha, Sophia, até que ele tivesse ido embora.

Já fazia muito tempo que Nick não participava de qualquer tipo de celebração do equinócio da primavera. Naquele momento, de sua perspectiva de adulto, as conotações sexuais da data eram mais que óbvias... Os camponeses dançando com os cajados fálicos, o rei e a rainha de maio indo de porta em porta borrifando "água exótica" nos moradores... As ruas decoradas com guirlandas exibindo um par de bolas de calêndula no meio.

Nick ficou parado em um morro próximo à mansão com vários outros convidados, observando a dança vibrante no meio do vilarejo. Centenas de lamparinas e tochas acesas iluminavam as ruas com um brilho dourado. Uma cacofonia de risos, música e canto preenchia o ar, enquanto as mulheres se revezavam no mastro. Explosões das trompas frequentemente pontuavam a algazarra. Homens jovens dançavam com cordas tecidas com pelos do rabo de vacas, que, mais tarde, seriam arrastadas pela noite úmida para garantir um bom suprimento de leite pelo ano seguinte.

– Imagino que será uma boa noite de caça – disse uma voz masculina próxima a ele.

A voz pertencia ao visconde de Stepney, um jovem forte, conhecido por não resistir a um rabo de saia. Seus companheiros, os lordes Woodsome e Kendal, caíram na gargalhada. Ao perceber o olhar questionador de Nick, Stepney explicou, aos risos:

– As garotas do vilarejo continuarão celebrando até amanhecer. Se encontrar uma delas na floresta, ela deixará que você faça o que quiser. Até mesmo as casadas. Elas têm permissão para tirar as alianças apenas esta noite.

– E os maridos não protestam? – indagou Nick.

A pergunta fez os lordes rirem em uníssono.

– É claro que não – respondeu Stepney. – Eles estão ocupados demais correndo atrás de sangue novo para se preocuparem com o que as esposas estão aprontando. Uma festividade muito agradável, não acha?

Nick sorriu de leve, sem responder. Claramente, Stepney e seus companheiros achavam divertidíssimo passar dez minutos fornicando com as camponesas na floresta. "Uma cutucada e uma balançada", era como Gemma Bradshaw descrevera as habilidades sexuais da maioria dos homens que frequentava seu estabelecimento. Eles não faziam a menor ideia do que era a verdadeira sexualidade, não desejavam nada de uma mulher além de que abrisse as pernas. Obviamente, o coito breve entre desconhecidos proporcionava certo tipo de êxtase, mas isso era simples demais – e fácil demais – para satisfazer Nick. Graças aos ensinamentos de Gemma, ele havia desenvolvido um gosto complexo.

A imagem do rosto de Charlotte, com os olhos escuros, o queixo pontudo e a bela boca, pairava em sua mente. Stepney e seus amigos podiam sair à procura de diversão efêmera. Nick tinha perspectivas bem mais interessantes.

– Venha, Sydney – convidou o visconde. – As garotas do vilarejo estarão à disposição assim que o noivo de maio for escolhido.

Ao ver a confusão de Nick, ele explicou:

– Um rapaz em idade de se casar se deita na grama e finge dormir. As garotas que estiverem dispostas a se casar com ele apostam uma corrida para ver quem irá despertá-lo. A primeira a beijá-lo poderá reivindicá-lo como noivo. E as outras garotas, todas precisando de consolo nesse momento, correm pela floresta, esperando para serem encontradas por homens intrépidos como eu. Você tinha que ver a que capturei no ano passado. Cabelos pretos, lábios vermelhos. Meu Deus, era uma boca linda. Vamos, Sydney. Se você for ágil, conseguirá abocanhar uma.

Nick estava prestes a recusar quando seu olhar foi capturado por um novo grupo de garotas que pegava as fitas do mastro. Uma delas chamou sua atenção. Assim como as demais, usava um vestido branco de camponesa, com os cabelos escondidos por um pano vermelho. Àquela distância, era difícil identificar seu rosto, mas Nick a reconheceu de imediato. Um sorriso pesaroso curvou seus lábios quando se lembrou de Charlotte dizendo que pretendia ficar em seu quarto com um livro naquela noite. Sem dúvida, os Westcliffs desaprovariam se ela participasse do festival, então ela optara por ir disfarçada. A fascinação e o desejo ganharam vida dentro dele enquanto seu olhar passeava pela figura esguia de Charlotte. Ela dançava em torno do mastro com as mãos erguidas com exuberância acima da cabeça.

– Acho que me juntarei a vocês – murmurou Nick, acompanhando os ávidos libertinos morro abaixo.

~

Rindo despreocupadamente, Lottie se juntou à multidão de solteiras que aguardava, todas prontas e tensas, para apostar a corrida. Pelo que tinha ouvido falar, o noivo de maio daquele ano era um excelente partido – o filho do açougueiro, um rapaz loiro de olhos azuis, muito bonito, e que oferecia a garantia de herdar um negócio bastante lucrativo. É claro que Lottie não tinha intenção alguma de reivindicá-lo. Mas era divertido participar da brincadeira e ela se contagiou com a animação das garotas à sua volta.

O sinal foi dado e Lottie foi carregada pelas garotas do vilarejo em uma corrida frenética. A selvageria e o barulho eram um contraste tão grande com sua existência silenciosa em Stony Cross Park que ela sentiu uma onda de euforia. Tinha passado tantos anos aprendendo a se comportar de forma adequada em Maidstone's e se esforçava tanto para ser a discreta dama de companhia de lady Westcliff que não conseguia se lembrar da última vez em que erguera a voz. Deixando-se levar pelo momento, Lottie gargalhou e gritou tão alto quanto as decididas futuras noivas ao seu redor, enquanto o grupo corria pelo gramado. De algum lugar à frente, um grito jubilante ecoou em meio à multidão. A vitoriosa, uma garota robusta de cabelos vermelhos, montou nos ombros largos de seu noivo, agitando um buquê de flores silvestres.

– Consegui! – gritava ela. – Eu *peguei ele*, ele é meu!

Gritando vivas, os camponeses rodearam o novo casal, enquanto a solteiras decepcionadas se espalhavam e corriam na direção da floresta. Um bando de homens sedentos as seguiu, prontos para começarem as celebrações da noite.

Sorrindo, Lottie as seguiu a passos lentos, sem querer chamar a atenção de qualquer rapaz excessivamente amoroso. Em poucos minutos os foliões iriam embora com seus pares e ela retornaria de fininho a Stony Cross Park. Parando no limite da floresta, Lottie se apoiou em um plátano de coroa enorme e suspirou, satisfeita. Suas pernas estavam deliciosamente fracas da dança e do vinho. Aquele era o primeiro ano em que ela de fato participava das festividades em vez de apenas assistir, e tinha sido mais divertido do que imaginara. Uma música tocava insistentemente em sua cabeça, e ela a cantarolou para si mesma aos sussurros, de olhos fechados e com as costas apoiadas no tronco liso e sarapintado.

Não porfiem mais, solteiras da primavera,
Não porfiem mais, solteiras, a disputa austera,
Não porfiem mais, o desdouro é assaz...

Embora tudo estivesse imóvel e quieto ao seu redor, o instinto a alertou de que ela não estava mais sozinha. Parando, Lottie abriu os olhos e recuou ao ver alguém bem ao seu lado.

– Minha nossa!

Ela cambaleou para trás, e um par de mãos segurou seus ombros, endireitando-a.

Gritando de surpresa, Lottie agitou-se para se desvencilhar.

– Calma – disse uma voz masculina, tomada pelo riso. – Calma. Sou eu.

Ela arfou e ficou imóvel, encarando o rosto sombrio dele.

– Lorde S-Sydney?

– Eu mesmo.

– O senhor quase me matou de susto!

– Desculpe – disse ele, sorrindo, e seus dentes brancos brilharam no escuro. – Eu não queria atrapalhar.

Lottie riu e o empurrou, mortificada por ter sido pega cantando para si mesma como uma lunática.

– Como o senhor me encontrou?

– Parece ser um talento meu.

Sydney a soltou e apoiou um ombro no plátano. Seu sorriso despreocupado contradizia o olhar alerta.

Lottie ajeitou o lenço, que havia saído do lugar na correria.

– Não sei como me reconheceu... Meus cabelos estão cobertos...

– Conheço seu jeito de andar.

Ela não respondeu, sentindo uma mistura de prazer e incerteza. Havia um elogio implícito naquela afirmação. Mas ele era um estranho... Ele não a conhecia há tempo suficiente, nem bem o suficiente, para distinguir algo tão intrínseco e sutil.

– Gostou das festividades, milorde? – perguntou ela enquanto amarrava o lenço de volta no lugar.

– Gostei de observar você.

Os olhos dela se estreitaram em uma ameaça fingida.

– O senhor pretende contar a alguém que me viu aqui?

Lorde Sydney se aproximou, como se fosse compartilhar alguma coisa confidencial.

– Nem se minha vida dependesse disso.

Sorrindo, Lottie apoiou o ombro na árvore, imitando a postura dele.

– Veio para caçar na floresta, como os outros jovens?

Um brilho galanteador surgiu nos olhos dele.

– Bem, isso depende. Você vai correr pela floresta na esperança de ser capturada?

– Definitivamente, não.

– Então permita que eu a acompanhe até a casa. Eu não gostaria que você fosse emboscada por algum jovem fervoroso.

– Ah, eu corro mais rápido do que todos eles – afirmou Lottie em um tom confiante. – Conheço esses bosques muito bem e sou pequena o bastante para correr com facilidade entre as árvores. Ninguém conseguiria me pegar.

– Eu conseguiria.

– Um homem do seu tamanho? Acho que não. Nestes bosques, com toda a vegetação rasteira, o senhor seria barulhento como um elefante alvoroçado.

O corpo dele ficou sutilmente tenso; era quase palpável o quanto ele gostava daquele desafio descarado.

– Você ficaria surpresa... – começou ele.

Porém foi interrompido por um grito feminino vindo de algum lugar à esquerda, quando uma camponesa foi "pega" por um jovem errante. Um momento de silêncio, então um gemido alto de prazer chegou aos seus ouvidos por entre as árvores.

Quando Sydney se voltou de novo para Lottie, ela havia desaparecido.

Rindo por dentro, ela escapuliu pelo bosque como um fantasma, erguendo as saias até os joelhos para não ficar presa nos galhos. Ela se moveu com facilidade pelo labirinto de troncos e brotos, até enfim tudo estar quieto e não haver sinal algum de qualquer pessoa atrás dela. Parando para recuperar o fôlego, Lottie olhou para trás. Nenhuma movimentação, nada além dos sons distantes da farra da celebração.

Ou lorde Sydney decidira não a perseguir, ou ela o tinha despistado. Um sorriso triunfante curvou seus lábios. Ela tinha provado que estava certa. Virando-se, começou a seguir na direção de Stony Cross Park... E gritou de pavor ao bater de frente com um corpo masculino rijo.

Lottie se viu pressionada contra um torso largo e um par de braços musculosos a subjugou com facilidade. Lorde Sydney. Seu riso grave fazia cócegas no ouvido de Lottie. Perplexa, ela se apoiou nele, precisando do suporte para conseguir recuperar o equilíbrio.

– Como conseguiu passar por mim? – perguntou ela, sem fôlego.

– Passos velozes.

Os dedos delicados dele tentaram recolocar o lenço dela, mas o tecido escorregou sobre seus cabelos lisos e belos, revelando a trança lindamente enrolada na altura da nuca. Ele largou o lenço no chão. Um sorriso transpareceu em sua voz.

– Você não pode escapar de mim.

As palavras provocativas pareciam conter uma pitada de advertência.

Lottie ficou parada ali, na proteção do corpo dele, absorvendo seu calor, seu cheiro masculino apimentado. Como tinha acabado sozinha no escuro com ele? Ela não acreditava em acaso. Aquilo só podia ser resultado da atração implacável que sentia por aquele homem... Uma atração que parecia recíproca. Quando os dois ficaram em silêncio, Lottie percebeu um casal perto deles, suas figuras entrelaçadas quase invisíveis em meio às árvores. Os sons abafados da folia sexual levaram uma onda de calor ao rosto de Lottie.

– Me leve para casa, por favor – pediu ela.

Lorde Sydney a soltou. Lottie deu um passo para trás, quase se chocando contra uma árvore enorme. Ele a pressionou contra o tronco largo, usando os braços para protegê-la da aspereza da casca. Lottie prendeu a respiração. Suas mãos deslizaram até a parte superior dos braços dele, onde a protuberância brutal dos músculos se manifestava sob o casaco. Ela sabia que ele ia beijá-la, que ele a queria. E que os céus a ajudassem, porque ela também o queria.

Ele acariciou a curva da bochecha dela com a ponta de um dedo, um gesto cuidadoso, como se ela fosse uma criatura selvagem que poderia sair em disparada ao menor sinal de perigo. Sua respiração se acelerou quando ele tocou seu queixo e ergueu sua cabeça em um ângulo de rendição.

A boca suave dele se aproximou de seus lábios em gestos persuasivos e foi tocando-a até que Lottie abriu os lábios, arfando de prazer. A ponta da língua dele tocou a borda de seus dentes, aventurando-se mais para dentro, encostando na parte interna de sua bochecha em uma exploração ardente e delicada. O beijo a deixou zonza, e ela envolveu o pescoço dele com os braços em uma tentativa desesperada de manter o equilíbrio. Ele pesou ainda mais sobre ela, pressionando-a com firmeza ao carvalho implacável. Ela se contorceu e o puxou para mais perto, até ele emitir um ruído leniente e descer as mãos pelas costas dela. A carícia lenta apenas atiçou seu desejo, fazendo-a se curvar na direção dele em uma busca cega e instintiva. Ela sentiu algo pressionado contra o tecido de sua saia de lã áspera... A protuberância íntima do sexo dele.

O membro rijo dele encaixava-se perfeitamente na fenda entre suas coxas. Com a rigidez dele pressionada contra sua maciez, a boca de Nick a possuía com uma habilidade sinistra. Lottie envolveu os cachos grossos do cabelo dele, que brilhavam como seda sob o luar fragmentado. Um gemido feroz escapou dele, e seus lábios deslizaram pelo pescoço dela. Mesmo em sua inocência, Lottie sentia a exuberância da experiência no toque cuidadoso dele, na fome que ele mantinha firmemente sob controle.

Sua blusa de camponesa havia escorregado por um ombro, revelando o brilho claro da pele. Os dedos dele encontraram o laço no decote e puxaram, fazendo o linho amassado escorregar para baixo. Lentamente, a mão dele passeou por debaixo de sua camisa. Seu mamilo frio e macio enrijeceu sob as pontas calosas daqueles dedos; a cada movimento circular, o bico foi ficando cada vez mais teso e quente.

Lottie pressionou o rosto na curva entre o pescoço e o ombro de Nick. Ela precisava parar naquele instante, antes que fosse arruinada.

– Não. Por favor, pare... Desculpe.

A mão dele soltou a blusa dela, e ele tocou seus lábios úmidos com os dedos.

– Assustei você? – sussurrou ele.

Lottie meneou a cabeça, resistindo, de alguma forma, à vontade de se aninhar no abraço dele como um gato aquecido pelo sol.

– Não... Eu mesma me assustei.

Por algum motivo, a confissão o fez sorrir. Os dedos dele escorregaram até seu pescoço, contornando a linha frágil com uma sensibilidade que a fez prender a respiração. Puxando a blusa de volta para o devido lugar, Nick amarrou o laço desfeito que mantinha o decote preso.

– Então vou parar – disse ele. – Venha... Vou levar você até em casa.

Ele permaneceu perto quando retomaram a caminhada pela floresta, ocasionalmente movendo-se para tirar um galho do caminho, ou para segurar sua mão e conduzi-la por um trecho difícil do caminho. Conhecendo a floresta de Stony Cross Park como Lottie conhecia, ela não precisava de ajuda, mas aceitou, um pouco hesitante. Não fez qualquer objeção quando ele parou de novo e seus lábios encontraram os dela com facilidade na escuridão. A boca dele era quente e doce e lorde Sydney a beijava sem parar... Beijos rápidos, lânguidos, beijos que passavam de um desejo intenso ao flerte descompromissado. Inebriada de prazer, Lottie deixou suas mãos passearem pelos cabelos bagunçados e pela nuca dele, rija como ferro. Quando o calor dilacerante chegou a um ponto insuportável, lorde Sydney grunhiu suavemente:

– Charlotte...

– Lottie – disse ela, ofegante.

Ele pressionou os lábios na têmpora dela e a aninhou em seu corpo robusto como se ela fosse muito frágil.

– Eu nunca pensei que encontraria alguém como você – sussurrou ele. – Eu procurei você por tanto tempo... Precisei de você por tanto tempo...

Lottie estremeceu e apoiou a cabeça no ombro dele.

– Isso não é verdade – disse ela, sem forças.

Os lábios dele tocaram seu pescoço, encontrando um ponto que a fez curvar o corpo involuntariamente.

– O que é verdade, então?

Ela apontou para o limite da propriedade, demarcado pelos teixos.

– Aquilo lá.

Os braços dele a seguraram com mais força e ele falou em uma voz abafada:

– Me deixe ir até o seu quarto, só um pouco...

Lottie respondeu com uma risada trêmula, sabendo o que aconteceria se ela permitisse isso.

– De jeito nenhum.

Beijos suaves e quentes salpicaram sua pele.

– Você está segura comigo. Eu não pedirei mais do que você estiver disposta a oferecer.

Lottie fechou os olhos. Sua cabeça girava.

– O problema – respondeu ela com pesar – é que estou disposta a oferecer demais.

Ela sentiu a curva do sorriso dele em sua bochecha.

– Você acha isso um problema?

– Ah, se acho.

Afastando-se dele, Lottie levou as mãos ao rosto quente e suspirou.

– Precisamos parar. Não confio em mim mesma com você.

– Não deveria mesmo – concordou ele com a voz rouca.

O som da respiração de ambos se misturou na escuridão. Ele era tão quente e forte que Lottie mal conseguia se conter para não se jogar em seus braços. Em vez disso, ela se obrigou a pensar. Lorde Sydney logo iria embora e a lembrança daquela noite desapareceria com o tempo. Ela não era tão fraca, nem tão tola, para se deixar seduzir com tanta facilidade.

– Ao menos me permita levá-la até em casa – pediu ele. – Se formos vistos juntos, você pode explicar que nos encontramos por acaso.

Lottie hesitou, então aquiesceu.

– E nos despediremos no terraço dos fundos?

– Tudo bem.

Oferecendo-lhe o braço, lorde Sydney a acompanhou até a escadaria dupla de pedras nos fundos da mansão. Ambos permaneceram em silêncio enquanto subiam até o terraço com vista para os jardins principais. A luz abundante do grande salão brilhava pelas múltiplas vidraças das janelas e portas francesas. O terraço, que costumava ser o local onde os convidados fumavam e bebiam vinho do Porto, estava desocupado, visto que quase todos estavam ou no vilarejo ou jogando cartas e bilhar dentro da mansão.

Um homem solitário relaxava em uma poltrona perto da balaustrada. Ele tragava um charuto, exalando um vapor fino de fumaça que subia pelo ar como um espectro. O aroma do tabaco caro chegou às narinas de Lottie quando ela pisou no último degrau.

Seu estômago se revirou quando ela percebeu de quem se tratava.

– Lorde Westcliff – murmurou, fazendo uma mesura automática.

Sentindo-se inquieta, Lottie imaginou o que ele pensaria do fato de ela estar acompanhada por lorde Sydney.

O conde permaneceu sentado, observando os dois. A luz refratada das janelas reluzia em seus cabelos pretos como carvão e criava sombras angulares em seus traços brutos e fortes.

– Srta. Miller – cumprimentou ele em sua voz grave, acenando friamente com a cabeça para seu acompanhante. – Sydney. Que encontro oportuno. Há uma questão que quero discutir com você.

Certa de que o patrão estava insatisfeito com seu comportamento, Lottie baixou o olhar para o piso de pedra do terraço.

– Perdão, milorde. Eu fui assistir ao festival no vilarejo e...

– Ao que parece, a senhorita fez mais que assistir – observou lorde West-cliff, passando os olhos por suas vestimentas rústicas.

– Sim, eu participei da dança do pau-de-fitas. E lorde Sydney se ofereceu para me acompanhar até em casa...

– É claro que se ofereceu.

O conde deu outra tragada em seu charuto e a fumaça azul-acinzentada rodopiou para cima no ar.

– Não há necessidade de ficar tão perturbada, Srta. Miller. No que diz respeito a mim, a senhorita não está proibida de procurar diversão no vilarejo, embora seja aconselhável não mencionar tais atividades à condessa viúva – disse ele, gesticulando com o charuto. – Pode ir, enquanto eu discuto algumas questões com lorde Sydney.

Lottie concordou com um suspiro aliviado.

– Sim, senhor.

Quando ela se moveu para sair, ficou perplexa ao sentir lorde Sydney segurando seu braço com delicadeza.

– Espere.

Lottie congelou, confusa e enrubescendo. Ela não conseguia acreditar que ele tinha ousado tocá-la diante do conde.

– Milorde – murmurou ela em protesto.

Sydney não olhou para ela; seu olhar estava fixo nos traços marcantes do conde.

– Antes que a Srta. Miller se despeça, é melhor o senhor me dizer sobre o que deseja conversar comigo.

– Trata-se de sua suposta família – respondeu lorde Westcliff. – E de seu suposto passado.

As palavras serenas exalavam condenação. Lottie percebeu, pela expressão do conde, que havia algo de muito errado acontecendo ali. Se restava algum calor dos momentos passados na floresta, ele se esvaiu.

Perplexa, ela encarou lorde Sydney. O rosto dele tinha, de alguma forma, mudado, não era mais tão bonito, mas frio e duro. Naquele momento ele parecia um homem capaz de qualquer coisa. De repente, ela mal conseguia acreditar que, minutos antes, estava beijando aquela boca austera, que as mãos dele a tinham acariciado intimamente. Quando ele falou, até mesmo sua voz soava diferente, com um sotaque mais grosseiro. A fachada nobre se esvaíra, revelando camadas pedregosas por baixo.

– Eu preferiria discutir a questão em um local mais reservado – disse ele ao conde.

Westcliff inclinou a cabeça em concordância gélida.

– Há um escritório na ala da família. Isso serve?

– Sim – disse Nick, e fez uma pausa antes de acrescentar: – A Srta. Miller nos acompanhará.

Lottie olhou para ele, estupefata. O pedido dele não fazia sentido algum. De repente, ela ficou gelada outra vez e um arrepio desceu por sua coluna.

– Por quê? – perguntou ela por entre lábios secos.

– Ela não tem nada a ver com isso – decretou lorde Westcliff bruscamente, levantando-se.

O rosto de lorde Sydney ficou sombrio e imóvel.

– Ela tem tudo a ver com isso.

Lottie sentiu-se empalidecer. Toda a superfície de seu corpo parecia formigar e queimar, como se tivesse caído em um lago congelado. Não conseguia falar nem se mexer. Estava tomada por uma desconfiança paralisante.

O conde largou o charuto no chão e o esmagou com o pé. Uma pitada de impaciência incomum permeava sua voz.

– Srta. Miller, poderia fazer a gentileza de nos acompanhar? Parece que temos um pequeno mistério a solucionar aqui.

Como uma marionete, Lottie seguiu o conde para dentro da casa, enquanto seus instintos gritavam para que fugisse correndo. Ela não tinha, no entanto, muita escolha além de obedecer. Forçando-se a manter a calma, ela seguiu com os dois homens até o escritório cujas paredes de pau-rosa reluziam, avermelhadas, sob a luz da lamparina. O cômodo era estoico, com pouquíssimo estofamento, ângulos incisivos e nenhuma decoração além da fileira imaculada de vitrais.

Quando lorde Westcliff fechou a porta, Lottie tomou o cuidado de manter o máximo de distância possível entre ela e Sydney. Uma sensação de mau agouro quase a fazia vomitar. Ela não conseguia se obrigar a olhar para lorde Sydney, mas estava ciente de sua presença.

Lorde Westcliff falou:

– Gostaria de se sentar, Srta. Miller?

Lottie meneou a cabeça, com medo de desabar a qualquer instante caso se movesse mais.

– Muito bem, então – disse o conde, que então voltou sua atenção para lorde Sydney. – Vamos começar com a informação que recebi hoje. Logo depois da sua chegada a Stony Cross Park, decidi fazer uma investigação a seu respeito. Desconfiei que você não estava sendo totalmente sincero, embora não conseguisse determinar o motivo.

Lorde Sydney parecia relaxado, porém atento; seus olhos azuis eram duros enquanto ele encarava o olhar do conde.

– E quais foram os resultados de sua investigação, milorde?

– Não existe nenhum visconde de Sydney – respondeu Westcliff sem rodeios, ignorando o arquejo de Lottie. – A linhagem da família terminou há quase vinte anos, quando o verdadeiro lorde Sydney faleceu *sine prole mascula superstite*, sem deixar herdeiros homens vivos para reivindicar o título. O que levanta a seguinte questão: quem diabo é você e qual é o seu propósito aqui?

– Me chamo Nick Gentry.

Embora Lottie nunca tivesse ouvido aquele nome, lorde Westcliff pareceu reconhecê-lo.

– Entendo – disse ele. – Isso explica o envolvimento de sir Ross. Então você está aqui a serviço da Bow Street.

Lottie arfou de surpresa ao perceber que aquele estranho era um detetive da Bow Street. Ela tinha ouvido falar do seleto grupo de elite da polícia que fazia de tudo – desde solucionar casos de assassinato até atuar como guarda--costas da realeza. Eles eram conhecidos por sua eficiência implacável e pela coragem e tinham até conseguido atingir um status aclamado nos mais altos escalões da sociedade. Não era de se admirar que aquele homem parecesse tão diferente dos outros convidados. "Eu caço", ele lhe dissera, omitindo convenientemente o fato de que suas presas eram bípedes.

– Nem sempre – disse Nick em resposta à pergunta de Westcliff. – Às vezes, eu aceito trabalhos particulares.

O olhar dele se voltou para o rosto tenso de Lottie.

– Dois meses atrás, fui contratado por lorde Radnor para encontrar sua noiva fugitiva, Charlotte Howard, desaparecida há dois anos.

Lottie congelou quando uma dor cruel explodiu em seu peito e se espalhou por seu corpo todo. Sua boca tremia em uma negação violenta, mas nenhuma palavra saía. Em vez disso, ela ouviu um grito agudo, incoerente, percebendo apenas depois que tinha escapado dela própria. Ela não percebeu que havia se movido, mas, de repente, se viu do outro lado do cômodo, agarrando o rosto sombrio de Nick Gentry enquanto a raiva e o pavor rodopiavam ao seu redor como pássaros em fúria.

Uma obscenidade foi berrada em seus ouvidos e seus pulsos foram segurados por mãos de ferro, mas ela não parou de se debater. Suor e lágrimas escorriam por seu rosto, e ela respirava em gritos soluçantes, lutando pela própria vida, pela liberdade que lhe estava sendo arrancada. Em algum lugar de sua mente, ela sabia que estava agindo como uma lunática, que aquilo não a ajudaria em nada, mas parecia não conseguir se conter.

– Pare com isso, Lottie – ralhou Nick, sacudindo-a com força. – Acalme--se... Pelo amor de Deus...

– Eu não vou voltar! – berrou ela, arfando. – Eu mato você antes disso! Meu Deus, como eu odeio você, eu *odeio você*...

– Lottie.

A voz fria da sanidade penetrou sua tormenta tempestuosa.

Era a voz de lorde Westcliff. Um de seus braços musculosos envolveu a cintura dela por trás e a puxou para longe de Nick. Ela se resguardou nele como um animal apavorado.

– Basta – disse Westcliff em seu ouvido, apertando-a com mais força. – Ele não vai levar você, Lottie. Eu prometo. Você sabe que sempre cumpro minha palavra. Agora, respire fundo. Isso, de novo.

De alguma forma, a voz severa e grave do conde a tocou como nada mais no mundo teria tocado, e ela se percebeu obedecendo. Ele a forçou a se sentar e, agachando-se, a fitou com um olhar penetrante.

– Agora fique quietinha. E continue respirando.

Lottie aquiesceu, seu rosto ainda desfigurado pelo medo.

– Não deixe esse homem chegar perto de mim – sussurrou ela.

Levantando-se, Westcliff lançou um olhar gélido ao detetive da Bow Street.

– Não se aproxime, Gentry. Não dou a mínima para quem lhe pagou para fazer isso. Você está na minha propriedade e não fará nada sem o meu consentimento.

– Você não tem reivindicação legal sobre ela – ponderou Nick. – Não pode mantê-la aqui.

Westcliff respondeu bufando. Indo até o aparador, serviu uma quantidade pequena de um líquido âmbar em uma taça. Levando o licor até Lottie, ele forçou os dedos trêmulos dela em torno do recipiente.

– Beba – ordenou ele.

– Eu não... – começou ela, mas ele a interrompeu em um tom de absoluta autoridade.

– Agora. Até a última gota.

Fazendo uma careta, ela virou o líquido em alguns goles e tossiu enquanto sua garganta e seus pulmões ardiam. Sua cabeça girava e ela fitou o conde com olhos cheios d'água. Ele tirou um lenço de dentro do casaco e entregou a ela. O linho estava quente pelo calor de seu corpo. Escondendo o rosto atrás do tecido, ela suspirou, trêmula.

– Obrigada.

Lottie manteve o olhar fixo nele, sem conseguir encarar Nick. Ela nunca imaginara que fosse possível se sentir tão devastada... Que sua desgraça chegaria na forma de um homem lindo, com olhos cruéis e um charme vulgar... O primeiro homem que ela beijara. A dor da traição, a humilhação avassaladora, tudo aquilo era demais para suportar.

– Pois bem – disse Westcliff em um tom tranquilo, sentando-se na cadeira ao lado da de Lottie –, sua reação à revelação do Sr. Gentry parece confirmar que você é mesmo Charlotte Howard.

Ele esperou pela breve confirmação dela antes de continuar.

– Também é verdade que você está noiva de lorde Radnor?

Lottie sentia-se reconfortada com a presença imponente do conde, sabendo que ele era a única coisa que a mantinha a salvo do predador que espreitava nas proximidades. Encarando os traços brutos de Westcliff, ela teve dificuldade em encontrar as palavras certas para fazê-lo entender a situação. Ao ver sua agitação, o conde a surpreendeu pegando sua mão. Ele a apertou com firmeza, transmitindo segurança e parecendo afugentar o medo que a deixava congelada. Lottie ficou impressionada com a delicadeza. O conde nunca havia demonstrado aquele tipo de consideração... Para falar a verdade, ele nunca parecera prestar muita atenção nela.

– Não foi escolha minha – explicou ela. – Foi uma coisa arranjada quando eu era criança. Meus pais prometeram minha mão a lorde Radnor em troca de suporte financeiro. Eu tentei com todas as minhas forças aceitar a situação, mas, a meu ver, Radnor não é racional, não é são. Os planos dele não são segredo para ninguém: ele me vê como um animal a ser treinado para satisfazê-lo. Basta dizer que, para mim, morrer seria melhor. O senhor precisa acreditar em mim, eu jamais teria agido dessa forma em outras circunstâncias...

– Eu acredito – respondeu Westcliff, ainda segurando a mão dela quando olhou para Nick Gentry. – Tendo conhecido a Srta. Miller já há algum tempo, posso apenas concluir que suas objeções ao casamento são válidas.

– São, sim – confirmou o detetive em tom seco.

Ele estava parado perto da lareira com uma postura falsamente preguiçosa, repousando um braço sobre a cornija de mármore. As chamas projetavam uma luz vermelha em seu rosto sombrio.

– Radnor é um porco, mas essa não é a questão. Os pais dela concordaram com o casamento. Dinheiro, uma quantia enorme, foi paga por isso. E, se eu não levá-la de volta, Radnor mandará mais uma dúzia de homens como eu para dar conta do serviço.

– Eles não vão me encontrar – afirmou Lottie, enfim conseguindo encará-lo. – Eu vou sair do país. Vou desaparecer...

– Não seja boba – interrompeu Nick em um tom de voz grave. – Você pretende passar o resto da vida fugindo? Ele vai mandar outro homem atrás de você, e mais outro. Você nunca terá um instante de paz. Não conseguirá correr tão rápido, nem para muito longe...

– Basta – interrompeu Westcliff secamente, sentindo o tremor que se espalhou pelo corpo de Lottie. – Não, Lottie não vai sair do país nem vai continuar fugindo de lorde Radnor. Encontraremos uma forma de resolver a questão para que ela possa levar uma vida normal.

Uma das sobrancelhas escuras de Gentry se ergueu em um arco desdenhoso.

– Ah, é? Isso vai ser interessante. O que você sugere, Westcliff?

O conde ficou em silêncio enquanto ponderava a questão.

Ainda observando Nick Gentry, Lottie tentou pensar além do turbilhão de emoções. Ela encontraria uma saída. Não podia, de forma alguma, ser levada a Radnor como um cordeiro rumo ao abatedouro. Seus pensamentos deviam ser óbvios, pois o olhar de Gentry foi tocado por uma admiração austera enquanto ele a observava.

– A meu ver, você tem apenas duas opções – disse Nick.

A voz dela tremeu apenas de leve quando respondeu:

– Quais seriam?

– Com o incentivo certo, posso ser persuadido a deixá-la ir embora. Nesse caso, você continuará se escondendo de Radnor até ser pega novamente. Ou... você pode ficar para sempre fora do alcance dele.

– O que quer dizer com isso?

Lorde Westcliff interveio em meio ao silêncio tenso.

– Ele está falando sobre casamento. Assim que você se casar e estiver sob a proteção legal de outro homem, Radnor vai parar de procurar você.

O olhar de Lottie voltou-se para a mão forte que cobria a sua.

– Mas isso é impossível. Não conheço nenhum homem que estaria disposto...

Ela parou, sentindo-se enjoada e amargurada.

– É possível, sim – retrucou o conde.

Enquanto Lottie olhava para Westcliff com incredulidade, o ruído de escárnio de Nick Gentry atravessou o ar.

– Planeja torná-la sua condessa, milorde?

O rosto do conde era inexpressivo.

– Se necessário.

Chocada, Lottie apertou a mão dele com força antes de soltá-la. Era impensável que Westcliff estivesse disposto a fazer tamanho sacrifício. Talvez ela devesse se conformar com a ideia de um casamento sem amor. Afinal de contas, qualquer coisa era preferível a se tornar lady Radnor. Mas o conde era um homem bom e honrado, e ela não se aproveitaria dele daquele jeito.

– O senhor é muito generoso, milorde – disse ela. – Mas eu jamais me casaria com o senhor, visto que merece muito mais do que um casamento por conveniência. É um sacrifício grande demais.

– Certamente não seria sacrifício algum – respondeu ele. – E seria uma solução lógica para o seu dilema.

Lottie meneou a cabeça e suas sobrancelhas finas se arquearam quando um pensamento lhe ocorreu.

– Bem, existe uma terceira opção.

– E qual seria?

Uma calma gélida pairou sobre Lottie e, de repente, ela se sentiu afastada da cena, como se fosse uma observadora imparcial em vez de participante.

– Eu prefiro não dizer ainda. Se não se importar, milorde, eu gostaria de ter alguns minutos a sós com o Sr. Gentry.

CAPÍTULO 5

Nick sabia que Lottie não reagiria passivamente à notícia de que ele estava procurando por ela a mando de lorde Radnor, mas a fúria passional de sua resposta ao ser encurralada o deixara abismado. Recomposta, ela olhava para ele com uma frieza desesperada que Nick conhecia bem demais. Ele achava aquela mulher magnífica.

Embora Westcliff não concordasse com o pedido de Lottie, ele aquiesceu, franzindo a testa.

– Vou aguardar na sala ao lado – disse ele, como se esperasse que Nick fosse saltar sobre ela como um animal faminto assim que a porta se fechasse. – Grite se precisar de ajuda.

– Obrigada, milorde – murmurou Lottie, dando ao conde um sorriso grato que fez Nick arder de ciúmes.

Não precisaria muito para que ele esmurrasse aquele rosto aristocrático de Westcliff, especialmente quando ele pegou a mão de Lottie para reconfortá-la. Nick nunca fora possessivo desse jeito com ninguém, mas ver Lottie aceitando o toque de outro homem beirava o insuportável. Algo estava acontecendo com ele... Nick sentia que havia perdido o controle da situação e não sabia ao certo como recuperá-lo. Tinha certeza apenas de uma coisa: precisava de Lottie... E, se não pudesse tê-la, viveria para sempre insatisfeito, frio, sedento.

Nick permaneceu ao lado da lareira, relaxado, exceto pelo punho cerrado sobre a cornija. Ele praguejou contra Westcliff em pensamento, pela mudança de circunstâncias. Nick planejava contar tudo a Lottie de um jeito amigável e apaziguar seus medos antes que ela tivesse a chance de entrar em pânico. Mas Westcliff havia estragado bastante as coisas e agora ela estava hostil, com toda a razão.

Lottie se virou para ele, os olhos vermelhos das lágrimas. No entanto, sua expressão era serena e ela o encarou como se estivesse tentando ler sua mente. O olhar inquisitivo o fez se sentir ameaçado.

– Foi tudo uma encenação? – perguntou ela baixinho.

61

Nick, que havia suportado incontáveis horas de interrogatórios e até mesmo de tortura, ficou estarrecido com a pergunta.

– Sei que foi até certo ponto – continuou Lottie. – Fazia parte do seu trabalho para conquistar minha confiança. Mas você foi um tanto além do necessário.

Ela se aproximou dele com uma lentidão hipnótica.

– Por que me disse aquelas coisas agora há pouco?

Nick não conseguia responder. Pior ainda: não conseguia desviar os olhos dela e Lottie parecia estar enxergando a alma dele.

– A verdade, Sr. Gentry – insistiu ela. – Se eu consigo me forçar a perguntar, você consegue se forçar a responder. Alguma coisa daquilo foi verdade?

Nick sentiu um fio de suor escorrer por seu rosto. Sua vontade era afastar a pergunta, rejeitá-la, mas seria impossível.

– Sim – respondeu ele, fechando a boca no mesmo segundo.

Ela jamais conseguiria fazê-lo admitir qualquer coisa além daquilo.

Por algum motivo que Nick mal conseguia conceber, a confissão pareceu fazer Lottie relaxar. Finalmente conseguindo desviar o olhar, ele fixou os olhos nas labaredas da lareira.

– Agora – murmurou ele –, talvez você possa explicar qual é a terceira opção.

– Preciso de proteção contra lorde Radnor – disse ela. – Poucos homens são capazes de enfrentá-lo, mas acho que você conseguiria.

A afirmação foi feita com indiferença... Não havia nada de elogioso no tom de voz dela. Mesmo assim, Nick sentiu uma faísca de orgulho masculino por ela reconhecer suas habilidades.

– Sim, eu conseguiria – respondeu ele em um tom neutro.

– Então, para retribuir sua proteção e seu auxílio financeiro, estou disposta a me tornar sua amante. Eu poderia até mesmo assinar um contrato que me obrigasse legalmente a tal função. Acho que isso seria suficiente para manter lorde Radnor afastado, e eu não precisaria mais me esconder.

Amante. Nick jamais previra que ela estaria disposta a se humilhar daquela forma. No entanto, parecia que Lottie era, no fim das contas, uma mulher pragmática, que reconhecia quando não podia mais se prender a seus princípios.

– Você permitiria que eu a levasse para a cama em troca do meu dinheiro e da minha proteção...

Nick proferiu a afirmação como se a palavra "amante" carecesse de definição. Ele lhe lançou um olhar cauteloso e prosseguiu:

– Você moraria comigo e me acompanharia em público, independentemente da vergonha que isso lhe causasse. É isso que está dizendo?

As bochechas dela ficaram vermelhas, mas ela não desviou o olhar.

– Sim.

O desejo se espalhou por todas as partes do corpo dele de um modo primitivo. A percepção de que ele a possuiria, de que ela cederia a ele por vontade própria, o deixou zonzo. Sua amante... Mas não era suficiente. Ele precisava de mais. Precisava de Lottie por inteiro.

Ele foi até o canapé, uma peça funcional, estofada em couro bordô duro, e sentou com as pernas afastadas. Então percorreu todo o corpo dela com o olhar, um gesto de pura avaliação com forte teor sexual.

– Antes de eu concordar com qualquer coisa, quero uma amostra do que você está oferecendo.

Ela enrijeceu.

– Acho que você já teve amostras suficientes.

– Está se referindo ao nosso passeio no bosque esta noite? – questionou ele com suavidade, sentindo o coração bater mais rápido. – Aquilo não foi nada, Lottie. Quero mais de você do que alguns beijos inocentes. Ter uma amante pode ser uma proposta onerosa, você precisa provar que vale a pena.

Ela caminhou até ele; seu corpo esguio era uma silhueta diante do fogo da lareira. Ela sabia que Nick estava agindo de forma estratégica, mas ainda não tinha percebido o que estava em jogo.

– O que você quer de mim? – perguntou ela.

O que ele tinha de Gemma. Não, *mais* do que Gemma um dia lhe dera. Nick queria alguém que pertencesse a ele. Que gostasse dele. Que precisasse dele de alguma forma. Ele não sabia se isso era possível, mas estava disposto a apostar tudo em Lottie. Ela era sua única chance.

– Eu vou te mostrar.

Nick estendeu o braço e pegou o pulso dela, puxando-a até ela estar meio sentada, meio inclinada ao lado dele. Deslizando a mão pela nuca dela, ele se aproximou, encontrando sua pulsação com a ponta da língua. Ao mesmo tempo, levou a mão dela à sua virilha, fechando os dedos magros na forma rija de sua ereção. Lottie enrijeceu e arfou, apoiando-se no peito dele, como se a força tivesse se esvaído de seu corpo. Ele puxou a mão dela pela extensão de sua ereção, até a cabeça arredondada que pulsava sob o tecido das calças.

Um ruído rouco escapou dele e ele puxou a blusa dela, sentindo imensa gratidão por quem quer que tivesse concebido uma peça que tornava o corpo feminino tão acessível. Os seios expostos brilhavam sob a luz do fogo; os mamilos eram macios e rosados. Lottie virou o rosto para o lado, fechando os olhos com força. Puxando-a para seu colo, Nick a enlaçou com um braço, enquanto ela se sentava na elevação rígida de sua ereção. Os dedos calosos de Nick deslizaram para baixo de um seio desnudo, erguendo o peso daquela carne sedosa na direção da descida lenta de seus lábios. Um arrepio se espalhou por Lottie quando ele abriu a boca e envolveu o mamilo sensível, sugando-o antes de tocá-lo com a língua. As mãos de Lottie ergueram-se de leve para empurrá-lo, mas, de repente, seus dedos agarraram as lapelas do casaco dele e ela soltou um gemido de prazer. Nick foi eletrificado pelo som. Usou a língua para traçar círculos em torno do mamilo que enrijecia cada vez mais, fazendo-a estremecer como um gato em seus braços.

Enquanto continuava sugando e atiçando os seios dela, ele deslizou a mão por debaixo de suas saias, encontrando a bainha simples das ceroulas e a liga de algodão grossa que prendia suas meias. Consciente da mão que havia se intrometido debaixo de suas saias, Lottie fechou as pernas com força e um rubor escarlate se espalhou por seu rosto e seus seios. Nick a acariciou por cima do linho amarrotado, deslizando a mão pelo quadril e pela barriga dela, movendo-se até os cachos macios mais embaixo.

– Não – pediu ela, ainda com as pernas fechadas.

Nick beijou a curva rosada de seu pescoço e o canto delicado de seu maxilar. A pele dela era tão fina e sedosa que era quase translúcida. Ele queria beijá-la dos pés à cabeça.

– Não é assim que uma amante fala... – sussurrou ele. – Está desistindo da oferta, Lottie?

Ela meneou a cabeça, sem conseguir falar enquanto a mão dele pressionava seu sexo.

– Então, abra as pernas.

Ela obedeceu desajeitadamente e apoiou o peso da cabeça no braço dele. Nick a acariciou por cima do tecido fino, esfregando a reentrância quente até o linho ficar úmido entre seus dedos. Os esforços dela em se manter quieta e imóvel o excitavam. O rosto dela logo ficou vermelho e as pernas enrijeceram enquanto ele atiçava suas partes íntimas. Finalmente, ela gemeu e segurou o pulso dele em súplica.

– Chega... – arfou ela.

O membro de Nick pulsava sob o corpo dela.

– Será? – sussurrou ele, deslizando os dedos pela fenda aberta de suas ceroulas. – Porque eu acho que você quer mais...

O corpo dela convulsionou quando Nick enfim tocou seus pelos macios... Ele sentiu a carne macia inflamada... A umidade acumulada em seu sexo. Beijando o arco de seu pescoço, Nick a acariciava intimamente.

– Que delícia sentir seus pelos... – sussurrou ele no ouvido de Lottie. – Estou aqui imaginando de que cor eles são... Loiros como o seu cabelo, ou mais escuros?

Chocada com a pergunta, Lottie o encarou com um olhar desfocado.

– Tudo bem – disse ele, abrindo a fenda macia. – Eu vou descobrir sozinho... Mais tarde.

Ela arqueou as costas quando ele encontrou o ponto sensível escondido pelas dobras da carne.

– Eu... Ah... Meu Deus...

Ele mordiscou o lóbulo da orelha dela.

– Shhh. Você não quer que Westcliff nos ouça, quer?

– Pare com isso – pediu ela, trêmula.

Nada, contudo, poderia detê-lo naquele momento. Ele a acariciou com habilidade, circundando o delicado ponto flamejante. As nádegas dela se afastaram da extensão rija de sua ereção e os quadris se projetaram na direção de sua mão. Ele esfregou o nódulo com a ponta calosa de seu polegar e deslizou o dedo médio para dentro dela, até estar completamente submerso em seu canal.

A respiração de Lottie acelerou, e suas coxas se contraíram enquanto ele inseria e recolhia o dedo em um ritmo tranquilo. Ele sentiu os músculos internos dela se contraírem, lutando para se livrar da tensão excruciante. Nick baixou a cabeça até os seios dela mais uma vez. Os bicos estavam rijos e rosados, e ele assoprou um deles de leve antes de sugá-lo. Com o dedo mergulhado dentro dela e o mamilo latejando em sua língua, ele experimentou uma sensação de triunfo como nunca antes.

À beira do clímax, Lottie se contorcia sem parar e deixou escapar um gemido de frustração. Retirando o dedo de dentro dela, Nick repousou a mão úmida sobre o ventre tenso e o acariciou com movimentos circulares suaves.

– Mais tarde resolverei isso – disse ele. – Eu prometo.

Lottie gemeu de novo, movimentando-se com desespero em cima da mão dele. Ele sabia o que ela queria e ansiava para prover. Suas narinas se inflaram quando ele detectou o perfume inebriante do desejo feminino. Nick sentiu o calor se espalhar por seu corpo e ele quase perdeu o autocontrole enquanto pensava em enterrar a cabeça entre as coxas dela, mergulhando a língua dentro dela...

Nick estremeceu quando teve de se obrigar a puxar as saias dela para baixo, cobrindo a carne doce que tanto desejava. Westcliff aguardava na sala ao lado e aquele não era o momento nem o local para se deixar levar ainda mais. Mais tarde, ele teria tempo para fazer amor com Lottie o quanto desejasse. *Paciência*, aconselhou a si mesmo, respirando algumas vezes para se recompor.

Lottie se desvencilhou dos braços dele e se encolheu na outra ponta do canapé. Ela estava gloriosamente desalinhada, com as bochechas úmidas e muito coradas sob a luz do fogo. Fechando o corpete de forma desajeitada, ela cobriu os seios.

Então os olhares se encontraram; o dela brilhava de vergonha, o dele era calculista. Nick deu o golpe de misericórdia.

– Eu quero você – disse ele. – Para falar a verdade, nada conseguiria me impedir de ter você, mas não quero você como minha amante. Quero posse total e irrevogável. Eu quero tudo o que você daria a Radnor ou a Westcliff.

Percebendo o que ele queria dizer, Lottie encarou Nick como se ele fosse um lunático. Levou um longo minuto para ela se recuperar o suficiente para conseguir falar.

– Você está falando em casamento? Que diferença existe entre casar com você ou com lorde Radnor?

– A diferença é que eu estou lhe dando escolha.

– Mas por que você estaria disposto a se prender a mim pelo resto da vida?

A verdade era algo que Nick jamais conseguiria admitir para ela.

– Porque quero a conveniência de ter uma esposa – mentiu ele. – E você vai servir tão bem quanto qualquer outra mulher.

Ela inspirou pesadamente, indignada.

– Faça sua escolha – aconselhou Nick. – Você pode continuar fugindo ou pode se tornar esposa de alguém. Minha ou de Radnor.

Lottie lançou a ele mais um daqueles olhares longos e questionadores que arrepiavam os pelos em sua nuca. Maldição, ele odiava quando ela fazia aquilo. Mais uma vez Nick se viu preso naquele olhar, incapaz de piscar ou de virar o rosto. Mesmo que ele lutasse para impedir, ela parecia ser capaz de ler seus pensamentos.

– Sua – respondeu ela em tom rígido. – Serei sua.

Nick soltou um suspiro breve, quase imperceptível, de alívio.

~

Lottie se desvencilhou do colo dele e alisou as roupas. Ela serviu um pouco de conhaque do decantador de cristal sobre o aparador. Sentia-se zonza e seus joelhos pareciam moles como gelatina, um forte indicativo de que a última coisa da qual precisava era mais álcool. Além disso, ela ainda era, tecnicamente, criada de lorde Westcliff, e uma pessoa nessa posição jamais pensaria em se servir da bebida do patrão. Por outro lado, essas distinções estavam meio indefinidas após as revelações bombásticas daquela noite. Lottie ficou abismada ao se dar conta de que tinha recebido duas propostas de casamento em uma única noite, de homens totalmente diferentes.

E as coisas que Nick Gentry acabara de fazer com ela... Não, ela não pensaria nisso naquele momento, não com o corpo ainda pulsando com os ecos daquele prazer indecoroso. Enchendo a taça, Lottie fez uma careta e deu um grande gole na saborosa bebida envelhecida.

Nick foi até ela e pegou a taça bebida pela metade.

– Em segundos você vai estar bêbada como um gambá.

– E qual é o problema? – perguntou ela, observando enquanto ele terminava o conhaque para ela.

– Suponho que nenhum.

Nesse momento, Lottie cambaleou. Nick largou a taça vazia e a segurou pela cintura. Um sorriso zombeteiro tocou seus lábios.

– Deus sabe que qualquer mulher precisaria se entorpecer depois de concordar em se tornar minha esposa.

Com apenas uma batida decidida na porta, lorde Westcliff entrou na sala. Seu olhar pungente avistou os dois parados bem perto um do outro, e uma de suas sobrancelhas grossas se arqueou.

As mãos de Nick apertaram a cintura de Lottie com mais firmeza quando ela tentou se afastar.

– O senhor pode ser o primeiro a nos parabenizar – disse ele ao conde, imitando o tom de um anúncio do rei. – A Srta. Howard me concedeu a honra de se tornar minha esposa.

Os olhos de lorde Westcliff se estreitaram quando ele olhou para Lottie.

– Então era *essa* a terceira opção?

– Para falar a verdade... era, sim.

É claro que o conde não entenderia seus motivos para barganhar com o diabo. Encarando-o de volta, ela implorou silenciosamente que ele não pedisse explicações, visto que ela não conseguiria ser sincera. Ela estava cansada de se esconder, de se preocupar, de temer. Nick Gentry era inescrupuloso, cruel e mundano, exatamente o tipo de homem que podia defendê-la de Radnor. Ele lhe oferecera um refúgio.

Mas nada disso teria sido suficiente para forçá-la a aceitar uma proposta de casamento. Tinha sido outro fator que fizera a diferença: a certeza de que Nick sentia algo por ela. Embora se esforçasse muito, era algo que ele não conseguia esconder. E, contrariando o próprio bom senso, ela também o desejava. Ou ao menos desejava o homem que ele fingia ser... Aquele que a olhara com intensidade desesperada quando eles ficaram parados diante do poço dos desejos... Aquele que a beijara na floresta e sussurrara que precisava dela.

Franzindo a testa, o conde se adiantou e estendeu-lhe a mão.

– Gostaria de trocar uma palavra com você, Lottie.

Ela aquiesceu, por força do hábito há muito enraizado.

– Sim, senhor.

Como Nick não a soltou, ela lançou um olhar desafiador em sua direção.

– Eu ainda não me casei com você – disse ela entredentes. – Me solte.

Nick obedeceu. Lottie foi até o conde, que segurou seu cotovelo com toda a delicadeza e a levou até um canto. Seu toque respeitoso era bem diferente da possessividade violenta de Nick.

Westcliff olhou para ela, uma mecha de cabelos escuros caía por sua testa.

– Lottie – disse ele baixinho –, você não pode tomar uma decisão como essa sem saber mais sobre o homem a quem está se oferecendo. Não se deixe enganar pelo fato de que Gentry é um detetive da Bow Street. Sem dúvida você deve achar que a profissão dele denota certo senso de honra, até mesmo heroísmo. Mas, no caso de Nick Gentry, o oposto é a verdade. Ele é, e sempre foi, uma figura controversa.

– Em que sentido? – perguntou Lottie, olhando para a figura sombria do outro lado da sala.

Nick bebia mais uma dose de conhaque, fingindo inspecionar uma fileira de livros. A curvatura da boca deixava claro que sabia bem o que Westcliff estava contando a ela.

– Gentry só se tornou detetive há dois ou três anos. Antes disso, era um dos maiores criminosos de Londres. Disfarçado de caçador de ladrões particular, ele comandava uma quadrilha infame de ladrões e foi preso inúmeras vezes por fraude, roubo, receptação e por plantar provas. Posso garantir que ele conhece todos os criminosos de renome da Inglaterra. E, a despeito de sua aparente mudança, muitos acreditam que ainda opere negócios ilegais com antigos comparsas do submundo. Não se pode confiar nele, Lottie.

Ela tentou não demonstrar qualquer reação às informações, mas ficou chocada por dentro. Espiando por trás do ombro largo de Westcliff, observou a figura ameaçadora do detetive da Bow Street parado no canto do escritório. Às sombras, onde ele parecia se sentir mais confortável, seus olhos brilhavam como os de um gato. Como um homem que não tinha nem 30 anos podia ter tido uma carreira tão variada? Um dos maiores criminosos de Londres, caçador de ladrões... Quem diabo ele era?

– Srta. Howard... Lottie...

O conde chamou novamente sua atenção com um murmúrio baixo.

– Por favor reconsidere a minha proposta. Creio que esse acordo beneficiaria a nós dois. Eu lhe dou a minha palavra de que serei um marido gentil e de que não lhe faltaria nada...

– Milorde – interrompeu ela com seriedade. – Espero que não entenda minha recusa como sinal de qualquer outra coisa além de meu mais profundo respeito por sua pessoa. O senhor é o homem mais honrado que já conheci e é por isso que eu jamais poderia condená-lo a um casamento sem amor. O senhor não pode negar, milorde, que eu não seria a sua primeira escolha caso estivesse procurando uma esposa. E, se eu cometesse a injustiça de aceitar sua oferta, nós dois nos arrependeríamos um dia. O Sr. Gentry e eu somos bem mais adequados um para o outro, visto que nenhum de nós vai considerar a relação como um casamento de verdade, mas como um acordo comercial no qual... – As bochechas dela coraram quando ela se forçou a terminar. – No qual um serviço será trocado por outro.

A expressão de Westcliff era sisuda.

– Você não é cínica nem insensível o suficiente para tolerar um acordo como esse.

– Infelizmente, milorde, eu de fato sou uma mulher insensível. Graças a lorde Radnor, nunca tive as esperanças e os sonhos que muitas outras mulheres têm. Eu nunca esperei ter um casamento feliz.

– Ainda assim, você merece mais do que isso – insistiu ele.

Ela abriu um sorriso triste.

– O senhor acha? Porque eu não tenho tanta certeza assim.

Afastando-se dele, Lottie caminhou até o centro do escritório e olhou ansiosamente para Nick. Ela agia de forma vigorosa.

– Quando partiremos?

Nick emergiu do canto. Pelo brilho em seus olhos, Lottie viu que parte dele esperava que ela mudasse de ideia depois de conversar com Westcliff. Agora que sua escolha havia sido reafirmada, não daria para voltar atrás.

– Imediatamente – respondeu ele com gentileza.

Os lábios dela se entreabriram para começar a protestar. Nick pretendia arrancá-la dali sem dar a ela qualquer chance de se despedir das pessoas da casa, nem mesmo de lady Westcliff? Bem, por outro lado, seria mais fácil se ela desaparecesse sem ter que dar explicações.

– Não é um tanto perigoso viajar durante a madrugada? – perguntou ela, respondendo à própria pergunta logo em seguida. – Esqueça. Se encontrarmos algum bandido na estrada, provavelmente eu estaria mais segura com ele do que com você.

Nick abriu um sorriso repentino.

– Talvez você tenha razão.

O divertimento momentâneo dele foi abafado pelo anúncio brusco de lorde Westcliff.

– Bem, se não posso fazer a Srta. Howard mudar de ideia, ao menos vou exigir provas de que a cerimônia será legal. Também exijo evidências de que ela não passará qualquer necessidade.

Lottie percebeu que, em meio a todas as suas reflexões, ela não havia, afinal de contas, pensado em que tipo de vida teria ao lado de Nick Gentry. Deus do céu, que tipo de vida um detetive da Bow Street levava? Sem dúvida, o salário dele era mínimo, mas com as comissões particulares talvez ele ganhasse o bastante para levar uma vida decente. Ela não tinha muitas exigências. Um ou dois cômodos em uma região segura de Londres bastaria.

– Que o diabo me leve se eu tiver de prestar contas da minha capacidade de prover para minha própria esposa – respondeu Nick. – Tudo que precisa saber é que ela não passará fome e terá um teto sobre sua cabeça.

~

A viagem a Londres duraria cerca de doze horas, o que significava que viajariam a noite inteira e chegariam no início da tarde. Lottie se recostou no veludo marrom do estofamento da confortável carruagem de Nick. Assim que partiram, ele se moveu para apagar a pequena lamparina que iluminava o interior do veículo.

– Não quer dormir? Vai levar bastante tempo para amanhecer.

Lottie negou com a cabeça. Apesar do cansaço, ela estava agitada demais para relaxar.

Dando de ombros, Nick deixou a lamparina acesa. Ele apoiou uma das pernas no estofado, fazendo uma leve careta. Claramente, era desconfortável para um homem do tamanho dele ficar confinado em um local pequeno.

– É sua? – perguntou Lottie. – Ou você a alugou como parte do disfarce?

Percebendo que ela se referia à carruagem, ele deu um sorriso torto.

– É minha.

– Não pensei que um trabalhador pudesse bancar um veículo como este.

O detetive brincou com as franjas da cortina da pequena janela.

– Meu trabalho exige viagens frequentes. Prefiro fazê-las com conforto.

– Você costuma usar um nome falso com frequência quando sai para fazer suas investigações?

Ele meneou a cabeça.

– Na maioria das vezes isso não é necessário.

– Então por que não escolheu um disfarce melhor? – perguntou ela. – Ou um que não pudesse ser tão facilmente descoberto? Não demorou muito para lorde Westcliff descobrir que não existe nenhum visconde de Sydney.

Uma expressão estranha passou pelo rosto dele, surpresa misturada com desconforto, e ele pareceu mergulhar em um debate silencioso quanto a contar ou não contar alguma coisa. Por fim, soltou um suspiro breve e disse:

– Westcliff estava errado. *Existe* um visconde de Sydney. Ao menos, existe um sucessor legítimo ao título.

Lottie o fitou com ceticismo.

– Ah, é? Quem seria? E, se o que você está dizendo é verdade, por que ele não se apresentou para reivindicar o título e a propriedade?

– Nem todo mundo quer ser nobre.

– Não fale besteira! Além disso, nobres não têm escolha. Ou a pessoa é nobre ou não é. Não dá para negar um direito inato, assim como não dá para mudar a cor dos olhos.

– Dá, sim – foi a resposta rabugenta dele.

– Não precisa ficar irritado – disse Lottie. – Mas, como você ainda não me contou quem é e onde está esse visconde misterioso, isso me leva a crer que você está inventando.

Nick mudou de posição, mexendo-se desconfortavelmente e desviando o olhar do dela.

– O visconde sou eu.

– Ah, é claro... Agora você vai tentar me convencer de que é um herdeiro há muito desaparecido? *Você*, um criminoso renomado, caçador de ladrões, é um visconde e ninguém sabe?

Lottie meneou a cabeça com determinação.

– Bem, acho que não acredito nisso.

– De nada importa se você acredita ou não – respondeu Nick sem se abalar. – Especialmente considerando que isso não vai fazer diferença alguma no futuro, visto que jamais vou reivindicar esse título.

Lottie ficou olhando para o perfil dele, abismada. Nick parecia acreditar no que estava dizendo. Mas como poderia ser possível? Se houvesse qualquer verdade naquela história, como o filho de um aristocrata poderia ter acabado naquela situação? Ninguém que começa a vida como membro da nobreza pode terminar sendo um... Seja lá o que ele fosse. Ela não conseguiu evitar bombardeá-lo de perguntas.

– Você é John, lorde Sydney? O filho do Visconde Sydney que morreu vinte anos atrás, supostamente sem deixar herdeiros? Você tem alguma prova disso? Alguém que possa corroborar a sua história?

– Minha irmã, Sophia. E o marido dela, Sir Ross Cannon.

– Ross Cannon? O ex-magistrado-chefe da Bow Street é seu *cunhado*?

Nick respondeu com um breve aceno de cabeça. Lottie estava aturdida. Ela supunha que não tinha escolha além de acreditar nele, visto que a história poderia ser facilmente desacreditada se não fosse verdadeira. Mas era tão fantástica, tão absurda, que ela não conseguia sequer começar a entender.

– Eu tinha sete anos, talvez oito, quando meus pais faleceram – começou ele em um tom ranzinza. – Além de mim, não há nenhum outro parente homem que poderia reivindicar o título ou as propriedades de maneira legítima. Não que haja muito a se herdar, visto que meu pai estava endividado e as propriedades estavam degradadas. Eu e minha irmã mais velha, Sophia, batemos de porta em porta no vilarejo por um tempo, até ela ser acolhida por um primo distante. Mas eu tinha me tornado um garoto revoltado, e esse primo ficou compreensivelmente relutante em me acolher sob seu teto. Então fugi para Londres e passei a assaltar pedestres nas ruas, até ser preso por isso. Fui enviado para um navio prisional e, quando um dos garotos detidos morreu, assumi o nome dele para poder ser solto mais cedo.

– Então esse garoto era o verdadeiro Nick Gentry – observou Lottie.

– Exato.

– E você assumiu a identidade dele e deixou que todos acreditassem que você, John Sydney, havia morrido?

Um brilho desafiador reluziu nos olhos dele.

– Bem, o morto não precisaria mais do nome dele.

– Mas com certeza em algum momento você deve ter pensado em reassumir seu nome verdadeiro... Sua posição de direito na sociedade...

– Tenho a posição que quero ter na sociedade. E Nick Gentry se tornou mais meu nome do que um dia fora daquele garoto. Pretendo deixar o nome Sydney descansar em paz – disse ele com um sorriso irônico. – Perdoe pela falta de prestígio, mas você será conhecida como a Sra. Gentry, e ninguém além da minha irmã e do marido dela sabem a verdade. Entendido?

Lottie confirmou, franzindo a testa em confusão.

– Não me importo com o prestígio. Se me importasse, teria me casado com lorde Radnor.

– Você não se importa em ser a esposa de um homem comum, então – comentou Nick, observando-a. – Um homem com recursos limitados.

– Estou acostumada a viver em circunstâncias humildes. Minha família é de tradição, mas, como comentei antes, somos pobres.

Nick analisou a ponta lustrosa de suas botas.

– Lorde Radnor era um benfeitor mesquinho, se a situação da Residência Howard servir de parâmetro.

Lottie puxou o ar depressa.

– Você esteve na minha casa?

Ele encarou os olhos arregalados dela.

– Sim, visitei seus pais para interrogá-los. Eles sabiam que eu estava procurando você.

– Ah – respondeu Lottie, desgostosa.

É claro que os pais teriam cooperado com a investigação. Eles sabiam que lorde Radnor queria encontrá-la e, como sempre, cederam às suas vontades. A notícia não deveria tê-la surpreendido, mas Lottie não conseguiu evitar se sentir traída. Será que, ao menos por um segundo, seus pais teriam levado os interesses dela, em vez dos de Radnor, em consideração? Ela sentiu um nó na garganta.

– Eles responderam todas as perguntas em detalhes – continuou Nick. – Vi as bonecas com que você brincava, o livro de histórias em que desenhava... Sei até o tamanho dos seus calçados.

Sendo tomada por uma vulnerabilidade terrível, Lottie abraçou o próprio corpo.

– Parece estranho que você tenha visto a minha família, sendo que eu mesma não os vejo há dois anos. Como... Como estão minhas irmãs e meus irmãos? Como está Ellie?

– Ellie é a que tem 16 anos? Quieta. Bonita. Saudável, ao que pareceu.

– Dezesseis anos...

Lottie ficou abalada diante da percepção de que seus irmãos haviam envelhecido, assim como ela. Todos tinham mudado durante o tempo que ela passara longe. Sua cabeça começou a doer, e ela esfregou a testa.

– Quando meus pais falaram de mim, eles pareceram...

– O quê?

– Eles me odeiam? – perguntou ela. – Às vezes me pergunto isso...

A voz dele era estranhamente gentil.

– Não, eles não odeiam você. Mas estão preocupados com a própria subsistência, é claro, e parecem acreditar que o casamento com Radnor seria bom para você.

– Eles nunca entenderam como ele é de verdade.

– Eles não querem entender. Lucraram muito mais enganando a si mesmos.

Lottie sentiu-se tentada a retorquir, embora tivesse pensado a mesma coisa mil vezes antes.

– Eles precisavam do dinheiro de Radnor – respondeu ela. – Meus pais têm gostos caros.

– Foi assim que seu pai gastou toda a fortuna da família? Vivendo uma vida além das possibilidades?

– Não acho que eles algum dia tenham tido tanto dinheiro assim, na verdade. Mas meus pais gastaram tudo o que tinham. Lembro que, quando eu era pequena, nossa casa só tinha do bom e do melhor. Então, quando o dinheiro acabou, quase morremos de fome. Até lorde Radnor intervir.

Lottie massageava as têmporas enquanto contava sua história.

– As pessoas podem argumentar que eu me beneficiei com o interesse dele. Por causa de Radnor, fui enviada para a escola de garotas mais exclusiva de Londres, e ele pagou pelas minhas roupas, minha alimentação, e até contratou uma aia para cuidar de mim. Em um primeiro momento, achei que ele queria me transformar em uma dama, até fiquei grata por ele se dedicar tanto a me preparar para ser sua esposa.

– Mas acabou se tornando mais complicado que isso – murmurou Nick.

– Sim. Eu era tratada como um bicho de estimação preso na guia. Radnor decidia o que eu podia ler, o que eu podia comer... Ele informou às professoras que meu banho deveria ser gelado porque acreditava ser mais benéfico à saúde do que a água quente. Minha dieta era limitada a caldos e frutas toda vez que *ele* decidia que eu precisava emagrecer. Eu precisava escrever uma carta para ele todos os dias para descrever meu progresso nas matérias que ele queria que eu estudasse. Havia regras para tudo. Eu nunca podia abrir a boca a menos que meus pensamentos fossem bem articulados e expressados com graciosidade. Nunca podia dar minha opinião sobre qualquer coisa. Se eu ficasse nervosa e agitada, prendiam minhas mãos na cadeira. Se ficasse corada de sol, era proibida de sair... Em suma, lorde Radnor queria me transformar em uma pessoa completamente diferente. Não consigo nem imaginar como seria viver como esposa dele, ou o que aconteceria quando ele percebesse que eu jamais poderia manter os padrões de perfeição que ele determinou.

Perdida em lembranças sombrias, Lottie entrelaçou os dedos e falou sem perceber o que estava revelando.

– Eu morria de medo de ir para casa nas férias... Porque ele sempre estava lá, esperando por mim. Ele mal me permitia ver meus irmãos e irmãs antes de me obrigar a ir com ele para...

Ela parou abruptamente, percebendo que estivera prestes a confidenciar o segredo que fizera seus pais explodirem de fúria quando ela tentou contar a eles. Por anos e anos essa raiva estivera em ebulição no fundo de sua alma. Sem expressar isso em palavras, os Howards de algum modo tinham deixado claro que a sobrevivência da família – e a dela própria – dependia de seu silêncio. Engolindo as palavras proibidas, Lottie fechou os olhos.

– Você era forçada a ir com ele para... – insistiu Nick.

Ela meneou a cabeça.

– Já não importa mais.

– Me conte – pediu ele com a voz suave. – Garanto que nada do que você disser poderia me chocar.

Lottie o observou com cautela, percebendo que era verdade. Com tudo o que Nick havia visto, ouvido e feito, nada o enojaria.

– Por favor – murmurou ele.

E Lottie, então, se viu contando a ele o que ninguém nunca quis escutar.

– Toda vez que eu ia para casa, precisava ir para um cômodo privado com Radnor e contar a ele sobre meu comportamento na escola, responder às perguntas sobre meus estudos, sobre as minhas amigas e...

Ela olhou para o rosto inescrutável de Nick e descobriu que a falta de reação dele fazia com que fosse mais fácil, para ela, continuar falando.

– Ele me fazia sentar em seu colo enquanto conversávamos. Ele me tocava, no meu peito e debaixo das saias... Era muito nojento permitir que... Mas eu não podia impedi-lo e meus pais, eles... Eles não me deram ouvidos quando tentei contar. Minha mãe me deu um tapa, certa vez, e me disse que eu pertencia a lorde Radnor e que ele iria se casar comigo de toda forma. Ela disse que eu precisava permitir que ele fizesse o que bem entendesse. A segurança da família dependia do prazer e da boa vontade dele.

A vergonha permeou sua voz quando ela acrescentou:

– Foi quando fugi dele e, ao fazê-lo, joguei todos eles nas garras do lobo.

Nick falou com cautela, como se ela ainda fosse uma criança inocente, e não uma mulher de 20 anos.

– Ele foi além de tocá-la, Lottie?

Ela olhou para ele sem compreender a pergunta. Nick inclinou a cabeça de leve e sua voz permaneceu suave quando ele insistiu:

– Ele levou você ou chegou ele mesmo ao clímax enquanto você estava sentada no colo dele?

O rosto de Lottie ficou quente quando ela entendeu a que ele se referia... O ápice de êxtase misterioso que algumas das garotas haviam descrito em meio a risadas maliciosas. Um prazer físico que ela jamais poderia ter sentido com Radnor.

– Acho que não.

– Acredite em mim, você saberia se um de vocês tivesse chegado – garantiu ele.

Lottie pensou na forma como Nick a tinha tocado sob a luz da lareira, a sensação retumbante que ela sentira nos seios, no ventre e na barriga, a doce e ardente frustração que tanto a atormentara. Seria aquilo o clímax ou haveria mais que ela ainda não tinha experimentado? Ela ficou tentada a perguntar, mas permaneceu em silêncio por medo de que ele zombasse de sua ignorância.

O balanço da carruagem a ninava, e ela bocejou de leve atrás da mão.

– Você deveria descansar – disse ele, baixinho.

Lottie meneou a cabeça, relutante em se entregar ao sono sob o olhar daquele homem. Mas sabia que era tolo temer essa pequena intimidade depois de tudo o que tinha acontecido entre eles. Ela procurou outro assunto para conversar.

– Por que você virou detetive da Bow Street? Não consigo acreditar que tenha escolhido essa profissão por conta própria.

O riso farfalhou na garganta dele.

– Bem, considerando a alternativa, eu estava bem disposto, sim. Três anos atrás eu fiz um acordo com sir Ross. Na época, ele era o magistrado-chefe da Bow Street e tinha provas que me fariam dançar ao vento se apresentadas no tribunal.

– Dançar ao vento? – repetiu Lottie, confusa com a expressão não familiar.

– Eu seria enforcado. Teria meu corpo dependurado na ponta de uma corda. Acredite em mim, eu deveria ter sido enforcado, arrastado e esquartejado por algumas das coisas que fiz durante minha carreira no submundo.

Parando para observar o efeito de suas palavras, ele sorriu de leve ao perceber a inquietação óbvia dela.

– Em uma tentativa de evitar a desconfortável situação de ter que executar o irmão da esposa, sir Ross se ofereceu para esconder as malditas provas que tinha contra mim se eu traísse meus sócios do submundo e me tornasse detetive.

– Por quanto tempo?

– Indefinidamente. É claro que eu concordei, visto que não tinha lealdade alguma para com meus antigos comparsas e não me agradava muito a ideia de ter meu pescoço quebrado.

Lottie franziu a testa.

– Por que Sir Ross queria que você se tornasse um detetive?

– Acho que ele tinha essa falsa impressão de que alguns anos de serviço público me consertariam – disse ele, e sorriu. – Ainda não consertaram.

– Não é um tanto perigoso você caçar bandidos hoje em dia? Não seria como traí-los?

– Bem, muitas pessoas gostariam de ver minha cabeça em uma bandeja de prata – admitiu ele em uma confiança imprudente. – Na verdade, talvez você nem precise me aguentar por muito tempo. Todos que me conhecem juram que vou morrer jovem.

– Eu provavelmente não terei essa sorte – disse ela, com sarcasmo. – Mas a esperança é a última que morre.

Logo depois de dizer essas palavras, Lottie foi assolada pela vergonha. Não era de seu feitio se rebaixar a tal nível de sordidez.

– Desculpe – emendou ela. – Eu não deveria ter dito isso.

– Tudo bem – respondeu ele com tranquilidade. – Já inspirei pessoas a dizerem coisas muito piores por muito menos.

– Bem, nisso eu consigo acreditar – respondeu ela, e ele riu.

– Vou apagar o fogo – anunciou ele. – Preciso aproveitar qualquer oportunidade para descansar. Amanhã promete ser um dia cheio.

O silêncio que se seguiu foi confortável. Lottie se acomodou no canto, exausta e atordoada com o rumo inesperado que sua vida havia tomado. Ela esperava que o sono não fosse chegar facilmente, com todos aqueles pensamentos que zuniam em sua cabeça. Mas logo caiu em um sono profundo e afundou no banco estofado. Inquieta, se remexia sem parar em busca de uma posição mais confortável, até que sentiu seu corpo ser envolvido como o de uma criança. O sonho era tão reconfortante que ela não conseguiu evitar render-se àquele prazer insidioso. Algo macio roçava em sua testa, e os últimos grampos que prendiam seus cabelos foram delicadamente removidos. Ela inspirou um aroma maravilhoso, o frescor da lã e sabonete de barbear por cima da essência de pele masculina limpa.

Ao perceber que estava deitada nos braços de Nick, aninhada em seu colo, ela se mexeu, levando um susto.

– O que... O que...

– Durma – sussurrou ele. – Eu não vou lhe fazer mal.

Os dedos longos dele deslizaram pelos seus cachos soltos.

A parte dela que protestava contra aquela situação entrou em conflito com o restante de seu cérebro, que ponderava o quanto ela estava exausta. Além disso, àquela altura, não importava muito quais liberdades ela permitiria. Mesmo assim, ela o empurrou e se afastou do calor convidativo de seu corpo. Nick a soltou com tranquilidade; seus olhos brilhavam nas sombras.

– Não sou seu inimigo, Lottie.

– É meu amigo, então? – retrucou ela. – Você não se portou como um até agora.

– Eu não forcei você a nada que você não quisesse.

– Se você não tivesse me encontrado, eu ainda estaria vivendo feliz em Stony Cross Park...

– Você não era feliz lá. Aposto que não teve um único dia de felicidade desde que conheceu lorde Radnor.

Ah, como ela queria contradizê-lo! Mas mentir era inútil, visto que a verdade era óbvia.

– Você vai ver que a vida pode ser muito mais agradável como minha esposa. Você não será criada de ninguém. Poderá fazer o que bem entender dentro dos limites razoáveis. E não precisará mais ter medo de lorde Radnor.

– Tudo pelo preço de dormir com você... – murmurou ela.

Ele sorriu, falando com uma arrogância melódica:

– Bem, talvez você acabe achando essa a melhor parte de todas.

CAPÍTULO 6

Quando Lottie despertou, a luz do dia penetrava pelas frestas das cortinas. Com os olhos sonolentos e desarrumada, ela olhou para seu futuro marido, cujas roupas estavam amassadas, mas que parecia notavelmente alerta.

– Não preciso dormir muito – explicou ele, como se estivesse lendo seus pensamentos.

Nick colocou os grampos de cabelo em suas mãos. Os dedos de Lottie se fecharam ao redor dos filetes de arame, ainda quentes do contato com a pele dele. Ela começou a trançar e enrolar o cabelo de forma mecânica, com a eficiência de um hábito cotidiano.

Abrindo a cortina, Nick olhou para a cidade movimentada do lado de fora da janela. Um raio errante de sol atingiu seus olhos, exibindo um tom de azul quase sobrenatural. Mesmo dentro da carruagem fechada, Lottie conseguia sentir a familiaridade dele com a cidade, o destemor que fazia com que nenhum beco ou cortiço fosse perigoso demais para se aventurar.

Nenhum aristocrata que ela conhecera – e sempre havia muitos em Stony Cross Park – aparentava ser tão destemido e ostentava aquele comportamento austero que sugeria que ele estaria disposto a fazer qualquer coisa, por mais horrível que fosse, para atingir seus objetivos. Homens de boas famílias, em geral, tinham limites em relação a determinadas questões, tinham princípios e padrões, coisas que Nick Gentry, até então, não havia exibido.

Se ele era, de fato, um nobre, Lottie achava que era sábio da parte dele rejeitar sua herança e "deixar o nome Sydney descansar em paz". Tinha certeza de que se ele tivesse optado pelo contrário, teria achado difícil, até mesmo impossível, encontrar seu lugar na nata rarefeita da sociedade londrina.

– Lorde Westcliff me disse que você era o chefe de uma quadrilha. Ele também disse que você...

– Lamento informar que eu não era, nem de longe, uma figura tão poderosa como todos imaginam – interrompeu Nick. – A cada vez que uma história é contada, ela é aumentada. Alguns escritores de literatura barata se esforçaram ao máximo para me pintar como sendo tão ameaçador quanto

Átila, o Huno. Não que eu esteja alegando qualquer inocência, é claro. Eu comandava uma operação de contrabando formidável. E, embora eu admita que meus métodos eram questionáveis, eu era um investigador melhor que os detetives de Cannon.

– Não entendo como você poderia comandar ladrões e contrabandistas e, ao mesmo tempo, atuar como caçador de ladrões.

– Eu plantava espiões e informantes por toda a cidade e além. E tinha provas contra todos, da Gin Alley à Dead Man's Lane. Sempre que alguém se intrometia no meu caminho, eu entregava o sujeito e coletava a recompensa. Como detetive, acho a função de caçar ladrões um pouco mais difícil, visto que o magistrado insiste que eu faça as coisas do jeito dele. Mesmo assim, sou o melhor homem que ele tem.

– E nem um pouco humilde – observou Lottie, seca.

– Não sou de falsa modéstia. E, por acaso, estou falando a verdade.

– Não duvido. Você conseguiu me encontrar, não foi? Os homens de Radnor passaram dois anos tentando.

Ele a analisou com uma intensidade angustiante.

– Quanto mais eu descobria sobre você, mais curioso ficava. Eu queria ver que tipo de garota tinha a coragem de criar uma vida nova sem a ajuda de ninguém.

– Coragem... Estranho colocar dessa forma, visto que eu sempre considerei uma covardia.

Ele estava prestes a responder quando a carruagem fez uma curva abrupta e entrou em uma rua bem pavimentada. Era ladeada por uma paisagem verde, com árvores e trilhas. Sobradinhos de tijolos claros de três pisos se enfileiravam na via isolada, que exibia uma atmosfera surpreendentemente pastoral em meio à efervescência da cidade.

– Betterton – disse Nick, informando o nome da rua. – O escritório da Bow Street fica ao sul daqui e o Covent Garden, logo além.

– É possível ir ao mercado a pé? – perguntou ela, antecipando a perspectiva de explorar seus novos arredores.

Embora Maidstone's ficasse na região oeste de Londres, as alunas nunca tinham permissão para ir a lugar algum.

– Sim, mas você não vai a lugar algum sem mim.

– Tenho o hábito de sair para caminhar todas as manhãs – informou ela, perguntando-se se esse prazer pequeno porém necessário seria tirado dela.

– Eu vou com você. Ou pedirei a um criado. Mas não permitirei que minha esposa perambule por aí desprotegida.

Minha esposa. A frase casual pareceu sugar todo o ar dos pulmões de Lottie. De repente, a ideia de se casar com ele, de aceitar sua autoridade, de se submeter aos seus desejos... O que antes parecera uma noção abstrata, agora parecia bem concreto. Nick também parecia surpreso, pois fechou a boca e ficou olhando pela janela com a testa franzida. Lottie se perguntou se a perspectiva do casamento também tinha se tornado real para ele ou... Que Deus a acudisse se ele estava pensando em desistir.

A carruagem parou diante de uma casa projetada no estilo georgiano simétrico, com colunas dóricas e portas dobráveis de vidro que exibiam um saguão de entrada de teto abobadado. A casa pequena, mas elegante, era tão além das expectativas de Lottie que ela ficou boquiaberta.

Saindo da carruagem primeiro, Nick ajudou Lottie a descer enquanto um lacaio subia correndo os degraus da frente para avisar os criados da chegada do patrão.

Fazendo uma careta ao sentir os músculos enrijecidos da perna, Lottie apoiou-se no braço de Nick enquanto se aproximavam da porta. Uma governanta de meia-idade os cumprimentou. Era uma mulher rechonchuda, com olhos calorosos e cabelos grisalhos lisos.

– Sra. Trench – disse ele, com um brilho travesso repentino no olhar –, como pode ver, trouxe uma visita comigo. O nome dela é Srta. Howard. Aconselho que a trate bem, visto que ela acabou de me convencer a me casar com ela.

Percebendo a sugestão de que *ela* era quem o tinha pressionado a se casar, Lottie lançou um olhar pungente na direção dele, e Nick sorriu.

A Sra. Trench não conseguiu esconder o espanto. Claramente, era difícil assimilar a ideia de um homem como Nick Gentry se casando.

– Sim, senhor – disse ela, com uma reverência para Lottie. – Bem-vinda, Srta. Howard. Meus parabéns e muitas felicidades.

– Obrigada – respondeu Lottie com um sorriso, olhando com cuidado para Nick.

Nenhuma menção havia sido feita quanto a como ele esperava que ela se portasse na frente dos criados. Ora essa, ela nem sequer sabia que ele *tinha* criados. Ela supunha que, em pouco tempo, a criadagem ficaria sabendo que aquele seria um casamento de conveniência, então não havia muito sentido em fingir qualquer tipo de afeição por ele.

– Mande arrumar um quarto e diga à cozinheira para preparar algo para a Srta. Howard – instruiu ele à Sra. Trench.

– Peço para colocar um prato para o senhor também?

Nick meneou a cabeça.

– Pretendo sair em breve, tenho questões a tratar.

– Sim, senhor.

A governanta se apressou para obedecer às ordens.

Nick recolocou uma mecha de cabelo atrás da orelha de Lottie.

– Não vou demorar. Você está segura aqui e os criados farão o que você mandar.

Estaria ele pensando que sua ausência seria sentida? Surpresa com a preocupação, Lottie assentiu e apenas disse:

– É claro.

– Peça à Sra. Trench para lhe mostrar a casa durante minha ausência.

Ele hesitou.

– Naturalmente, não farei objeção alguma se você quiser mudar qualquer coisa que não seja de seu agrado.

– Tenho certeza de que acharei tudo aceitável.

Tudo parecia de bom gosto e elegante – a entrada, com seu piso de mármore em formas geométricas, o pequeno corredor da escadaria logo além, e as portas de mogno que se abriram para revelar uma sala de visitas de teto baixo. As paredes eram pintadas de verde-claro, e havia alguns quadros simples pendurados, ao passo que a mobília parecia ter sido escolhida para prover conforto e aconchego em vez de formalidade. Era uma casa bonita e elegante, muito superior à casa em que ela crescera.

– Quem decorou a casa? Sem dúvida não foi você.

Ele sorriu.

– Minha irmã. Eu disse a Sophia que não era necessário, mas ela parece achar que meu julgamento é falho nesse quesito.

– Ela visitar sua casa não foi motivo de fofoca?

– Ela sempre veio acompanhada de sir Ross.

A maneira como ele contraiu os lábios deixou transparecer que não tinha apreciado tais visitas.

– Também foram os dois que escolheram a criadagem para mim, visto que não eram muito afeitos à ideia de que eu escolhesse os criados no cortiço. Eles têm especial implicância com os trambiqueiros e as rameiras de Wapping.

– Rameira? O que isso quer dizer?

Ele pareceu tanto surpreso quanto perturbado pela ignorância dela quanto à expressão.

– Quer dizer meretriz.

Como ela continuou confusa, ele meneou a cabeça pesarosamente.

– Uma mulher paga para ter relações sexuais.

A confusão dela se transformou em desaprovação.

– Que espécie de trabalho você poderia oferecer a uma mulher assim nesta casa? Não, não responda, tenho certeza de que vou me arrepender de saber.

Ela franziu a testa diante do divertimento dele.

– Quantos criados você tem?

– Oito, incluindo a Sra. Trench.

– Você me levou a acreditar que era um homem de recursos limitados.

– Em comparação a lorde Westcliff eu de fato sou, mas posso lhe dar uma vida confortável.

– Os outros detetives têm o mesmo padrão de vida?

Aquilo o fez rir.

– Alguns. Além dos trabalhos para a Bow Street, a maioria aceita serviços particulares. Seria impossível viver apenas com o salário que o governo paga.

– Serviços particulares com o de lorde Radnor?

Pensar nele fez o estômago de Lottie revirar de ansiedade. Agora que estava em Londres, ao alcance fácil de Radnor, ela se sentia como um coelho arrancado da toca.

– Ele já pagou pelo serviço que pediu a você? O que pretende fazer com o dinheiro?

– Vou devolver.

– Mas e quanto à minha família? – sussurrou ela em tom contrito. – Acha possível fazer alguma coisa por eles? Porque se lorde Radnor vai deixar de prover para eles...

Nick confirmou.

– Já refleti sobre isso. É claro que cuidarei deles.

Lottie mal conseguia acreditar no que ouvia. Pedir a qualquer homem que sustentasse toda a sua família era um pedido e tanto, mas Nick parecia aceitar o fardo sem qualquer ressentimento aparente.

– Obrigada – disse ela, quase sem fôlego, tamanho o seu alívio. – É muito generoso da sua parte.

– Posso ser muito generoso – respondeu ele –, com o incentivo certo.

Lottie ficou imóvel enquanto ele tocava o lóbulo de sua orelha com o dedo e acariciava a parte de trás. Uma onda de calor se espalhou por seu rosto... Uma carícia tão ínfima, quase inocente, e, mesmo assim, ele tinha encontrado um ponto tão sensível que a fez arfar. Ele se aproximou para beijá-la, mas ela virou o rosto. Ele poderia ter tudo o que quisesse dela, menos aquilo. Para ela, o beijo tinha significados além do físico e ela não queria dar essa parte de si para ele.

Os lábios dele acabaram tocando seu rosto e ela sentiu a curva quente do sorriso dele. Novamente, Nick demonstrou uma habilidade excepcional de ler seus pensamentos.

– O que eu posso fazer para ganhar um beijo seu?

– Nada.

A boca dele deslizou de leve pela extensão de seu maxilar.

– Veremos.

~

Para a maioria das pessoas, as instalações sujas e deterioradas da Bow Street – um ambiente que cheirava a suor, metal polido e livros de registros – não eram um lugar convidativo. Mas, durante os últimos três anos, Nick tinha se tornado tão familiarizado com cada canto daquele lugar que o escritório era quase como uma segunda casa. Um visitante teria dificuldades em acreditar que os prédios pequenos e despretensiosos – os números 3 e 4 da Bow Street – eram o centro de investigações criminais da Inglaterra. Era ali que o magistrado-chefe, sir Grant Morgan, fazia suas audiências e comandava seus oito detetives.

Estampando um sorriso relaxado, Nick retribuiu o cumprimento dos escrivães e policiais enquanto atravessava o número 3. Não havia demorado muito até o pessoal da Bow Street começar a apreciar seus talentos, especialmente sua disposição para se infiltrar nos cortiços e casebres em que ninguém mais ousava se aventurar. Ele não se importava em assumir as tarefas mais perigosas, visto que não tinha família com que se preocupar; além disso, não era um homem seletivo, de um modo geral. Na verdade, por conta de alguma peculiaridade de sua personalidade que nem mesmo ele compreendia, Nick precisava de uma quantia frequente de risco, como se o perigo fosse uma droga viciante da qual ele não tinha a menor esperança de conseguir abrir mão. Os últimos dois meses de trabalho investigativo pacato haviam acumulado uma energia selvagem que ele mal conseguia conter.

Ao chegar ao escritório de Morgan, Nick olhou de soslaio para o escrivão principal da corte, Vickery, que acenou com a cabeça para ele.

– Sir Grant ainda não saiu para as sessões matinais, Sr. Gentry. Tenho certeza de que ele vai querer vê-lo.

Nick bateu à porta e ouviu a voz estrondosa de Morgan.

– Entre.

Por mais imensa que a mesa surrada de mogno fosse, parecia um móvel de brinquedo em comparação com o tamanho do homem sentado atrás dela. Sir Grant Morgan era enorme, mais de 10 centímetros mais alto do que Nick, que tinha mais de 1,80 metro. Embora estivesse se aproximando dos 40 anos, não havia nem sinal de fios brancos em seus cabelos pretos curtos, e sua vitalidade característica não havia esmaecido desde a época em que era detetive da Bow Street. Além de ter sido o mais talentoso de seu tempo, Morgan sem dúvida fora o detetive mais popular, visto que chegou a ser protagonista de uma série de romances baratos que eram um sucesso de vendas. Antes de Morgan, o governo e a população costumavam ver toda a força da Bow Street com a mesma desconfiança britânica inata em relação a qualquer forma organizada de cumprimento da lei.

Nick ficara aliviado com a decisão de sir Ross de indicar Morgan como seu sucessor. Morgan era um homem inteligente e autodidata, trabalhara duro para subir na carreira tendo começado fazendo patrulhas a pé e galgando seu caminho até a função de magistrado. Nick respeitava isso. Ele também gostava da honestidade franca que era característica de Morgan e do fato de que ele raramente se preocupava com questões éticas quando uma missão precisava ser cumprida.

Morgan comandava os detetives com mão de ferro, e eles o respeitavam por sua rigidez. Sua única vulnerabilidade aparente era a esposa, uma mulher pequena, porém adorável, cuja mera presença era capaz de fazê-lo começar a ronronar como um gatinho. Sempre se sabia quando lady Morgan havia estado nos escritórios da Bow Street, visto que deixava um rastro enfeitiçador de perfume no ar e uma expressão alegremente dispersa no rosto do marido. Nick ficava intrigado com a fraqueza óbvia de sir Grant com relação à esposa e estava decidido a evitar esse tipo de armadilha. Nenhuma mulher jamais o levaria na coleira. Morgan e sir Ross podiam fazer papel de palhaço na mão das esposas, mas Nick era muito mais esperto que ambos.

– Bem-vindo de volta – cumprimentou o magistrado, recostando-se na poltrona para fitá-lo com olhos verdes penetrantes. – Sente-se, Gentry. Suponho que seu retorno signifique que você concluiu o serviço de lorde Radnor?

Nick sentou-se.

– De fato. Encontrei a Srta. Howard em Hampshire, trabalhando como dama de companhia da condessa viúva de Westcliff.

– Conheço lorde Westcliff – comentou Morgan. – Um homem de honra e bom senso. Talvez o único aristocrata da Inglaterra que não equipara a modernidade com a rudeza.

Para Morgan, aqueles comentários eram o mesmo que elogios efusivos. Nick emitiu um grunhido inexpressivo, sem a menor vontade de discutir as muitas virtudes de Westcliff.

– Depois de amanhã, estarei pronto para novas tarefas – informou ele. – Tenho uma última pendência a resolver.

Embora Nick esperasse que Morgan fosse ficar contente com a notícia – afinal de contas, ele tinha passado dois meses fora –, o magistrado ouviu as palavras dele com uma indiferença surpreendente.

– Vou ver se consigo encontrar algo para você. Enquanto isso...

– Como é?

Nick ficou olhando para ele, claramente desconfiado. O magistrado nunca demonstrara tamanha reserva antes. *Sempre* havia algo a ser feito... A menos que todo o submundo de Londres tivesse escolhido tirar férias ao mesmo tempo que Nick.

Dando a impressão de que queria discutir um assunto delicado, mas não tinha permissão para isso, Morgan franziu a testa.

– Você precisa ir visitar sir Ross – disse ele. – Ele tem alguma coisa para lhe falar.

Nick não gostou nem um pouco daquela informação e seu olhar desconfiado encontrou o de Morgan.

– Que diabo ele quer?

Como uma das poucas pessoas que sabiam de seu passado secreto, Morgan tinha total ciência do acordo que Nick fizera três anos antes e das dificuldades entre ele e seu estimado cunhado.

87

– Isso você precisará descobrir com sir Ross – respondeu Morgan. – E até lá, não receberá tarefas de mim.

– O que foi que eu fiz? – perguntou Nick, suspeitando que algum tipo de castigo estava sendo infligido contra ele.

Rapidamente, ele revisitou suas ações nos últimos meses. Havia algumas pequenas infrações, como de costume, mas nada além do ordinário. Era exasperante que sir Ross, apesar de sua suposta aposentadoria, ainda conseguisse manipulá-lo. E Morgan, com aqueles malditos olhos, jamais se oporia aos desejos do antigo chefe.

Morgan parecia achar graça.

– Até onde sei, você não fez nada de errado, Gentry. Acho que sir Ross quer discutir suas ações no incêndio da casa dos Barthas.

Nick fechou a cara. Dois meses, antes, pouco antes de ele aceitar o serviço de lorde Radnor, fora convocado para investigar a elegante região próxima a Covent Garden. Um incêndio havia começado em das propriedades particulares de Nathaniel Barthas, um abastado comerciante de vinhos. Sendo o primeiro oficial a chegar na cena, Nick fora informado pelas pessoas que assistiam de que ninguém da família tinha sido visto saindo da casa.

Sem parar para pensar, Nick correu inferno adentro. Encontrou Barthas e a esposa no segundo piso, encobertos pela fumaça, e as três crianças chorando em outro cômodo. Depois de conseguir acordar o casal, Nick os conduziu para fora da casa enquanto carregava os três diabretes, aos prantos, nos braços e nas costas. Então, em questão de segundos, a casa explodiu em chamas e o telhado desabou.

Para desgosto de Nick, o *Times* havia publicado um relato extravagante do acontecimento, transformando-o em uma figura grandiosa e heroica. Foram muitas as zombarias amigáveis dos outros detetives, que adotavam expressões de idolatria fingida e exclamavam apaixonadamente toda vez que ele entrava no escritório. Para se livrar da situação, Nick havia requisitado afastamento temporário da Bow Street, e Morgan concedera sem hesitar. Por sorte, o público tinha memória curta. Durante as oito semanas da ausência de Nick, a história havia desaparecido, e as coisas tinham, enfim, voltado ao normal.

– Aquele maldito incêndio é irrelevante agora – afirmou ele.

– Sir Ross não partilha dessa opinião.

Nick meneou a cabeça, irritado.

– Eu deveria ter tido o bom senso de não entrar naquela casa.

– Mas entrou – retrucou Morgan. – E correu um tremendo risco. E, por causa dos seus esforços, cinco vidas foram salvas. Agora me diga, Gentry, você teria reagido da mesma forma três anos atrás?

Nick manteve a expressão tranquila, embora a pergunta o tivesse chocado. Ele soube a resposta imediatamente... Não. Ele não teria visto valor em assumir tamanho risco, uma vez que não haveria qualquer benefício material em salvar a vida de pessoas comuns que de nada lhe serviam. Ele as teria deixado morrer e, embora talvez tivesse passado um tempo remoendo aquilo, teria encontrado uma forma de esquecer. A verdade é que ele havia mudado de um jeito inexplicável. E essa percepção o deixava irrequieto.

– Quem sabe? – murmurou ele, dando de ombros com indiferença. – E de que isso importaria a sir Ross? Se estou sendo convocado para que ele possa me dar um tapinha nas costas por um trabalho bem-feito...

– É mais do que isso.

Nick zangou-se.

– Se você não vai me explicar ou me dar algum serviço, não vou mais perder meu tempo aqui.

– Não vou prender você aqui – respondeu o magistrado sem se alterar. – Tenha um bom dia, Gentry.

Nick encaminhou-se para a porta, parou por um instante ao se lembrar de algo e se voltou novamente para Morgan.

– Antes de ir, preciso pedir um favor. Será que você poderia usar sua influência junto ao tabelião para conseguir uma licença de casamento civil para amanhã?

– Uma licença de casamento?

O único indicativo da surpresa de Morgan foi o fato de ele ter estreitado os olhos de leve.

– Ora, está terminando o serviço para lorde Radnor, é? Mas por que o homem está com tanta pressa em se casar com a garota? E por que ele se casaria em um cartório em vez de fazer uma cerimônia na igreja? Além disso...

– A licença não é para Radnor – interrompeu Nick.

As palavras ficaram presas em sua garganta, como um punhado de cardos.

– É para mim.

Um silêncio interminável seguiu-se, enquanto o magistrado chegava às

89

suas próprias conclusões. Quando se recuperou de um choque de fazer cair o queixo, Morgan fixou o olhar atento no rosto enrubescido de Nick.

– Com *quem* você vai se casar, Gentry?

– Com a Srta. Howard – murmurou Nick.

O ronco de um riso incrédulo escapou do magistrado.

– A noiva de lorde Radnor? – perguntou ele, encarando Nick com uma mistura de espanto e divertimento. – Meu Deus, ela deve ser uma jovem bastante incomum.

Nick deu de ombros.

– Não exatamente. Eu apenas decidi que ter uma esposa será conveniente.

– Em alguns sentidos, sim – respondeu Morgan. – Em outros, não. Talvez fosse melhor entregá-la a Radnor e encontrar outra mulher para você, Gentry. Você está fazendo um inimigo e tanto.

– Consigo lidar com Radnor.

Morgan sorriu com uma resignação entretida que irritou Nick.

– Bem, então me permita desejar minhas sinceras felicitações. Vou notificar o tabelião superintendente, e a licença estará aguardando no cartório amanhã de manhã. Mas insisto que você vá conversar com sir Ross logo em seguida, visto que os planos dele serão ainda mais relevantes, dado o seu casamento.

– Mal posso esperar para ouvir – respondeu Nick sarcasticamente, fazendo o magistrado sorrir.

Perguntando-se que espécie de esquema o cunhado manipulador estaria tramando, Nick deixou o escritório da Bow Street. O dia ensolarado de abril estava ficando nublado, o ar começava a ficar frio e úmido. Movendo-se com agilidade em meio às muitas carruagens, carroças, carrinhos e animais que entupiam as ruas, Nick galopou para longe do rio, na direção oeste. De repente, Knightsbridge deu lugar ao campo aberto e mansões enormes de pedras em porções grandes de terra substituíram os sobrados construídos em quadras organizadas.

À medida que os contornos agressivos da pesada mansão jacobina de lorde Radnor foram surgindo diante dele, Nick urgiu o cavalo a apressar o passo. As ferraduras do animal castanho ecoaram ritmadamente na longa via de entrada que levava à casa. Na última e única vez em que Nick estivera ali, tinha sido para aceitar o serviço de Radnor. Todos os negócios a partir de então foram conduzidos pelos agentes do conde, que repassavam para ele os relatórios ocasionais de Nick.

Ao sentir o peso do pequeno camafeu no bolso de seu casaco, Nick lamentou o fato de ter de devolvê-lo a Radnor. Ele o carregara e olhara para ele durante dois meses. O objeto havia se tornado uma espécie de talismã. Os contornos do rosto de Lottie, o tom de seus cabelos, a curva de sua linda boca tinham sido gravados no cérebro de Nick muito antes de ele encontrá-la. No entanto, a semelhança – de um rosto bonito, porém comum – não explicava o que a tornava tão desejável. O que havia nela que mexia tanto com ele? Talvez fosse sua mistura de fragilidade e valentia, a intensidade que efervescia por baixo do exterior sereno... As nuances eletrizantes de que ela continha uma sensualidade equiparável a dele.

Nick se sentiu desconfortável por saber que seu desejo por Lottie não era menos intenso que o de Radnor. E, mesmo assim, os dois a desejavam por razões completamente diferentes.

"Nenhum gasto é grande demais em minha busca para criar a mulher perfeita", dissera Radnor, como se Lottie fosse destinada a personificar a Galateia de seu Pigmaleão. A ideia de Radnor da perfeição feminina era bem diferente de Lottie. Por que ele havia decidido focar suas atenções nela em vez de em alguma mulher mais maleável? Teria sido muito mais fácil dominar uma mulher submissa por natureza. Mas talvez Radnor estivesse atraído pelo desafio que Lottie representava.

Ao chegar à entrada, Nick entregou as rédeas da montaria a um criado e, lentamente, subiu os degraus de pedra da escadaria estreita. Um mordomo o cumprimentou, perguntou o que ele desejava ali e pareceu espantado com a resposta de Nick.

– Diga a lorde Radnor que tenho notícias de Charlotte Howard.

– Sim, senhor.

O mordomo saiu com uma pressa circunspecta e retornou em um instante. Ele estava sem fôlego, como se tivesse corrido de volta ao saguão de entrada.

– Lorde Radnor o receberá agora, Sr. Gentry. Me acompanhe, por favor.

O mordomo o conduziu pela entrada e por um corredor estreito e a mansão pareceu engolir Nick com seu interior bordô. A casa era sufocante e mal iluminada, embora decorada de forma luxuosa. Nick lembrou-se de que Radnor tinha hipersensibilidade à luz. Em seu primeiro encontro, ele havia mencionado que a iluminação forte machucava seus olhos. Naquele momento, assim como na primeira ocasião, as cortinas de veludo pesado estavam fechadas, obscurecendo toda a luz solar, e carpetes grossos abafavam todo o som enquanto o criado o conduzia pelo labirinto de cômodos pequenos.

Nick foi levado à biblioteca. O conde estava sentado à uma mesa de mogno, com o rosto estreito e anguloso iluminado pela chama de uma lamparina próxima.

– Gentry.

O olhar ávido de Radnor fixou-se nele. Ele não convidou Nick a sentar-se, apenas acenou para que se aproximasse, enquanto o mordomo se retirava e fechava a porta com um clique inefável.

– Quais notícias você tem para mim? Você a encontrou? Vou logo avisando que minha paciência está quase no fim.

Tirando uma letra bancária do bolso, Nick alisou o papel sobre a mesa, deixando-a ao lado da lamparina.

– Estou devolvendo seu dinheiro, milorde. Infelizmente, não poderei atendê-lo com relação à Srta. Howard.

Os dedos do conde se fecharam, lançando sombras de garras sobre a mesa iluminada.

– Então você não a encontrou. Estou vendo que você é só mais um tolo incapaz. Como uma garota insolente está sendo capaz de ludibriar todos os homens que mandei para encontrá-la?

Nick deu um sorriso casual.

– Eu não disse que ela me ludibriou, milorde. Para falar a verdade, eu a trouxe para Londres comigo.

Radnor se levantou.

– *Onde ela está*?

– Isso não lhe diz mais respeito – disse Nick, que, de repente, começou a se divertir. – O fato é que a Srta. Howard decidiu se casar com outro homem. Parece que, neste caso, estar longe dos olhos não o manteve perto do coração.

– Que homem?

Foi tudo o que Radnor pareceu conseguir se forçar a perguntar.

– Eu.

O ar ao redor deles parecia saturado de veneno. Nick poucas vezes vira tamanha ira no rosto de outro homem. Ele não tinha dúvida de que Radnor o teria assassinado se tivesse recursos à disposição. Em vez disso, o conde o encarou, compreendendo que Lottie havia sido permanentemente tirada de seu alcance.

– Você não pode tê-la – sibilou Radnor por fim, com o rosto avermelhado por uma cólera assassina.

A resposta de Nick foi suave.

– Você não pode me impedir.

Os músculos do rosto do conde se contraíam em espasmos frenéticos.

– Quanto você quer? Sem dúvida isso se trata de uma tentativa de me extorquir... Mas que seja. Me diga seu preço.

– Não vim aqui para encher os bolsos – garantiu Nick. – O fato é que eu quero Charlotte, e ela, por sua vez, pareceu preferir a minha oferta à sua.

Ele tirou o pequeno retrato de Lottie do bolso e o lançou na direção de Radnor, deslizando-o sobre a mesa.

– Parece que isto é tudo que você terá de Charlotte Howard, milorde.

Era óbvio que Radnor julgava a situação tão incompreensível que era difícil articular qualquer coisa em meio ao acesso de fúria que fechava sua garganta.

– Vocês dois vão sofrer por isso.

Nick o encarou.

– Não, *o senhor* vai sofrer, milorde, se abordar Lottie de qualquer forma. Não haverá nenhuma forma de comunicação com ela, nem represálias contra sua família. Ela está sob minha proteção agora.

Nick fez uma pausa, depois julgou necessário acrescentar:

– Se sabe de alguma coisa a respeito do meu passado, levará meu aviso a sério.

– Seu canalha ignorante. Como ousa me mandar ficar longe dela? Eu *criei* Charlotte. Sem a minha influência ela seria uma camponesa do interior com meia dúzia de filhos... Ou estaria abrindo as pernas para todos os homens que colocassem moedas entre seus seios. Eu gastei uma fortuna para transformá-la em algo muito melhor do que ela deveria ser.

– Por que não me manda a conta, então?

– Você ficaria sem um centavo – garantiu Radnor, destilando desprezo.

– Mesmo assim, pode mandar – propôs Nick. – Estou interessado em saber qual é o custo para criar uma pessoa.

Então Nick deixou Radnor sozinho em seu cômodo escuro, um réptil precisando de um banho de sol.

CAPÍTULO 7

Enquanto consumia um prato de cozido de carneiro salgado, Lottie apreciava a atmosfera serena da pequena sala de jantar, o assoalho lustroso, perfumado de cera de abelhas, o aparador repleto de belas peças de porcelana branca.

A Sra. Trench apareceu à porta, uma presença reconfortante, com sua figura robusta, sua expressão agradável temperada com um toque de desconfiança. Lottie entendia as perguntas que deveriam passar na cabeça da mulher... A governanta estava se perguntando se ela realmente iria se casar com Nick Gentry, se aquilo se tratava de alguma brincadeira, se o casamento ocorreria por amor, conveniência ou necessidade... Se Lottie era digna de pena ou uma mulher de coragem a ser reconhecida.

– Seu almoço está a contento, Srta. Howard?

– Sim, obrigada – disse Lottie, dando um sorriso amigável. – Há quanto tempo você trabalha para o Sr. Gentry, Sra. Trench?

– Há três anos – respondeu ela. – Desde que ele começou a trabalhar na Bow Street. O próprio sir Ross me entrevistou para a função, visto que ele queria ajudar o patrão a encontrar uma governanta adequada. Pode-se dizer que o Sr. Gentry é um protegido de sir Ross.

– Por que será que sir Ross demonstra tanto interesse por ele? – indagou Lottie, tentando descobrir se a governanta sabia do parentesco secreto entre os dois.

A Sra. Trench meneou a cabeça, parecendo perplexa.

– Bem, isso é um grande mistério, considerando especialmente que os dois costumavam ser inimigos ferrenhos. Muitas pessoas criticaram sir Ross por levar o Sr. Gentry para a Bow Street, mas o julgamento de sir Ross se mostrou certeiro. É ao Sr. Gentry que eles recorrem quando há missões de alto risco. Ele não tem medo de nada. Cabeça fria e pés rápidos, é o que sir Grant diz sobre ele. Ninguém quer ser o alvo das buscas do Sr. Gentry.

– De fato – respondeu Lottie, mas o tom irônico de sua voz passou despercebido pela governanta.

– Um homem corajoso e ousado, o Sr. Gentry – continuou a Sra. Trench. – E ninguém mais pode contestar isso, depois do incêndio nos Barthas.

– Que incêndio?

– A senhorita não ficou sabendo? Pouco tempo atrás, o patrão salvou um comerciante de vinhos e toda a família de um incêndio na casa deles. Eles teriam morrido se o Sr. Gentry não os tivesse tirado de lá. O *Times* publicou a história, e o patrão se tornou a pessoa mais comentada de Londres. Ora, até a rainha o cumprimentou e requisitou que ele fizesse a guarda do príncipe consorte no jantar do Royal Literary Fund.

– O Sr. Gentry não me disse uma única palavra sobre isso – comentou Lottie, achando difícil alinhar tal informação com o que já sabia sobre ele.

A Sra. Trench parecia querer falar mais sobre o assunto, mas permaneceu calada.

– Se me der licença, Srta. Howard, vou me certificar de que o quarto de hóspedes tenha sido arejado e que seus pertences foram guardados.

– Ah sim, claro.

Depois de terminar o cozido, Lottie tomou uma taça de vinho misturado com água. Nick Gentry, arriscando a vida por outra pessoa... Era difícil de imaginar. Era muito mais fácil pensar em Gentry simplesmente como um vilão. Deus do céu. Era possível refletir sobre ele por semanas e continuar sem chegar a uma conclusão definitiva. Seria ele um homem bom fingindo ser mau, ou um homem mau fingindo ser bom?

O vinho a deixara zonza. Com os olhos semicerrados, Lottie estava recostada no assento da cadeira quando um lacaio apareceu para limpar a mesa. Um sorriso triste moveu os cantos de sua boca enquanto ela refletia sobre o quão estranho era se casar com um homem para evitar se casar com outro. A perspectiva de ser a Sra. Gentry, porém, era muito mais atraente do que continuar se escondendo de lorde Radnor e seus capangas. Além do mais, como Nick havia demonstrado, o acordo não era de todo ruim.

Enquanto pensava nas mãos dele em seu corpo, sentiu o rosto e o ventre ficarem quentes. Lottie não conseguiu evitar lembrar do toque da boca dele em seu seio. O roçar sedoso dos cabelos dele na parte interna de seus braços. Os dedos compridos e calosos deslizando sobre...

– Srta. Howard.

Endireitando-se, ela se virou para a porta.

– Sim, Sra. Trench?

– O quarto de hóspedes está pronto. Se tiver terminado sua refeição, uma criada irá ajudá-la a tirar as roupas de viagem.

Lottie assentiu em agradecimento.

– Eu gostaria de tomar um banho, se possível.

Embora não quisesse incomodar as criadas com a tarefa de subir e descer as escadas com jarros de água quente, estava suja e dolorida da viagem e precisava muito se limpar.

– É claro. Gostaria de tomar um banho de chuveiro, senhorita? O Sr. Gentry mandou instalar um no banheiro de cima, com água encanada quente e fria.

– Ah, é mesmo?

Lottie ficou intrigada. Ela já tinha ouvido falar de muitas casas de famílias abastadas que tinham banheiros com chuveiro, mas nunca havia visto um. Nem mesmo Stony Cross Park, com todos os seus confortos, dispunha de água quente encanada.

– Sim, eu gostaria muito de experimentar!

A governanta sorriu diante do entusiasmo dela.

– Harriet vai ajudá-la, sim?

Harriet era a jovem criada que usava óculos e uma touca branca encobrindo os cabelos escuros. Ela foi educada, porém amigável, enquanto conduzia Lottie aos aposentos do piso superior. Os banheiros e quartos de vestir eram conectados ao quarto maior, que claramente pertencia ao dono da casa. Havia uma cama com cabeceira de madeira polida e colunas que suportavam o dossel âmbar. Embora a cama fosse grande, a base era mais baixa que o comum, de modo que não eram necessárias banquetas para subir no colchão. Olhando de soslaio para o amontoado suntuoso de travesseiros e almofadas, Lottie sentiu o estômago contrair de nervosismo. Sua atenção se voltou para as paredes, que eram recobertas por um papel pintado à mão, com figuras de pássaros e flores. Uma pia de porcelana sobre um tripé estava posicionada ao lado de um grande guarda-roupa de mogno, completada com um espelho quadrado pequeno. Era um quarto bonito e bastante masculino.

A fragrância sutil que pairava no ar a seduzia a investigar. Lottie descobriu que a fonte do aroma era o sabonete de barbear, guardado em uma caixinha de mármore sobre a pia. Quando recolocou a tampa, um pouquinho do sabonete se transferiu para seus dedos, deixando-os aromatizados e perfumados. Ela já tinha sentido aquele cheiro antes, na pele quente e áspera do maxilar de Nick Gentry.

Deus. Em menos de uma semana Lottie tinha sido arrancada de seu esconderijo e levada para Londres... Estava no quarto de um estranho, já familiarizada com o cheiro de seu corpo. De repente, se deu conta de que já não conseguia mais ter certeza de quem era, ou de qual era seu lugar no mundo. Sua bússola interna havia sido, de alguma forma, danificada, e ela era incapaz de discernir certo e errado.

A voz da criada penetrou suas contemplações perturbadas.

– Srta. Howard, já liguei a água. Devo ajudar a senhorita a entrar no chuveiro? O calor não dura muito.

Acatando a sugestão, Lottie se aventurou no banheiro de azulejos azuis e brancos, reparando que a banheira de porcelana com canos expostos, o cabideiro, a cadeira e o chuveiro se encaixavam perfeitamente no espaço de um cômodo alto, porém estreito. O espaço exíguo explicava por que a pia ficava no quarto.

Com a ajuda de Harriet, Lottie se despiu e soltou os cabelos. Coberta apenas com o rubor, ela entrou na área do chuveiro. Ao ver o vapor da água que vertia acima de sua cabeça, ela hesitou. Uma corrente fria envolveu seu corpo, fazendo seus pelos arrepiarem.

– Vá em frente, senhorita – encorajou a criada, percebendo a incerteza de Lottie.

Respirando fundo, Lottie entrou debaixo da água que caía, enquanto a porta se fechava delicadamente atrás dela. Foi acometida por uma profusão assustadora de calor e um instante de cegueira até se posicionar longe o suficiente, de modo que o jato d'água não a atingisse em cheio. Esfregando as mãos nos olhos embaçados, Lottie riu, sentindo um prazer repentino.

– É como tomar um banho de chuva – exclamou ela.

O barulho alto da água no azulejo tornou a resposta da criada quase inaudível. Ficando imóvel, Lottie absorveu a sensação deliciosa, o calor penetrante em suas costas, o vapor que saturava seus pulmões. A porta se abriu de leve, e uma barra de sabonete e uma esponja foram entregues a ela. Ela ensaboou os cabelos e o corpo e girou em círculos lentos, com a cabeça erguida, os olhos e a boca bem fechados. A água quente escorria por todos os lados, sobre seus seios e sua barriga, pelas coxas, entre os dedos de seus pés. Era uma experiência surpreendentemente sensual, que a fazia se sentir ao mesmo tempo fraca e relaxada. Ela queria ficar ali por horas. No entanto, cedo demais, a água começou a esfriar. Soltando um suspiro pesaroso, Lottie se afastou da água antes que ficasse gelada.

– Está fria – disse Lottie,

Harriet então girou a válvula do lado de fora do banheiro antes de entregar a ela uma toalha que havia sido aquecida no cano de água quente.

Tremendo no ar frio, Lottie secou o rosto e os cabelos e se enrolou na toalha.

– Quem dera pudesse ter durado um pouquinho mais – disse ela, fazendo Harriet sorrir.

– Daqui a três horas, vai ter água quente suficiente para outro banho, senhorita.

Lottie seguiu a criada até o quarto de vestir adjacente, onde seu vestido azul-escuro e lençóis limpos haviam sido estendidos para ela em um sofá--cama estreito.

– Quase vale a pena se casar com o Sr. Gentry só pelo chuveiro – disse ela.

O comentário gerou um olhar questionador de Harriet.

– É verdade, então, senhorita? Vai se casar com o patrão?

– Parece que sim.

Era óbvio que a criada estava morrendo de curiosidade, mas, de alguma forma, ela conseguiu permanecer calada. Lottie largou a toalha molhada e vestiu as ceroulas e a combinação com uma pressa envergonhada. Quando estava coberta, sentou-se no sofá-cama de veludo e começou a puxar as meias grossas de algodão pelas panturrilhas. Ela não conseguiu deixar de se perguntar quantas mulheres já tinham se banhado, se vestido e dormido ali. A cama de Nick devia ser tão movimentada quanto um bordel.

Harriet a chocou ao responder:

– Não, Srta. Howard.

Lottie quase deixou a liga cair no chão, tamanha sua surpresa.

– O quê? – perguntou ela, erguendo as sobrancelhas enquanto olhava para a criada. – Sem dúvida, não sou a primeira mulher que ele traz aqui.

– Até onde sei, é, sim, senhorita.

– Mas isso não pode ser verdade.

Ela pausou e acrescentou, sendo franca:

– Tenho certeza de que o Sr. Gentry já entreteve nada menos que um harém inteiro neste quarto.

A criada meneou a cabeça.

– Nunca vi mulher nenhuma frequentar a casa... Não nesse sentido. É claro que, depois do incêndio dos Barthas, muitas admiradoras mandaram cartas e vieram aqui – disse Harriet, e um sorriso malicioso surgiu em seus lábios. – A rua ficou lotada de carruagens, e o pobre Sr. Gentry não conseguia nem entrar pela porta da frente, devido à multidão que esperava por ele toda manhã.

– Hum – disse Lottie, prendendo a liga com firmeza na meia e se esticando para pegar a outra. – Mas ele nunca trouxe uma amante aqui?

– Ah, não, senhorita.

Evidentemente, Nick era mais escrupuloso do que ela esperava – ou, ao menos, se esforçava para manter sua casa privada. Era provável, então, que ele satisfizesse suas necessidades sexuais em um bordel, ou talvez seus apetites fossem tão primitivos que ele buscasse os serviços de prostitutas de becos. Contudo, Gentry parecia mais exigente do que isso. A maneira como ele a tocara tinha deixado clara a apreciação de um conhecedor, não de um brutamontes qualquer. O rosto de Lottie incendiou, e ela tentou, enquanto se vestia, esconder sua frustração fazendo mais perguntas à criada.

Lottie logo descobriu que Harriet era muito mais loquaz com relação ao Sr. Gentry do que a Sra. Trench. Segundo a criada, Nick era uma espécie de mistério até mesmo para os próprios criados, visto que ninguém sabia o que esperar dele. Ele se comportava como um cavalheiro no âmbito particular, mas não se esquivava da violência de sua profissão. Ele podia ser mordaz ou gentil, brutal ou afável e dono de um humor efêmero. Como os outros detetives da Bow Street, Nick tinha horários estranhos e podia ser convocado a qualquer momento para auxiliar em algum desastre, ou investigar um assassinato, ou prender um fugitivo especialmente perigoso. Havia pouca estrutura ou rotina em seus dias, e ele não gostava de fazer planos. E, curiosamente, ele não dormia bem e com frequência era atormentado por pesadelos.

– Que tipos de pesadelo? – perguntou Lottie, fascinada.

– Ele nunca disse, nem mesmo ao próprio valete, Dudley. Mas às vezes ele emite uns ruídos bem assustadores enquanto dorme, então acorda, levanta e não volta mais pra cama. Dudley diz que devem ser coisas que fazem o Sr. Gentry se lembrar dos...

Harriet olhou para Lottie com cautela.

– Dos tempos dele no submundo? – perguntou Lottie. – Sim, estou ciente do passado criminoso do Sr. Gentry.

– Ele não era um criminoso, senhorita. Não exatamente. Era um caçador de ladrões. Mas tinha um cortiço perto de Fleet Ditch e viu o sol nascer quadrado uma ou duas vezes.

– Foi preso, você quer dizer?

Harriet confirmou, acrescentando com um tom de orgulho:

– E escapou em ambas as ocasiões. Dizem que não há uma única prisão de onde o homem não consiga escapar. Na segunda vez, ele estava preso com correntes que pesavam mais de cento e trinta quilos, bem no coração da prisão de Newgate. E escapuliu pelos dedos deles que nem geleia.

Lottie não ficou surpresa com a informação, considerando o que já sabia da agilidade incomum, da força física e da natureza astuta de Nick. Talvez a imagem de seu futuro esposo como um criminoso ardiloso devesse deixá-la assustada, mas, em vez disso, era estranhamente reconfortante. Ela estava mais convencida do que nunca de que ele não seria intimidado ou enganado por lorde Radnor. Era muito provável que ele fosse a melhor proteção que ela poderia conseguir.

Bocejando, ela acompanhou Harriet até o quarto de hóspedes, um cômodo com paredes azul-claras, com uma cama com dossel maravilhosa, cortinas cinza e azul e um guarda-roupa Hepplewhite enorme, com uma série de gavetinhas para luvas, meias e outras pequenas necessidades. Ela encontrou seu pente em uma das gavetas e se aproximou da lareira enquanto a criada acendia o fogo.

– Obrigada, está tudo adorável – disse ela. – Isso é tudo por ora, Harriet.

– Sim, senhorita. O sino está ali se precisar de alguma coisa.

Sentando-se ao lado da lareira, Lottie penteou os cabelos finos e lisos até as longas mechas loiras estarem quentes com o calor do fogo. Em algum lugar da casa, um relógio badalou quatro vezes. Quando olhou para o céu cinzento pela janela e viu as gotas de chuva se espalharem pelas vidraças, Lottie estremeceu. Mas, apenas por um tempo, ela deixaria de lado suas preocupações com o futuro. Largando o pente, ela subiu na cama, fechando o dossel, e se jogou sobre os travesseiros.

Pegou no sono rapidamente, nadando em uma névoa de imagens agradáveis... Caminhando pela floresta em Hampshire... Mergulhando os pés em uma lagoa fresca em um dia quente... Parando no portal do beijo, enquanto o cheiro das rosas aquecidas pelo sol penetrava em suas narinas. Ela fechou os olhos e ergueu o queixo, deliciando-se com os raios escaldantes, deixando que as asas de uma borboleta roçassem em seu rosto. Enfeitiçada pelo contato, Lottie ficou imóvel. O toque sedoso moveu-se pela ponta de seu nariz, o contorno sensível de seu lábio superior, os cantos macios de sua boca.

Procurando às cegas, ela ergueu o rosto na direção do calor e foi presenteada com uma pressão suave que abriu seus lábios e arrancou um gemido. Lorde Sydney estava parado com ela sob o portal do beijo, seus braços prendendo-a contra a treliça pintada. A boca dele buscava a dela com muita delicadeza, seu corpo firme pressionado contra o dela, e Lottie estremeceu em uma súplica silenciosa para que ele a abraçasse com mais força. Parecendo saber exatamente o que ela queria, ele empurrou as saias dela com o joelho, pressionando o ponto exato que parecia inchado e ansioso de desejo. Arfando, ela fechou os dedos nos cabelos brilhosos dele e ele lhe disse, em um sussurro, que relaxasse, que cuidaria dela, que a satisfaria...

– Ah.

Piscando com força, ela despertou de seu sonho sensual quando percebeu que não estava sozinha. O dossel havia sido aberto, e o corpo longo de Nick Gentry estava emaranhado no dela. Uma mão grande segurava seus quadris, enquanto a perna dele a pressionava mais intimamente no meio das coxas. A respiração dele oscilava em sua orelha, preenchendo-a de calor úmido, então os lábios dele retornaram aos dela em um trajeto abrasador. Ele absorveu o protesto dela com um beijo, a língua buscando a dela, o corpo pairando sobre o dela. Lottie sentiu a rigidez da ereção nas coxas e logo passou a discerni-la mesmo em meio às camadas de roupas... Um movimento contido... E outro... E outro. Cada insinuação rítmica era tão enlouquecedora e deliciosa que ela não conseguiu se obrigar a detê-lo. Estava tomada por uma agitação física que penetrava sua alma, e cada parte dela exigia que ela o puxasse com mais força, para mais perto.

Em vez disso, Lottie o empurrou, libertando a boca com um soluço.

– Não...

Ele a soltou, e ela deitou-se de bruços, repousando sobre os punhos cerrados. Sentindo os pulmões inflando em inspirações violentas, Lottie estava ciente da presença dele logo atrás dela, a extensão poderosa de seu corpo pressionando-a do pescoço aos calcanhares.

– Você se aproveitou de mim enquanto eu estava dormindo – protestou ela, sem fôlego. – Isso não é justo.

A mão de Nick escorregou pelo quadril dela em um círculo lento.

– Eu raramente jogo limpo. É mais fácil trapacear.

Uma risada repentina explodiu na garganta de Lottie.

– Você é o homem mais desavergonhado que já conheci.

– É provável.

Nick removeu o cabelo dela e desceu a boca até sua nuca. Ela inspirou bruscamente ao senti-lo roçar nos pelinhos de seu pescoço.

– Como você é macia – sussurrou ele. – Parece seda. Pelinhos de gato.

O toque dos lábios dele enviou um arrepio pelo cerne superaquecido de seu corpo.

– Nick, eu...

– A Sra. Trench me disse que você experimentou o chuveiro – disse ele, movendo a mão do quadril dela até a curva de sua cintura. – Gostou?

– Foi bem revigorante – Lottie conseguiu dizer.

– Vou assistir, na próxima vez.

– Ah, não vai, não!

Ele riu baixinho e sugeriu:

– Então vou deixar você me assistir.

Antes que pudesse se conter, Lottie o imaginou parado debaixo do chuveiro, a água escorrendo e deslizando pela pele dele, escurecendo seus cabelos, o vapor ocultando seus olhos cor de safira. A imagem era vaga, visto que ela nunca tinha visto um homem nu, apenas as imagens estampadas em um livro de anatomia que ela encontrara na biblioteca de lorde Westcliff. Na ocasião, Lottie havia examinado as ilustrações com fascinação, desejando que certos detalhes tivessem sido articulados mais minuciosamente.

Em breve, ela não precisaria imaginar.

Nick pareceu ler seus pensamentos.

– Não é errado gostar disto – disse ele, acariciando a barriga dela com a palma da mão. – A quem você vai beneficiar se negar o prazer a si mesma? Você está pagando o preço pela minha proteção, não está? Por que não tirar algum proveito da situação?

– Você é um estranho – disse ela em um tom pesaroso.

– Que marido não é um estranho para a esposa? Fazer a corte se resume a uma dança em um baile, um passeio com acompanhantes pelo parque e uma ou duas conversas no jardim. Quando os pais concordam com o casamento, a cerimônia é celebrada e, em poucos dias, lá está a moça, na cama com um homem que mal conhece. Não existe muita diferença entre esse cenário e o nosso, não é?

Lottie franziu a testa e se virou para encará-lo, sabendo que havia uma falha na lógica dele, mas que ela não conseguia identificar. Nick estava deitado de lado, apoiado sobre o cotovelo, o contorno largo dos ombros obscurecendo a maior parte da luz emanada pela lamparina ao lado da cama. Seu corpo era tão grande e protetor, sua autoconfiança era tão sólida que era quase como se Lottie pudesse se enroscar nela como uma coberta e ficar ali, segura para sempre.

Nick era perspicaz, no entanto. Ele sabia que o tendão de Aquiles dela era essa necessidade terrível de um refúgio e não hesitou em usá-lo. Ele deslizou o braço pela cintura dela, repousando a mão no meio de suas costas, deslizando o polegar pelo arco rígido de sua espinha.

– Eu vou cuidar de você, Lottie. Vou manter você em segurança e prover todos os confortos que você desejar. Tudo que peço em troca é que você goste de estar comigo. Isso não é tão ruim assim, é?

Aquele homem tinha uma habilidade diabólica de fazer sua vontade parecer razoável. Discernindo a fraqueza dela, ele se aproximou até o peso sólido de seu corpo estar posicionado acima do dela e sua coxa estar pressionada no colchão entre as pernas dela.

– Me beije – sussurrou ele.

O tempero doce e inebriante do hálito e da pele dele fez com que os pensamentos de Lottie se perdessem como folhas secas ao vento.

Ela negou com a cabeça, mas as partes mais sensíveis de seu corpo haviam começado a latejar com um desejo agudo.

– Por que não? – perguntou ele, contornando a linha dos cabelos dela com o dedo.

– Porque um beijo é algo que uma mulher oferece ao homem que ama... Coisa que você não é para mim.

Ele deslizou levemente a parte de trás dos dedos pelo pescoço dela, entre seus seios, descendo pela barriga.

– Mas você me beijou em Stony Cross Park.

Um rubor forte a envolveu.

– Eu não sabia quem você era.

A mão dele estava posicionada no baixo ventre dela. Se ela não estivesse vestida, os dedos dele estariam parados no topo do triângulo entre suas coxas.

– Sou o mesmo homem, Lottie.

A mão dele continuou descendo, até ela segurar seu pulso e afastá-lo.

Nick riu e então ficou sério ao se voltar de novo para ela.

– Fui visitar lorde Radnor hoje.

Embora Lottie estivesse esperando aquilo, ainda assim, ela sentiu um arrepio de pavor.

– O que aconteceu? O que você disse a ele?

– Eu devolvi o dinheiro dele, informei sobre a sua decisão de se casar comigo e o avisei para não perturbar você ou sua família no futuro.

– Ele ficou muito zangado?

Nick ergueu o polegar e o indicador a um milímetro de distância.

– Ficou a isto aqui de sofrer uma apoplexia.

Pensar em Radnor sentindo raiva a enchia de satisfação, mas, ao mesmo tempo, ela não conseguiu conter outro arrepio repentino.

– Ele não vai desistir. Vai causar problemas para nós dois, de todos os jeitos possíveis.

– Já lidei com sujeitos piores do que Radnor – respondeu ele sem se alterar.

– Você não o conhece tão bem quanto pensa.

Os lábios dele se abriram para começar a protestar. Mas, ao ver o tremor no queixo dela, o brilho agressivo de seus olhos desapareceu.

– Não precisa ter medo.

Ele a assustou ao pousar a mão em seu colo, na porção lisa entre o pescoço e os seios. Ela inspirou fundo, inflando o peito sob o peso calmante daquela mão.

– Eu falo sério quando digo que vou cuidar de você e da sua família – afirmou ele. – Você está dando a Radnor mais importância do que ele merece.

– Você nunca vai ser capaz de entender o quanto esse homem me humilhou durante toda minha vida. Ele...

– Eu entendo, sim.

Os dedos dele subiram até seu pescoço, acariciando o ponto sensível onde ele podia senti-la engolindo. Uma mão tão poderosa... Capaz de esmagá--la com tanta facilidade... No entanto, Nick a tocava com uma delicadeza inacreditável.

– E sei que você nunca teve ninguém que pudesse protegê-la dele. Mas, a partir de agora, eu vou fazer isso. Então pare de se apavorar toda vez que o nome dele é mencionado. Ninguém jamais vai dominar você novamente, muito menos Radnor.

– Ninguém além de *você*, você quer dizer.

Ele sorriu com a acusação descarada, brincando com uma mecha de cabelo dela.

– Não tenho intenção alguma de dominar você.

Aproximando-se, ele beijou a pulsação suave no pescoço dela e tocou-a com a língua. Lottie ficou imóvel, curvando os dedos dentro das meias. Ela queria enrolar os braços nele, tocar seus cabelos, pressionar os seios contra o peito dele. O esforço para se conter fez seu corpo todo enrijecer.

– Depois de nos casarmos, amanhã, vou levar você para conhecer minha irmã, Sophia – disse ele em seu pescoço. – De acordo?

– Sim, eu adoraria. Sir Ross também estará lá?

Nick ergueu a cabeça.

– Provavelmente – respondeu ele, parecendo menos entusiasmado com a perspectiva. – Informaram-me hoje de que meu cunhado está tramando um plano, como sempre, e quer me ver.

– Vocês dois não se dão nem um pouco bem?

– Não, nem um pouco. Sir Ross é um imbecil manipulador que me persegue há anos. Agora, por que Sophia achou que seria bom se casar com ele é algo que está muito além de qualquer esperança de compreensão.

– Ela ama sir Ross?

– Suponho que sim.

– Eles têm filhos?

– Uma filha, até o momento. Uma pirralha tolerável, caso goste de crianças.

– E sir Ross é fiel à sua irmã?

– Ah, ele é um santo – garantiu Nick. – Quando eles se conheceram, ele era um viúvo e estava celibatário desde a morte da esposa. Honrado demais para se deitar com uma mulher fora do casamento.

– Me parece bastante cavalheiresco.

– Sim. Além de ético e honesto. Ele insiste que todos ao seu redor sigam as regras... As regras *dele*. E, como seu cunhado, eu recebo uma quantia desumana de atenção da parte dele.

Imaginando como Nick devia detestar as tentativas de sir Ross de remendá-lo, Lottie mordeu o lábio inferior para conter um sorriso repentino.

Ao ver seus lábios se contraírem, Nick a fitou com um olhar de alerta fingido.

– Achou graça, foi?

– Achei – admitiu ela, gritando de surpresa quando ele cutucou um local sensível debaixo de suas costelas. – Ah, não faz isso! Eu sinto cócegas nesse lugar. Por favor.

Ele se moveu por cima dela com uma graciosidade suave, prendendo os quadris dela com as coxas, segurando suas mãos pelos pulsos para firmá-las acima da cabeça. O divertimento de Lottie desapareceu. Ela sentiu uma pontada de medo e ao mesmo tempo uma onda confusa de excitação enquanto olhava para aquele homem enorme em cima dela. Estava estendida debaixo dele, em uma posição de total submissão, sem poder impedi-lo de fazer o que quisesse. Contudo, apesar da ansiedade, ela não pediu que ele a soltasse. Simplesmente ficou ali, atenta, aguardando, com os olhos fixos no rosto sombrio dele.

Ele afrouxou os dedos em torno dos pulsos dela, e seus polegares apertaram as palmas úmidas.

– Devo vir vê-la esta noite? – sussurrou ele.

Lottie precisou umedecer os lábios antes de conseguir responder.

– Está fazendo essa pergunta para mim ou para si mesmo?

Um sorriso cintilou nos olhos dele.

– A você, é claro. Eu já sei o que quero.

– Então prefiro que você não venha.

– Para que prolongar o inevitável? Uma noite a mais não vai fazer diferença.

– Eu preferiria esperar até estarmos casados.

– Princípios? – perguntou ele em tom de zombaria, deslizando os polegares pela parte interna dos braços dela.

– Pragmatismo.

Lottie não conseguiu conter um suspiro quando ele tocou a curva delicada da parte interna dos cotovelos. Como ele conseguia incitar sensações em partes tão ordinárias do corpo?

– Se você acha que posso mudar de ideia sobre me casar com você após uma noite de amor... Fique sabendo que está errada. Meu apetite não se satisfaz com tanta facilidade assim. Na verdade, ter você uma única vez só vai me fazer querer você ainda mais. Aliás, acho uma pena que seja virgem.

Isso vai limitar o número de coisas que posso fazer com você... Ao menos por um tempo.

Lottie fez uma careta.

– Lamento muito pelo inconveniente.

Nick sorriu diante da irritação dela.

– Não tem problema. Faremos o melhor possível dadas as circunstâncias. Talvez seja um obstáculo menor do que imagino. Como nunca tive uma virgem antes, eu não saberei até experimentar.

– Bem, você vai precisar esperar até amanhã à noite – reafirmou ela com firmeza, debatendo-se debaixo dele em uma tentativa de se libertar.

Por algum motivo, ele congelou e prendeu a respiração com o movimento dos quadris dela debaixo dele.

Lottie franziu a testa.

– O que foi? Machuquei você?

Meneando a cabeça, Nick rolou para longe dela. Ele passou a mão pelos cabelos lustrosos enquanto se sentava.

– Não – murmurou ele, parecendo um tanto tenso. – Embora eu possa ficar permanentemente debilitado se não me aliviar em breve.

– Aliviar do quê? – perguntou ela enquanto ele saía da cama e mexia na parte da frente das calças.

– Você vai descobrir.

Ele olhou para trás, seus olhos azuis eram tanto uma ameaça quanto uma promessa deliciosa.

– Agora, vista-se e vamos jantar lá embaixo. Se eu não posso satisfazer *esse* apetite, melhor ao menos satisfazer o outro.

CAPÍTULO 8

Como o casamento com lorde Radnor surgira com frequência nos pesadelos de Lottie por anos, ela tinha passado a pensar na cerimônia com desconfiança e medo. Ficou contente, portanto, com o fato de que o ritual realizado no escritório do tabelião superintendente foi rápido e eficiente, resumindo-se a assinar seu nome, trocar os votos obrigatórios e pagar uma taxa. Não houve beijos, olhares demorados, nenhum toque de emoção para colorir a atmosfera de negócios, e ela ficou grata por isso. No entanto, após deixar o cartório, Lottie não se sentia nem um pouco mais casada do que quando entrou.

Ela tinha acabado de se tornar esposa de um homem que não a amava e que provavelmente era incapaz desse sentimento. E, ao se casar com ele, havia extinguido todas as possibilidades de um dia encontrar o amor.

Haveria, entretanto, compensações para essa união, sendo que a maior delas era estar livre de lorde Radnor. E, para falar a verdade, Nick Gentry era uma companhia fascinante. Ele não se dava ao trabalho de esconder seus defeitos, como todos faziam. Pelo contrário. Nick se gabava deles, como se houvesse algum mérito em ser amoral e mercenário. Ele era um estranho para Lottie, vindo de um mundo de que ela só tinha ouvido falar às escondidas... Um mundo povoado por catadores, ladrões, pessoas sem recursos que recorriam à violência e à prostituição. Cavalheiros e damas deviam fingir que o submundo não existia. Mas Nick Gentry respondia às perguntas de Lottie com uma franqueza impressionante, explicando em detalhes o que acontecia nos cortiços de Londres e as dificuldades que os detetives da Bow Street enfrentavam ao tentar levar os criminosos à justiça.

– Alguns becos são tão estreitos – contou ele durante o trajeto de carruagem até a casa de sir Ross – que a pessoa precisa se posicionar de lado para conseguir passar entre os edifícios. Várias vezes, perdi um fugitivo por ele ser mais magro que eu. E também existem incontáveis edifícios que são conectados pelos telhados, quintais e porões, então um ladrão consegue passar de um para outro como um coelho em um viveiro. Eu geralmente acompanho os novatos que não têm muita experiência, visto que podem se perder em menos de um minuto e acabar caindo em uma armadilha.

– Que tipo de armadilha?

– Ah, um grupo de ladrões ou ambulantes pode estar esperando para esmagar o crânio do sujeito, ou para esfaqueá-lo. Às vezes, os bandidos cobrem um bueiro com algumas tábuas podres e, quando o detetive pisa sobre elas, acaba caindo no esgoto. Coisas do tipo.

Os olhos dela se arregalaram.

– Que horror!

– Não é perigoso depois que você aprende o que esperar – garantiu ele. – Já estive em todos os cantos de todos os cortiços de Londres e conheço cada truque e armadilha que existe por aí.

– Você quase parece gostar do seu trabalho... Só que isso não é possível.

– Eu não gosto – disse ele, e hesitou antes de acrescentar: – Mas preciso dele.

Lottie chacoalhou a cabeça, confusa.

– Está se referindo ao esforço físico?

– Em parte. Pular por cima de muros, subir telhados, a sensação de capturar um fugitivo, de pressioná-lo no chão...

– E as brigas? – perguntou Lottie. – Você também gosta dessa parte?

Embora ela esperasse que ele negasse, ele confirmou com a cabeça.

– É viciante – explicou ele. – O desafio e a empolgação... Até o perigo.

Lottie entrelaçou os dedos em cima do colo, pensando que alguém precisava domesticar um pouco aquele homem, para que, um dia, ele pudesse viver pacificamente – ou os presságios de que viveria pouco seriam cumpridos com bastante rapidez.

A carruagem atravessou uma via ladeada por plátanos cujas folhas proviam uma cobertura densa para a vegetação mais baixa de galantos e cornisos de caules verdes espinhosos. Eles pararam diante de uma casa grande, bela em sua simplicidade majestosa, com a entrada protegida por grades de ferro forjado e suportes de lamparinas curvos. Um par de lacaios atentos, Daniel e George, ajudou Lottie a descer da carruagem e foi avisar o restante da criadagem de sua chegada. Reparando que a letra C havia sido forjada nas grades de ferro, Lottie parou para contorná-la com o dedo.

Nick sorriu ironicamente.

– Os Cannons não são membros da aristocracia, mas, olhando para tudo isso, ninguém diria, certo?

– Sir Ross é um desses cavalheiros tradicionais?

– Em alguns sentidos, sim. Mas, em termos políticos, o homem é um progressista. Luta pelos direitos das mulheres e das crianças e apoia todas as causas reformistas que você conseguir elencar.

Soltando um suspiro breve, Nick a conduziu até os degraus de entrada da casa.

– Você vai gostar dele. Todas as mulheres gostam.

Enquanto subiam a escadaria de pedra, Nick surpreendeu Lottie colocando o braço atrás de suas costas.

– Segure minha mão, esse degrau é torto.

Ele a conduziu com cuidado pela superfície irregular, soltando-a apenas quando teve certeza de que ela estava perfeitamente equilibrada.

Eles adentraram um grande saguão de entrada, pintado em tons de bege, com arabescos dourados que margeavam o teto imponente. Meia dúzia de portas conectava o saguão a seis cômodos principais, ao passo que uma escadaria em formato de ferradura levava aos aposentos particulares no piso superior. Lottie mal teve tempo de apreciar o design gracioso do interior da casa antes da chegada de uma mulher belíssima.

Os cabelos louros eram bem mais escuros do que os seus, de um tom de mel envelhecido. Aquela só podia ser lady Cannon, cujo rosto era uma cópia delicada dos traços belos de Nick. Seu nariz era menos proeminente e o queixo era definido, mas não tão marcante quanto o do irmão. A pele do rosto era alva, em vez de corada. Os olhos, contudo, eram do mesmo azul característico: intensos, escuros e impenetráveis. Lady Cannon tinha uma aparência tão jovial que ninguém jamais imaginaria que ela tinha quatro anos a mais que o irmão.

– Nick – disse ela, soltando uma risada exuberante.

Ela foi até eles e ficou na ponta dos pés para receber o beijo dele. Nick a envolveu em um abraço breve, repousando o queixo no topo da cabeça dela, então se afastou para apreciar a imagem da irmã. Naquele instante, Lottie percebeu a intensidade notável do sentimento entre os dois, que, de alguma forma, tinha sobrevivido aos anos de distância, perda e decepção.

– Você está esperando outro bebê – disse Nick após um instante, e ela riu.

– Como você sabe? Sir Grant lhe contou?

– Não, mas sua cintura está mais larga. Ou então as fitas do seu espartilho se soltaram.

Afastando-se dele, lady Cannon riu e o atingiu no peito.

– Seu patife grosseiro. Sim, minha cintura está mais larga e vai continuar crescendo até janeiro, quando você terá uma nova sobrinha ou um sobrinho para balançar no joelho.

– Que Deus me ajude – respondeu ele.

Lady Cannon virou-se para Lottie; a expressão de seu rosto suavizou.

– Bem-vinda, Charlotte. Nick mandou um recado ontem, contando sobre você. Eu estava ansiosa para conhecê-la.

Lady Cannon cheirava a chá e rosas, uma fragrância que era tão reconfortante quanto sedutora. Colocando o braço magro sobre os ombros de Lottie, ela virou-se para se dirigir a Nick.

– Que bela irmã você me arranjou, Nick – disse ela. – Trate de cuidar bem dela, certo? Ou vou convidá-la para vir morar aqui comigo. Ela parece bem-educada demais para andar na companhia de gente da sua laia.

– Até o momento, não tenho reclamações quanto ao tratamento do Sr. Gentry – respondeu Lottie com um sorriso. – É claro que só estamos casados há uma hora.

Lady Cannon franziu a testa para o irmão.

– Casar com a pobrezinha no cartório, de todos os lugares possíveis! Como eu gostaria que você tivesse esperado e me deixado organizar algo. Nick, você nem sequer deu uma aliança a ela! Francamente...

– Eu não queria esperar – interrompeu ele.

Antes que lady Cannon pudesse responder, uma criança pequena entrou no saguão, seguida por uma babá de avental. A garotinha de cabelos escuros, com seus olhinhos azuis e as bochechas marcadas pelas covinhas, não podia ter mais que 2 anos.

– Tio Nick! – gritou ela, correndo na direção dele feito um touro, com os cachos esvoaçando em uma bagunça descabelada.

Nick pegou a sobrinha e a ergueu no ar, sorrindo com os gritinhos de deleite da menina. Enquanto a abraçava forte, a intensa afeição que sentia pela garota ficou mais que óbvia, desmentindo a descrição anterior do próprio de que ela era uma "pirralha tolerável".

Enrolando os bracinhos gorduchos no pescoço dele, a garotinha rugiu alegremente, beijando-o e puxando seus cabelos.

– Meu Deus, que selvageria – disse Nick, rindo.

Ele a virou de ponta cabeça, fazendo a menina berrar de entusiasmo.

– Nick – protestou a irmã, embora também estivesse rindo. – Não faça isso, você vai derrubá-la de cabeça.

– Não vou – garantiu ele, endireitando a criança e segurando-a contra o peito.

– Doce – exigiu a garotinha, mergulhando nas profundezas do casaco dele como um furão.

Ao encontrar o que buscava, ela pegou um pacotinho de papel e gritou de euforia enquanto o tio o abria para ela.

– O que você trouxe para ela desta vez? – perguntou lady Cannon em um tom resignado.

– Caramelos de mel – respondeu ele.

A sobrinha já enfiava um punhado de doces açucarados na boca. Os olhos de Nick continuaram brilhando quando ele olhou para Lottie.

– Quer um?

Ela meneou a cabeça, e seu coração saltou de modo peculiar. Naquele exato momento, quando a olhava daquela forma, com o rosto gentil, o sorriso fácil e tranquilo, ele era tão lindo que Lottie sentiu uma onda de prazer se estender de sua nuca até os dedos dos pés.

– Amelia – murmurou Nick, virando-a para Lottie. – Diga "oi" para sua tia Charlotte. Eu me casei com ela agora de manhã.

Subitamente acanhada, a menina deitou a cabeça no ombro de Nick e sorriu para Lottie. Lottie sorriu de volta, sem saber ao certo o que dizer. Estando há tantos anos longe de casa, tinha pouca experiência com crianças.

Lady Cannon pegou a filha de rostinho todo grudento, alisando os cachos embaraçados.

– Querida – murmurou ela. – Não quer deixar a babá pentear seus cabelos?

O queixinho redondo projetou-se teimosamente.

– Não – respondeu ela com a boca cheia de caramelo, pontuando sua recusa com um sorriso cheio de baba.

– Se você não deixar que ela desfaça os nós, eles vão ficar tão impossíveis que nós teremos de cortar.

Nick acrescentou, em um tom persuasivo:

– Deixe a babá pentear seus cabelos, docinho. E, na próxima vez que eu vier, vou trazer um lindo laço azul, está bem?

– E uma boneca? – perguntou ela.

– Uma boneca tão grande quanto você – prometeu ele.

Saltando dos braços da mãe, a garotinha voltou para a babá, que aguardava ali perto.

– É uma menina linda – comentou Lottie.

Lady Cannon meneou a cabeça, dando um sorriso pesaroso, e seus olhos se encheram de um orgulho maternal.

– E mimada.

Voltando-se para Lottie, ela pegou sua mão.

– Por favor, me chame de Sophia – disse ela em um tom caloroso. – Não nos apeguemos a expressões formais de tratamento.

– Sim, milad... Sim, Sophia.

– Meu marido se juntará a nós em breve na sala...

– Ah, que maravilha – disse a voz rabugenta de Nick atrás delas.

Sophia continuou como se não o tivesse ouvido.

– ... e vou pedir que nos sirvam uma bebida. Acabei de comprar um jogo de chocolate quente maravilhoso... Você gosta de chocolate quente, Charlotte?

Lottie acompanhou a nova cunhada até uma sala suntuosa, ladeada por vidraças que exibiam a vista de uma estufa interna exuberante.

– Nunca experimentei – confessou ela.

A bebida nunca era servida em Maidstone's – e, mesmo se fosse, lorde Radnor jamais permitiria que ela a tomasse. E sem dúvida os criados de Stony Cross Park raramente desfrutavam de tais luxos, se é que um dia desfrutaram. Manteiga e ovos quase nunca eram distribuídos aos criados, muito menos algo tão caro quanto chocolate.

– Nunca? Bem, então precisa experimentar – disse Sophia, e seu sorriso exibia um quê travesso quando ela acrescentou: – Eu sou, por acaso, uma verdadeira autoridade no assunto.

A sala era decorada com tons calorosos de bordô, dourado e verde; a mobília pesada de mogno era estofada com brocado e veludo. Havia mesinhas com tampos de couro espalhadas pela sala, contendo pilhas tentadoras de fólios, romances e jornais. Por indicação de Sophia, Lottie sentou-se no sofá gorducho, recostando-se em uma fileira de almofadas bordadas com imagens de animais e flores. Nick sentou-se ao seu lado depois que Sophia se acomodou em uma poltrona próxima.

Uma criada aproximou-se de Sophia, recebeu algumas instruções sussurradas e deixou a sala discretamente.

– Meu marido chegará em breve – informou Sophia com tranquilidade. – Agora, Charlotte, conte-me como você e Nick se conheceram. O recado dele foi bastante sucinto e estou ávida por detalhes.

Lottie abriu e fechou a boca como um peixe fisgado, sem conseguir formular uma resposta. Ela não queria mentir para Sophia, mas a verdade – que o casamento era um acordo frio e pragmático – era vergonhosa demais para se admitir. Nick respondeu por ela, encobrindo a mão dela com a sua.

– Nós nos conhecemos em Hampshire durante uma investigação – disse ele à irmã, brincando com os dedos de Lottie enquanto falava. – Lottie estava noiva de lorde Radnor, mas fugiu para se esconder dele. Ele me contratou para encontrá-la, e quando encontrei...

Ele deu de ombros e deixou que Sophia tirasse as próprias conclusões sozinha.

– Mas lorde Radnor é pelo menos três décadas mais velho que Charlotte.

Sophia torceu o nariz e olhou para Lottie com uma empatia evidente.

– E tendo visto o homem em uma ou duas ocasiões, eu o achei bastante estranho. Não é de se admirar que você não o quisesse – disse ela, e então olhou para o irmão. – E você foi imediatamente fisgado por Charlotte quando a conheceu?

– Quem não seria? – respondeu Nick com um sorriso fraco.

Ele traçou um círculo lento na palma da mão de Charlotte, acariciou a parte interna de seus dedos, deslizou o polegar pelas veias delicadas de seu pulso. A exploração sutil a fez se sentir quente e sem fôlego; todo o seu corpo estava focado na ponta do dedo que escorregava com suavidade pela pele delicada da palma de sua mão. O mais desconcertante de tudo era a percepção de que Nick nem sequer sabia o que estava fazendo. Ele brincava com a mão dela com muita tranquilidade e conversava com Sophia, enquanto o jogo de chocolate quente era trazido à sala e posto à mesa.

– Não é lindo? – perguntou Sophia, apontando para a porcelana florida com um floreio.

Ela pegou o bule alto e estreito e serviu um líquido escuro e aromático nas pequenas xícaras, enchendo o primeiro terço.

– A maioria das pessoas usa cacau em pó, mas os melhores resultados são obtidos quando se mistura o creme com licor de cacau.

Com habilidade, Sophia despejou uma colherada de açúcar no líquido fumegante e mexeu.

– Não estou falando de uma bebida alcoólica, como vinho ou conhaque, aliás. O licor de cacau é obtido pela fundição dos grãos, depois de terem sido torrados e descascados.

– O aroma é delicioso – comentou Lottie, prendendo a respiração enquanto o dedo de Nick investigava a maciez carnuda da base de seu polegar.

Sophia dedicou-se a servir as outras xícaras.

– Sim, e o sabor é divino. Eu prefiro muito mais o chocolate quente ao café pela manhã.

– É um estimulante, então? – perguntou Lottie, enfim conseguindo se desvencilhar da mão de Nick.

Sem poder brincar mais com ela, ele lançou um olhar questionador na direção da esposa.

– Sim, de certa forma – respondeu Sophia, despejando uma quantidade generosa de creme no licor de cacau adoçado. – Embora não tanto quanto o café, o chocolate é revigorante à sua própria maneira – disse ela, piscando para Lottie. – Alguns até afirmam que o chocolate estimula os instintos amorosos.

– Que interessante – disse Lottie, fazendo seu melhor para ignorar Nick enquanto aceitava sua xícara.

Deleitando-se com os aromas deliciosos, Lottie tomou um pequeno gole do líquido escuro e brilhante. A doçura robusta deslizou por sua língua e fez cócegas em sua garganta.

Sophia riu de alegria diante da expressão de Lottie.

– Estou vendo que você gostou. Ótimo. Já encontrei uma motivação para fazê-la me visitar com frequência.

Lottie confirmou enquanto bebia mais. Quando chegou ao final da xícara, sua cabeça estava nas nuvens e seus nervos formigavam com a mistura de calor e açúcar.

Nick largou sua xícara após um ou dois goles.

– Condimentado demais para o meu gosto, Sophia, embora deva parabenizá-la pela destreza em prepará-lo. Além do quê, meus instintos amorosos não requerem qualquer encorajamento.

Ele sorriu quando sua frase fez Lottie engasgar com as últimas gotas de chocolate quente.

115

– Quer mais uma xícara, Charlotte? – ofereceu Sophia.

– Ah, sim, por favor.

Antes que Sophia pudesse servir mais daquela bebida mágica, contudo, um homem alto, de cabelos pretos, entrou na sala. E falou com uma voz grave e rouca, com um sotaque refinado:

– Perdoem-me por ter demorado tanto para me juntar a vocês. Precisei concluir alguns negócios com meu corretor de imóveis.

Por algum motivo, Lottie esperava que sir Ross aparentasse estar na meia-idade. Ele tinha, afinal, 40 e poucos anos. No entanto, o homem parecia mais saudável e viril que a maioria dos outros com metade da sua idade. Ele era bonito de um jeito diferente; sua autoridade natural era uma força tão potente que Lottie instintivamente se encolheu nas almofadas. Ele era alto e esguio, exibindo uma combinação de autoconfiança e vitalidade que fazia a juventude inexperiente parecer sem graça. Sua elegância inata seria aparente mesmo que ele estivesse vestindo um traje rústico de camponês. Mas ele vestia um vistoso casaco de alfaiataria e calças combinando, com uma gravata de seda preta sofisticada. Seu olhar analisou a cena, detendo-se em Lottie, demorando-se um pouco mais em Nick e, então, se assentando na esposa. Que olhos estranhos ele tinha... De um cinza tão penetrante e brilhante que a fez pensar em um raio capturado em uma garrafa.

Surpreendentemente, Sophia conversou com aquela criatura notável como se ele fosse um homem comum, com um tom brincalhão.

– Agora que você está aqui, suponho que possamos discutir algo enfadonho, como política ou a reforma judiciária.

Sir Ross riu enquanto se abaixava para dar um beijo no rosto dela. Aquele seria um gesto comum para um marido, exceto pela maneira como ele terminou o beijo – demorando-se por um instante quase imperceptível. Os olhos de Sophia se fecharam por um momento, como se a sensação da boca dele em sua pele reavivasse lembranças fascinantes.

– Tentarei ser divertido – murmurou ele, com um sorriso afável.

Enquanto ele se endireitava, a luz tocou o ébano de seus cabelos e evidenciou os fios brancos nas têmporas.

A expressão de Nick era gélida quando se levantou para apertar a mão do cunhado.

– Sir Grant me disse que você queria me ver – começou ele sem rodeios. – O que está tramando, Cannon?

– Discutiremos isso depois. Primeiro, quero ser apresentado à sua jovem e destemida esposa.

Lottie riu da insinuação de sir Ross – de que qualquer mulher precisaria ser destemida para se casar com um homem como Nick Gentry. Ela fez uma reverência enquanto o antigo magistrado dava a volta na mesa para chegar até ela. Pegando as mãos dela em suas mãos grandes e quentes, sir Ross falou com uma gentileza contagiante:

– Bem-vinda à família, Sra. Gentry. Tenha a certeza de que, se um dia precisar de qualquer assistência, basta pedir. Estou à sua disposição.

Quando seus olhares se encontraram, ela compreendeu o que ele queria dizer.

– Obrigada, sir Ross. Lamento a necessidade de manter nossos laços secretos, visto que ficaria muito orgulhosa de me referir ao senhor e a lady Cannon como meus familiares.

– Talvez possamos fazer algo quanto a isso – respondeu ele, enigmático.

De repente, Lottie sentiu as mãos de Nick envolverem sua cintura, e ele a afastou de sir Ross.

– Duvido muito – disse Nick ao cunhado. – Porque não vou, de forma alguma, permitir que essa informação se torne pública.

Sophia intercedeu sem demora:

– Como já está tarde demais para o tradicional café da manhã de casamento, proponho que desfrutemos de um almoço de casamento. A cozinheira está preparando costeletas de cordeiro, aspargos frescos e muitos tipos de saladas. E creme de abacaxi de sobremesa.

– Que maravilha.

Lottie se juntou à cunhada na tentativa de manter a atmosfera serena. Ela sentou-se de novo no sofá e ajeitou as saias cuidadosamente.

– Nunca comi aspargos e sempre quis experimentar.

– Nunca comeu aspargos? – perguntou Sophia, incrédula.

Enquanto Lottie buscava uma forma de explicar sua pouca familiaridade com tais iguarias, Nick sentou-se ao seu lado e pegou sua mão mais uma vez.

– Receio que minha esposa tivesse uma dieta um tanto espartana no colégio – explicou à irmã. – Ela frequentou a Maidstone's por vários anos.

Sir Ross se acomodou em uma poltrona ao lado de Sophia e olhou para Lottie.

– Uma instituição afamada, com a reputação de educar jovens muito prendadas – disse ele, e então prosseguiu em um tom encorajador: – Conte-me, o que achou de seus anos lá, Sra. Gentry?

– Por favor, me chame de Lottie – pediu ela com um sorriso tímido.

Enquanto ela descrevia suas experiências no colégio, sir Ross ouvia com atenção, embora Lottie não fizesse ideia de por que o assunto poderia ser tão interessante.

Em pouco tempo, o almoço foi servido por dois lacaios no jardim de inverno, em uma mesa repleta de peças de porcelana florida. Lottie ficou encantada com as árvores e os abundantes botões de rosas que perfumavam o ar. Até mesmo o humor de Nick pareceu ficar mais leve na atmosfera agradável. Recostando-se em sua cadeira, ele os regalou com histórias sobre o escritório da Bow Street, inclusive um relato de como os detetives eram designados para inspecionar as roupas íntimas sujas e as camisas dos prisioneiros encarcerados. Aparentemente, os detentos costumavam escrever mensagens secretas nas roupas, que eram entregues aos parentes, que por sua vez levavam roupas limpas para eles usarem quando viam o magistrado. As condições do vestuário dos prisioneiros era, muitas vezes, tão precária que os detetives começaram a tirar a sorte para decidir quem deveria assumir a tarefa nojenta. Quando Nick terminou de descrever a fúria de um detetive em particular, que sempre parecia acabar com o palito mais curto, até mesmo sir Ross estava gargalhando.

Enfim, sir Ross e Nick se engajaram em uma conversa sobre os problemas relacionados à "Nova Polícia", que havia sido criada dez anos antes. Desde então, a Bow Street permanecera separada da Nova Polícia, visto que a equipe de guardas e detetives de sir Grant era muito mais bem treinada e eficiente do que aquelas "lagostas cruas".

– Por que chamam a Nova Polícia de "lagostas cruas"? – perguntou Lottie, incapaz de resistir.

Sir Ross respondeu com um pequeno sorriso.

– Porque lagostas cruas são azuis, a mesma cor dos novos uniformes, e também porque lagostas beliscam.

O comentário fez Nick rir.

Enquanto a discussão sobre a polícia continuava, Sophia se aproximou de Lottie.

– Você acha que meu irmão vai querer continuar na Bow Street, agora que vocês se casaram?

– Ele deu a entender que não tem escolha – respondeu Lottie com cautela. – O acordo com sir Ross...

– Sim, mas a intenção nunca foi que o acordo durasse para sempre. E agora que Nick se casou, talvez meu marido o liberte do compromisso.

– Por que nosso casamento teria qualquer influência na posição dele na Bow Street?

Sophia olhou cautelosamente para os homens do outro lado da mesa.

– A resposta é muito íntima e complicada demais para discutirmos agora. Posso visitá-la em breve, Lottie? Podemos ter uma longa conversa e talvez sair para fazer compras.

Lottie sorriu. Ela jamais havia imaginado que a irmã de Nick fosse acabar se mostrando tão amável. E Sophia parecia bastante disposta a elucidar algumas coisas do passado misterioso de Nick, o que ajudaria Lottie a entendê-lo muito melhor.

– Com certeza. Eu adoraria.

– Ótimo. Acho que vamos nos divertir muito.

Ao ouvir a última frase da irmã, Nick arqueou uma sobrancelha.

– O que você está planejando, Sophia?

– Ah, apenas um passeio rápido pela Oxford Street – respondeu ela.

Nick bufou.

– Há pelo menos cento e cinquenta lojas na Oxford. Imagino que vocês farão muito mais que um passeio rápido.

Sophia riu.

– Você precisa abrir uma conta para Charlotte na loja de tecidos, na Wedgewood e, naturalmente, na joalheria, e também na livraria e...

– Ah, milady... Digo, Sophia – interrompeu Lottie.

De repente, Lottie se sentiu desconfortável e se perguntou por que Sophia não parecia entender que a situação financeira deles era bastante parca em comparação com a riqueza dos Cannons.

– Tenho certeza de que não será necessário abrir contas em meu nome.

Nick respondeu a Sophia com um leve sorriso.

– Lottie pode abrir contas onde desejar. Mas, primeiro, queria que você a levasse à sua modista. Até onde sei, ela não tem um enxoval.

– Não preciso de vestidos novos – protestou Lottie. – Talvez um vestido bonito, mas isso basta.

A última coisa que queria era que Nick gastasse uma fortuna em roupas para ela. Suas lembranças dos hábitos extravagantes dos pais e de sua consequente decadência ainda estavam bem claras em sua mente. Ela sentia um medo instintivo de gastar grandes quantias de dinheiro e sabia, mais do que ninguém, como até mesmo uma fortuna considerável podia ser desperdiçada em um curto período de tempo.

– Por favor, insisto para que você não...

– Está tudo bem – interrompeu Nick, tocando em seu ombro.

O olhar dele transmitia a mensagem de que aquele não era o momento para discutir a questão. Enrubescendo, Lottie calou-se. A mão dele demorou-se em seu ombro, então deslizou até o cotovelo, apertando-o de leve.

Por sorte, o silêncio à mesa foi quebrado pela aparição de um lacaio, que trocou os pratos sujos por um jogo de pratos de sobremesa e cálices de vinho doce. Os pratos de sobremesa foram servidos com biscoitos delicados e creme de abacaxi em belos potinhos esmaltados.

Sir Ross deu início a outro assunto, relativo a algumas emendas propostas recentemente à Lei de Assistência Social, que tanto ele como Nick apoiavam. De forma surpreendente, Sophia deu suas próprias opiniões sobre o assunto, e os homens ouviram com atenção. Lottie tentou esconder a surpresa, porque, durante anos, aprendera que uma mulher educada jamais deveria expor suas opiniões na presença de outras pessoas. Ela sem dúvida não deveria discutir sobre política, um assunto inflamável, que apenas homens estavam aptos a debater. No entanto, ali estava um homem tão distinto como sir Ross parecendo achar perfeitamente normal ver a esposa expondo sua opinião. Nick também não parecia incomodado com a expansividade da irmã.

Talvez ele lhe concedesse a mesma liberdade. Com esse pensamento agradável em mente, Lottie comeu seu creme de abacaxi, uma sobremesa saborosa e de textura sedosa, com um gosto azedinho. Ao terminar, pensou em como seria bom comer mais uma porção. Contudo, as boas maneiras e o medo de parecer gulosa faziam com quem fosse impensável pedir mais um pouco.

Reparando no olhar triste com que Lottie fitava seu prato vazio, Nick riu e despejou a própria sobremesa, quase intocada, no prato dela.

– Estou vendo que você gosta ainda mais de doces do que a pequena Amelia – murmurou ele em seu ouvido.

A respiração quente dele fez os pelos de sua nuca se eriçarem.

– Não ganhávamos sobremesa no colégio – explicou ela com um sorriso encabulado.

Ele pegou o guardanapo e limpou o canto de sua boca.

– Estou vendo que terei um trabalhão para tentar compensar todas as coisas de que você foi privada. Suponho que você vai querer alguma coisa doce após todas as refeições a partir de agora, certo?

Parando com a colher no ar, Lottie olhou nos olhos azuis calorosos que estavam tão perto dos seus e, de repente, sentiu-se tomada pelo calor. Era ridículo que bastasse ele falar com aquele tom sedoso na voz para que ela se desmanchasse toda.

Sir Ross analisou os dois com um olhar atento.

– Gentry, gostaria de discutir um assunto com você. Sem dúvida existem maneiras melhores de expressar meus pensamentos com relação ao seu futuro, mas confesso que não consigo pensar em nenhuma. Suas circunstâncias são incomuns – disse ele, sorrindo pesarosamente. – Isso é um eufemismo, é claro. As reviravoltas da sua vida foram, no mínimo, bizarras.

Nick se recostou na cadeira com uma graciosidade lânguida, aparentando estar relaxando, mas Lottie sentiu a apreensão que fervilhava dentro dele.

– Não pedi que você pensasse no meu futuro.

– Mas eu pensei mesmo assim. Nos últimos três anos, venho acompanhando sua carreira...

– Acompanhando? – interrompeu Nick. – Eu diria manipulando, intervindo e interferindo.

Acostumado àquelas palavras após tantos anos de magistério, sir Ross deu de ombros.

– Fiz o que achei ser o melhor. Tenha em mente que nos meus negócios com você, eu também tinha os interesses da Sophia a levar em consideração. Ela é o único motivo pelo qual eu o livrei da forca. Ela acreditava que havia potencial para a bondade dentro de você. E, embora eu não enxergasse isso na época, estou disposto a admitir, hoje, que ela tinha razão. Você não é o completo vilão que eu imaginava ser.

Nick deu um sorriso frio, ciente de que estava sendo alvo de elogios fingidos.

– De minha parte, permita-me dizer que você é o coração de pedra hipócrita que eu sempre pensei.

– Nick – repreendeu Sophia, colocando a mão magra sobre a mão grande de sir Ross. – Meu marido nunca teve um único pensamento hipócrita na vida. E quanto a ter um "coração de pedra", posso garantir que ele não passa nem perto disso. Além do mais...

– Sophia – interrompeu sir Ross –, você não precisa me defender, meu amor.

– Bem, você *não* tem – insistiu ela.

Sir Ross virou a palma da mão para cima, para segurar os dedos dela, e, por um instante, os dois ficaram olhando para os dedos entrelaçados com um júbilo compartilhado que pareceu indescritivelmente íntimo. Lottie sentiu uma dor esquisita no peito. Como seria amar alguém daquele jeito? Os dois pareciam ter um prazer enorme na companhia um do outro.

– Está bem – disse Nick, impaciente. – Vamos logo ao ponto, Cannon. Não gostaria nem um pouco de passar todo o dia do meu casamento com você.

Aquilo levou um sorriso aos lábios do antigo magistrado.

– Muito bem, tentarei ser sucinto. Desde que você se juntou à equipe da Bow Street, sir Grant tem me mantido informado de suas realizações; as operações investigativas, o trabalho com os patrulheiros, as buscas que você fez, arriscando a própria vida. Mas foi só após o incêndio na residência dos Barthas que percebi quanto você mudou.

– Eu não mudei – retrucou Nick em um tom desconfiado.

– Você aprendeu a valorizar a vida dos outros tanto quanto a sua própria – continuou sir Ross. – Você aceitou o desafio que eu lhe propus três anos atrás e contribuiu muito para o bem-estar público. E, agora, você até se casou. Curiosamente, ela é o tipo de jovem com quem talvez você tivesse se casado se as circunstâncias não o tivessem privado do seu título e de suas propriedades tanto tempo atrás.

Os olhos de Nick se estreitaram.

– Não ligo a mínima para o título. E Deus sabe que não tenho utilidade alguma para ele agora.

O ex-magistrado brincou com a colher, exibindo uma expressão digna de um jogador de xadrez durante uma longa partida.

– Existe algo que você nunca compreendeu sobre o seu título: que ele é seu, queira você ou não. Um título não desaparece porque uma pessoa resolveu ignorá-lo.

– Desaparece se essa pessoa escolhe se tornar outra pessoa.

– Mas você não é outra pessoa – retrucou sir Ross. – O verdadeiro Nick Gentry morreu há catorze anos. Você é lorde Sydney.

– Mas ninguém sabe disso.

– Isso – disse sir Ross – está prestes a mudar.

Nick ficou imóvel enquanto assimilava a afirmação.

– Que diabo isso quer dizer?

– Depois de muita deliberação, eu decidi dar início ao processo de dignificação em seu nome. Recentemente, expus os detalhes da sua situação à administração da Coroa e ao lorde chanceler. Eu não apenas garanti a eles que você é, de fato, o há muito desaparecido lorde Sydney como também confirmei que você detém os recursos financeiros para custear o título. Em cerca de duas semanas, a Secretaria da Chancelaria da Coroa emitirá um mandado judicial, convocando-o à Câmara dos Lordes. Quando isso acontecer, eu mesmo irei apresentá-lo publicamente como lorde Sydney, em um baile que será organizado em sua homenagem.

Nick levantou-se da mesa, derrubando a cadeira, que tombou para trás e caiu no chão.

– Vá para o inferno, Cannon!

Lottie levou um susto com a explosão de hostilidade. Nick reagiu como se sua própria vida estivesse sendo ameaçada. Contudo, o perigo que ele encarava não era o perigo físico com o qual estava acostumado... Era um perigo intangível, insidioso... A única prisão da qual ele não poderia escapar. Lottie sentiu os pensamentos em ebulição por trás da expressão fechada dele, a maneira como sua mente inteligente analisava o problema repentino e considerava diversas formas de evadir-se dele.

– Eu vou negar tudo – afirmou Nick.

Sir Ross ergueu as mãos, encarando-o com firmeza.

– Se o fizer, eu revidarei com meu próprio testemunho, o de sir Grant, de sua irmã e até mesmo de sua esposa, atestando que você confessou, em particular, ser lorde Sydney. Esses testemunhos, combinados com algumas peculiaridades circunstanciais, tais como a falta de registros de óbito e registros inconsistentes da sua morte, formam o que é conhecido na lei inglesa como *fecundatio ab extra*. É uma ocorrência rara, porém não impossível.

Nick parecia prestes a assassinar o antigo magistrado da Bow Street.

– Pois saiba que eu vou entrar com uma petição na Câmara dos Lordes para ter permissão para renunciar ao título. Deus sabe que eles ficarão exultantes em se livrar de mim.

– Não seja tolo. Você acredita mesmo que eles um dia permitirão que você renuncie ao seu título? Para eles, uma renúncia como essa seria um desafio à mera instituição da aristocracia. Eles receariam que a distinção entre as classes, ou melhor, a própria monarquia, estaria ameaçada.

– Você não acredita no privilégio baseado no nascimento – retrucou Nick. – Por que me forçar a aceitar um maldito título? *Eu não quero esse título.*

– Isso não tem relação alguma com minhas crenças políticas. É um simples fato. Você *é* Sydney, não importa como chame a si mesmo. Você não vai conseguir subverter setecentos anos de um princípio de hereditariedade, nem vai conseguir continuar evitando suas obrigações como lorde Sydney.

– Obrigações para com quê? – ralhou Nick. – Uma propriedade que está jacente há catorze anos?

– Você é responsável pelos arrendatários que estão trabalhando duro para tentar sobreviver em terras porcamente administradas pelo governo. Pela Câmara dos Lordes, onde seu assento está vago há duas décadas. Pela sua irmã, que é obrigada a manter o parentesco com o próprio irmão em segredo. Pela sua esposa, que desfrutará de muito mais respeito e prestígios sociais enquanto lady Sydney do que um dia poderia desfrutar como Sra. Gentry. E por você mesmo. Você passou metade da vida se escondendo atrás de um nome falso. Está na hora de assumir quem você é.

As mãos de Nick se fecharam.

– Essa decisão não cabe a você.

– Se eu não a forçar, você vai passar o resto da sua vida evitando-a.

– Esse é um direito meu!

– Talvez. Mas, de toda forma, você perceberá que é impossível continuar atuando como detetive. Sir Grant concorda com minha opinião e, portanto, não vai mais precisar de seus serviços na Bow Street.

O rubor se espalhou pelo rosto de Nick. Ele engoliu em seco raivosamente ao perceber que seus dias como detetive tinham chegado ao fim.

– Então vou continuar fazendo minhas investigações particulares.

– Isso seria uma novidade, não é mesmo? – perguntou sir Ross em um tom sarcástico. – O visconde solucionador de crimes.

– Nick – disse Sophia –, você sabe o que o pai e a mãe iriam querer.

124

Ele parecia amargurado, devastado e, acima de tudo, furioso.

– Fui Nick Gentry por tempo demais para mudar agora.

Sophia respondeu com muito cuidado, parecendo compreender por que ele considerava aquilo impossível.

– Vai ser difícil. Ninguém pode negar isso. Mas você tem Lottie para ajudá-lo.

Nick não olhou na direção da esposa, mas emitiu um ruído desdenhoso.

– Lottie, querida – disse Sophia com uma firmeza delicada que revelava a força que havia por baixo da fachada graciosa. – Você frequentou a Maidstone's por quantos anos?

– Seis – respondeu Lottie, lançando um olhar cauteloso na direção do perfil austero do marido.

– Se a reputação da escola for verdadeira, esses seis anos foram preenchidos por uma educação que incluiu um treinamento rigoroso em comportamento, graça, a arte de receber as pessoas com educação, as habilidades de administrar uma casa e as finanças domésticas, elementos de estilo e bom gosto, os rituais como visitas matinais e reuniões após o jantar... Os milhares de pequenos aprendizados de etiqueta são o que separa a alta classe das demais camadas da sociedade. Imagino que você conseguiria tomar conta de uma casa de qualquer tamanho, mesmo que fosse imensa. Sem dúvida, você também aprendeu a dançar, cavalgar, tocar um instrumento musical, falar francês e quem sabe um pouquinho de alemão... Estou certa?

– Está, sim – respondeu Lottie, odiando a sensação súbita de fazer parte da armadilha que se fechava ao redor de Nick.

Ele estava sendo forçado a se tornar algo que não tinha desejo algum de ser, e ela compreendia aquela sensação muito bem.

Balançando a cabeça, satisfeita, Sophia voltou-se para o irmão enfurecido.

– Lottie é um ótimo recurso para você, Nick. Ela será inestimável em ajudá-lo a se ajustar à sua nova vida...

– Não me ajustarei a coisa alguma – rugiu ele, lançando um olhar de comando na direção de Lottie. – Venha, vamos embora. Agora.

Ela levantou-se automaticamente, bem como sir Ross. Atônita, Lottie olhou para o cunhado. Não havia nenhum brilho de vitória em seus olhos. Ela não acreditava que os motivos dele tivessem qualquer relação com vingança ou animosidade. Ela tinha certeza de que sir Ross e Sophia julgavam ser bastante necessário que Nick retomasse a antiga identidade. Ela queria muito discutir a questão com os dois, mas estava claro que seu marido mal conseguia se conter. Qualquer outro homem teria ficado grato por recuperar o título, as terras e as posses da família. Era óbvio, no entanto, que aquilo, para Nick, era um pesadelo.

Lottie permaneceu em silêncio durante o trajeto para casa. Nick estava imóvel, tentando conter sua fúria explosiva, e muito provavelmente sentia dificuldade de compreender a forma brusca com que sua vida havia mudado. Seu humor não era muito diferente do que ela própria experimentara quando teve de deixar Stony Cross Park, pensou Lottie.

No instante em que chegaram à casa na Betterton Street, Nick quase saltou de dentro da carruagem, deixando que o lacaio se encarregasse de ajudar Lottie a descer do veículo. Quando ela chegou à porta da frente, ele não estava em lugar algum à vista.

A governanta estava no saguão de entrada; sua expressão perplexa revelava que ela tinha acabado de ver Nick entrar como um furacão dentro de casa.

– Sra. Trench – disse Lottie –, por acaso viu aonde o Sr. Gentry foi?

– Acredito que ele esteja na biblioteca, senhorita. Digo... Sra. Gentry.

Deus do céu, como era estranho ser chamada daquele jeito. E mais estranho ainda era contemplar a enorme possibilidade de que, em pouquíssimo tempo, ela passasse a ser chamada de lady Sydney. Franzindo a testa, Lottie olhou da escadaria para o corredor que levava à biblioteca. Parte dela queria se recolher à segurança e reclusão do quarto. No entanto, a outra parte sentia-se tentada a encontrar Nick.

Depois que a Sra. Trench pegou sua touca e suas luvas, Lottie se viu indo até a biblioteca e bateu à porta fechada antes de entrar. As paredes eram revestidas por painéis de madeira escura e o chão era tomado por tapetes bordados com medalhões dourados sobre um fundo marrom. Janelas de múltiplas vidraças se estendiam até o teto, que tinha, pelo menos, cinco metros de altura.

A figura de ombros largos de Nick podia ser avistada diante de uma das janelas; suas costas se retesaram quando ele a ouviu se aproximar. Ele segurava uma taça de conhaque com força; o bojo delicado de vidro parecia prestes a se quebrar nos dedos compridos.

Lottie titubeou ao lado de uma das estantes altas, reparando que a biblioteca era estranhamente desprovida de livros.

– Sua biblioteca está quase vazia – comentou ela.

Nick permaneceu parado à janela; seu olhar estava inquieto e vazio. Ele virou as últimas gotas de conhaque com um movimento rígido de seu pulso.

– Compre alguns livros, então. Encha as prateleiras até o teto, se quiser.

– Obrigada.

Encorajada pelo fato de que ele não tinha pedido que ela fosse embora, Lottie arriscou se aproximar.

– Sr. Gentry...

– Não me chame assim – disse ele em um rompante de irritação.

– Desculpe. Nick – disse ela, se aproximando. – Bem, eu gostaria de corrigir algo que sir Ross disse. Você não tem responsabilidade alguma de me tornar lady Sydney, está bem? Como eu disse antes, não me importo se você é um nobre ou um cidadão comum.

Ele ficou em silêncio por um bom tempo, então soltou um suspiro tenso. Caminhando até o aparador, ele se serviu de mais conhaque.

– Existe alguma forma de impedir sir Ross de dar sequência aos planos dele? – questionou Lottie. – Talvez possamos pedir ajuda jurídica e...

– É tarde demais. Eu conheço sir Ross. Ele já previu cada contra-ataque possível. E a influência dele se estende por todos os lados: o judiciário, a polícia, o Parlamento, a administração da Coroa... O mandado vai chegar, não importa o que eu faça para evitá-lo.

Nick murmurou uma palavra desconhecida que parecia bastante obscena.

– Eu queria quebrar cada ossinho do corpo daquele imbecil insuportável.

– Como eu posso ajudá-lo?

– Você ouviu o que minha irmã disse, não ouviu? Você vai brincar de senhora da mansão e me ajudar a fingir que sou um visconde.

– Você se saiu muito bem em Stony Cross Park – ponderou ela. – Sua aparência de nobreza é bastante convincente.

– Aquilo foi por alguns dias, apenas – retrucou ele em um tom amargo. – Mas agora, ao que parece, vou precisar personificar esse papel pelo resto da vida... Meu Deus! Eu não queria nada disso. Vou acabar matando alguém em pouco tempo.

Lottie inclinou a cabeça para o lado, fitando-o especulativamente. Sem dúvida, ela deveria ser cuidadosa enquanto ele estivesse naquele humor. Nick parecia, de fato, prestes a cometer um assassinato; os olhos brilhavam com o que parecia ser sede de sangue. Mas, curiosamente, ela se sentia cheia de empatia; mais que isso: sentia um senso de parceria. Os dois estavam se debatendo. Tinham diante de si uma vida que não haviam planejado nem pedido.

– Como você se sentiu em Stony Cross Park quando se apresentou como lorde Sydney? – perguntou ela.

– Em um primeiro momento, achei divertida a ironia de me disfarçar como eu mesmo. Mas, depois do primeiro dia, isso passou a ser um peso em meus ombros. A mera menção do nome me irrita ao extremo.

Lottie perguntou-se por que ele se sentia tão antagonizado pelo nome que ganhara ao nascer. Devia haver algum motivo além dos que ele tinha dado até então.

– Nick, o que sir Ross quis dizer quando mencionou que você detinha os recursos financeiros para custear o título?

A boca dele se contraiu.

– Ele quis dizer que eu posso bancar a manutenção de uma propriedade grande e o estilo de vida de um aristocrata.

– Mas como ele poderia saber disso?

– Ele não sabe ao certo.

– Ele está errado, é claro.

– Não – murmurou Nick –, ele não está errado. Antes de entrar para a Bow Street, eu fiz alguns investimentos e tenho algumas ações. Somando tudo, tenho umas duzentas...

Silenciosamente, Lottie ponderou que duzentas libras em economias não eram uma quantia ruim, mas não ofereciam uma segurança desejável. Ela só esperava que os investimentos dele não desvalorizassem.

– Bem, parece bastante satisfatório – disse ela, sem querer ferir os sentimentos dele. – Acho que ficaremos bem se economizarmos. Mas não acho que as circunstâncias permitam gastos com um enxoval. Não neste momento. Talvez no futuro...

– Lottie – interrompeu ele –, nós não precisamos economizar.

– Duzentas libras é uma boa quantia, mas vai ser difícil manter uma casa com...

– Lottie – disse ele, olhando para ela com uma expressão estranha. – Eu estava me referindo a duzentas mil libras.

– Mas... Mas...

Lottie estava perplexa. Era uma quantia imensa, uma fortuna para os padrões de qualquer um.

– E em torno de cinco mil por ano de investimentos e pagamentos por serviços particulares – acrescentou ele, surpreendendo-a ainda mais, mas sua expressão era sombria. – Embora, ao que tudo indica, meus dias de serviços particulares estejam contados.

– Ora, você parece ser tão rico quanto lorde Radnor – comentou ela, entorpecida.

Ele fez um gesto brusco com a mão, como se pensar em dinheiro fosse irrelevante em comparação com seu problema muito mais grave.

– Provavelmente.

– Você poderia arcar com as despesas de uma dezena de casas. Você poderia ter qualquer coisa que...

– Não preciso de uma dezena de casas se só consigo dormir sob um teto por vez. Só posso fazer três refeições ao dia. E não ligo a mínima para impressionar quem quer que seja.

Lottie ficou surpresa ao perceber que ele não tinha a ambição de acumular riquezas. A fortuna de Nick era consequência de sua necessidade de levar a melhor sobre todos, do submundo à Bow Street. E, agora que a profissão de investigador seria arrancada dele, Nick ficaria desesperadamente necessitado de algo para fazer. Ele era um homem muito ativo, nem um pouco adequado para a indolência tradicional da vida aristocrática. Como ele se acostumaria a viver como nobre?

Os pensamentos dele deviam ser parecidos, porque Nick soltou um grunhido de raiva e frustração e passou a mão pelos cabelos. Um cacho caiu em sua testa, e Lottie se assustou com a súbita vontade que sentiu de tocar aqueles fios escuros, alisá-los para trás, deslizar os dedos por sua maciez quente.

– Lottie – disse ele com a voz áspera –, vou sair um pouquinho. Só devo voltar pela manhã. Você terá uma folga esta noite.

– O que você vai fazer?

– Ainda não sei.

Ele se afastou dela com uma inquietação que continha uma pitada de pânico, como se uma rede pesada tivesse caído sobre ele.

Lottie sabia que não deveria se importar se ele saísse para beber, ou acabasse se metendo em uma briga com alguém, ou fizesse qualquer uma das inúmeras tolices que homens em busca de diversão costumam fazer. Ela não deveria querer aplacar a fúria que ele mesmo mal conseguia conter. Mas queria.

Sem se permitir tempo para refletir sobre suas ações, Lottie se aproximou dele e colocou a mão sobre seu casaco. Sua mão escorregou pelo tecido e entrou pela lapela. O colete dele era do mesmo preto-carvão do casaco, mas o tecido era mais sedoso, levemente esticado sobre os contornos rijos dos músculos do peitoral. Lottie pensou em como a pele dele devia estar quente para que o calor passasse por uma camada tão grossa de tecido.

Nick ficou imóvel; sua respiração mudou para um ritmo mais lento, mais intenso. Lottie não olhou para o rosto dele, concentrando-se, em vez disso, no nó de sua gravata cinza. Seus dedos exploravam as dobras brancas e perfumadas de sua camisa.

– Não quero uma folga – disse ela, puxando o nó até se soltar.

Enquanto a gravata se desenrolava, o autocontrole dele também pareceu se esvair. A respiração de Nick ficou pesada e suas mãos se cerraram em punhos nas laterais do corpo. Desajeitadamente, ela desabotoou o botão do colarinho engomado da camisa dele e a abriu, revelando o brilho âmbar de seu pescoço. Quando olhou para o rosto dele, sentiu, com um tremor súbito de nervosismo, que a ira estava se transformando em puro desejo. O rubor se espalhou pelas maçãs do rosto dele e por seu nariz, um brilho lustroso que fazia os olhos dele parecerem um fogo azul.

Ele abaixou a cabeça bem devagar, como se estivesse dando a ela todas as oportunidades de fugir. Mas Lottie permaneceu onde estava, e seus olhos se fecharam quando ela sentiu o toque quase imperceptível da boca dele na lateral de seu pescoço. Os lábios dele acariciaram a pele sensível e se abriram até que a ponta macia de sua língua a tocou em um círculo delicado e quente. Soltando um suspiro trêmulo, Lottie inclinou-se para a frente e sentiu as pernas fraquejarem. Nick não a tocou com as mãos, apenas continuou a explorar seu pescoço com uma lentidão deliciosa. Ela se agarrou a ele, colocando os braços em torno de sua cintura.

Ele colocou as mãos em seus ombros, apertando de leve. Ele parecia indeciso quanto a querer puxá-la para mais perto ou empurrá-la para longe. A voz dele era rouca quando perguntou:

– O que está fazendo, Lottie?

O coração dela palpitava com tanta força que ela mal conseguiu reunir fôlego para falar.

– Acho que estou encorajando você a terminar o que começou na biblioteca de lorde Westcliff.

– Você precisa estar certa disso – disse ele. – Não me deito com uma mulher há seis meses. Se você de repente decidir parar, não ficarei contente.

– Não farei isso.

Ele a encarou; seu olhar era febril, seu rosto era austero.

– Por que agora, se ontem à noite você não quis?

Mas a resposta estava além de sua própria compreensão. Depois dos eventos daquela tarde, Nick parecia repentinamente vulnerável para ela. Lottie começava a ver de que formas ele precisava dela, necessidades que iam além do desejo sexual. E o desafio de domá-lo, de igualar seu desejo poderoso com o próprio desejo, era tentador demais para resistir.

– Estamos casados agora – respondeu ela, usando a primeira desculpa em que conseguiu pensar. – E eu prefiro... Eu prefiro fazer isso de uma vez e não precisar temer o momento.

Ela percebeu o lampejo predatório nos olhos dele. Ele a queria. E não perdeu tempo fazendo perguntas; apenas estendeu a mão.

– Vamos subir, então.

Cuidadosamente, Lottie colocou a mão na dele.

– Nick, tem só uma coisa...

– O que é?

– Ainda não escureceu.

– E?

– É apropriado fazer isso à tarde?

A pergunta arrancou uma risada trêmula dele.

– Não sei. Mas não me importo.

Segurando a mão dela, ele a conduziu da biblioteca até o saguão de entrada e pela enorme escadaria.

CAPÍTULO 9

Segurando a mão dele com firmeza e sentindo as pernas bambas como gelatina, Lottie subiu as escadarias até o quarto dele. As cortinas estavam abertas, deixando entrar uma luz cinza suave pelas janelas. Ela teria preferido muito mais a escuridão. A ideia de ficar nua sob a luz implacável do dia a fez estremecer inteira.

– Calma – murmurou Nick, parando atrás dela.

Suas mãos se fecharam delicadamente nos braços dela. Sua voz era grave, mais intensa que o normal.

– Serei cuidadoso. Posso tornar tudo muito agradável para você se...

– Se...

– Se você confiar em mim.

Os dois ficaram imóveis e calados. Lottie umedeceu os lábios, pensando que não confiava em ninguém havia anos. E depositar sua fé em Nick Gentry... O homem mais inescrupuloso que ela conhecia... Bem, se não era uma estupidez, era uma insanidade.

– Eu confio – respondeu ela, surpreendendo a si mesma. – Eu confio em você.

Ele emitiu um pequeno ruído, como se aquelas palavras o tivessem pegado de surpresa.

Aos poucos, a mão dele deslizou por todo o colo dela, exercendo uma pressão suave que a fez apoiar as costas no corpo dele. Ela sentiu a boca dele na parte de trás de seu pescoço, seus lábios brincando com os pelinhos de sua nuca. Ele saboreou a pele macia, então mordiscou um ponto sensível que a fez se contorcer de puro prazer. Escorregando pela lateral do pescoço, Nick foi mordiscando pelo caminho até chegar ao lóbulo da orelha, enquanto suas mãos deslizavam rumo à parte da frente do vestido dela. O corpete se abriu e escorregou pelas laterais do corpo dela, revelando a estrutura do espartilho que havia por baixo. As pontas dos dedos dele subiram até a garganta dela, acariciaram a curva sensível, então se moveram até a protuberância de sua clavícula.

– Você é linda, Lottie – sussurrou ele. – A sensação do seu corpo ao toque, senti-lo com os lábios... Sua pele, seus cabelos...

Ele tirou os grampos dos cabelos dela, jogando-os no carpete, e afundou os dedos nos cachos claros e sedosos que caíram sobre os ombros dela. Levando as mechas até o rosto, ele esfregou os fios em sua bochecha e seu queixo. Um calor se espalhou pelo corpo dela, cada vez maior, mais intenso, e Lottie jogou o corpo para trás, na direção da figura sólida que a venerava.

Ele, então, baixou o vestido dela até a cintura e, deslizando as pontas dos dedos delicadamente dos cotovelos até as axilas, a ajudou a tirar os braços das mangas. Virando-a de frente para ele, Nick abriu o espartilho com habilidade, libertando-a da contenção das fitas e dos laços. Os seios dela, que estavam empinados pelos suportes, se desprenderam e os bicos se enrijeceram por trás da fina camada de musselina amarrotada da combinação. Ele ergueu a mão e a tocou por cima do tecido delicado. Escorregando a mão por debaixo da abundância do seio, ele passou o dedo pelo mamilo. O toque dele era muito leve, demorando-se no bico até queimar.

Arfando, Lottie segurou-se nos ombros dele para se equilibrar. Ele a apoiou com o braço sólido em suas costas enquanto continuava a brincar com seu corpo, segurando o bico com os dedos, acariciando delicadamente. Lottie sentiu uma fisgada de prazer no fundo do estômago quando ele envolveu seu seio com a mão, segurando a rotundidade com a palma. De repente, ela quis que ele tocasse o outro seio. Quis a boca dele em seu corpo, por toda parte, e quis deslizar a própria boca pela pele dele, e sentir o corpo despido dele contra o seu. Frustrada e cheia de desejo, ela puxou o casaco dele, até a risada entrecortada dele farfalhar em seus cabelos.

– Devagar – sussurrou ele. – Não precisa ter pressa.

Ele tirou o casaco... O colete... As meias e os sapatos... A calça... A camisa... E, enfim, as ceroulas que encobriam sua ereção.

De repente, Lottie não sabia para onde olhar. Ele deveria parecer vulnerável em sua nudez, mas parecia mais poderoso do que quando estava vestido. O corpo dele era talhado com uma graciosidade brutal, largo, musculoso e esguio. O bronzeado acabava na linha da cintura, esmaecendo na pele mais clara dos quadris. Uma abundância de pelos escuros e grossos cobria seu peito, e havia outro chumaço em sua virilha, em torno da extensão escura e projetada da ereção.

Nick deslizou a ponta do dedo pela bochecha corada dela.

133

– Você sabe o que vai acontecer?

Encabulada, Lottie confirmou:

– Sim, acho que sei.

Ele acariciou a parte de baixo do queixo dela; a ponta de seu dedo deixando um rastro de fogo.

– Quem contou? Sua mãe?

– Ah, não. Ela iria me explicar tudo na noite anterior ao meu casamento com lorde Radnor, mas é claro que isso nunca aconteceu.

Lottie fechou os olhos enquanto ele acariciava a lateral de seu pescoço. A mão dele era quente e um pouco áspera por conta dos calos.

– Mas eu ouvi rumores no colégio. Algumas das meninas tinham... Feito coisas... E contaram para as demais.

– Feito que coisas?

– Tinham se encontrado em particular com amigos homens, ou primos, e dado certas liberdades a eles.

Lottie abriu os olhos e encontrou o olhar sorridente de Nick, recusando-se a olhar abaixo do nível da clavícula dele.

– E até onde iam essas liberdades? Até onde fomos naquela noite?

– Sim – disse ela, se obrigando a admitir.

– E você gostou da forma como eu a toquei? – perguntou ele.

O rubor queimou em seu rosto, e ela conseguiu confirmar com a cabeça.

– Você também vai gostar do restante – prometeu ele, puxando a barra da combinação dela.

Obedecendo à ordem silenciosa dele, Lottie ergueu os braços e permitiu que ele tirasse a peça. Ela tirou os sapatos e ficou parada diante dele apenas com suas ceroulas e meias, os braços cruzados sobre os seios.

Nick ficou parado diante dela. Sua mão passeava pelas costas dela, fazendo arrepiar cada centímetro de sua pele.

– Coloque os braços ao meu redor, Lottie.

Ela obedeceu, constrangida, pressionando o corpo inteiro contra o dele. Seus mamilos se perderam em meio ao emaranhado de pelos grossos do peito dele. O corpo dele era quente; a ereção queimava por debaixo das ceroulas de musselina. O membro dele estava pressionado contra sua barriga, até ele escorregar as mãos até suas nádegas e erguê-la. A mão de Nick deslizou por baixo das nádegas dela e a segurou com firmeza contra ele. Quando ela o sentiu pressionado contra seu sexo, um choque de sensações se espalhou pelo corpo de Lottie, seguido por um desejo carnal tão intenso que ela mal conseguia suportar. Segurando o pescoço dele, ela enterrou o rosto no músculo denso de seu ombro. Os dedos dele escorregaram ainda mais entre suas coxas. O linho sob seus dedos ficou úmido enquanto ele acariciava o sulco macio em um ritmo tranquilo. Por um longo e abençoado minuto, ele a manteve daquele jeito, aquecendo-a com o próprio corpo. Até que, num dado momento, Lottie começou a se esfregar no topo da ereção.

Colocando a mão entre os dois, Nick soltou as ceroulas dela. Ele deixou a peça cair no chão e a pegou no colo, levando-a até a cama com uma facilidade surpreendente. Enquanto Lottie se recostava na colcha bordada, o olhar de Nick a explorou. Um sorriso surgiu em seus lábios.

– Nunca tinha visto uma pessoa corar da cabeça aos pés.

– Bem, eu nunca tinha ficado nua diante de um homem – respondeu ela, encabulada.

Era inconcebível que ela estivesse conversando com alguém estando sem uma única peça de roupa além das meias.

A mão dele fechou-se em torno de seu tornozelo.

– Você é encantadora – sussurrou ele, subindo em cima dela.

Ele puxou uma das ligas com os dentes, soltando a fita que a prendia. Ela arfou enquanto ele beijava a marca vermelha deixada pelo laço, suavizando-as com o toque da língua. Desenrolando as meias pelas pernas dela, ele abriu bem suas coxas. Sentindo-se cada vez mais desconfortável, Lottie usou a mão para se esconder. A cabeça dele moveu-se sobre ela; sua respiração quente atiçava sua pele. Ele passou os polegares pela pulsação na dobra sensível entre a coxa e a virilha.

– Não se esconda – pediu ele.

– Não consigo evitar...

Lottie se debatia para escapar das pequenas investidas da língua que se aventurava em lugares em que ela jamais imaginara que um homem pudesse desejar colocar a boca. De alguma forma, ela conseguiu arrancar os lençóis o suficiente para se afundar entre eles em busca de refúgio. Ela estremeceu com a umidade fria do linho contra seu corpo nu.

Soltando uma risada baixa, Nick deslizou para baixo dos lençóis, até formar uma cabana com eles por cima da linha larga de seus ombros. Sua cabeça desapareceu, e Lottie sentiu as mãos dele em seus joelhos, forçando-os a se abrirem de novo.

Ela ficou olhando para o dossel escuro.

– Nick – disse ela, trêmula. – Essa é a maneira habitual de ter re-relações?

A voz dele era abafada.

– Qual é a maneira habitual?

Ela inspirou bruscamente quando ele mordiscou a curva de sua coxa.

– Não sei ao certo, mas não acho que seja essa.

A voz dele estava permeada pelo divertimento.

– Sei o que estou fazendo, Lottie.

– Eu não estava sugerindo que você não sabe, eu... Ah, *por favor*, não me beije aí!

Então ela o sentiu tremer com o riso suprimido.

– Para alguém que nunca fez isso antes, você tem muito o que dizer, não? Que tal você me deixar fazer amor com você da maneira que eu quero, hum? Na primeira vez, ao menos.

Ele segurou os dois pulsos dela e os prendeu ao lado de seu corpo.

– Fique parada.

Ela se sobressaltou quando a boca dele desceu até o ninho de pelos loiros.

– Nick... Nick...

Mas ele não ouviu. Estava completamente absorto na carne feminina e seu aroma pungente. Sua respiração preencheu a fissura úmida com um calor excitante. Um gemido surgiu na garganta de Lottie e seus pulsos se debateram sob as mãos dele. A língua dele procurou em meio aos pelos macios até chegar aos lábios rosados escondidos ali embaixo. Ele lambeu um lado do sexo dela; depois, o outro, provocando com a ponta da língua.

A boca dele a devorava com a maior suavidade do mundo, a língua deslizando sobre a pele ardente buscava a entrada secreta de seu corpo, preenchendo-a com um calor sedoso... que a consumia... que a completava. O corpo de Lottie enfraqueceu por inteiro; seu sexo pulsava, enlouquecido. Enquanto ele a acariciava e brincava com ela, Lottie tentava posicionar o corpo de modo que ele tocasse o ponto que latejava tão desesperadamente. Ele parecia não entender o que ela queria e explorava tudo ao redor do ponto sensível, mas nunca ele.

– Nick – sussurrou ela, sem conseguir encontrar as palavras para o que queria. – Por favor. Por favor.

Mas ele continuou a negá-la, até que em dado momento Lottie notou que ele estava agindo de forma deliberada. Sentindo uma frustração além do suportável, ela procurou a cabeça dele com as mãos e sentiu o ar quente da risada dele em sua pele. Imediatamente, a boca de Nick deslizou para baixo, saboreando as dobras úmidas de seus joelhos, movendo-se até o côncavo de seus tornozelos. Quando ele enfim retornou a seu ventre, todo o corpo de Lottie transpirava. A cabeça dele pairava sobre o ponto entre suas pernas. Lottie prendeu a respiração, ciente das gotas de umidade que seu corpo exsudava.

A língua dele roçou no cume do sexo dela com uma investida hesitante. Lottie não conseguiu conter um grito selvagem enquanto se curvava na direção da boca dele.

– Não – murmurou ele contra sua pele molhada. – Ainda não, Lottie. Espere só mais um pouquinho.

– Não consigo, não consigo, ah, não pare...

Ela puxava os cabelos dele com violência, grunhindo enquanto ele a tocava mais uma vez com a língua.

Segurando os pulsos dela, Nick os ergueu acima de sua cabeça e posicionou o corpo entre as coxas dela, tomando o cuidado para não esmagá-la. O membro dele estava aninhado no vale quente entre suas coxas e ele olhou nos olhos dela quando soltou suas mãos.

– Não mexa as mãos – instruiu ele, e ela obedeceu com um soluço.

Ele beijou seus seios, alternando entre eles. A cada movimento incendiário da língua dele, Lottie quase saltava da cama. O sexo de Nick deslizava sobre ela em movimentos disciplinados que provocavam, atiçavam e atormentavam, enquanto ele sugava os mamilos dela de forma insaciável. Lottie arqueava o corpo para cima com gemidos suplicantes. Um prazer indescritível foi crescendo dentro dela, ganhando intensidade... Ela estava no limite, esperando, esperando... *Ah, por favor...* Até o ápice chegar. Nesse momento, Lottie gritou em um arroubamento acanhado enquanto espasmos deliciosos pulsavam no centro de seu corpo.

– Sim – sussurrou ele em seu pescoço tenso, movimentando os quadris de leve em cima dela.

A sensação foi abrandando até se transformar em tremores lentos, enquanto ele tirava os cabelos de sua testa úmida.

– N-Nick – disse ela em meio às tragadas de ar –, algo aconteceu...

– Sim, eu sei. Você gozou – disse ele em um tom gentil e vagamente risonho. – Devo repetir?

– Não – respondeu ela de pronto, fazendo-o rir.

– Então é a minha vez.

Ele deslizou o braço por debaixo do pescoço dela, de modo que sua cabeça ficou apoiada na dobra do cotovelo dele. Ele subiu nela mais uma vez, o peso musculoso das coxas dele pressionando as dela, e ela sentiu o topo largo do sexo dele empurrar a entrada sensível da enseada entre suas pernas. Nick se esfregou na umidade em círculos deliberados, então provocou até Lottie sentir uma leve queimação. Sem querer, Lottie se encolheu diante da pressão. Imóvel, Nick olhou para ela e seu rosto ficou tenso e atento. Ele abaixou a cabeça e encostou os lábios no espaço delicado entre suas sobrancelhas.

– Desculpe – disse ele baixinho.

– Desculpe por... – começou ela.

Mas logo Lottie estava arfando quando ele a invadiu em um único movimento decidido. Ela recuou por causa da dor, fechando as pernas instintivamente, mas não conseguiu fazer nada para impedi-lo de penetrar mais fundo. Estava presa debaixo dele, empalada pela rigidez e pelo calor de seu membro.

Com cuidado, ele pressionou com mais força.

– Desculpe – repetiu ele. – Achei que seria mais fácil para você se eu fosse rápido.

Doeu mais do que Lottie esperava. Mas, ao mesmo tempo, era uma sensação curiosa, ter parte do corpo de outra pessoa dentro do seu. Era tão impressionante que ela quase se esqueceu da dor. Ela percebia o esforço que ele estava fazendo para se manter imóvel, que Nick estava tentando esperar até que ela se acostumasse a ele. Mas o desconforto persistiu, e ela soube que não importava quanto tempo ele lhe desse, não iria melhorar.

– Nick – disse ela –, podemos terminar essa parte logo?

– Céus – murmurou ele com pesar. – Sim, posso fazer isso.

Com muito cuidado, ele tensionou os quadris, e Lottie percebeu, consternada, que ele estava penetrando ainda mais fundo. Quando a cabeça do membro dele pressionou seu útero, ela se encolheu, angustiada. Ele recuou de leve, deslizando a mão do seio dela até seu quadril.

– A próxima vai ser melhor – prometeu ele, mantendo os movimentos leves. – Você é tão quente, Lottie, tão doce...

De repente, Nick ficou sem ar, fechou os olhos com força e agarrou as bordas do colchão. Apesar da dor que os movimentos dele causavam, Lottie vivenciou uma sensação curiosa de proteção... Até mesmo de carinho. Suas mãos escorregaram pelas costas dele, seguindo o arco de sua espinha. Ela pressionou os joelhos contra os quadris dele enquanto recebia seu corpo enorme, abraçando-o junto a si. De repente, ele mergulhou até o fim dentro dela e ficou imóvel. Ela o sentiu se contorcer enquanto libertava seu êxtase com um grunhido rouco. Acariciando as costas dele, ela permitiu que seus dedos inquisitivos se aventurassem cada vez mais para baixo, até encontrar as curvas musculosas de suas nádegas, mais rijas do que ela jamais imaginou que a carne humana pudesse ser.

Finalmente, Nick suspirou e abriu os olhos, duas chamas de um azul extraordinário em seu rosto corado pelo clímax. A maneira como ele murmurou o nome dela causou tremores que desceram por suas costas. Depois de alisar o lençol debaixo dos braços dela, Nick se apoiou sobre um ombro para encará-la. Uma pequena ruga de preocupação surgiu no espaço entre suas sobrancelhas grossas.

– Você está bem?

– Estou – disse ela, e um sorriso sonolento curvou seus lábios. – Não foi nada mau. Até esse final, acho que foi melhor do que o banho no chuveiro.

Ele emitiu um ruído de divertimento.

– Certo, mas foi tão bom quanto chocolate?

Lottie ergueu a mão e acariciou a protuberância da maçã do rosto dele. Ela não conseguiu resistir a provocá-lo.

– Não tanto.

Outra risada escapou dele.

– Minha nossa, você é difícil de satisfazer – disse ele, virando o rosto na direção da mão dela e beijando a concavidade de sua palma úmida. – Quanto a mim, estou mais feliz do que um marinheiro em Fiddler's Green.

Lottie continuou a explorar os contornos ousados do rosto dele com a ponta dos dedos. Com o rubor demorando-se em suas bochechas e as rugas ao redor da boca suavizadas, ele parecia mais jovem que o habitual.

– Fiddler's Green? O que é isso? – perguntou ela.

– É o paraíso dos marinheiros, segundo o folclore regional. Nada além de vinho, mulheres e música dia e noite.

– Qual é a sua ideia de paraíso?

– Não acredito em paraíso.

Os olhos de Lottie se arregalaram.

– Ora, eu me casei com um pagão? – perguntou ela, e ele sorriu.

– Você ainda pode se arrepender por não ter se casado com lorde Radnor.

– Nem brinque com isso – pediu ela, dando as costas para ele. – Não é motivo para piada.

– Desculpe.

Nick a puxou pela cintura até abrigá-la em seu corpo, encaixando as costas dela em seu peito peludo.

– Não quis provocá-la. Venha aqui, encoste em mim.

Ele afundou o rosto nas mechas claras do cabelo dela.

– Você é mesmo uma garotinha impetuosa.

– Não sou impetuosa – protestou Lottie, pois tal qualidade sem dúvida não era algo adequado a uma refinada estudante de Maidstone's.

– É, sim – disse ele, colocando a mão em seu quadril. – Eu soube no instante em que nos conhecemos. É um dos motivos pelos quais eu a quis.

– Você disse que me queria por conveniência.

– Bem, isso também – respondeu ele com um sorriso, reagindo rapidamente quando ela tentou atingi-lo com uma cotovelada. – Mas, na verdade, a conveniência não tinha relação alguma com meus motivos. Eu queria você mais do que a qualquer outra mulher que já conheci.

– Por que você insistiu em se casar mesmo eu tendo me oferecido para ser sua amante?

– Porque ser amante não é bom o suficiente para você – disse ele, parando antes de acrescentar baixinho: – Você merece tudo que eu puder lhe dar, inclusive meu nome.

Um pensamento racional obscureceu o prazer de Lottie diante do elogio.

– Depois que todos souberem que você é lorde Sydney, você será muito procurado – observou ela.

Um homem com a aparência dele, uma fortuna e um título para exibir eram uma combinação irresistível. Ele certamente receberia muita atenção de mulheres que iriam querer tentá-lo a ter um caso.

– Não vou me afastar de você – afirmou Nick, surpreendendo-a com sua perspicácia.

– Você não tem como ter certeza. Um homem com o seu histórico pessoal...

– O que você sabe sobre o meu passado?

Ele a deitou de costas e posicionou-se sobre ela, colocando a perna comprida entre as suas.

– Bem, é óbvio que você tem uma vasta experiência na cama.

– Tenho – admitiu ele. – Mas isso não significa que eu tenha sido indiscriminado. Na verdade...

– Na verdade... – insistiu Lottie.

Ele desviou o olhar.

– Nada.

– Você ia me dizer que não esteve com tantas mulheres assim, suponho – disse ela, em um tom que transbordava ceticismo. – Embora o conceito seja subjetivo. O que é "muitas" para você, eu me pergunto? Cem? Cinquenta? Dez?

– Não importa – disse ele, franzindo a testa.

– Eu não acreditaria se você alegasse qualquer número menor que vinte.

– Você estaria enganada, então.

– Eu estaria muito longe da realidade?

– Estive apenas com duas mulheres – revelou ele. – Incluindo você.

– Não pode ser – exclamou ela, soltando uma risada incrédula.

– Acredite se quiser – murmurou ele, rolando para longe dela.

Ele estava irritado, como se tivesse se arrependido de compartilhar aquela informação com ela. Enquanto ele descia da cama e se encaminhava ao guarda-roupa, Lottie o observou boquiaberta. Ela não conseguia se forçar a acreditar no que ele estava dizendo, mas, por outro lado, não havia motivo para que mentisse para ela.

– Quem foi a outra? – perguntou ela, sem conseguir resistir.

As costas largas e musculosas dele se flexionaram enquanto ele colocava um roupão de veludo bordô.

– Uma madame.

– Uma francesa, você quer dizer?

– Não, uma madame dona de um prostíbulo – respondeu ele sem rodeios.

Lottie quase saiu da cama. Ela conseguiu manter a expressão relativamente serena quando ele se virou na sua direção.

– Foi uma... amizade longa?

– Três anos.

Lottie assimilou a informação em silêncio. Ela percebeu, pasma, que o peso em seu peito era ciúme.

– Você estava apaixonado por ela? – perguntou.

– Não – respondeu ele sem hesitar. – Mas gostava dela. Ainda gosto.

Lottie franziu o cenho.

– Por que não a vê mais?

Nick balançou a cabeça.

– Depois de um tempo, Gemma concluiu que não havia mais benefício algum para ambas as partes em continuar com nosso acordo. Com o tempo, percebi que ela tinha razão. E não dormi com mais ninguém até conhecer você. Então, veja, não tenho dificuldade em manter a calça abotoada.

Uma onda de alívio a inundou. O motivo de tamanha satisfação por saber que poderia tê-lo só para si não era algo sobre o qual Lottie quisesse refletir com muito afinco naquele momento. Descendo da cama, ela correu para pegar o vestido descartado no chão e o segurou diante do corpo.

– Admito que estou surpresa – disse ela, tentando agir com casualidade com relação à própria nudez. – Você não é previsível em nenhum sentido.

Nick se aproximou dela e fechou as mãos em seus ombros desnudos.

– Nem você – respondeu ele. – Eu jamais achei que receberia tanto prazer de uma principiante.

Tirando o vestido das mãos dela, Nick largou a peça no chão e pressionou o corpo dela contra a frente aveludada de seu roupão. A pele de Lottie formigou ao toque do tecido macio que a acariciou da altura dos seios até os joelhos.

– Talvez seja porque você é minha – sugeriu ele, cobrindo seu seio alvo e macio com a mão. – Ninguém jamais pertenceu a mim antes.

Lottie deu um sorriso enviesado.

– Você fala como se eu fosse um cavalo que você acabou de comprar.

– Um cavalo teria sido mais barato – brincou ele, sorrindo quando ela o atacou com indignação fingida.

Lottie bateu no peito dele e Nick torceu seus pulsos delicadamente segurando-os atrás das costas dela, o que a fez projetar os seios para a frente.

– Poupe sua energia.

Nick sorriu em meio aos cabelos dela e, soltando seus pulsos, acariciou sua lombar.

– Você deve estar dolorida. Vou encher a banheira para você. Quando terminar, comeremos alguma coisa, sim?

Um banho quente seria maravilhoso, mas a ideia de ser aprisionada de novo em um espartilho e se vestir para jantar não era nada agradável.

– Devo pedir para trazerem o jantar aqui? – perguntou Nick.

– Por favor – concordou Lottie, fitando-o com um olhar questionador. – Como você faz isso? Você parece sempre saber o que estou pensando.

– Seu rosto deixa transparecer tudo.

Tirando o roupão, ele o colocou nos ombros dela; o veludo pesado a aqueceu com o calor remanescente do corpo dele.

– Eu só comi no quarto uma única vez, quando estava doente – confessou ela enquanto ele amarrava o roupão. – E já faz anos.

Nick inclinou-se para sussurrar em seu ouvido.

– Ah, minha querida... Com o tempo vou mostrar a você que o quarto é o melhor lugar possível para se fazer uma refeição.

~

Ele mesmo deu banho nela, ajoelhando-se ao lado da banheira com as mangas do roupão enroladas, exibindo os pelos molhados e escuros de seus antebraços. Com os olhos semicerrados, Lottie permitiu que seu olhar passeasse da coluna bronzeada do pescoço até os pelos escuros que preenchiam a abertura do roupão. Nick era uma criatura tão masculina, mas, ao mesmo tempo, capaz de tocá-la com uma delicadeza que não fazia sentido. Cortinas de vapor se erguiam da água, deixando o ar quente e iridescente. Ela sentia-se inebriada de calor e sensualidade enquanto as mãos fortes e ensaboadas dele deslizavam pelas partes íntimas de seu corpo.

– Dói aqui? – perguntou ele, passando os dedos pela entrada de seu sexo.

– Um pouco.

Ela recostou-se no braço dele, soltando a cabeça na borda de madeira polida da enorme banheira de porcelana.

Nick apertou de leve com as pontas dos dedos, como se pudesse curá-la com seu toque.

– Tentei ser delicado.

– Você foi – disse ela, sentindo as coxas se abrindo.

Os cílios de Nick se abaixaram quando ele olhou para a imagem do corpo dela sob a água. Os belos traços dele eram talhados com tamanha severidade que seu rosto poderia ter sido moldado em bronze. A ponta da manga enrolada dele encostou na água, e o veludo ficou quente e encharcado.

– Eu nunca mais vou machucar você – afirmou ele. – Isso é uma promessa.

Lottie prendeu a respiração enquanto ele abria as pregas entre suas coxas e examinava a carne frágil. Os quadris dela se ergueram, enquanto suas mãos buscavam por apoio na superfície escorregadia da banheira. Ele colocou o braço atrás de suas costas, apoiando-a.

– Relaxe – murmurou ele. – Vou satisfazer você...

Não, pensou ela, não em uma banheira, com uma barreira de porcelana grossa entre os dois. Mas a verdade é que Lottie de fato relaxou e se abriu para que o braço livre de Nick passeasse por seu corpo. Ela segurou o pulso dele de leve, sentindo o movimento dos tendões e dos músculos enquanto ele deslizava o polegar sobre cada lado de sua vulva. Ele esfregou as dobras macias de seus pequenos lábios uma na outra, seu toque era delicado e suave. Lentamente, ele a abriu, deslizando a ponta do dedo pela entrada sensível, massageando o cerne rosado a cada movimento. Ele sorriu de leve ao ver o rubor reluzente que surgiu no rosto dela.

– Os chineses chamam isto aqui de estrada para o tesouro – sussurrou ele.

O dedo dele a penetrou com delicadeza, avançando apenas um pouquinho, circulando suavemente.

– E aqui, de cordas do alaúde... E aqui...

Ele chegou aos recessos mais secretos do corpo dela.

– O coração da flor. Dói quando eu a toco desse jeito?

– Não – respondeu ela em um ofego.

Os lábios dele roçaram em sua orelha.

– Na próxima vez que fizermos amor, eu vou mostrar uma posição chamada "Tigre Branco". Eu penetro você por trás, bem fundo... E ao mesmo tempo massageio o coração da flor sem parar...

Ele sugou o lóbulo da orelha dela, prendendo-o brevemente entre os dentes. Um murmúrio de prazer subiu do peito de Lottie até a garganta. Ela flutuava, leve como uma pluma, embora ainda contida pelo braço em suas costas e a mão entre suas coxas.

– Como você sabe dessas coisas? – perguntou ela.

– Gemma coleciona livros sobre técnicas sexuais. Um de seus favoritos é uma tradução de um texto escrito durante a dinastia Tang. Ele aconselha os homens a aumentar a estamina adiando o próprio prazer o máximo possível.

Ele removeu o dedo e acariciou a parte interna das coxas dela com a leveza das asas de uma borboleta.

– E prescreve algumas posições para melhorar a saúde, fortalecer os ossos, encorpar o sangue, garantir uma vida longa.

– Me conte algumas delas – pediu Lottie.

Ela engoliu em seco quando a mão dele se fechou sobre ela e a palma esfregou ritmadamente o local mais sensível de seu corpo.

Nick encostou o nariz em sua bochecha.

– Tem a Fênix Planadora, que dizem fazer desaparecer uma centena de doenças. E Garças Entrelaçando o Pescoço, que é conhecida por ter um ótimo poder de cura.

– Quantas você já experimentou?

– Só umas quarenta. Os mestres antigos me considerariam um aprendiz.

Lottie, perplexa, afastou o rosto para observá-lo. Seu movimento fez a água se mexer e quase transbordar.

– Minha nossa, mas quantas existem?

– Quinze movimentos coitais aplicados a trinta e seis posições básicas... O que proporciona em torno de quatrocentas variações.

– Isso pa-parece um tanto excessivo – disse Lottie, assustada.

O divertimento permeou a voz dele.

– Ficaríamos ocupados por um bom tempo, não é?

Lottie se encolheu ao perceber que ele estava tentando enfiar mais um dedo dentro dela.

– Nick, eu não consigo...

– Respire fundo e expire devagar – sussurrou ele. – Serei delicado.

E, enquanto ela obedecia, ele passou o dedo do meio pela entrada estreita. Seu polegar atiçava o sexo dela e traçava círculos em um ritmo estável.

Gemendo, Lottie enterrou o rosto no veludo que encobria o braço dele, enquanto seus músculos internos se retesavam diante da leve invasão. Depois que a ardência inicial cessou, Lottie começou a se contorcer e arfar a cada movimento penetrante.

– Você me recebe com tanta doçura... – disse Nick. – Quero ir cada vez mais fundo... Eu quero me perder em você...

As palavras dele foram abafadas pelas batidas estrondosas de seu próprio coração, e ela foi devastada por tremores de êxtase, seus sentidos totalmente incendiados por um fogo branco quente.

～

Bem mais tarde, depois que a água da banheira havia esfriado, Lottie colocou uma camisola branca limpa e aproximou-se da mesa do quarto, junto da qual Nick estava parado. Ela se sentiu corar quando ele a olhou com um meio sorriso.

– Gosto de você nessa camisola – disse ele, passando os dedos pelo corpete de gola alta da peça. – Bem inocente.

– Não mais – respondeu ela, com um sorriso encabulado.

Ele a ergueu e pressionou contra seu corpo, encostando o rosto na umidade fria de seus cabelos. A boca atraente dele encontrou seu pescoço.

– Ah, você é, sim – afirmou ele. – Serão necessários muito tempo e esforço para corromper você por completo.

– Tenho toda certeza de que você vai conseguir – retrucou ela, sentando--se diante de um prato repleto de presunto, pudim de legumes, batatas e tortinhas.

– Ao nosso casamento – disse Nick, servindo uma taça de vinho para ela. – Que continue seguindo um caminho melhor do que quando começou.

Eles ergueram as taças e brindaram. Lottie tomou um gole cauteloso, descobrindo um sabor intenso, condimentado, que contrabalanceava o salgado do presunto.

Largando a taça, Nick pegou a mão dela na sua e examinou os dedos.

– Eu realmente não te dei uma aliança. Amanhã vou corrigir isso.

Lottie sentiu uma faísca vergonhosa de interesse pela ideia. Ela nunca tinha tido uma joia antes. Ela havia, entretanto, aprendido em seus anos na Maidstone's que uma dama deveria evitar parecer gananciosa. Ela conseguiu adotar uma expressão impassível que teria deixado suas antigas professoras muito satisfeitas.

– Não precisa – afirmou ela. – Muitas mulheres casadas não usam aliança.

– Quero que todos que olhem para você saibam que você é comprometida.

Lottie abriu um sorriso largo para ele.

– Se você insiste, suponho que eu não possa impedir.

Ele sorriu diante do entusiasmo óbvio dela. Ele passou o polegar pelas pontas delicadas das articulações dos dedos dela.

– De que tipo de pedra você gostaria?

– Uma safira? – sugeriu ela, esperançosa.

– Uma safira, então.

Ele continuou segurando a mão dela enquanto eles conversavam, brincando com as pontas dos dedos e pontas das unhas bem aparadas.

– Suponho que você vá querer ver sua família em breve.

A atenção de Lottie foi desviada do assunto da aliança.

– Sim, por favor. Temo que lorde Radnor já tenha contado a meus pais sobre o que eu fiz. E não quero que eles se preocupem com a subsistência, agora que me casei com outra pessoa.

– Não há necessidade alguma de se sentir culpada – afirmou Nick, contornando as veias finas do interior do pulso dela. – Você não teve voz alguma no acordo, não é culpa sua não querer cumpri-lo.

– Mas eu me beneficiei dele – ponderou Lottie. – Todos aqueles anos na Maidstone's... Minha educação custou um bocado. E, agora, lorde Radnor ficou sem nenhuma compensação.

Nick arqueou uma sobrancelha.

– Se está sugerindo que vocês tiraram proveito de Radnor...

– Não, não é bem isso. É só que... Bem, eu não agi da forma mais honrada.

– Sim, sem dúvida, você deveria ter se atirado na boca do leão em prol de sua família – disse Nick. – Mas seus pais também saíram ganhando de qualquer forma. Eu jamais poderia ser um genro pior do que Radnor.

– Você certamente é preferível enquanto marido – disse ela.

Ele sorriu, levando os dedos dela aos lábios.

– Você preferiria *qualquer um* a Radnor como seu esposo, já deixou isso bem claro.

Lottie sorriu, pensando consigo mesma que, ao se casar com Nick, ela tinha acabado com um marido bem diferente do que imaginara.

– O que você vai fazer amanhã? – perguntou ela, lembrando-se do confronto daquela tarde com sir Ross.

Ela tinha certeza de que Nick não abdicaria de sua função na Bow Street sem objeções.

Soltando a mão dela, Nick franziu o cenho.

– Farei uma visita a Morgan.

– Você acha que ele vai ficar do seu lado?

– De jeito nenhum, mas ao menos quero ter a satisfação de dizer a Morgan que ele é um canalha traidor.

Lottie inclinou-se para a frente para tocar na lapela do roupão dele.

– Você já considerou a possibilidade de ambos estarem fazendo o que acham ser melhor para você? Que talvez seja mesmo do seu interesse reivindicar o título?

– Como poderia ser? Meu Deus, fazer isso será o mesmo que viver dentro de uma gaiola dourada.

– Mas eu estarei nela com você.

Ele ficou olhando para ela, cativado por aquelas palavras. Ele a encarou tão atentamente, por tanto tempo, que Lottie enfim perguntou:

– O que foi? No que você está pensando?

Nick deu um sorriso triste.

– Eu estava só refletindo sobre o quanto você está muito melhor preparada para a minha vida do que eu.

~

Embora Lottie tenha convidado Nick para passar a noite com ela, ele saiu após o jantar, recolhendo-se em um quarto a algumas portas de distância.

Mas eu estarei nela com você. As palavras dela haviam afetado Nick de um jeito curioso, assim como seus comentários casuais sobre o poço dos desejos. Lottie tinha uma habilidade terrível de desenredá-lo com uma simples frase... Palavras tão simples, mas, ao mesmo tempo, tão cheias de significado.

Ele não sabia o que pensar de Lottie. Apesar da forma como ele a tinha enganado no início, ela parecia disposta a ser sua parceira. Ela respondia com paixão e generosidade, e, nos braços dela, ele conseguira esquecer os segredos que o assombravam havia catorze anos. Nick queria mais dessa sensação. As últimas horas tinham sido bem diferentes do que ele vivenciara com Gemma. Quando fez amor com Lottie, seu desejo estava baseado em um afeto profundo que tornava as reações físicas intensas.

Ela penetrava suas defesas sem sequer parecer perceber o que estava fazendo, e ele não podia conceder esse tipo de intimidade a qualquer pessoa. Nesse ritmo, era apenas uma questão de tempo até Lottie descobrir os demônios que espreitavam dentro dele. E, se isso acontecesse, ela se afastaria, horrorizada. Ele precisava manter certa distância entre eles, caso contrário Lottie em algum momento passaria a encará-lo com nojo. Ou pena. Aquele pensamento fazia sua pele formigar.

Ele precisava manter o distanciamento, mesmo que ansiasse por retornar aos braços dela. Em todos os seus 28 anos de vida, Nick nunca sentira um desejo tão desesperado por alguém. Bastava estar no mesmo recinto que ela para ser tomado por isso.

Minha nossa, pensou ele, apavorado, indo até a janela e olhando para a noite. *O que está acontecendo comigo?*

Sir Morgan ergueu os olhos da mesa assim que Nick entrou como um furacão em seu escritório antes das sessões matinais. Não havia qualquer sinal de arrependimento em seus olhos verdes severos.

– Estou vendo que você conversou com sir Ross – disse ele.

Nick começou a dar vazão à sua ira por meio das palavras mais profanas da história da língua inglesa, imputando acusações que teriam feito qualquer homem se encolher de pavor ou procurar pela pistola mais próxima. Morgan, no entanto, ouviu com a mesma calma com que ouviria se Nick estivesse falando sobre o clima.

Depois de uma longa bravata sobre a probabilidade de Morgan não passar de uma marionete comandada por sir Ross, o magistrado suspirou e interrompeu.

– Basta – disse ele. – Você está ficando repetitivo, Gentry. A menos que tenha algo novo a acrescentar, é melhor poupar o seu fôlego. Quanto à sua última acusação, de que toda essa situação foi planejada por sir Ross, posso garantir a você que a decisão de removê-lo da equipe foi tanto minha quanto dele.

Até aquele momento, Nick nunca tinha percebido que a opinião de Morgan era tão importante para ele. Isso o fez sentir uma pontada genuína de dor, uma sensação terrível de traição e fracasso.

– Por quê? – perguntou ele com a voz embargada. – Meu desempenho foi tão insatisfatório assim? O que mais eu poderia ter feito? Eu solucionei todos os casos e capturei quase todos os homens que você me mandou procurar... E fiz tudo nos conformes, da maneira que você queria. Fiz tudo que você pediu. Fiz até mais.

– Nunca houve problema algum com o seu desempenho – respondeu Morgan baixinho. – Você desempenhou suas obrigações com a maior destreza possível. Nunca vi um homem que se equipare a você em coragem ou astúcia.

– Então fique ao meu lado contra sir Ross – suplicou Nick. – Diga a ele para enfiar o tal mandado de intimação no... Diga que você precisa de mim na Bow Street.

Os olhares dos dois homens se encontraram e se fixaram, então algo mudou no rosto de Morgan. Maldição, ele parecia quase da família, pensou

149

Nick, sentindo uma fúria rabugenta, embora tivesse apenas uns dez anos a mais que Nick.

– Sente-se – pediu Morgan.

– Não, eu não...

– Por favor.

O pedido foi feito com uma gentileza de aço.

Por favor? Nick acomodou-se na poltrona mais próxima, quase caindo com o choque. Morgan nunca tinha usado aquela palavra antes – Nick achava que nem sequer fazia parte do vocabulário dele. Agarrando os braços da poltrona de couro gasto, Nick o encarou com desconfiança.

O magistrado começou a falar. Nos três anos em que se conheciam, Morgan nunca tinha conversado com ele daquele jeito, com uma preocupação amigável, um tanto paternal.

– Não quero mais você na Bow Street, Gentry, mas Deus sabe que isso não tem relação alguma com a sua eficiência. Você é o melhor detetive que eu já vi. Desde que você chegou, tentei oferecer o pouco aconselhamento que você permitiu e o vi mudar de um imbecil autocentrado a um homem que considero ser tanto confiável quanto responsável. Mas há uma coisa que lamento dizer que não mudou. Desde o início, você assumiu riscos suicidas no curso do seu trabalho porque não se importa nem um pouco consigo mesmo ou com qualquer outra pessoa. E, na minha opinião, você vai continuar agindo assim se permanecer aqui, ao custo da própria vida.

– E por que você se importa?

– Fui detetive por dez anos e vi muitos homens morrerem no cumprimento de suas obrigações. Eu mesmo encarei a morte de perto mais de uma vez. Mas chega um momento em que um homem já provocou o diabo vezes demais, e se ele for muito teimoso ou tolo para perceber, vai pagar por isso com o próprio sangue. Eu soube quando parar. E você também precisa saber

– Por causa dos seus famosos instintos? – zombou Nick, furioso. – Maldição, Morgan, você continuou atuando como detetive até os 35! Por essa métrica eu ainda tenho sete anos pela frente.

– Você já brincou com o destino muito mais vezes nos últimos três anos do que eu em dez – retrucou o magistrado. – E, ao contrário de você, eu não usava o trabalho como um meio de exorcizar meus demônios.

Nick se manteve imóvel enquanto a pergunta "o que ele sabe?" zunia freneticamente em sua cabeça. Sophia era a única pessoa que sabia de toda a monstruosidade de seu passado. Ela devia ter contado a Cannon, que, por sua vez, podia ter dito algo a Morgan...

– Não, eu não sei quais são esses demônios – disse Morgan, e seus olhos lampejaram com uma centelha que podia ser de pena ou de bondade. – Embora eu tenha um palpite bastante provável. Infelizmente, não tenho conselho algum a oferecer sobre como você poderia se reconciliar com seu passado. Tudo o que sei é que, dessa forma, não está funcionando e eu jamais permitirei que você acabe se matando sob a minha supervisão.

– Não sei de que diabo você está falando.

Morgan continuou como se não tivesse ouvido:

– Estou bastante inclinado a concordar com a opinião de sir Ross de que você jamais vai encontrar paz até parar de viver atrás do escudo de um nome emprestado. Por mais difícil que possa ser encarar o mundo como lorde Sydney, acho que essa é a melhor coisa a se fazer...

– O que vou fazer como visconde, Morgan? – perguntou Nick, soltando uma risada incrédula. – Colecionar caixas de rapé e gravatas? Ler jornais no clube? Aconselhar os arrendatários? Meu Deus, homem. Eu sei tanto de agricultura quanto você!

– Um homem pode ser útil para o mundo de milhares de formas – respondeu Morgan. – Acredite em mim, ninguém espera ou deseja que você leve uma vida indolente.

Morgan parou e pegou um carimbo em sua mão enorme, observando-o.

– Os detetives serão dispensados em breve, de toda forma. Você teria que encontrar outra coisa para fazer de qualquer maneira. Estou apenas acelerando o processo em alguns meses.

Nick sentiu o sangue se esvair de seu rosto.

– Como é?

Morgan sorriu da expressão dele.

– Ora, isso não deveria ser uma surpresa para você, mesmo considerando o seu desinteresse pela política. Quando Cannon deixou o magistério, era apenas questão de tempo até todos os detetives serem dispensados. Ele era o coração e o espírito deste lugar. Ele devotou cada segundo de sua vida por anos, até...

Ele fez uma pausa, deixando que Nick preenchesse a lacuna,

– Até conhecer minha irmã – completou Nick, com amargor. – E se casar com ela.

– Exatamente.

Morgan não parecia nem um pouco pesaroso quanto à partida de Cannon do ofício público. Na verdade, suas feições austeras suavizaram e o sorriso dele se prolongou enquanto ele prosseguia.

– E isso foi a melhor coisa que aconteceu a ele. Mas, ao mesmo tempo, foi um golpe e tanto para a Bow Street. Agora que Cannon se aposentou, há um movimento no Parlamento para fortalecer o Ato da Polícia Metropolitana. E muitos políticos acreditam que a popularidade da Nova Polícia cresceria diante do público se não houvesse os detetives competindo com ela.

– Eles pretendem deixar toda Londres nas mãos daqueles imbecis? – perguntou Nick, incrédulo. – Minha nossa, metade da Nova Polícia não tem experiência alguma, e a outra metade é negligente ou idiota...

– Seja como for, o público jamais vai apoiar a Nova Polícia enquanto os detetives continuarem atuando. Os instrumentos antigos não podem ser instalados na máquina nova.

Sentindo-se atordoado com a firmeza da voz do magistrado, Nick o fitou com um olhar acusador.

– E você não vai lutar por este lugar? Você tem a obrigação...

– Não – respondeu o magistrado. – Minha obrigação é com a minha esposa. Ela e meus filhos são mais importantes para mim do que qualquer outra coisa. Eu deixei claro para Cannon que nunca entregaria minha alma à Bow Street da maneira que ele fez por tanto tempo. E ele entendeu isso.

– Mas o que será dos detetives? – perguntou Nick, pensando em seus colegas.

Sayer, Flagstad, Gee, Ruthven... Homens talentosos que haviam servido ao público com coragem e dedicação, tudo por uma mixaria.

– Imagino que um ou dois se juntarão à Nova Polícia, onde são muito necessários. Outros passarão a desempenhar ocupações completamente diferentes. Talvez eu abra um escritório de investigação particular e empregue uns dois ou três por algum tempo.

Morgan deu de ombros. Após ter angariado uma fortuna considerável em seus anos na Bow Street, ele não tinha necessidade alguma de trabalhar a não ser por pura vontade.

– Minha nossa, eu saio para cuidar de *um* caso particular e, quando volto, encontro todo o sistema desandando!

O magistrado riu suavemente.

– Vá para casa, para sua esposa, Sydney. Comece a traçar planos. Sua vida está mudando, não importa o quanto você se esforce para impedir.

– Não vou ser lorde Sydney – rosnou Nick.

Os olhos verdes do magistrado brilharam com uma irreverência amigável.

– Pois saiba que existem destinos piores, milorde. Um título, uma propriedade, uma esposa... Se você não consegue enxergar valor nisso, realmente não há esperança para você.

CAPÍTULO 10

Sentada em meio a uma quantidade tão grande de tecidos que parecia que um arco-íris tinha explodido na loja, com determinação, Sophia disse:

– Acho que algo amarelo-claro.

– Amarelo – repetiu Lottie, mordendo o canto do lábio inferior. – Não acho que essa cor realça meu rosto.

Como aquela era, no mínimo, a décima sugestão que Lottie rejeitava, Sophia suspirou e meneou a cabeça com um sorriso. Ela havia reservado a saleta dos fundos da loja de sua modista na Oxford Street para encomendarem um enxoval para Lottie.

– Sinto muito – disse Lottie com franqueza. – Não é minha intenção ser difícil assim, mas tenho pouca experiência com essas coisas.

A verdade é que Lottie nunca tinha tido a liberdade de escolher os estilos ou as cores de seus vestidos. Seguindo as instruções de lorde Radnor, ela sempre trajava modelos castos em cores escuras. Infelizmente, agora era difícil se imaginar em um azul vibrante, ou amarelo, ou – que Deus a acudisse – cor-de-rosa. E a ideia de expor boa parte de seu colo em público era tão perturbadora que Lottie se encolheu só de ver as ilustrações ousadas do catálogo de modelitos que Sophia lhe mostrara.

A cunhada, para sua sorte, era muito paciente. Sophia encarou Lottie com seu olhar azul e um sorriso persuasivo parecido com o do irmão.

– Lottie, querida, você não está sendo nem um pouco difícil, mas...

– Mentirosa – respondeu Lottie, e ambas riram.

– Está bem – concordou Sophia com um sorriso. – Você está sendo bastante difícil, embora eu tenha certeza de que não é de propósito. Por isso, quero pedir duas coisas. Primeiro, por favor, tenha em mente que não se trata de uma questão de vida ou morte. Escolher um vestido não é tão difícil assim, sobretudo quando se é orientada por uma amiga astuta e muito sofisticada. Que sou eu, no caso.

Lottie sorriu.

– E a segunda coisa?

– A segunda é... Por favor, confie em mim.

Enquanto Sophia a fitava, ficou claro que o magnetismo da família Sydney não se limitava aos homens. Aquela mulher irradiava uma mistura de calor e autoconfiança a qual era impossível resistir.

– Não vou permitir que você se vista de forma desleixada ou vulgar – prometeu ela. – Tenho ótimo gosto e já frequento a sociedade londrina há um tempo, ao passo que você estava...

– Enterrada em Hampshire? – completou Lottie.

– Sim. E, se insistir nesses modelos insípidos que são adequados para mulheres com o dobro da sua idade, vai se sentir deslocada em meio às pessoas da sua idade. Além disso, essas escolhas se refletiriam pessimamente no meu irmão. Com você andando por aí tão desmazelada, logo correriam boatos de que Nick é mesquinho com você.

– Não – disse Lottie. – Isso seria injusto. Ele mesmo me deu permissão para comprar o que eu quiser.

– Então me deixe escolher algumas coisas para você – coaxou Sophia.

Lottie concordou, ponderando que estava muito na defensiva. Ela precisaria aprender a confiar nas pessoas.

– Estou em suas mãos – disse, resignada. – Vou usar o que você sugerir.

Sophia quase pulou de alegria.

– Excelente!

Ela pegou um catálogo de modelitos e começou a inserir tiras de papel entre as páginas que continham os que mais lhe agradavam. A luz brincava em seu cabelo dourado-escuro, destacando tons de palha e de mel nos fios brilhosos. Sophia era uma mulher linda; seus traços delicados e definidos eram a versão feminina do rosto marcante de Nick. De vez em quando, ela parava e olhava para Lottie com olhos escrutinadores, acenando positiva ou negativamente com a cabeça logo em seguida.

Lottie permaneceu sentada, bebericando um pouco do chá que a assistente da modista lhe trouxera. Do lado de fora, a chuva caía pesada e a tarde era fria e cinza, mas a saleta era aconchegante e pacífica. Havia artefatos femininos elaborados pendurados ou empilhados por todos os lados... Montes de renda, quilômetros de fitas de veludo e de seda, flores artificiais deslumbrantes com pétalas adornadas com contas de cristal que simulavam gotas de orvalho.

De tempos em tempos, a modista aparecia, conversava com Sophia e

155

fazia anotações, depois desaparecia novamente. Algumas clientes, Sophia explicou a Lottie, exigiam que a modista as acompanhasse o tempo todo. Outras eram muito mais decididas em suas preferências e gostavam de tomar decisões sem interferência.

Perdida em um devaneio de tranquilidade, Lottie quase se assustou quando Sophia falou:

– Você não imagina como fiquei eufórica quando Nick escreveu avisando que iria se casar.

Sophia segurava dois tecidos, um ao lado do outro, e os examinava criticamente, virando-os para ver como a luz afetava a trama.

– Me conte, qual foi a primeira coisa no meu irmão que a atraiu?

– Ele é um homem bonito – respondeu Lottie com cautela. – Não pude deixar de reparar nos olhos e nos cabelos escuros e... Ele também é muito charmoso e...

Lottie fez uma pausa, relembrando aqueles momentos calmos, banhados pelo sol sob o portal do beijo perto da floresta... Como ele parecia cansado, desalentado.

– Desolado – concluiu ela, quase sem fôlego. – Eu me perguntava como um homem tão extraordinário poderia ser a pessoa mais solitária que eu já tinha visto.

– Ah, Lottie! – exclamou Sophia. – Eu me pergunto como você conseguiu enxergar isso nele, uma vez que todos o consideram invulnerável.

Inclinando-se para a frente, ela colocou uma seda âmbar-claro na frente de Lottie, analisando a cor em contraste com seu rosto, então abaixou.

– Nick passou boa parte da vida lutando para sobreviver. Ele era muito jovem quando nossos pais morreram... E ficou tão revoltado depois que...

Ela balançou a cabeça de leve, como que para escapar de uma onda súbita de lembranças dolorosas.

– Em determinado momento, ele fugiu para Londres e eu não tive mais notícias até ficar sabendo que ele havia sido condenado por um crime insignificante e sentenciado a trabalho forçado em um navio. Alguns meses depois, me disseram que ele tinha morrido por causa de alguma doença contraída a bordo. Passei anos de luto.

– Por que ele não procurou você? Ele podia ao menos ter enviado uma carta, ter poupado você de tamanha angústia desnecessária.

– Acho que ele estava envergonhado demais depois do que aconteceu.

Ele estava tentando esquecer que John, lorde Sydney, um dia existiu. Era mais fácil deixar tudo para trás e criar uma vida nova como Nick Gentry.

– Depois do aconteceu? – perguntou Lottie, perplexa. – Você está falando do encarceramento dele?

Os olhos azul-escuros de Sophia estudaram os dela. Parecendo notar que Lottie não sabia de algo significativo, ela tornou-se reservada.

– Sim, sim – confirmou ela, e Lottie soube que Sophia estava protegendo o irmão de um jeito misterioso.

– Como você ficou sabendo que ele estava vivo?

– Eu vim para Londres a fim de me vingar do magistrado que o havia condenado ao cárcere no navio. Eu o culpava pela morte do meu irmão. Mas, para meu espanto, em pouco tempo me vi apaixonada por ele.

– Sir Ross? – perguntou Lottie, que ficou olhando para ela, surpresa. – Não é de se admirar que Nick o de...

Percebendo o que estava prestes a dizer, ela parou.

– Que Nick o deteste tanto? – completou Sophia com um sorriso pesaroso. – Sim, eles não gostam muito um do outro. Mas isso não impediu meu marido de fazer tudo o que podia para ajudar Nick. Veja, mesmo depois que Nick se juntou aos detetives, ele era bastante... imprudente, digamos.

– Sim – concordou Lottie com cautela. – Ele tem um temperamento bastante vigoroso.

Sophia sorriu com tristeza.

– Receio que tenha sido mais que isso, querida. Por três anos, Nick assumiu riscos insanos, sem parecer se importar se morreria ou viveria.

– Mas por que ele agia assim?

– Certos acontecimentos no passado de Nick o deixaram um tanto amargurado e desapegado. Tanto meu marido como sir Grant tentaram ajudá-lo a mudar para melhor. Nem sempre concordei com os métodos deles. Posso garantir que eu e sir Ross travamos algumas discussões acaloradas quanto a isso. Mas, com o passar do tempo, Nick foi melhorando em muitos aspectos. E, Lottie, estou muito animada com o fato de ele ter se casado com você.

Ela pegou a mão de Lottie e apertou carinhosamente.

– Sophia... – disse Lottie com certa relutância, desviando o olhar. – Não acho que nosso casamento possa ser caracterizado como um caso de amor.

– Eu entendo – concordou ela. – Bem, temo que a experiência de amar e

157

ser amado seja bastante estranha para Nick. Sem dúvida vai levar um tempo para ele reconhecer o sentimento pelo que ele é.

Lottie tinha certeza de que a intenção de Sophia era tranquilizá-la. Entretanto, a ideia de Nick Gentry se apaixonando por ela era não apenas improvável como também assustadora. Ele nunca baixaria a guarda a esse ponto, ele jamais permitiria que alguém exercesse tal poder sobre ele e, se permitisse, poderia muito bem se tornar tão obsessivo e dominador quanto lorde Radnor. Lottie não queria que ninguém a amasse. Embora fosse claro que algumas pessoas encontravam grande felicidade no amor, como Sophia e sir Ross, Lottie não conseguia deixar de enxergar esse sentimento como uma armadilha. O acordo que ela tinha fechado com Nick era muito mais seguro.

~

Nick se viu perdido depois que saiu do escritório. Tinha começado a chover e as nuvens crescentes prometiam um dilúvio ainda mais pesado a caminho. Sem chapéu, caminhando pela calçada escorregadia, ele sentia as gotas de água pesadas e geladas penetrando em seus cabelos e bombardeando o tecido do casaco. Era melhor procurar abrigo em algum lugar... O Brown Bear, uma taberna localizada do outro lado da Bow Street nº 3... Ou talvez o café do Tom, onde o médico preferido dos detetives, o Dr. Linley, sem dúvida estaria marcando presença. Ou sua própria casa... Mas ele afastou a ideia de imediato.

A chuva apertou, caindo em cortinas geladas que fizeram os vendedores de rua e os pedestres se amontoarem sob os toldos das lojas. Garotos magricelas corriam para a rua chamando táxis para os cavalheiros que haviam sido pegos desprevenidos. Guarda-chuvas eram abertos por todos os lados, contorcendo-se com as rajadas de vento forte, enquanto o céu era repartido pelas flechadas dos raios. O ar perdeu o característico cheiro de estábulo e assumiu o frescor da chuva primaveril. Torrentes marrons corriam pelas sarjetas, limpando as substâncias imundas que os limpadores noturnos não conseguiram eliminar durante suas rondas.

Nick caminhava a esmo, sentindo a chuva escorrer por seu rosto e pingar de seu queixo. Em geral, em seu tempo livre, ele ia a algum lugar com Sayer ou Ruthven para conversar fiado tomando uma cerveja e comendo uns bifes, ou assistiriam a uma luta de pugilistas ou uma peça de comédia obscena na Drury Lane. Às vezes patrulhavam as ruas em um pequeno grupo, inspecionando ruas e becos sem a menor pressa, procurando por qualquer sinal de arruaça.

Pensando nos outros detetives, Nick sabia que em breve ele perderia essas amizades. Seria tolice esperar algo diferente disso. Ele não poderia mais frequentar o mundo deles – sir Ross tinha tornado isso impossível. Mas por quê? Por que aquele imbecil intrometido não podia ter deixado as coisas como estavam? A mente de Nick corria em círculos, sem conseguir apreender uma resposta. Talvez tivesse alguma relação com a busca incansável do ex-magistrado por justiça, por ordem. Nick nascera visconde e, portanto, precisava ser restituído à sua posição, independentemente de sua total inaptidão para tal.

Ele refletiu sobre o que sabia da nobreza, sobre seus hábitos e rituais, as incontáveis regras de conduta, a remoção da realidade cotidiana da qual aristocratas proprietários de terras não podiam evitar. Ele tentou se imaginar passando a maior parte do tempo relaxando em salões ou salas de visitas, ou folheando um jornal recém-passado no clube. Discursando na Câmara dos Lordes para demonstrar consciência social. Participando de saraus e falando sobre arte e literatura, compartilhando fofocas sobre outros cavalheiros com suas meias de seda.

Uma sensação de pânico tomou conta de Nick. Ele não se sentia tão encurralado, tão oprimido desde que havia sido relegado ao cárcere escuro e fedorento do navio e acorrentado aos seres mais vis possíveis. A diferença era que, naquela época, ele sabia que a liberdade o aguardava do lado de fora do casco do navio ancorado. Naquele momento, em sua nova realidade, não havia lugar para onde escapar.

Como um animal enjaulado e com ódio, sua mente girava em círculos, buscando por algum tipo de refúgio.

– Gentry!

A exclamação amigável interrompeu seus pensamentos.

Eddie Sayer aproximou-se de Nick com seu costumeiro sorriso sempre-de-bem-com-a-vida. Grandalhão, espirituoso e simpático por natureza, Sayer era querido por todos os detetives e era o homem em que Nick mais confiava em situações difíceis.

– Você voltou! – exclamou ele.

Sayer apertou a mão de Nick com vigor. Seus olhos castanhos brilharam debaixo da aba de seu chapéu ensopado.

– Acabei de vê-lo sair do escritório. Sem dúvida, sir Grant deve ter dado uma missão terrível para você ter se ausentado por tanto tempo.

Nick percebeu que seu costumeiro arsenal de piadinhas estava desguarnecido. Ele meneou a cabeça, sentindo dificuldades em explicar como sua vida tinha virado de ponta cabeça no espaço de uma semana.

– Nenhuma missão – disse ele. – Fui dispensado.

– Como é? – perguntou Sayer, confuso. – Para sempre, você diz? Mas você é o melhor homem que Morgan tem. Por que diabo ele faria isso?

– Porque vou me tornar um visconde.

A confusão de Sayer desapareceu, e ele riu.

– E eu vou ser o duque de Devonshire.

Nick não sorriu, apenas ficou olhando para Sayer com uma resignação austera que fez a graça se esvair de seu interlocutor.

– Gentry, não está um pouco cedo demais para estar tão bêbado?

– Eu não estava bebendo.

Ignorando a afirmação, Sayer apontou na direção do café de Tom.

– Venha, vamos tentar recobrar sua sobriedade com um pouco de café. Talvez Linley esteja lá. Ele talvez nos ajude a entender o que o deixou tão aturdido.

~

Após diversas xícaras de café adoçadas com torrões de açúcar mascavo, Nick sentia-se como um relógio de bolso em que fora dado corda demais. Encontrou pouco alento na companhia de Sayer e Linley, que não sabiam o que pensar de sua história implausível. Os dois o pressionaram por detalhes que ele não podia fornecer e, ao mesmo tempo, Nick não conseguiu se obrigar a discutir um passado que despendera uma década e meia tentando esquecer. Finalmente, deixou o café e voltou a caminhar na chuva. Com amargura, pensou que o único período em sua vida em que tinha sido capaz de tomar decisões por si próprio fora quando era um senhor do crime. Seria muito fácil ignorar a tremenda miséria daqueles anos e pensar só na alegria imensa que ele sentia em lograr sir Ross Cannon todas as vezes. Se alguém tivesse lhe dito, naquela época, que um dia ele estaria trabalhando para a Bow Street e *casado*, além de prestes a assumir o maldito título da família... Maldição. Ele teria tomado toda e qualquer medida necessária para evitar esse destino.

Mas Nick não conseguia imaginar o que poderia ter feito de diferente. O acordo com sir Ross fora inevitável. E, no segundo em que vira Lottie em pé naquele muro no precipício do rio em Hampshire, ele a quisera. Ele também sabia que jamais deixaria de desejá-la e deveria abandonar qualquer tentativa de entender por quê. Às vezes, não há motivo algum – as coisas são como são.

Pensando no aroma erótico de sua esposa e em seus olhos castanhos eloquentes, Nick se viu diante de uma joalheria. Não havia cliente algum, à exceção de um que estava se preparando para sair correndo no dilúvio debaixo da cobertura questionável de um guarda-chuva surrado.

Nick entrou assim que o outro homem saiu. Afastando os cabelos encharcados dos olhos, deu uma olhada ao redor, reparando nas mesas cobertas e na porta que levava ao cofre nos fundos.

– Milorde?

Um joalheiro se aproximou dele, com uma lupa grande dependurada no pescoço. Ele fitou Nick com olhos questionadores.

– Posso ajudá-lo?

– Gostaria de uma safira – informou Nick. – Para uma aliança feminina.

O homem sorriu.

– O senhor veio ao lugar certo, então, visto que importei há pouco tempo uma seleção magnífica de safiras do Ceilão. O senhor tem algum quilate específico em mente?

– Pelo menos cinco, sem marcas. Algo maior, se possível.

Os olhos do joalheiro brilharam.

– Uma senhora afortunada para receber um presente tão generoso.

– Esposa de um visconde – disse Nick sarcasticamente, abrindo o casaco ensopado pela chuva.

~

Era tarde quando Nick retornou à Betterton Street. Desmontando do cavalo diante da entrada da casa, ele entregou as rédeas ao lacaio, que havia saído correndo no temporal com um guarda-chuva.

Recusando o guarda-chuva, que de nada serviria para ele àquela altura, Nick subiu correndo os degraus de entrada. A Sra. Trench fechou a porta, deixando a turbulência do temporal lá fora, ao vê-lo. Então Lottie apareceu, linda e seca em seu vestido cinza-escuro. Seus cabelos eram prateados sob a luz da lamparina.

– Minha nossa, você está encharcado – exclamou Lottie, correndo até ele.

Ela chamou uma criada para ajudá-lo a tirar o casaco ensopado dos ombros e pediu que ele tirasse as botas enlameadas ali mesmo, no saguão. Nick mal ouviu o que ela disse aos criados. Toda a sua atenção estava voltada para a figura pequenina de Lottie enquanto ele a seguia escada acima.

– Você deve estar com frio – comentou ela, preocupada, olhando para trás. – Eu ligarei o chuveiro para aquecê-lo, e depois você pode ficar um pouco diante da lareira. Eu saí mais cedo com a sua irmã. Ela veio fazer uma visita e fomos à Oxford Street e passamos uma manhã maravilhosa na modista. Garanto que você vai se arrepender de ter me dado carta branca com seu crédito, já que deixei Sophia me convencer a encomendar uma quantia absurda de vestidos. Alguns eram escandalosos, acho que jamais terei coragem de usá-los fora de casa. Depois fizemos uma visita à livraria, e foi lá que eu *realmente* perdi a cabeça. Sem dúvida, somos pobres agora...

Seguiu-se uma descrição extensa das diversas compras realizadas, enquanto ela o empurrava na direção do quarto de vestir e ordenava que tirasse as roupas molhadas. Nick moveu-se com um cuidado incomum; sua concentração intensa em Lottie o estava deixando quase zonzo. Lottie atribuiu a lentidão dele ao começo de um resfriado, falando dos riscos à saúde de se caminhar em meio a um temporal, e que ele deveria tomar uma xícara de chá com conhaque após o banho. Nick não estava com nem um pouco de frio. Ele ardia por dentro, lembrando-se de detalhes da noite anterior... Os seios dela, suas pernas abertas, os lugares em que a maciez sedosa se misturava aos pelos íntimos claros.

É claro que ele não podia simplesmente ter saltado sobre ela no instante em que entrou na casa, como se não tivesse o menor autocontrole. Mas, nossa, como queria ter feito aquilo, pensou ele com um sorriso torto, atrapalhando--se com os fechos das roupas. As peças molhadas saíram com dificuldade. A despeito do calor interno, Nick percebeu que estava, de fato, gelado. Ele ouviu o guizo dos canos quando Lottie ligou o chuveiro e, em seguida, sua batida hesitante à porta.

– Trouxe seu roupão – informou a voz abafada dela.

Sua mão apareceu à porta, com o veludo bordô apertado em seus dedos.

Nick olhou para a mão pequenina dela, a parte interna e sensível do punho, com as delicadas linhas das veias. Na noite anterior, tinha sido fácil encontrar cada suspiro de sua pulsação, cada lugarzinho vulnerável. Ele se percebeu esticando o braço, ignorando o roupão e cerrando os dedos em torno do punho delicado dela. Nick escancarou a porta e a puxou para si, olhando para seu rosto enrubescido. Não era difícil, para ela, ver o que ele queria.

– Não preciso de um roupão – afirmou ele, arrancando a peça da mão dela e largando-a no chão.

– O chuveiro... – murmurou Lottie, calando-se quando ele colocou as mãos sobre os botões da frente de seu vestido.

Os dedos dele voltaram a ficar rápidos e confiantes, desabotoando o corpete para revelar a estrutura de linho e barbatanas que moldavam a carne dela. Ele baixou as mangas, levando as alças da combinação com elas, e levou a boca à curva desnuda de seu ombro. Milagrosamente, Lottie relaxou nos braços dele com uma disposição que ele não esperava. Aceso, Nick saboreou a pele fina do ombro, beijou-a e lambeu-a até o pescoço, enquanto libertava suas mãos do vestido e o empurrava até os quadris.

O chuveiro começou a esquentar, impregnando o ar de vapor. Nick abriu a frente do espartilho, comprimindo as pontas rígidas da peça, e então soltando-as. Lottie segurou-se nos ombros dele enquanto se movia para ajudá-lo a remover o restante das peças íntimas. Os olhos dela estavam fechados e as pálpebras translúcidas tremiam de leve enquanto ela começou a respirar em suspiros longos.

Com ferocidade, Nick puxou-a consigo para debaixo da água quente do chuveiro. Virando o rosto para longe do jato de água, Lottie repousou a cabeça no ombro dele, aguardando enquanto as mãos dele deslizavam por seu corpo. Seus seios eram pequenos, mas roliços, e os mamilos enrijeceram sob o toque. Ele escorregou a mão pela cintura dela, pela curva de seus quadris, pela protuberância de suas nádegas... Nick a acariciava por inteiro, movendo-a contra a extensão rija de seu sexo. Gemendo, ela abriu as pernas, obedecendo à mão exploradora que tocava sua pele delicada com o polegar. Quando Nick a penetrou com os dedos, ela arfou e relaxou instintivamente com a invasão suave. Ele a acariciou, chegando a lugares profundos e secretos que a levaram ao limite do clímax. Quando Lottie estava prestes a gozar, ele a ergueu e apoiou na parede de azulejos; colocou um braço sob seus quadris, o outro atrás de suas costas. Ela soltou um gritinho de surpresa e se agarrou a ele, arregalando os olhos quando ele a penetrou. Sua carne se cerrou ao redor do membro, engolindo cada centímetro de sua extensão enquanto ele a assentava.

– Eu estou segurando você – murmurou ele, prendendo o corpo escorregadio dela com firmeza em seus braços. – Não precisa ter medo.

Respirando rápido, ela recostou a cabeça no braço dele. Com a água quente caindo em suas costas e o luxuriante corpo feminino prensado contra o seu, toda a lucidez de Nick evaporou. Ele a preencheu com movimentos vigorosos e repetidos para cima, até ela gritar e se derreter em contrações alucinantes. Nick manteve-se imóvel, sentindo a carne trêmula. As profundezas do corpo dela se tornaram quase insuportavelmente quentes. Os espasmos do corpo de Lottie pareciam puxá-lo ainda mais para dentro, arrancando ondas de prazer do sexo dele, e Nick estremeceu enquanto gozava dentro dela.

Soltando-a, ele a deixou escorregar por seu corpo até os pés dela encostarem no piso azulejado. Segurou a cabeça dela com a mão e encostou a boca em seus cabelos encharcados, seus cílios impregnados, a ponta arredondada de seu nariz. Assim que chegou nos lábios, Lottie virou o rosto e ele grunhiu de frustração, morrendo de vontade de saboreá-la. Ele nunca quis algo com tanto vigor. Por uma fração de segundo, ficou tentando a segurar a cabeça dela com as mãos e devorar seus lábios. Mas isso não o satisfaria... Ele não conseguiria o que queria dela à força.

Tirando Lottie do chuveiro, ele enxugou a ambos diante da lareira do quarto e penteou os cabelos longos de Lottie. As mechas finas adquiriam um tom âmbar-escuro quando molhadas, transformando-se em um tom champanhe claro quando secas. Admirando o contraste dos cachos lustrosos contra seu roupão de veludo, ele os alisou com os dedos.

– Como foi a conversa com sir Grant? – perguntou Lottie.

Ela recostou no peito dele enquanto os dois se sentavam no grosso tapete Aubusson. Lottie estava usando outro roupão dele, que era, pelo menos, três vezes maior do que ela.

– Ele ficou do lado de sir Ross, naturalmente – respondeu Nick, surpreendendo-se ao perceber que seu desespero amargurado da manhã havia diminuído bastante.

Sua mente parecia se reconciliar com a perspectiva do que o aguardava pela frente, mesmo que com certa relutância. Ele contou a ela o que Morgan tinha dito sobre a extinção dos detetives e Lottie virou-se para olhar para ele, franzindo o cenho.

– Londres sem os detetives da Bow Street?

– As coisas mudam – respondeu ele, seco. – É o que estou aprendendo.

Lottie sentou-se para encará-lo, apoiando o braço em torno do joelho dobrado dele.

– Nick – disse ela com cautela –, enquanto eu e Sophia conversávamos hoje, ela mencionou algo que eu acho que você vai querer saber, embora devesse ser uma surpresa.

– Não gosto de surpresas – murmurou ele. – Já tive muitas nos últimos tempos.

– Exato, foi o que pensei.

Os olhos dela eram de um marrom escuro e límpido, duas xícaras de chá fumegante. Nick observou o rosto esculpido dela; o queixo pontudo demais, o nariz curto demais. As pequenas imperfeições tornavam a beleza dela única e interessante, ao passo que traços mais clássicos o teriam entediado rapidamente. Seu corpo reagiu com prazer à pressão do braço fino dela enganchado em sua perna e à lateral do seio que roçava em seu joelho.

– O que minha irmã disse? – perguntou ele.

Lottie alisou as dobras soltas do roupão de seda.

– Tem a ver com a propriedade de sua família em Worcestershire. Sophia e sir Ross estão reformando tudo, querem dar isso de presente a você. Estão restaurando o solar e fazendo o paisagismo dos jardins. Sophia se dedicou a escolher tecidos, tintas e móveis que lembrem a decoração que ela tem na memória. Segundo ela, está sendo uma viagem ao passado... Ela disse que, quando entra pela porta da frente, quase espera ouvir a voz da sua mãe chamando-a e encontrar seu pai fumando na biblioteca...

– Meu Deus... – resmungou Nick entredentes, levantando-se.

Lottie permaneceu diante da lareira, estendendo as mãos na direção do calor.

– Eles querem nos levar para lá depois que o mandado chegar. Pensei que seria melhor avisar a você, para que tivesse tempo de se preparar.

– Obrigado – Nick conseguiu dizer, em um tom tenso. – Embora tempo nenhum no mundo seja suficiente para isso.

O solar da família... Worcestershire... Não voltava lá desde que ele e Sophia tinham ficado órfãos. Será que não havia como escapar de tudo

165

aquilo? Nick se sentia como se estivesse sendo sugado na direção de um poço sem fundo. O nome "Sydney", o título, a propriedade, as lembranças... Ele não queria nada daquilo, mas tudo estava sendo despejado em cima dele de toda forma.

Uma suspeita repentina se espalhou por ele.

– O que mais minha irmã disse?

– Nada relevante.

Nick teria conseguido perceber se a irmã tivesse contado seus segredos a Lottie. Mas, ao que parecia, Sophia não o tinha traído dessa forma. E, se ela não tinha contado a Lottie àquela altura, provavelmente continuaria sem fazê-lo. Relaxando um pouco, ele passou os dedos pelos cabelos bagunçados.

– Malditos sejam, tudo e todos – disse ele baixinho.

Ao ver a expressão indignada no rosto de Lottie, ele acrescentou:

– Menos você.

– Espero mesmo – disse ela. – Porque estou do seu lado.

– Está? – perguntou ele, sem conseguir conter o entusiasmo com aquela ideia.

– Sua vida não foi a única a ser virada de cabeça para baixo – lembrou ela. – E pensar que eu estava preocupada com os problemas que a *minha* família poderia causar!

Nick ficou tentado a sorrir mesmo em meio ao aborrecimento. Ele foi até onde ela estava sentada e estendeu a mão.

– Se a chuva parar – disse ele, ajudando-a a se levantar –, vamos visitar seus pais amanhã.

A expressão no rosto de Lottie revelou preocupação e ansiedade.

– Se não for conveniente... Digo, se você tiver outros planos... Estou disposta a esperar.

– Não tenho plano algum – respondeu ele, pensando brevemente em sua dispensa. – Amanhã é um dia tão conveniente quanto qualquer outro.

– Obrigada. Eu gostaria muito de vê-los. Só torço para que...

Um vinco surgiu no meio das sobrancelhas de Lottie, enquanto ela caminhava até o fogo com a barra do roupão sendo puxada como uma longa cauda. Nick a seguiu, querendo muito acariciá-la, reconfortá-la, beijar seus lábios.

– Tente não pensar nisso – aconselhou ele. – Ficar preocupada não mudará coisa alguma.

– Não será uma visita agradável. Não consigo pensar em uma situação em que as duas partes poderiam se sentir mais mutuamente traídas. Embora eu tenha certeza de que a maioria das pessoas vai dizer que a culpada sou eu.

Nick acariciou as laterais dos braços dela por cima das mangas de seda.

– Se você tivesse que fazer tudo de novo, teria aceitado se casar com lorde Radnor?

– De forma alguma.

Virando Lottie de frente para ele, Nick afastou os cabelos de sua testa.

– Então eu a proíbo de se sentir culpada.

– *Proíbe*? – repetiu ela, arqueando as sobrancelhas.

Nick sorriu.

– Você prometeu me obedecer, não prometeu? Faça o que eu digo, ou sofra as consequências.

– E quais seriam?

Ele abriu o roupão dela, largou-o no chão e passou a demonstrar o que estava querendo dizer.

~

Os Howards viviam em uma vila três quilômetros a oeste da Londres sofisticada, uma região residencial rodeada por fazendas. Nick se lembrava da casa bem-estruturada, porém desmazelada, de sua primeira visita, quando estava começando suas buscas por Lottie. A ironia de voltar até eles como seu novo e muito indesejado genro o fez sorrir, visto que a situação continha elementos de farsa. No entanto, essa diversão secreta foi abafada pelo silêncio impenetrável de Lottie. Ele queria muito poder poupá-la da dificuldade de encarar a família. Por outro lado, era necessário que ela os visse e ao menos tentasse fazer as pazes.

A pequena casa em estilo Tudor era uma em uma série. O exterior de tijolos vermelhos estava tristemente dilapidado e havia um jardim pequeno e malcuidado. Para chegar à porta da frente, era preciso subir quatro degraus; a entrada estreita levava a dois cômodos térreos, que serviam como salas. Além da entrada, outra escada de pedra levava ao porão no subsolo, que abrigava a cozinha e um tanque de água que era abastecido pelo encanamento que vinha da rua.

Três crianças empunhando pedaços de pau corriam em círculos pelo jardim em uma brincadeira. Assim como Lottie, todas tinham cabelos louros, pele clara e eram magras. Nick já tinha sido apresentado às crianças antes, mas não se lembrava dos nomes. A carruagem parou na entrada pavimentada, e os rostinhos apareceram no portão da frente, olhando por entre as ripas descascadas enquanto Nick ajudava Lottie a descer da carruagem.

O rosto dela estava calmo, mas Nick percebeu a maneira como seus dedos encobertos pelas luvas estavam contraídos e experimentou uma sensação até então inédita: preocupação pelos sentimentos de outra pessoa. Não gostou de sentir isso.

Lottie parou ao portão, seu rosto estava pálido.

– Olá – murmurou ela. – É você, Charles? Ah, você cresceu tanto que eu mal estou reconhecendo! E Eliza, e... Minha nossa, aquele é o pequeno Albert?

– Não sou pequeno! – ralhou o menino, indignado.

Lottie enrubesceu, sentindo-se a ponto de rir e chorar.

– Ora, não é mesmo. Você já deve estar com 3 anos.

– Você é a nossa irmã Charlotte – disse Eliza, com seu rostinho sério emoldurado por duas longas tranças. – A que fugiu.

A boca de Lottie foi tocada por uma melancolia repentina.

– Sim, sou eu. Mas não quero mais ficar longe de vocês, Eliza. Eu senti muita saudade de vocês todos.

– Você devia ter se casado com lorde Radnor – lembrou Charles, fitando-a com seus olhos azuis redondos. – Ele ficou muito zangado porque você não casou e agora vai...

– Charles! – gritou uma voz feminina agitada da porta. – Cale a boca e saia imediatamente de perto do portão.

– Mas é a *Charlotte* – protestou o garoto.

– Sim, estou ciente disso. Venham, crianças, todas vocês. Digam à cozinheira para preparar torradas com geleia para vocês.

A mãe de Charlotte era uma mulher frágil e esguia, de 40 e poucos anos, com um rosto fino e cabelos loiros claros. Nick se lembrava de que seu marido era encorpado e bochechudo. Nenhum dos dois era particularmente bonito, mas, por alguma curiosidade da natureza, Lottie tinha herdado os melhores traços de cada um deles.

– Mãe – disse Lottie, agarrando a parte superior do portão.

As crianças se afastaram, ávidas pelo lanche prometido.

A Sra. Howard olhou para a filha com atenção; rugas severas surgiram entre seu nariz e sua boca, e em sua testa.

– Não faz nem dois dias que lorde Radnor esteve aqui – disse ela.

A frase simples continha tanto uma acusação quanto uma queixa.

Sem encontrar palavras, Lottie olhou para Nick. Ele assumiu as rédeas, juntando-se a ela no portão e abrindo-o ele mesmo.

– Podemos entrar, Sra. Howard?

Nick conduziu Lottie na direção da casa sem esperar por permissão. Algum ente demoníaco o fez acrescentar:

– Ou devo chamar a senhora de "mãe"?

Fazendo piada, Nick conferiu a mesma entonação que Lottie dera à palavra.

Diante da audácia, Lottie deu uma cotovelada furtiva nas costelas dele enquanto eles entravam na casa, e ele sorriu.

A casa cheirava a mofo. As cortinas das janelas tinham sido viradas diversas vezes, até que ambos os lados estivessem desbotados pelo sol, ao passo que os tapetes antigos estavam tão surrados que nenhuma estampa era discernível. Tudo, dos bibelôs e porcelana na cornija da lareira ao papel de parede encardido, contribuía para a imagem da decadência doméstica. A própria Sra. Howard passava essa impressão, movendo-se com a graciosidade cansada e a insegurança de alguém que um dia fora acostumada a uma vida bem melhor.

– Onde está meu pai? – perguntou Lottie, parando no meio da sala, que não podia ser maior que um quarto de vestir.

– Foi visitar seu tio na cidade.

Os três ficaram parados no meio do cômodo, enquanto um silêncio constrangedor pairava no ar.

– Por que você está aqui, Charlotte? – perguntou a mãe dela, por fim.

– Eu estava com saudades de vocês, eu...

Lottie parou diante da indiferença resoluta no rosto de sua mãe. Nick sentiu a luta da esposa entre o orgulho teimoso e o remorso enquanto ela continuava, com cautela:

– Eu queria dizer que sinto muito pelo que fiz.

– Eu gostaria de poder acreditar nisso – respondeu a Sra. Howard. – Mas não acredito. Você não se arrepende de ter abandonado suas responsabilidades, nem de ter colocado suas próprias necessidades acima das de todos nós.

Nick descobriu que não era fácil, para ele, ouvir alguém criticando sua esposa – mesmo que essa pessoa fosse a própria sogra. Pelo bem de Lottie, contudo, ele se obrigou a permanecer de boca fechada. Entrelaçando as mãos atrás das costas, ele se focou no desenho indistinto do carpete antigo.

– Eu me arrependo de ter causado tanta dor e preocupação, mãe – afirmou Lottie. – Também sinto muito pelos dois anos de silêncio que se passaram entre nós.

Finalmente, a Sra. Howard demonstrou algum sinal de emoção – sua voz era permeada pela raiva.

– Isso foi culpa sua, não nossa.

– É claro – admitiu Lottie. – Eu não pretendo pedir seu perdão, mas...

– O que está feito, está feito – interrompeu Nick, sem conseguir suportar o tom reprimido de Lottie.

Nick não era capaz de continuar ali calado enquanto ela era forçada a se humilhar. Ele colocou a mão na cintura marcada pelo espartilho de Lottie em um gesto possessivo. Seu olhar frio e estável fixou-se no da Sra. Howard.

– Não vamos ganhar nada conversando sobre o passado. Viemos aqui para discutir o futuro.

– Você não tem relação alguma com o nosso futuro, Sr. Gentry – disse a mulher com os olhos azuis gelados de desprezo. – Eu o culpo por nossa situação tanto quanto culpo minha filha. Eu jamais teria conversado com você, respondido suas perguntas, se soubesse que sua intenção final era ficar com ela para si.

– Não era esse o meu plano.

Nick permitiu que seus dedos se acomodassem na curva da cintura de Lottie, lembrando-se da maciez deliciosa contida pela roupa.

– Eu não fazia ideia de que iria querer me casar com Lottie até encontrá-la. Mas era óbvio naquele momento, bem como ainda é agora, que Lottie está muito mais bem assistida tendo a mim como marido do que Radnor.

– Você está muito enganado – ralhou a Sra. Howard. – Seu cafajeste arrogante! Como ousa se comparar a um aristocrata?

Sentindo Lottie enrijecer ao seu lado, Nick a apertou de leve, um sinal silencioso para não corrigir a mãe naquele ponto. Ele não suportaria usar o próprio título para se comparar a Radnor em qualquer circunstância.

– Lorde Radnor é um homem de grande riqueza e refinamento – continuou a Sra. Howard. – Ele é muito educado e honrado em todos os aspectos.

170

E, se não fosse pelo egoísmo da minha filha e pela sua interferência, Charlotte agora seria esposa dele.

– Bem, vejo que deixou passar alguns pontos – observou Nick. – Incluindo o fato de que Radnor é trinta anos mais velho que Lottie e que por acaso é tão louco quanto o próprio Napoleão.

O rubor no rosto da Sra. Howard se condensou em dois pontos vermelhos no alto das bochechas.

– Ele não é louco!

Pelo bem de Lottie, Nick se esforçou para controlar a fúria repentina. Ele a imaginou uma criança pequena e indefesa, trancada em um quarto com um predador como Radnor. E aquela mulher tinha permitido isso! Ele jurou a si mesmo que Lottie jamais ficaria desprotegida de novo. Encarou a Sra. Howard com olhos severos.

– Você realmente não viu nada de errado na obsessão de Radnor por uma menina de 8 anos? – perguntou ele em um tom suave.

– A nobreza tem direito a certas fraquezas, Sr. Gentry. O sangue superior permite algumas excentricidades. Mas é claro que você não entende nada disso.

– A senhora ficaria surpresa... – retrucou Nick. – De todo modo, lorde Radnor está longe de ser um modelo de comportamento racional. Os antigos laços sociais que ele costumava ter se afastaram por causa dessas fraquezas. Ele foi rechaçado da alta sociedade e atualmente passa boa parte do tempo dentro da mansão, se escondendo da luz do sol. A vida dele estava centrada nesse esforço de moldar uma garota vulnerável na versão dele de mulher ideal. Uma mulher que não teria permissão nem para respirar sem o consentimento dele. Antes que você culpe Lottie por fugir disso, responda com toda a franqueza: *você* iria querer se casar com um homem assim?

A Sra. Howard foi poupada pela chegada repentina de Ellie, uma bela garota de 16 anos com um rosto rechonchudo e olhos azuis repletos de cílios. Seus cabelos eram bem mais escuros do que os de Lottie – castanho-claro, em vez de loiros – e seu corpo era mais curvilíneo. Parando sem fôlego à porta, Ellie avistou a irmã pródiga com um grito de entusiasmo.

– Lottie! – disse ela, e foi correndo até a irmã, em quem deu um abraço apertado. – Ah, Lottie, você voltou! Eu senti sua falta todos os dias, e pensei em você, e tive tanto medo por você...

– Ellie, eu senti a sua falta mais ainda! – respondeu Lottie, soltando uma

171

risada engasgada. – Eu não me atrevi a escrever para você, mas, ah, como eu queria. Seria possível encobrir todas as paredes com as cartas que gostaria de ter mandado e...

– Ellie – interrompeu a mãe. – Volte para o quarto.

Ou ela não foi ouvida, ou foi ignorada, visto que Ellie deu um passo atrás para olhar para Lottie.

– Como está linda! Eu sabia que você seria linda. Eu sabia...

A voz dela sumiu quando ela avistou Nick parado próximo.

– Você *realmente* se casou com ele? – sussurrou ela com um contentamento tão escandalizado que fez Nick sorrir.

Lottie olhou para ele com uma expressão curiosa. Nick se perguntou se ela desgostava de precisar admiti-lo como marido. Ela não parecia descontente, mas também não parecia muito animada.

– Sr. Gentry – disse Lottie –, acredito que já conhece minha irmã?

– Srta. Ellie – murmurou ele, fazendo uma breve reverência. – É um prazer vê-la de novo.

A garota enrubesceu e retribuiu a reverência, voltando a olhar para Lottie.

– Você está morando em Londres? – perguntou ela. – Você me receberia na sua casa? Eu gostaria tanto de...

– Ellie – disse a Sra. Howard em um tom severo. – Vá para o seu quarto, agora. Já chega de disparates.

– Sim, mamãe.

A garota jogou os braços em torno de Lottie para um último abraço. Ela sussurrou algo no ouvido da irmã, uma pergunta que Lottie respondeu com um murmúrio reconfortante e um aceno de cabeça. Provavelmente outro pedido para ser convidada para uma visita, pensou Nick, contendo um sorriso. Parecia que Lottie não era a única garota de personalidade forte na família Howard.

Lançando um olhar tímido na direção de Nick, Ellie saiu da sala e soltou um suspiro enquanto se afastava.

Encorajada pela alegria óbvia da irmã ao revê-la, Lottie olhou para a Sra. Howard com uma expressão suplicante.

– Mãe, há tantas coisas que eu preciso lhe contar...

– Receio que não haja sentido em continuar esta conversa – interrompeu a mãe dela. – Você fez sua escolha, e seu pai e eu fizemos a nossa. Nossa conexão com lorde Radnor é consolidada demais para ser rompida e cumpriremos nossas obrigações para com ele, Charlotte, mesmo que você não esteja disposta.

Lottie ficou olhando para ela, confusa.

– E como você pretende fazer isso, mãe?

– Isso não lhe diz mais respeito.

– Mas eu não consigo entender... – começou Lottie, mas Nick a interrompeu, com os olhos fixos na Sra. Howard.

Por anos, Nick obtivera sucesso em suas negociações com criminosos cruéis, magistrados exaustos, gente culpada, gente inocente e todos os demais. Ele jamais aceitaria não conseguir fazer a própria sogra ceder, ao menos em partes.

– Sra. Howard, entendo que não sou sua primeira escolha de marido para Lottie.

Ele abriu charmoso sorrisinho de lado que funcionava com a maioria das mulheres.

– O diabo bem sabe que eu não seria a preferência de ninguém, mas, dada a situação, pretendo me provar um benfeitor muito mais generoso do que Radnor.

Ele deu uma olhada deliberada pela casa caindo aos pedaços e voltou a olhar para ela.

– Não há motivo para não fazermos melhorias na casa e reformarmos como você desejar. Também vou custear a educação das crianças e garantir que Ellie seja devidamente apresentada à sociedade. Se desejar, você poderá viajar para o exterior e passar os meses de verão no litoral. Por favor me diga o que deseja que eu providenciarei.

A expressão da mulher era de franca descrença.

– E por que você faria isso tudo?

– Para agradar minha esposa – respondeu ele sem hesitar.

Lottie voltou-se para ele com os olhos arregalados de surpresa. Ele deslizou o dedo pela gola de seu vestido de maneira casual, pensando que aquele era um preço pequeno pelo que ela lhe proporcionava.

Infelizmente, o gesto íntimo pareceu voltar a Sra. Howard ainda mais contra ele.

– Não queremos nada de você, Sr. Gentry.

– Entendo que vocês se sintam em dívida com Radnor – insistiu Nick, sentindo que a única forma de lidar com a situação era com franqueza. –

Mas eu cuidarei disso. Já me ofereci para restituí-lo pelos anos escolares de Lottie e também vou assumir suas outras obrigações financeiras.

– Você não pode cumprir essas promessas – afirmou a Sra. Howard. – E mesmo que pudesse, a resposta continuaria sendo "não". Peço que se retire, Sr. Gentry, visto que não discutirei mais essa questão.

Nick a fitou com incredulidade. Detectou desespero... Inquietação... Culpa. Todos os seus instintos o alertavam de que ela estava escondendo alguma coisa.

– Voltarei em breve – disse ele. – Quando o Sr. Howard estiver em casa.

– A resposta dele não será diferente da minha.

Nick não deu sinais de que havia ouvido a refuta.

– Tenha um bom dia, Sra. Howard. Nos despedimos com votos de saúde e felicidade.

Os dedos de Lottie apertaram o braço de Nick com força enquanto ela lutava para conter as emoções.

– Adeus, mãe – disse ela, retirando-se com ele.

Nick a conduziu com cautela à carruagem e olhou para trás, para o jardim vazio. Todas as janelas da casa estavam vazias, exceto por uma no piso superior, onde podia ver o rosto redondo de Ellie. Ela acenou com tristeza e apoiou o queixo nas mãos enquanto a porta da carruagem se fechava.

O veículo arrancou com um solavanco antes de os cavalos pegarem o ritmo. Lottie apoiou a cabeça no estofado de veludo, com os olhos fechados e a boca tremendo. As lágrimas não derramadas brilhavam sob seus volumosos cílios dourados.

– Como eu fui boba por ter esperado uma recepção mais calorosa – disse ela, buscando um tom irônico e fracassando por completo quando um soluço escapou de sua garganta.

Nick se sentia desencorajado e, para sua irritação, impotente. Estava com o corpo inteiro tenso. Ver sua esposa chorando era péssimo. Para seu alívio, no entanto, Lottie conseguiu recobrar o controle das emoções e pressionou as mãos enluvadas contra os olhos.

– Eles não poderiam se dar ao luxo de recusar uma oferta – disse Nick –, a menos que ainda estejam recebendo dinheiro de Radnor.

Lottie balançou a cabeça, confusa.

– Mas não faz sentido que ele continue sustentando minha família agora que me casei com você.

– Eles têm alguma outra fonte de renda?

– Não que eu consiga me lembrar. Talvez meu tio os ajude de alguma forma, mas não o suficiente para sustentar a todos para sempre.

– Hum.

Considerando as diversas possibilidades, Nick recostou-se no canto de seu banco, com os olhos fixos na paisagem que passava pela janela.

– Nick... Você disse mesmo a lorde Radnor que o ressarciria por todos os anos de colégio?

– Disse.

Estranhamente, Lottie não perguntou por quê, apenas se ocupou em ajeitar as saias e puxar as mangas para baixo para cobrir os pulsos. Tirando as luvas, ela as dobrou e as colocou ao seu lado no banco. Nick a observou com os olhos semicerrados. Quando não conseguiu mais encontrar algo para ajustar ou alisar, ela se obrigou a olhar para ele.

– E agora? – perguntou ela, como se estivesse se preparando para uma nova rodada de dificuldades.

Nick refletiu sobre a pergunta, sentindo um aperto no peito ao ver a determinação na expressão dela. Lottie tinha suportado os últimos dias com uma equanimidade extraordinária para uma garota de sua idade. Sem dúvida, qualquer outra jovem estaria reduzida a uma poça de lágrimas àquela altura. Ele queria acabar com a tensão que via nos olhos dela e, ao menos uma vez, vê-la despreocupada e relaxada.

– Bem, Sra. Gentry – disse ele, movendo-se para o lugar ao lado dela –, nos próximos dias proponho que possamos desfrutar de alguns momentos de lazer.

– Lazer – repetiu ela, como se a palavra fosse desconhecida. – Me desculpe, mas minha capacidade de me divertir está um tanto reduzida neste momento.

Nick sorriu e pousou a mão na coxa dela.

– Você está na cidade mais incrível do mundo, na companhia de um marido jovem e viril e de sua fortuna ilícita.

Ele deu um beijo em sua orelha, fazendo-a estremecer.

– Acredite em mim, Lottie, há muita diversão à espera.

Lottie achava que nada conseguiria arrancá-la daquele desânimo depois da recepção fria da mãe, mas a verdade é que Nick a entreteve de tal forma nos dias seguintes que ela teve dificuldades em pensar em qualquer outra coisa que não fosse ele.

Naquela noite, Nick a levou a uma taberna onde peças cômicas eram encenadas ao som de música para atrair clientes. Localizada em Covent Garden, o Vestris – cujo nome era uma homenagem a uma dançarina de ópera italiana popular antigamente – era um ponto de encontro do pessoal do teatro, nobres empobrecidos e toda sorte de figuras coloridas imagináveis. O lugar era sujo, fedia a vinho e fumaça e o chão era tão pegajoso que Lottie arriscava perder os sapatos. Ela passou pela porta com relutância, visto que jovens respeitáveis nunca eram vistas em lugares como aquele a menos que estivessem na companhia de seus maridos, e, mesmo assim, era um comportamento questionável. Nick foi acolhido pelos frequentadores, muitos dos quais pareciam ser rufiões completos. Após um breve intervalo de tapinhas nas costas e trocas de insultos amigáveis, Nick levou Lottie a uma mesa. Foram servidos um jantar de bife e batatas, uma garrafa de vinho do Porto e duas canecas de uma bebida escura chamada *heavy wet*.

Embora Lottie nunca tivesse comido em público antes e se sentisse encabulada, atacou um bife que poderia alimentar uma família de quatro pessoas.

– O que é isso? – perguntou ela, pegando a caneca com desconfiança e examinando o líquido marrom espumoso.

– Cerveja – respondeu Nick, apoiando o braço no encosto da cadeira. – Experimente.

Lottie experimentou a bebida com forte gosto de grãos e todo o seu rosto se contraiu de desagrado. Rindo de sua expressão, Nick pediu a um garçom que trouxesse um ponche de gim para ela. Mais clientes se aglomeraram no recinto, canecas eram batidas ruidosamente nas mesas de madeira desgastada e os garçons moviam-se pela multidão com grandes jarros.

Na parte da frente da taberna, uma cantiga cômica estava sendo entoada por uma mulher magra, usando roupas masculinas, e um cavalheiro corpulento, com um bigode exuberante, vestido de camponesa, com seios falsos enormes que balançavam de um lado para o outro quando ele se movia. Enquanto o "rapaz" perseguia a "moça" pela taberna, cantando uma canção de amor comovente que enaltecia a beleza dela, o lugar explodia em gargalhadas. Era impossível resistir àquela bobeira. Postada ao lado do marido, com uma caneca de ponche de gim, Lottie tentava, sem sucesso, conter um ataque de riso.

Mais apresentações se seguiram... Músicas e danças obscenas, poemas cômicos, até mesmo uma apresentação acrobática de malabarismos. Com o passar das horas, os cantos da taberna foram ficando menos iluminados e, em meio à atmosfera relaxada, vários casais começaram a se envolver em carícias indiscretas e beijos. Lottie sabia que deveria ficar chocada, mas o ponche de gim a tinha deixado sonolenta e avoada. Ela descobriu que estava sentada no colo de Nick, com as pernas entre as deles, e o único motivo pelo qual ainda conseguia se manter ereta era porque ele a estava abraçando.

– Minha nossa – disse ela, olhando para a xícara quase vazia. – Eu tomei isso tudo?

Nick pegou a caneca dela e a colocou sobre a mesa.

– Receio que sim.

– Só você mesmo para arruinar todos os meus anos de treinamento na Maidstone's em uma noite – disse ela, fazendo-o sorrir.

O olhar dele baixou até sua boca, e ele contornou seu maxilar com a ponta do dedo.

– Você já está totalmente corrompida? Se não estiver, vamos para casa para que eu termine o serviço.

Sentindo-se desequilibrada e muito quente, Lottie riu enquanto ele a conduzia pela taberna.

– O piso aqui é torto – disse ela, apoiando-se nele.

– Não é o piso, meu bem. São os seus pés.

Lottie olhou do rosto entretido dele para os próprios pés.

– Parece mesmo que foram colocados nas pernas erradas.

Nick meneou a cabeça; seus olhos azuis brilhavam com um riso.

– Você não tem tolerância alguma ao gim, não é? Venha, me deixe carregá-la.

– Não, não quero chamar a atenção – protestou ela enquanto ele a erguia e a carregava até a rua.

Ao avistá-los, o lacaio que aguardava correu até o final da rua, onde a carruagem os esperava em uma longa fila.

– Você vai chamar ainda mais a atenção se cair de cara no chão – ponderou Nick.

– Não estou *tão* passada assim – protestou Lottie.

Contudo, os braços dele era tão sólidos e seu ombro, tão convidativo que ela se aninhou com um suspiro. O aroma almiscarado da pele de Nick misturou-se com o cheiro marcante da goma de sua gravata, uma mistura tão inebriante que ela se aninhou ainda mais para inspirar fundo.

Nick parou na calçada. Ele virou a cabeça, roçando a bochecha barbada na dela e fazendo a pele dela formigar.

– O que você está fazendo?

– O seu cheiro... – respondeu ela em um tom sonhador. – É maravilhoso. Eu reparei na primeira vez em que nos vimos, quando você quase me derrubou do muro.

O riso fervilhou na garganta dele.

– Quando eu salvei você de cair, você quer dizer.

Intrigada pela textura áspera da pele masculina, Lottie pressionou os lábios no maxilar dele. Ela o sentiu engolir em seco; o movimento reverberou em sua própria boca. Era a primeira vez que ela tomava a dianteira em relação a ele e o pequeno gesto foi surpreendentemente eficiente. Nick ficou parado, segurando-a com firmeza; seu peito subia e descia em respirações cada vez mais intensas. Intrigada pela noção de que era capaz de excitá-lo com tanta facilidade, Lottie puxou o nó da gravata dele e beijou a lateral de seu pescoço.

– Não, Lottie...

Ela raspou a ponta da unha na pele áspera, arranhando com delicadeza.

– Lottie... – tentou ele mais uma vez.

Mas o que quer que ele estivesse querendo dizer foi esquecido quando ela beijou sua orelha e prendeu o lóbulo entre os dentes em uma mordiscada leve.

A carruagem parou diante deles e o lacaio se pôs a montar a escada retrátil. Se concentrando para manter uma expressão indiferente, Nick enfiou Lottie na carruagem e entrou em seguida.

Assim que a porta se fechou, ele a colocou em seu colo e puxou a frente de seu vestido com vigor. Ela ergueu as mãos para brincar com os cabelos dele, emaranhando os dedos nos pesados cachos castanhos. Abrindo a parte superior do espartilho dela, ele libertou um dos seios e encobriu o mamilo macio com a boca. A carícia provocante a fez arquear o corpo na direção dele com um gemido. As mãos dele mergulharam debaixo das saias dela, passando pelas montanhas de tecido até encontrarem a fenda úmida no tecido das ceroulas. A mão dele era grande demais para se ajustar ao buraco da roupa íntima, e ele a rasgou com uma facilidade que a fez arfar. As coxas dela se abriram em uma acolhida inevitável e logo sua visão ficou embaçada quando um dedo longo foi inserido dentro dela. Montada no colo dele, com aquela mão se movimentando entre suas pernas, Lottie sentiu seus músculos internos começarem a se contrair em espasmos.

Nick grunhiu e puxou os quadris dela para cima dele, atrapalhando-se para abrir as próprias calças.

– Você está tão molhada... Eu não consigo esperar, Lottie, me deixa... Senta no meu colo e coloca as pernas... Ah, meu Deus... Isso, assim...

Ela montou nele com vontade, prendendo a respiração quando ele a penetrou, puxando os quadris dela para baixo até ele estar enterrado nela. A sensação do membro rijo e grosso era deliciosa, e Lottie se manteve imóvel enquanto o movimento da carruagem unia seus corpos. Sem vergonha alguma, Lottie esfregou o ponto ardente de seu sexo nele, sentindo ondas de calor emanando do local onde eles se conectavam. Uma das mãos dele escorregava suavemente pela parte superior de suas costas.

Lottie arfou quando um solavanco vigoroso das rodas da carruagem o impeliu a penetrá-la ainda mais fundo.

– Não temos muito tempo... – disse ela junto ao pescoço dele. – Já estamos bem perto de casa...

Nick respondeu com um grunhido torturado.

– Na próxima vez vou fazer o cocheiro nos levar para uma volta por toda Londres... Duas vezes.

Ele deslizou o polegar até o topo de seu sexo molhado e acariciou com movimentos suaves e rápidos, aumentando o prazer até Lottie se contorcer em cima dele e soluçar, arrebatada pela sensação explosiva. Projetando os quadris para cima em investidas desesperadas, Nick grunhiu e enterrou o rosto na curva do pescoço dela, permitindo que seu desejo atingisse o ápice do delírio.

Ambos respiravam em ofegos longos, enquanto suas peles nuas se colavam sob as camadas de roupas amarrotadas.

– Nunca é suficiente – comentou Nick, apertando a nádega macia dela com a mão, enquanto a segurava com firmeza contra seu corpo. – É bom demais para parar...

Lottie entendia o que ele estava tentando dizer. O desejo insaciável entre eles era mais do que mera atração física. Ela encontrava uma satisfação em estar com ele que ia muito além da conjunção carnal. Até aquele momento, no entanto, ela não sabia que ele sentia o mesmo... E se perguntou se ele teria tanto medo quanto ela de reconhecer o sentimento.

CAPÍTULO 11

Londres era tão diferente da serenidade de Hampshire que Lottie mal conseguia acreditar que estava no mesmo país. Era um mundo de imensa sofisticação e diversão infinita, com um contraste gritante entre pobreza e riqueza e becos dominados pelo crime escondidos atrás de ruas de mercados e lojas de sucesso. Havia a região além do portão de Temple Bar, chamada de "Cidade" e a zona oeste, conhecida como "vila", além de uma abundância de jardins, trilhas, teatros e lojas vendendo artigos de luxo com os quais ela jamais teria sonhado.

No início da segunda semana de casados, Nick pareceu achar graça em agradar Lottie, como se ela fosse uma criança que ele estava decidido a mimar. Ele a levou a uma confeitaria na Berkeley Square e comprou um sorvete feito com uma pasta de castanhas misturada com cerejas cristalizadas. Depois, seguiram para a Bond Street, onde ele lhe comprou diversas maquiagens e águas de colônia francesas, além de dúzias de pares de meias de seda bordadas. Lottie tentou impedi-lo de gastar uma fortuna em luvas e lenços brancos no armarinho e protestou com veemência contra um par de sapatos de seda cor-de-rosa com borlas douradas que custaram o equivalente a uma mensalidade da Maidstone's. Nick ignorou os protestos dela e continuou comprando tudo o que o agradava. Sua última parada foi a casa de chás, onde ele pediu meia dúzia de sabores em lindos bules, cada um com um nome intrigante como "pólvora", "congou" ou "souchong".

Imaginando a montanha de pacotes que seriam entregues na casa, em Betterton, mais tarde, Lottie implorou que ele parasse com aquilo.

– Não preciso de mais nada – afirmou ela. – E me recuso a botar o pé em qualquer outra loja. Não precisamos ser tão inconsequentes.

– Precisamos, sim – respondeu Nick, conduzindo-a à carruagem que os aguardava, tomada por pilhas de pacotes e caixas.

– Ah? Por quê?

Ele respondeu com um sorriso enlouquecedor. Certamente, ele não achava que estava comprando favores sexuais dela, visto que ela estava sendo mais do que aquiescente nesse sentido. Talvez Nick quisesse que ela se sentisse em dívida com ele? Mas por quê?

A vida com Nick Gentry acabou se mostrando bastante difícil de entender, consistindo em momentos de intimidade abrasadora intercalados com pequenos lembretes de que ainda eram completos estranhos na maioria dos sentidos. Ela não entendia por que Nick a deixava sozinha na cama todas as noites após fazer amor com ela, sem nunca se permitir adormecer ao seu lado. Depois de tudo o que já tinham compartilhado, dormir juntos parecia bastante inofensivo. Mas ele refutava os convites constrangidos dela para ficar, afirmando que preferia dormir sozinho e que ambos ficariam mais confortáveis daquela forma.

Lottie logo descobriu que alguns assuntos esgotavam o pavio de Nick como uma chama acesa perto da pólvora. Ela aprendeu a nunca perguntar a ele sobre qualquer coisa da infância e que qualquer referência aos dias em que ele ainda não era Nick certamente provocaria sua ira. Quando ele se zangava, não gritava nem arremessava coisas; calava-se num silêncio gélido, saía de casa e não retornava até muito tempo depois de ela ir dormir. Ela também aprendeu que Nick nunca se permitia ser vulnerável, em qualquer sentido. Sempre mantinha controle total sobre si mesmo e seu ambiente. Nick também considerava falta de virilidade que um homem chegasse ao ponto de se embriagar e Lottie não o tinha visto beber em excesso. Até mesmo o sono parecia ser um luxo do qual ele não gostava de usufruir com muita frequência, como se não pudesse se permitir relaxar no descanso desprotegido. Na verdade, segundo Sophia, Nick nunca permitia que qualquer problema físico o atrapalhasse; ele se recusava a ceder à dor ou à fraqueza.

– Por quê? – perguntara Lottie a Sophia no dia da prova de vestidos, sentindo-se perplexa. – Do que ele tem tanto medo a ponto de não se permitir ficar desprotegido nem por um instante?

Por um momento, a irmã mais velha de Nick ficou olhando para ela com uma ânsia óbvia por responder. Seus olhos azuis intensos estavam repletos de tristeza.

– Espero que um dia ele mesmo lhe conte – respondeu ela. – É um fardo e tanto para carregar sozinho. Tenho certeza de que ele tem medo da sua reação quando ficar sabendo.

– Ficar sabendo do quê? – insistiu Lottie.

Mas, para sua frustração, Sophia se recusou a responder.

Nick tinha um segredo imenso, horrível, e Lottie não conseguia imaginar o que poderia ser. Ela só podia supor que ele havia matado alguém, talvez em um acesso de fúria... Era a pior coisa que ela conseguia imaginar. Ela sabia que Nick tinha cometido crimes no passado, que tinha feito coisas que a deixariam horrorizada. Ele, porém, era tão defensivo e controlado que ela temia nunca conseguir conhecê-lo por completo.

De todas as outras formas, contudo, Nick era um marido surpreendentemente carinhoso e generoso. Ele a convencera a lhe contar todas as regras a que ela era sujeita no colégio e então começou a quebrar cada uma delas. Havia noites em que ele se empenhava em um ataque gentil à sua modéstia, despindo-a sob a luz da lamparina e fazendo-a observar enquanto ele a beijava dos pés à cabeça... E noites em que ele fazia amor com ela de jeitos exóticos que a envergonhavam e excitavam além do imaginável. Ele conseguia fazê-la arder de desejo com um único olhar, uma carícia breve, uma palavra suave sussurrada em seu ouvido. Lottie sentia dias inteiros passando em uma bruma de desejo sexual, por baixo de tudo o que fazia fervilhava sempre a consciência da presença de Nick.

Depois que as caixas de livros que ela encomendara chegaram, ela lia para Nick à noite, sentada na cama, com ele relaxado ao seu lado. Às vezes, enquanto ouvia, Nick puxava as pernas dela para seu colo e massageava seus pés, deslizando os polegares pelo peito de seu pé e brincando delicadamente com seus dedos. Sempre que Lottie parava a leitura, encontrava o olhar dele fixado nela. Parecia que Nick nunca se cansava de olhar para ela... Como se estivesse tentando desvendar algum mistério escondido em seus olhos.

Certa noite, ele a ensinou a jogar cartas, requisitando liberdades sexuais como penalidade toda vez que ela perdia. Acabaram no piso acarpetado em um redemoinho de pernas, braços e roupas, enquanto Lottie o acusava de trapacear. Ele apenas sorriu em resposta, enfiando a cabeça por debaixo de suas saias até a questão ser esquecida.

Nick era uma companhia empolgante. Um excelente contador de histórias, um dançarino soberbo, um amante talentoso. Era brincalhão sem ser infantil, sem nunca perder o ar experiente que indicava que havia visto e feito coisas suficientes para durarem várias vidas. Ele levou Lottie para conhecer Londres inteira com uma energia que a deixava esgotada, parecendo conhecer e ser conhecido por quase todos. Mais de uma vez, em algum baile ou festa particular ou até mesmo caminhando pelo parque, Lottie não pôde deixar de reparar na atenção que ele atraía. Nick era visto ou como um herói ou como um demônio, mas todos queriam ser vistos com ele de qualquer forma. Incontáveis homens vinham apertar sua mão e pedir sua opinião sobre diversos assuntos. As mulheres, por outro lado, estremeciam, riam e flertavam descaradamente com ele, mesmo na presença de Lottie. Ela teste-munhava essas situações com um descontentamento perplexo, percebendo que, no fim das contas, ela devia ser vista como a esposa ciumenta.

Por convite de alguns amigos, Nick e Lottie foram assistir a uma peça na Drury Lane, que encenava batalhas navais usando maquinários complexos e luzes para acrescentar um efeito eletrizante. Atores vestidos de marinheiros se lançavam de um lado para outro do "navio" em perfeita sincronia com as explosões do canhão; suas camisas eram manchadas de tinta vermelha para simular o sangue. Os resultados eram tão realistas que Lottie cobria as orelhas com as mãos e escondia o rosto no peito do Nick, ignorando os esforços risonhos dele para fazê-la assistir à encenação.

Talvez fosse a violência da apresentação ou os efeitos do vinho que ela tinha tomado durante o jantar, mas Lottie ficou apreensiva quando saíram do camarote no primeiro intervalo. O público se misturava no saguão, consumindo bebidas e conversando animadamente sobre as batalhas a que tinham acabado de assistir. Quando a atmosfera no salão lotado ficou aba-fada, Nick deixou Lottie na companhia de amigos para ir buscar um copo de limonada para ela. Lottie forçou um sorriso enquanto ouvia, sem prestar muita atenção, a conversa ao redor. Tinha se acostumado rapidamente com a presença acalentadora de Nick ao seu lado, pensou.

Era irônico. Mesmo depois de tantos anos ouvindo que pertencia a lorde Radnor, ela nunca fora capaz de aceitá-lo. E, no entanto, parecia natural pertencer a um estranho. Ela se lembrou do aviso de lorde Westcliff sobre Nick Gentry. "Não se pode confiar nele", dissera o conde. Mas ele estava errado. Independentemente do passado sombrio de Nick, ele era gentil e atencioso com ela e mais do que merecedor de sua confiança.

Enquanto Lottie lançava um olhar ao redor do salão, esperando encontrá--lo, sua atenção foi capturada por uma figura que estava a vários metros de distância.

Radnor. Uma chuva de agulhas geladas pareceu cair sobre ela. Todos os seus músculos congelaram... Ela estava paralisada pelo mesmo medo que sentira durante os dois anos em que fora caçada. O rosto dele estava oculto do olhar horrorizado dela, mas Lottie viu seus cabelos cor de grafite, a inclinação altiva de sua cabeça, os talhos negros de suas sobrancelhas. E, então, ele se virou em sua direção, como se tivesse sentido sua presença no salão lotado.

Imediatamente, o terror silencioso se transformou em perplexidade... Não, não era Radnor, apenas um homem parecido com ele. O cavalheiro acenou com a cabeça e sorriu para ela, como às vezes fazem os estranhos quando olhares se encontram por acaso. Ele se voltou para seus companheiros, enquanto Lottie olhava para as mãos cerradas, envoltas nas luvas rosa-claro, e tentava acalmar a palpitação. Os efeitos secundários do choque a atingiram... Uma leve náusea, o suor frio, um tremor que se recusava a cessar. *Como você é ridícula*, pensou consigo mesma, enojada com o fato de que o simples olhar de um homem parecido com Radnor pudesse ter provocado uma reação tão extrema

– Sra. Gentry – disse uma voz próxima.

Era a Sra. Howsham, uma mulher com a voz agradável e fala suave que Lottie tinha conhecido havia pouco tempo.

– Está se sentindo bem, querida? Parece um pouco estranha.

Ela olhou para a Sra. Howsham.

– Está um pouco claustrofóbico aqui – sussurrou ela. – E acho que apertei demais o espartilho esta noite.

– Ah, sim – disse a mulher, familiarizada com as queixas gerais sobre o espartilho. – Os perigos que sofremos em nome da moda...

Para alívio de Lottie, Nick apareceu com um copo de limonada na mão. Ao perceber que algo estava errado, colocou um braço nas costas dela.

– O que foi? – perguntou ele, observando o rosto pálido da esposa.

A Sra. Howsham se encarregou de responder:

– Espartilho apertado, Sr. Gentry... Sugiro que a leve para um lugar um pouco mais tranquilo. Uma lufada de ar fresco costuma ajudar.

Mantendo o braço em torno de Lottie, Nick a conduziu através do salão. O ar noturno a fez estremecer. Suas roupas encharcadas de suor estavam pegajosas. Com cuidado, Nick a levou até o abrigo de uma coluna maciça que bloqueava a luz e o barulho que vinham de dentro do edifício.

– Não foi nada – disse ela, envergonhada. – Nada mesmo. Eu me sinto uma tola por criar confusão sem motivo.

Lottie bebeu a limonada, sem parar até esvaziar o copo.

Nick curvou-se para colocar o copo vazio no chão e levantou-se para encarar Lottie mais uma vez. Sua expressão era tensa quando ele tirou um lenço do casaco e limpou o suor escorregadio das bochechas e da testa dela.

– Me diga o que aconteceu – pediu ele.

Lottie corou de vergonha.

– Pensei ter visto lorde Radnor lá dentro, mas era apenas um homem parecido com ele – disse ela, e suspirou. – Sou uma covarde completa, me desculpe.

– Radnor quase nunca sai em público – murmurou Nick. – É improvável que você o encontre em um evento como este.

– Eu sei – respondeu ela, com pesar. – Mas infelizmente não parei para pensar nisso na hora.

– Você não é covarde.

A preocupação transparecia em seus olhos azul-escuros... Uma preocupação sobrepondo alguma emoção mais intensa, mais misteriosa.

– Eu reagi como uma criança com medo do escuro.

Os dedos dele deslizaram sob o queixo dela, forçando-a a encará-lo.

– É possível que você encontre Radnor um dia – disse ele. – Mas eu estarei com você *quando* ou *se* isso acontecer, Lottie. Você não precisa mais ter medo dele, eu irei protegê-la.

Ela sentiu uma onda de admiração com a seriedade terna da expressão dele.

– Obrigada – respondeu ela, respirando fundo pela primeira vez desde que deixaram o salão.

Ainda observando seu rosto pálido e molhado, Nick balançou a cabeça com um leve franzir de sobrancelhas, como se a visão de sua angústia fosse dolorosa para ele. Parecendo incapaz de se conter, ele esticou os braços e a puxou para si, envolvendo-a para tentar confortá-la. Não havia nada de sexual no abraço, mas, de alguma forma, era mais íntimo do que qualquer coisa que já tinham feito juntos. Os braços dele eram fortes e possessivos, segurando-a com firmeza enquanto sua respiração tocava o pescoço dela em ondas quentes e úmidas.

– Quer ir para casa? – sussurrou ele.

Lottie assentiu enquanto sua solidão infinita se transformava em uma sensação de conforto inimaginável. Um lar... Um marido... Coisas que ela nunca se permitira desejar. Sem dúvida essa ilusão não poderia durar... De alguma forma, um dia, tudo isso seria tirado dela.

Mas, até que isso acontecesse, ela aproveitaria cada momento.

– Quero – respondeu ela, com a voz abafada contra o casaco dele. – Vamos para casa.

~

Emergindo aos poucos de um sono profundo, Lottie percebeu ruídos estranhos na casa. Pensando que os sons talvez fossem resquícios de um sonho, ela piscou e se sentou devagar na cama. Era madrugada e o quarto estava escuro como breu. Ela ouviu novamente... Um rosnado, uma frase embaralhada... Como se alguém estivesse no meio de uma discussão. Lembrando que Nick às vezes era atormentado por pesadelos, Lottie saltou da cama. Com cuidado, acendeu uma lamparina, colocou o vidro de volta e a levou consigo até o final do corredor.

As sombras fugiam de seu caminho à medida que se aproximava do quarto de hóspedes onde Nick dormia. Parando à porta fechada, ela bateu com cuidado. Não houve resposta. Após um instante, ela ouviu um grunhido violento lá dentro. Lottie girou a maçaneta e entrou no quarto.

– Nick?

Ele estava estirado sobre a cama, deitado de bruços, com o lençol torcido em torno dos quadris. Com a respiração acelerada, ele cerrou os punhos e murmurou incoerentemente; seu rosto sombrio brilhava de suor. Olhando para ele com preocupação, Lottie se perguntou que monstros invisíveis poderiam fazer com que seu corpo comprido se contorcesse com o que devia ser raiva reprimida, medo, ou ambos. Ela colocou a lamparina sobre a mesa de cabeceira e foi até ele.

– Nick, acorde, você está sonhando...

Aproximando-se dele, ela colocou a mão sobre a curva robusta de seu ombro.

– Nick...

De repente, Lottie foi atingida por uma explosão de violência. Um grito perplexo de susto escapou dela quando foi capturada e arremessada pela cama. Nick estava em cima dela em um instante, montando-a com suas coxas poderosas. Ao ouvir um rosnado assassino, Lottie olhou para a máscara rígida e sombria de seu rosto e viu uma mão enorme cerrar-se e preparar-se para o ataque.

– Não! – gritou ela, arfando, protegendo o rosto com os braços.

E, nesse momento, tudo congelou.

O golpe não veio. Então, mesmo trêmula, Lottie baixou os braços e ergueu os olhos. O rosto de Nick mudou. A máscara do pesadelo se desfazia, dando lugar à sanidade e à consciência. Ele baixou os braços e ficou encarando os punhos cerrados. Então seu olhar se voltou para a figura magra de Lottie, e a fúria e o terror em seus olhos fizeram com que ela se encolhesse.

– Eu poderia ter matado você! – rosnou ele, os dentes brancos brilhando como os de um animal. – O que está fazendo aqui? Não me toque quando estou dormindo, maldição!

– Eu não sabia, eu... Meu Deus, com o que você estava sonhando?

Ele rolou para longe dela em um movimento ágil e saiu da cama, ofegante.

– Nada. Absolutamente nada.

– Eu achei que você estivesse precisando de alguma coisa e...

– Eu só preciso que você fique longe de mim – ralhou ele.

Buscando as roupas descartadas em uma cadeira, ele colocou as calças.

Lottie sentiu como se tivesse levado um tapa. Ela odiava que as palavras dele tivessem o poder de machucá-la. Mais que isso: ela estava angustiada por ele, desejando que ele não tivesse que suportar esse tormento sozinho.

– Saia daqui – ordenou ele, enfiando a camisa e o casaco, sem se incomodar com colete ou gravata.

– Você vai sair? – perguntou Lottie. – Não há necessidade. Vou voltar para a cama e...

– Sim, estou indo embora.

– Aonde você vai?

Ele não lançou nem um olhar sequer na direção dela enquanto pegava as meias e os sapatos.

– Não sei. E não pergunte quando vou voltar, porque também não sei.

– Mas por quê? – perguntou ela, dando um passo hesitante na direção a ele. – Nick, por favor, fique e me conte...

Ele lhe lançou um olhar de alerta. Seus olhos brilhavam com a ferocidade de um animal ferido.

– Eu já disse para sair.

Sentindo o sangue se esvair de seu rosto, Lottie assentiu com a cabeça e foi até a porta. Parando, ela falou, sem olhar para trás:

– Me desculpe.

Ele não respondeu.

Lottie mordeu os lábios, se repreendendo enquanto sentia as lágrimas despontando no canto dos olhos. Ela se retirou para seu quarto com os cacos de sua dignidade.

~

Nick não retornou no dia seguinte. Ansiosa e desconcertada, Lottie tentou encontrar maneiras de se ocupar. No entanto, nenhuma distração foi suficiente para impedi-la de se preocupar. Ela fez uma longa caminhada na companhia de um lacaio, bordou, leu e ajudou a Sra. Trench a fazer velas de sebo.

A governanta e os criados foram respeitosos com Lottie. Como era de se esperar, ninguém comentou nada sobre a noite, embora todos estivessem cientes de que alguma coisa havia acontecido. Os criados sabiam de tudo, mas nenhum admitia conhecer detalhes íntimos da vida de seu patrão.

Perguntando-se para onde o marido teria ido, Lottie temia que talvez ele tivesse feito algo imprudente. Consolava-se ao lembrar que Nick era muito bom em cuidar de si mesmo, mas isso não aliviava sua angústia. Ele ficara muito chateado e ela suspeitava que a raiva dele tivesse surgido do medo de que pudesse tê-la machucado.

Por outro lado, ele era seu marido e ela merecia mais do que ser abandonada sem explicação. O dia foi implacavelmente longo, e Lottie ficou aliviada quando a noite enfim chegou. Depois de jantar sozinha, ela tomou um longo banho, colocou uma camisola branca limpa e leu jornais até se sentir sonolenta. Exausta pelo redemoinho infinito de pensamentos e pelo tédio das últimas horas, mergulhou em um sono profundo.

Muito antes de amanhecer, foi despertada da densa névoa do sono pela percepção de que o peso das cobertas havia sido removido de cima dela. Quando se moveu, notou a figura sólida que fez o colchão afundar de leve atrás dela. "Nick", pensou em alívio sonolento, bocejando enquanto se virava para ele. O quarto estava tão escuro que ela não conseguia distingui-lo. O calor familiar de suas mãos a pressionou de volta na cama, uma palma grande contra o centro de seu peito... E, então, ele segurou os pulsos dela acima de sua cabeça.

Lottie murmurou, surpresa, despertando por completo enquanto o sentia trabalhar em torno de cada pulso. Antes que ela entendesse o que estava acontecendo, as fitas tinham sido amarradas à cabeceira, prendendo-a, toda esticada, sob ele. Perplexa, Lottie prendeu a respiração. Nick se moveu sobre ela, agachado como um gato, respirando em ofegos bruscos. Ele tocou o corpo dela sobre o algodão da camisola, escorregando os dedos sob a curva do seio, de sua cintura, a protuberância do quadril e da coxa. Sua boca buscou o seio dela, molhando a camisola, sugando o mamilo cada vez mais rijo. Ele estava nu; o cheiro e o calor da pele masculina quente a envolveram.

Atordoada, Lottie percebeu que ele queria possuí-la daquele jeito, com as mãos presas acima da cabeça, e a ideia a assustou. Ela não gostava de ser contida de forma alguma. Mas, ao mesmo tempo, conseguia entender o que ele queria... Sua impotência, sua absoluta confiança... A consciência de que ele poderia fazer tudo o que quisesse com ela, sem restrições. Ele massageou o mamilo inflamado com a língua, excitando o bico entumecido com lambidas longas e demoradas e sugando com força por cima do algodão molhado até fazê-la arfar. Lottie se contorceu em um apelo mudo para que ele lhe tirasse a camisola, mas ele só deslizou mais para baixo no corpo dela, apoiando os braços musculosos nas laterais de seu corpo.

Fechando o polegar e o indicador em uma das amarras dos laços que lhe prendiam os pulsos, Lottie descobriu que Nick usara suas meias de seda. A leve tensão em seus braços parecia intensificar sua resposta a ele; a sensação percorria seu corpo em descargas elétricas.

Ele pressionou a boca em sua barriga, a respiração queimando através do tecido delicado da camisola. Ele mordiscou seu corpo; suas carícias eram lentas, ao passo que o ritmo de sua respiração deixava transparecer a excitação. Ele abriu as pernas dela com as mãos e acomodou o rosto entre elas. Lottie se curvou na direção dele, abrindo e fechando os dedos das mãos, afundando os calcanhares com força no colchão. Ele brincou com ela sem pressa; depois, subiu outra vez para encontrar seus seios, beijando-a e acariciando-a através da camisola úmida até ela pensar que enlouqueceria se ele não a tirasse. Cada centímetro de sua pele estava quente e sensível; o tecido fino parecia irritá-la.

– Nick – disse ela. – Tira a minha camisola, por favor... Por favor...

Ele a silenciou colocando dois dedos em seus lábios. Quando Lottie se aquietou, o polegar dele contornou a curva da bochecha em uma carícia sussurrante e suave. Esticando-se para alcançar a bainha da camisola, ele a

189

puxou para cima, e Lottie soluçou de gratidão. Suas pernas se retorceram ao serem expostas ao ar frio e seus pulsos puxaram as amarras de seda quando ela se moveu para tentar ajudá-lo. Ele ergueu o tecido até a altura dos seios, tocando os mamilos rijos.

A mão de Nick deslizou pelo ventre de Lottie, viajando até a tenra carne entre suas coxas. A ponta de seu dedo acariciou os pelos, encontrando a umidade acumulada ali e esfregando-a na pele delicada e ardente. As pernas dela se abriram, seu corpo palpitando de antecipação. Ela soltou um soluço suplicante quando ele afastou a mão. A ponta do dedo médio dele contornou a borda sensível de seu lábio superior. O dedo de Nick estava umedecido com o elixir do corpo dela e a fragrância se transferia para onde quer que ele tocasse. De repente, Lottie estava tomada pelo cheiro da própria excitação que preenchia seus pulmões a cada respiração.

Lentamente, Nick a virou de lado, passando a mão pelos braços dela para verificar se estavam bem presos. Então se acomodou atrás dela, acariciando sua nuca com a boca. Lottie se curvou para trás e suas nádegas pressionaram o membro enrijecido dele. Ela queria tocá-lo, virar-se e acariciar os pelos grossos de seu peito e então agarrar a solidez rija de seu sexo e escorregar os dedos pela pele sedosa. Mas a posição tornava impossível o movimento e sua única escolha foi esperar pelo prazer dele.

Ele enfiou um braço por baixo de uma das pernas dela, levantando-a de leve, e ela sentiu a ponta inchada do sexo dele penetrá-la. Ele se insinuou em sua abertura, provocando-a, restringindo a posse completa pela qual ela ansiava. Lottie tremia, suplicando com arquejos mudos enquanto ele beijava sua nuca. Com a cabeça do membro alojada bem na sua entrada, a mão dele passeava por seu corpo... Um leve puxão em seu mamilo, uma carícia circular em seu umbigo. Aos poucos, as carícias foram ganhando intensidade e ele mergulhou os dedos entre os cabelos dela.

Suando e gemendo, Lottie se contorceu com a carícia. Sentiu o membro dele deslizar para dentro dela, preenchendo-a completamente, e gritou, estremecendo de prazer.

Nick esperou até ela se aquietar, então começou a se movimentar de forma estável e calculada, inundando-a de prazer. Ela respirava em suspiros boquiabertos. Seus pulsos puxavam com força as amarras de seda enquanto ela voltava a gozar com um gemido longo e trêmulo. Nick investiu com mais força, encostando os quadris nos dela com arremetidas deliciosas;

sua respiração sibilava por entre seus dentes cerrados. A cama estremecia. Lottie se sentiu ao mesmo tempo vulnerável e forte, possuindo-o com tanta certeza quanto ele, com o coração batendo forte sob a mão dele, a carne ao redor da dele. Ele gozou dentro dela; o membro se contraía e pulsava e seus lábios se entreabriram enquanto ele arfava no pescoço dela.

Durante muito tempo, ela ficou deitada encostada no corpo grande e rijo dele, soltando um gemido suave quando ele libertou seus pulsos. Ele os esfregou, e então sua mão desceu para tocar o sexo úmido dela. A respiração dele desacelerou e, ao pensar que ele estava prestes a dormir ao seu lado, Lottie estremeceu de ansiedade. De repente, nada era mais desejável no mundo do que tê-lo em sua cama por uma noite inteira. Mas enfim Nick se levantou, inclinando-se para beijar o seio dela, girando a língua ao redor do bico sensível.

Quando ele deixou a cama, Lottie mordeu o lábio para não lhe pedir para ficar, sabendo que ele diria não, como sempre. A porta se fechou, deixando-a só. E, embora seu corpo estivesse saciado e cansado e sua carne formigasse, ela sentiu as lágrimas se acumularem atrás de suas pálpebras. Lottie se sentiu triste, mas não por ela mesma, e sim por ele. E também sentiu uma ânsia, uma necessidade perigosa de confortá-lo. Sentiu, por fim, uma profunda ternura por um homem que mal conhecia. Um homem que precisava ser resgatado muito mais do que ela um dia precisou.

~

Na manhã seguinte, receberam um pacote enviado por sir Ross, contendo um calhamaço de documentos com selos elaborados e um convite para um baile a ser realizado dali a uma semana. Ao entrar na sala de refeições, Lottie avistou Nick sentado sozinho à mesa, com o café da manhã pela metade diante de si. Ergueu o olhar da grossa folha do pergaminho que segurava e os olhos escureceram quando ele a viu. Ele se levantou, encarando-a sem piscar.

Lottie sentiu o rosto ficar vermelho. Nas manhãs após uma noite apaixonada, Nick em geral a provocava, ou sorria ao fazer algum comentário banal para aliviar o desconforto. Naquele dia, porém, seu rosto estava tenso e seus olhos desolados. Algo havia mudado entre eles. A naturalidade de suas interações anteriores tinha desaparecido.

Constrangida, ela apontou para o papel na mão dele.

– Chegou?

Não havia necessidade de esclarecer do que se tratava.

Nick confirmou, voltando os olhos para o mandado.

Esforçando-se para agir naturalmente, Lottie foi até o aparador e se serviu. Nick a ajudou a sentar na cadeira ao lado dele e voltou ao seu lugar. Ele observava os restos de seu café da manhã com uma concentração incomum enquanto uma criada preparava uma xícara de chá fumegante para Lottie.

Ambos ficaram em silêncio até a criada deixar a sala.

– O baile será no próximo sábado – informou Nick, sem olhar para ela. – Você terá um vestido apropriado até lá?

– Sim. Já fiz a prova de um vestido de baile, faltam só alguns ajustes.

– Ótimo.

– Você está zangado? – perguntou Lottie.

Ele pegou a faca e ficou olhando para ela com uma expressão mal-humorada, raspando a ponta da lâmina na ponta calosa de seu polegar.

– Estou começando a me sentir estranhamente resignado com a situação. Agora a notícia está se espalhando pela Coroa e pela chancelaria. Tudo está se desenrolando e a esta altura já não há nada que possa ser feito para impedir. Sir Ross vai nos apresentar no baile como lorde e lady Sydney... E a partir daí, Nick Gentry estará morto.

Lottie olhou para ele, perplexa com sua estranha escolha de palavras.

– Você quer dizer que o nome não será mais usado – ponderou ela. – Você, como lorde Sydney, estará muito vivo. Devo começar a chamá-lo de John em particular?

Uma careta marcou sua expressão e ele largou a faca.

– Não. Eu serei Sydney para o resto do mundo, mas na minha casa vou responder pelo nome que *eu* escolher.

– Está bem... Nick.

Lottie colocou um torrão generoso de açúcar em seu chá e bebericou o líquido quente e doce.

– Esse nome tem lhe servido bem há muitos anos, não é mesmo? Ouso dizer você conferiu a ele muito mais fama do que o Gentry original poderia ter feito.

O comentário casual arrancou um olhar peculiar dele, de alguma forma repreensivo e suplicante ao mesmo tempo. Uma constatação repentina passou-lhe pela cabeça: o verdadeiro Nick Gentry, o menino que tinha

morrido de cólera a bordo do navio, jazia no coração do segredo que ator-
mentava o marido. Lottie fixou um olhar despreocupado na xícara de chá,
esforçando-se para manter o tom casual, quando perguntou:

– Como ele era? Você ainda não me contou.

– Órfão. A mãe tinha sido enforcada por roubo e ele morou nas ruas
durante a maior parte da vida. Começou com pequenos furtos e acabou
comandando sua própria gangue de dez pessoas. Roubava comida para sobreviver. Mas Gentry aprendeu rápido e se tornou um ladrão proficiente. Até
que um dia foi pego roubando uma casa e condenado ao cárcere no navio.

– Que foi quando vocês ficaram amigos – disse Lottie.

A expressão de Nick tornou-se distante enquanto lembranças há muito
enterradas o levavam de volta ao passado.

– Ele era forte, sagaz... Com instintos afiados pelos anos vividos nas ruas.
Ele me ensinou táticas para me manter vivo no navio... Às vezes ele me
protegia dos...

– Do quê? – sussurrou Lottie. – Dos guardas?

Nick se sacudiu e piscou para recobrar o foco, saindo do transe. Olhou
de relance para a própria mão e notou que segurava o cabo da faca com
muita força. Cuidadosamente, recolocou o objeto brilhante sobre a mesa e
empurrou a cadeira para trás.

– Preciso sair – informou ele, com a voz despida de qualquer nuance. –
Espero vê-la no jantar.

Lottie respondeu com o mesmo tom neutro.

– Está bem. Tenha um bom dia.

~

Durante a semana que se seguiu, os dias e as noites foram vertiginosos em
seu contraste. As horas do dia eram ocupadas por recados e breves assuntos
de ordem prática. Lottie nunca tinha certeza de quando veria Nick, porque
ele ia e vinha a seu bel-prazer. No jantar, discutiam reuniões que ele tivera
com parceiros de investimento e banqueiros ou as visitas eventuais à Bow
Street, visto que sir Grant ocasionalmente o consultava sobre assuntos refe-
rentes a casos passados. Durante o dia, as interações de Lottie com Nick eram
cordiais; a conversa, agradável e, ao mesmo tempo, um pouco impessoal.

As noites, no entanto, eram uma história bem diferente. Nick fazia amor com ela com uma intensidade quase desesperada. Ele fazia coisas que a chocavam, sem deixar parte alguma de seu corpo intocada em sua paixão. Em alguns momentos, ele agia de modo urgente e primitivo; em outros, lânguido e lento, e ambos relutavam em terminar o ato. Havia, também, situações inesperadas de humor, quando Nick brincava com ela, provocava-a e a persuadia a experimentar posições tão indignas que ela se dissolvia em risadinhas mortificadas.

No entanto, apesar do prazer noturno, a cada dia se aproximavam mais do anúncio de sir Ross que mudaria o curso de suas vidas. Lottie sabia que Nick estava com medo do baile e que os meses seguintes seriam bastante difíceis, com ele tentando se ajustar às novas circunstâncias. Ela tinha certeza, contudo, de que poderia ajudá-lo de alguma forma. Quando aceitou se casar com Nick, Lottie jamais suspeitava que ele pudesse precisar da ajuda dela de alguma forma, nem tinha pensado que pudesse sentir qualquer satisfação em fazê-lo. Mas, ainda assim, ela se sentia como um braço direito, uma parceira... E, às vezes, por apenas alguns instantes, como uma esposa.

~

Quando a noite do baile enfim chegou, Lottie estava grata por ter aceitado os conselhos de Sophia na modista. Sua cunhada a ajudara a escolher estilos joviais, mas em cores suaves, que a enalteciam. O vestido que Lottie tinha decidido usar naquela noite era de cetim azul-claro sobreposto com tule branco, com um decote ousado que deixava à mostra parte de seus ombros. Lottie estava parada no meio do quarto enquanto a Sra. Trench e Harriet passavam o vestido fluido por sua cabeça e a ajudavam a passar os braços pelas mangas bufantes de cetim engomado. Era um vestido tão lindo quanto – não, era mais bonito do que – qualquer outro que ela havia visto nas festas de Hampshire. Pensando no baile a que estava prestes a ir e na reação de Nick quando a visse, Lottie estava quase zonza de entusiasmo.

E estava distraída assim, sem dúvida, também pelo fato de que seu espartilho estava muito apertado. Contorcendo-se em meio ao confinamento de barbatanas e fitas, Lottie olhou para o espelho enquanto as criadas ajustavam o vestido de baile. A camada superior de tule transparente era bordada com pequenas rosas de seda branca. Sapatos de cetim brancos, luvas longas e um lenço de gaze bordado davam o toque final, fazendo Lottie se sentir como uma princesa. A única falha era seu cabelo muito liso, que se recusava a segurar os cachos, por mais quente que as criadas deixassem o cacheador. Depois de várias tentativas infrutíferas de criar uma auréola de cachos, Lottie optou por uma simples trança enrolada no topo da cabeça, rodeada por rosas brancas.

Quando Harriet e a Sra. Trench se afastaram para avaliar o resultado final, Lottie riu e deu um giro rápido, fazendo as saias azuis rodopiarem por debaixo do tule esvoaçante.

– A senhora está linda, milady – comentou a Sra. Trench com uma satisfação óbvia.

Parando no meio do giro, Lottie olhou para ela com um sorriso surpreso. Como Nick não tinha feito qualquer tipo de anúncio aos criados sobre a recuperação do nome e do título da família, coubera a Lottie contar a elas sobre a origem nobre do patrão. Depois que o espanto inicial passou, os criados pareceram mais do que satisfeitos com a virada dos acontecimentos. Tornando-se criados de um aristocrata, sua própria situação no mundo era melhorada.

– Obrigada, Sra. Trench – respondeu Lottie. – Como sempre, a senhora foi inestimável esta noite. Não poderíamos viver sem a senhora, sobretudo nos dias que virão.

– Obrigada, milady.

A governanta estampava uma expressão de franca expectativa. Como haviam discutido previamente, um novo lar teria de ser estabelecido em Worcestershire, com pelo menos trinta criados para começar. A Sra. Trench seria, em grande parte, responsável pela seleção e pela contratação do novo pessoal.

Lottie saiu do quarto, o vestido esvoaçando com seus movimentos. Enquanto descia a grande escadaria, avistou Nick esperando no saguão de entrada, tenso como uma pantera prestes a atacar. Estava trajado à perfeição para a formalidade do evento, com um casaco escuro, colete prateado e gravata de seda preta. Com os cabelos castanho-escuros escovados e o rosto brilhando em virtude da barba feita, ele era a imagem da virilidade e da elegância. Ele virou o rosto para ela e, de repente, a impaciência estampada nos olhos semicerrados foi substituída por uma expressão de fascínio.

Lottie sentiu uma euforia ao perceber a expressão nos olhos dele. Ela demorou deliberadamente para descer as escadas.

– Pareço uma viscondessa? – perguntou ela.

Os lábios dele deram um sorriso torto.

– Não conheço nenhuma viscondessa que se pareça com você, Lottie.

Ela sorriu.

– Isso é um elogio?

– Ah, sim. Na verdade...

Nick pegou sua mão e a ajudou a descer o último degrau. Ele fixou o olhar no dela, apertando seus dedos, e respondeu a pergunta dela com uma gravidade que a atordoou.

– Você é a mulher mais linda do mundo – afirmou ele.

– Do mundo? – repetiu ela com uma risada.

– Quando digo que você é linda – murmurou ele –, eu me recuso a qualificar essa afirmação de qualquer maneira. Exceto para acrescentar que a única forma de você ser mais bela ainda é estar nua.

Ela riu da audácia.

– Receio que você tenha que se conformar com o fato de que ficarei totalmente vestida esta noite.

– Até terminar o baile – retrucou ele.

Ele puxou os dedos da luva esquerda dela, afrouxando-os um a um.

– O que está fazendo? – perguntou Lottie, sem fôlego.

Os olhos azuis dele a encararam.

– Tirando sua luva.

– Para quê?

– Para admirar sua mão

Ele colocou a luva sobre o corrimão da escada e levou os dedos finos de Lottie até sua boca. Ela observou enquanto ele beijava um por um; seus lábios eram quentes na pele dela. Quando ele terminou com um beijo suave no centro da palma, todo o braço dela estava formigando. Abaixando a mão da esposa, Nick analisou seus dedos.

– Falta algo... – disse ele, e colocou a mão no bolso, pedindo: – Feche os olhos.

Lottie obedeceu com um leve sorriso. Então sentiu algo gelado e pesado deslizar sobre seu anelar, encaixando-se confortavelmente na base. Percebendo o que era, ela abriu os olhos e prendeu a respiração.

A aliança tinha uma enorme safira em forma de cúpula, de um azul que quase se aproximava da escuridão intensa e cintilante dos olhos do próprio

Nick. A gema fora instalada em um aro de ouro, com um contorno de diamantes menores ao seu redor. O que tornava a safira tão notável, no entanto, era o brilho que dançava na superfície lisa da pedra, parecendo deslizar sobre ela com a luz. Maravilhada, Lottie olhou para Nick.

– Você gostou? – perguntou ele.

As palavras lhe escaparam. Ela apertou a mão dele; sua boca se abriu e fechou algumas vezes antes de ela conseguir falar.

– Nunca vi uma coisa tão linda. Eu não esperava nada assim. Que generoso da sua parte, Nick...

Impulsivamente, ela jogou seus braços ao redor do pescoço dele e beijou sua bochecha. Os braços de Nick se fecharam em torno dela. Ela sentiu a respiração quente dele na lateral de seu pescoço, enquanto acariciava suas costas cobertas pela renda.

– Você não sabe que eu lhe daria qualquer coisa que você quisesse? – perguntou ele. – Qualquer coisa.

Com medo de deixá-lo ver sua expressão, Lottie permaneceu colada a ele, com o rosto virado. Ele tinha falado sem pensar. Ou isso ou as palavras não revelavam o que ela pensava que revelavam. Nick enrijeceu, como se tivesse percebido o que acabara de dizer, e deu um passo atrás. Arriscando olhar para ele, Lottie percebeu a indiferença calculada de sua expressão e permaneceu em silêncio, dando a ele o controle da situação.

Nick balançou a cabeça enquanto recobrava o autocontrole. Quando voltou o olhar para o rosto dela, seus olhos brilhavam, caçoando de si mesmo.

– Devemos partir, lady Sydney?

– Sim, Nick – sussurrou ela, aceitando o braço ofertado.

Sir Ross tinha convencido um amigo da alta sociedade, o duque de Newcastle, a organizar o baile no qual o há muito desaparecido lorde Sydney seria apresentado. O duque e a duquesa eram um casal distinto e muito respeitado, casados há quarenta anos. Sua reputação irrepreensível seria bastante útil naquela situação para um homem tão infame como Nick, que sem dúvida precisaria de apoiadores que estivessem acima de qualquer reprovação.

A propriedade londrina do duque contava com uma casa que costumava ser educadamente tratada como "importante", uma construção tão imensa que os visitantes muitas vezes se perdiam no caminho de um cômodo para outro. Havia inúmeros salões, salas de refeição, uma biblioteca, refeitório e um salão de caça, além de salas de estudo, fumo e música. O piso da sala de visitas parecia conter vários hectares de um belo parquê polido, refletindo a luz de meia dúzia de candelabros celestiais dependurados no teto do pé direito duplo. Ladeado por varandas em cima e embaixo, o salão continha diversos cantos privativos, perfeitos para mexericos e intrigas.

O baile contou com a presença de pelo menos quinhentos convidados, muitos deles escolhidos por seu status social relevante. Como Sophia comentara com Nick, os convites para aquele evento em particular tinham se tornado tamanho indício de prestígio que ninguém ousaria não comparecer, temendo que a sociedade achasse que a pessoa não tinha sido convidada.

Nick assumiu a adequada expressão de agradecimento ao ser apresentado ao duque e à duquesa, que haviam conhecido seus pais.

– Você tem uma semelhança marcante com seu falecido pai – observou a duquesa enquanto Nick se inclinava sobre sua mão encoberta pela luva.

Ela era uma mulher pequena e elegante; a cabeça grisalha estava enfeitada por uma tiara de diamantes; o pescoço, adornado por cordões de pérolas tão maciças que ameaçavam o equilíbrio de sua frágil figura.

– Ainda que eu não tivesse sido informada de sua ascendência – continuou a duquesa –, saberia só de olhar para você. Esses olhos... Sim, você é realmente um Sydney. Que tragédia imensa deve ter sido perder ambos os pais de uma só vez. Um acidente de barco, não foi?

– Sim, Vossa Graça.

Pelo que haviam dito a Nick, sua mãe tinha se afogado quando uma embarcação virou durante uma festa a bordo. Seu pai havia morrido tentando salvá-la.

– Uma grande tragédia – lamentou a duquesa. – E um casal tão apaixonado, se bem me lembro. Mas, talvez, sob essa perspectiva, tenha sido uma bênção, para eles, terem sido levados juntos.

– De fato – concordou Nick com brandura, ocultando uma faísca de irritação.

Nos dias logo após a morte de seus pais, várias pessoas haviam expressado o mesmo sentimento. Como o destino tinha sido bondoso nesse sentido, permitindo que morressem juntos. Infelizmente, nenhuma das crianças Sydney compartilhava dessa visão romântica, desejando, em vez disso, que pelo menos um dos dois tivesse sobrevivido. O olhar de Nick voltou-se à irmã, que estava por perto com sir Ross.

Ao ouvir o comentário da duquesa, os olhos de Sophia se estreitaram e ela trocou um sorriso sutil e pesaroso com Nick.

– Vossa Graça – murmurou Lottie, suavizando o momento –, é muito gentil de sua parte estender sua hospitalidade a nós. Lorde Sydney e eu sempre nos lembraremos de sua generosidade nesta ocasião especial.

Sentindo-se lisonjeada, a duquesa dedicou-se a conversar com Lottie por um tempo, enquanto o duque oferecia a Nick um sorriso de felicitações.

– Uma escolha excepcional de esposa, Sydney – observou o homem. – Comedida, autêntica e muito bonita. Você é bastante afortunado.

Ninguém teria discordado disso, muito menos Nick. Lottie fora uma revelação naquela noite. Seu vestido era elegante, mas não sofisticado demais; seu sorriso era fácil; sua postura era tão majestosa quanto a de uma jovem rainha. Nem a grandiosidade de seu entorno nem as centenas de olhares curiosos pareciam perturbar sua compostura. Ela estava tão refinada e bela que ninguém suspeitava da camada de aço sob seu exterior. Ninguém jamais suporia que ela era o tipo de jovem que desafiara os pais e vivera dois anos por conta própria... O tipo de mulher que conseguia se impor diante de um detetive impiedoso da Bow Street.

Enquanto o duque continuava a recepcionar os convidados, a duquesa seguia conversando com Lottie, muito imersa no que diziam.

Sophia se aproximou de Nick, usando o leque para mascarar o movimento de seus lábios enquanto murmurava para ele:

– Eu avisei.

Nick deu um sorriso torto, lembrando-se da afirmação de sua irmã de que Lottie seria um grande trunfo para ele.

– Essas são, sem dúvida, as duas palavras mais irritantes que existem em nosso idioma, Sophia.

– Ela é uma moça adorável e boa demais para você – observou Sophia, com os olhos risonhos.

– Nunca disse o contrário.

– E ela parece gostar muito de você – continuou Sophia. – Então, se eu fosse você, não abusaria da sorte.

– Gostar de mim... – repetiu Nick, consciente de uma aceleração súbita em sua pulsação. – Por que você diz isso?

– Bem, no outro dia ela...

Sophia parou ao avistar um casal recém-chegado.

– Ah, lá está lorde Farrington! Desculpe, querido, mas, como lady Farrington esteve adoentada neste último mês, preciso ir até ele perguntar sobre a saúde dela.

– Espere – ordenou Nick. – Termine o que você ia dizer!

Mas Sophia já tinha se afastado com sir Ross a reboque, deixando Nick fervendo de frustração.

Quando Lottie foi liberada das atenções da duquesa, ela pegou o braço de Nick e o acompanhou enquanto socializavam com vários grupos. Ela era ótima com a frivolidade das conversas sociais, falando amigavelmente sem se deixar arrastar para discussões longas, movendo-se com graça entre os convidados e lembrando-se de pessoas que tinham conhecido em outras ocasiões. Ficou claro que se Nick desejasse deixá-la sozinha para se juntar a seus amigos na sala de fumo e bilhar, Lottie ficaria à vontade. No entanto, como Nick percebeu o número de olhares cobiçosos que seguiam cada movimento de sua esposa, permaneceu junto a ela, repousando ocasionalmente a mão em sua lombar, em um gesto de posse que foi bem compreendido por todos os homens que o viram.

Uma melodia preencheu o ar, entoada por uma orquestra ocultada por uma verdadeira floresta de vasos de plantas em uma das varandas superiores. À medida que atravessavam o salão de baile lotado, Lottie flertou com Nick, colocando a mão sobre seu peito em breves toques provocantes, erguendo-se para sussurrar em seu ouvido até seus lábios roçarem a pele. Já um tanto excitado e fascinado, Nick inspirou o perfume das rosas brancas dos cabelos dela e aproximou-se da esposa o suficiente para ver o leve pó perfumado que havia se acumulado no vale delicado entre seus seios.

De repente, a atenção de Lottie foi capturada por um pequeno grupo de mulheres, duas das quais olhavam para ela com um entusiasmo óbvio.

– Nick, estou vendo algumas amigas que não encontro desde que estava na Maidstone's. Preciso falar com elas. Por que você não se junta a seus amigos? Você certamente não quer nos ouvir fofocar sobre nossos tempos de escola.

Nick ficou descontente com o claro desejo da esposa de se ver livre dele.

– Tudo bem – respondeu. – Vou ao salão de bilhar.

Lottie lançou a ele um olhar provocador.

– Promete que virá me encontrar para a primeira valsa?

Percebendo que estava sendo manipulado, Nick resmungou e observou

Lottie caminhar na direção do grupo de mulheres que a esperava. Para seu espanto, ficou sentado ali, o retrato da própria desolação. Ele estava tão cativado por aquela mulher que mal conseguia pensar direito. Ele, que sempre fora tão seguro de si, corria o risco de ser dominado pela própria esposa.

Enquanto refletia sobre a descoberta alarmante, Nick ouviu a voz grave de seu cunhado.

– Acontece com os melhores de nós, Sydney.

Nick virou-se para encarar sir Ross. Estranhamente, ele parecia entender o que Nick estava sentindo. Seus olhos cinzentos brilhavam de divertimento enquanto ele continuava em um tom bastante empático:

– Não importa quão forte seja nossa determinação, acabamos sempre reféns de uma mulher só. E vejo que você foi pego, meu amigo. É bom que se conforme.

Nick não se preocupou em tentar negar.

– Eu pretendia ser muito mais esperto do que você – murmurou ele.

Sir Ross sorriu.

– Prefiro pensar que inteligência não tem qualquer relação com isso. Porque, se o intelecto de um homem é medido por sua capacidade de permanecer intocado pelo amor, eu seria o maior idiota do mundo.

A palavra "amor" fez Nick piscar.

– O que é preciso para fazê-lo calar a boca, Cannon?

– Uma taça de Cossart-Gordon, safra 1805, provavelmente bastaria – foi a resposta amigável. – E, se não estou enganado, eles acabaram de levar uma caixa para o salão de bilhar.

– Vamos, então – disse Nick, e os dois deixaram o salão de baile juntos.

$\sim$

– Lottie Howard!

Duas jovens se aproximaram e todas se cumprimentaram com apertos firmes, compartilhando sorrisos de alegria mal reprimidos. Não fosse pelo treinamento rigoroso da Maidstone's, as três teriam soltado gritinhos nada refinados.

– Samantha – cumprimentou Lottie, olhando para a morena alta e atraente que sempre foi como uma espécie de irmã mais velha para ela. – E Arabella!

Arabella Markenfield parecia a mesma da época de escola: bonita e um pouco roliça, com cachos ruivos que se espalhavam perfeitamente por sua testa de porcelana.

– Agora sou lady Lexington. Consegui fisgar um conde, com uma bela e sólida fortuna – informou Samantha, cheia de orgulho, colocando um braço em torno da cintura de Lottie e girando seu corpo. – Ele está bem ali, perto das portas do conservatório. O alto, meio careca. Está vendo?

Lottie confirmou com a cabeça quando avistou um senhor de aparência austera que parecia estar na casa dos 40 anos, com olhos grandes que pareciam ligeiramente desproporcionais em relação a seu rosto longo e estreito.

– Parece ser um cavalheiro muito agradável – observou Lottie.

– Muito cortês de sua parte, querida – disse Samantha, rindo. – Sou a primeira a admitir que o conde não tem a melhor das aparências, além de nenhum senso de humor. No entanto, homens com senso de humor tendem a ser irritantes. E ele é um cavalheiro impecável.

– Fico muito feliz.

Lottie respondeu com sinceridade, lembrando das conversas que tivera com Samantha, que acreditava que um casamento como aquele era o que ela mais desejava.

– E você, Arabella?

– Entrei para a família Seaforth no ano passado – confidenciou Arabella com uma risada. – Você já ouviu falar deles, tenho certeza... Você se lembra, uma das filhas estava uma classe à nossa frente...

– Ah, me lembro sim – confirmou Lottie, lembrando que os Seaforth eram uma família sem título, mas com uma quantidade considerável de terras agrícolas abastadas. – Não diga que você se casou com o irmão dela, o Harry?

Os cachos da garota dançaram em sua testa enquanto ela continuava, animada:

– Exatamente! Harry é muito bonito, embora tenha ficado tão rechonchudo quanto um hipopótamo depois que casamos. Mas ele continua encantador como sempre. É claro que nunca terei um título, mas há compensações. Minha própria carruagem, uma aia francesa, em vez de uma dessas londrinas que de vez em quando soltam um "si-vu-plê" ou "bon-jur"!

Ela riu da própria sagacidade e recobrou-se o suficiente para analisar Lottie com olhos redondos e curiosos.

– E você, Lottie querida? É verdade que agora é lady Sydney?

– Sim.

Lottie olhou na direção do marido, que estava saindo do salão de baile na companhia de sir Ross. As pernas longas de ambos marchavam no mesmo ritmo. Ela sentiu um orgulho inesperado ao vê-lo, tão viril e gracioso, sua aparência bela e ousada sendo exibida da melhor forma possível no elegante traje de baile.

– Bonito como o diabo – comentou Samantha, seguindo seu olhar. – Ele é tão perverso quanto dizem, Lottie?

– De modo algum – mentiu Lottie. – Lorde Sydney é um cavalheiro tão cortês e amável quanto qualquer outro.

Foi uma infelicidade que, naquele momento, Nick tenha olhado de relance em sua direção. Seu olhar a envolveu em um redemoinho ardente que poderia ter reduzido suas roupas a cinzas. Sabendo o que aquele olhar significava e o que aconteceria de madrugada, Lottie sentiu uma euforia em seu âmago e lutou para manter a compostura.

Samantha e Arabella, enquanto isso, tinham aberto seus leques e se abanavam.

– Meu Deus – exclamou Samantha baixinho. – A forma como ele olha para você é indecente, Lottie.

– Não faço ideia do que você está falando... – respondeu Lottie, embora sentisse as próprias bochechas quentes.

Arabella riu atrás de seu leque de seda pintada.

– Só vejo essa expressão no rosto do meu Harry quando um prato de pãezinhos é colocado diante dele.

Os olhos escuros de Samantha estavam atentos de interesse.

– Mas eu tinha a impressão de que você era propriedade inequívoca de lorde Radnor, Lottie. Como escapou? E onde esteve nesses últimos dois anos? E, acima de tudo, como, em nome dos Céus, você conseguiu fisgar um homem como Nick Gentry? E essa questão do título aristocrático há muito perdido, é algum truque?

– Não – respondeu Lottie. – Ele realmente é lorde Sydney.

– Você já sabia que ele era visconde quando se casou?

Lottie se esforçou para dar a explicação mais simples possível.

– Na verdade, não. Para começar, vocês sabem que deixei a escola para evitar me casar com lorde Radnor...

– O maior escândalo da Maidstone's – interrompeu Arabella. – Ainda

203

se fala sobre isso, pelo que me disseram. Nenhum dos professores ou funcionários consegue conceber que a doce e obediente Charlotte Howard simplesmente tenha desaparecido daquela maneira.

Lottie ficou constrangida. Ela estava longe de se orgulhar de suas ações. Fato era que não tivera alternativa.

– Para evitar ser encontrada eu mudei meu nome e fui trabalhar como dama de companhia de lady Westcliff, em Hampshire...

– Você arrumou um emprego? – repetiu Arabella com admiração. – Minha nossa, como deve ter sofrido!

– Na verdade, não – respondeu Lottie com um sorriso irônico. – Os Westcliffs foram gentis, e eu gostava bastante da condessa-viúva. Foi enquanto eu trabalhava para ela que conheci o Sr. Gentry... Digo, lorde Sydney. Ele me pediu em casamento pouco após nos conhecermos e...

Ela fez uma pausa; uma imagem daquela noite na biblioteca de lorde Westcliff surgiu em sua mente. A luz do fogo dançando nas feições de Nick enquanto ele se curvava para chegar aos seios dela e...

– E eu aceitei – concluiu ela, sentindo o rosto corar.

Samantha sorriu do embaraço de Lottie, parecendo adivinhar o motivo por trás dele.

– Hum... Pelo visto, foi um pedido memorável.

– Seus pais ficaram muito chateados com você? – perguntou Arabella.

Lottie confirmou, pensando, com tristeza, que "chateados" era uma palavra bastante inadequada para descrever a reação da família.

Compreensiva, Samantha ficou séria.

– Eles não ficarão zangados para sempre, querida – garantiu ela com um pragmatismo que era muito mais reconfortante que qualquer empatia. – Se seu marido for tão rico quanto dizem os rumores, os Howards acabarão ficando mais do que felizes em chamá-lo de "genro".

As três continuaram conversando por um tempo, compartilhando as novidades com entusiasmo e fazendo planos de se visitarem em breve. Lottie não percebeu o tempo passar até ouvir a orquestra começar a tocar uma valsa moderna e bastante popular chamada *Flores na Primavera*, uma melodia que logo inspirou diversos casais a rodopiarem pelo salão. Perguntando-se se Nick se lembraria de dançar a primeira valsa com ela, Lottie decidiu procurar por ele na lateral do salão. Pedindo licença para as amigas, foi caminhando pelas galerias do primeiro piso, que eram separadas da pista de dança

204

por corrimãos de madeira entalhada e caramanchões de folhagens e rosas. Alguns casais estavam absortos em conversas particulares, parcialmente escondidos pelos enormes arranjos de flores, e Lottie desviou o olhar com um leve sorriso ao passar por eles.

Ela se assustou com um toque repentino em seu braço e parou com um sobressalto, esperando que Nick a tivesse encontrado. Mas, quando olhou para a mão que apertava cada vez mais seu pulso encoberto pela luva, não viu a mão grande e quadrada de Nick, mas sim uma série de dedos longos e quase esqueléticos. Com um choque de terror gelado, ela ouviu a voz que assombrara seus pesadelos por anos.

– Achou que poderia fugir de mim para sempre, Charlotte?

CAPÍTULO 12

Respirando fundo, Lottie olhou o rosto de Arthur, lorde Radnor. O tempo havia provocado mudanças espantosas nele, como se dez anos tivessem se passado, em vez de dois. Ele estava muito pálido e suas sobrancelhas e olhos escuros sobressaíam em um contraste chocante. Sulcos profundos de amargura dividiam seu rosto em seções angulares.

Lottie sabia da inevitabilidade de encontrar lorde Radnor algum dia. No fundo de sua mente, ela assumira que ele a fitaria com ódio, mas o que via em seus olhos era muito mais alarmante. Gana. Uma voracidade que não tinha relação alguma com desejo sexual, mas com algo muito mais esgotante. Instintivamente, Lottie entendeu que a ânsia dele por possuí-la apenas se intensificou durante sua ausência e que sua traição havia conferido a ele a determinação mortal de um executor.

– Milorde – cumprimentou ela com a voz firme, embora seus lábios estivessem tremendo. – Você está sendo inoportuno. Solte meu braço, por favor.

Ignorando o pedido dela, Radnor a puxou para trás de uma coluna de folhagens, apertando-a com os dedos a ponto de machucá-la. Lottie o acompanhou com tranquilidade, decidindo que aquela mancha em seu passado não resultaria em uma cena, já que isso arruinaria uma noite tão importante para seu marido. Era ridículo que ela devesse sentir tanto medo em um salão cheio de pessoas. Radnor não poderia fazer – não faria – mal a ela ali. Se estivessem sozinhos, no entanto, ela acreditava que ele se sentiria no direito de envolver seu pescoço com os dedos compridos, asfixiando-a até o último suspiro.

Ele a fitou com olhos cortantes.

– Meu Deus, em que ele a transformou? Consigo sentir o cheiro da luxúria em você. Era mesmo muito fina a camada de polimento que a separava dos provincianos malnascidos de onde você veio. Agora ela desapareceu por completo.

– Nesse caso – respondeu Lottie, enquanto sua mão aprisionada começava a ficar dormente –, afaste-se mim. Estou certa de que não quer ser contaminado pela minha presença.

– Menina estúpida – sussurrou Radnor, seus olhos negros queimando com um fogo frio. – Você não faz a menor ideia do que perdeu. Sabe o que seria de você sem mim? Nada. Eu criei você. Eu resgatei você das entranhas da sociedade e estava disposto a transformá-la em uma criatura de graça e perfeição. Mas, em vez disso, você me traiu e deu as costas para a sua família.

– Eu não pedi que fizesse nada disso.

– Mais uma razão para ter se ajoelhado diante de mim em agradecimento. Você me deve tudo, Charlotte. Até mesmo sua vida.

Lottie viu que seria inútil debater contra a insanidade dele.

– Seja como for – disse ela –, agora pertenço a lorde Sydney. Você não tem qualquer reivindicação sobre mim.

A boca dele se retorceu em um escárnio malévolo.

– Minha reivindicação sobre você vai muito além de votos matrimoniais.

– Você se iludiu pensando que poderia me comprar como uma mercadoria em uma vitrine – disse ela, com desdém.

– Até sua alma me pertence – sussurrou Radnor.

Ele apertou o pulso de Lottie até ela sentir os delicados ossos se flexionarem e lágrimas de dor empoçarem em seus olhos.

– Eu a comprei com minha própria fortuna. Investi mais de dez anos da minha vida em você e serei recompensado.

– É? Como? Eu sou esposa de outro homem e agora não sinto nada por você, nem medo, nem ódio, apenas indiferença. O que você acha que vai conseguir de mim?

Bem quando Lottie pensou que seu braço quebraria, ela ouviu um rosnado silencioso a suas costas. Era Nick, que se posicionou entre eles. O braço dele movimentou-se com agilidade, e o que quer que ele tenha feito, levou lorde Radnor a soltá-la com um grunhido de dor. A libertação abrupta fez Lottie cambalear com força para trás, e Nick a amparou contra seu peito. Automaticamente, ela se aninhou na curva do braço dele e ouviu o som profundo de sua voz enquanto ele se dirigia a Radnor.

– Se aproxime dela de novo e vou matar você.

A frase foi uma mera declaração dos fatos.

– Porco insolente – disse Radnor com a voz rouca.

Arriscando olhar para Radnor da segurança dos braços do marido, Lottie viu um rubor roxo-acinzentado tomar seu rosto pálido. Estava claro que a imagem das mãos de Nick no corpo dela era mais do que ele podia suportar. Nick tocou a nuca de Lottie e deslizou os dedos pelo topo de sua coluna, provocando o conde.

– Muito bem – sussurrou Radnor. – Vou deixá-la com sua péssima escolha, Charlotte.

– Saia daqui – rosnou Nick. – Agora.

Radnor se afastou, seu corpo estava rígido com a mesma fúria de um monarca que acaba de ser deposto.

Ao segurar o pulso dolorido com a mão livre, Lottie percebeu que haviam atraído mais do que alguns olhares curiosos das pessoas que passavam pela galeria. Para falar a verdade, alguns convidados do salão de baile estavam prestando bastante atenção na cena.

– Nick... – sussurrou ela, mas ele entrou em ação antes que ela precisasse dizer qualquer outra palavra.

Mantendo um braço de apoio em sua cintura, Nick gesticulou para um criado que passava com uma bandeja de copos vazios.

– Você! Venha aqui.

O lacaio de cabelos escuros obedeceu.

– Sim, milorde?

– Onde posso encontrar um cômodo privado?

O lacaio ficou pensativo.

– Se seguir por aquele corredor, milorde, chegará a uma saleta de música que acredito estar desocupada no momento.

– Muito bem. Leve um pouco de conhaque até lá. Depressa.

– Sim, milorde!

Atordoada, Lottie acompanhou Nick enquanto ele a conduzia pelo corredor. Pensamentos caóticos tomavam conta de sua mente à medida que o alvoroço elegante do salão de baile ficava para trás. Seu corpo estava carregado de uma energia peculiar, como se estivesse pronta para a batalha. O temido confronto com lorde Radnor a tinha deixado enjoada, eufórica, furiosa e aliviada. Como era possível sentir tantas coisas ao mesmo tempo?

A saleta de música estava mal iluminada, os contornos de um piano, de uma harpa e de diversos atris lançavam sombras compridas na parede. Nick fechou a porta e se virou para Lottie, pairando sobre ela com seus ombros largos. Ela nunca havia visto o rosto dele tão austero.

– Estou bem – garantiu ela, e o tom agudo de sua própria voz chegou a arrancar um riso de sua garganta. – De verdade, não precisa ficar tão...

Ela fez uma pausa para outro riso incontrolável, vendo que Nick pensava que havia enlouquecido. Ela nunca seria capaz de explicar a imensa sensação de liberdade que a inundou depois de ter enfrentado seu maior medo.

– Me desculpe – disse ela, sentindo-se inebriada, ao mesmo tempo em que lágrimas de alívio se acumulavam em seus olhos. – É só que... Eu passei a vida inteira sentindo tanto medo daquele homem... Mas quando o vi, agora há pouco, percebi que o poder que ele tinha sobre mim não existe mais. Lorde Radnor não pode fazer nada comigo. Eu não sinto obrigação alguma em relação a ele... E sequer me sinto culpada por isso. O fardo desapareceu, assim como o medo. É tão estranho...

Enquanto ela tremia, ria e apertava os olhos com os dedos, Nick a tomou em seus braços e tentou acalmá-la.

– Calma... Calma... – sussurrou ele, enquanto movia as mãos por seus ombros e costas. – Respire fundo. Fique tranquila, está tudo bem.

Ela sentiu o toque quente da boca dele em sua testa, seus cílios molhados, suas bochechas.

– Você está segura, Lottie. Você é minha esposa e eu sempre cuidarei de você. Você está segura.

Enquanto Lottie tentava explicar que não estava com medo, Nick murmurava para que ela se acalmasse, que se aninhasse nele. Ela começou a respirar fundo e apoiou a cabeça no peito dele. Nick arrancou as luvas e colocou as mãos quentes sobre a pele gelada dela, massageando com dedos fortes os músculos tensos do seu pescoço e ombros.

Alguém bateu à porta.

– O conhaque – disse Nick baixinho, conduzindo Lottie até uma poltrona.

Lottie afundou na poltrona ouvindo a exclamação de apreço do lacaio quando Nick lhe deu uma moeda por seus serviços. Retornando com uma bandeja contendo uma garrafa e uma taça, Nick colocou-os em uma mesa próxima.

– Não preciso disso – afirmou Lottie com um sorriso fraco.

Ignorando-a, Nick despejou um dedo de conhaque na taça e o bojo entre suas palmas. Depois de aquecer a bebida com as mãos, ele entregou a ela.

– Beba um gole.

Obedientemente, Lottie pegou a taça. Para sua surpresa, suas mãos tremiam tanto que ela mal conseguia segurá-la. O rosto de Nick se fechou quando ele percebeu sua dificuldade. Ele se ajoelhou diante dela, posicionando as coxas musculosas de ambos os lados de suas pernas. Cobrindo seus dedos com as próprias mãos, ele a ajudou a levar a borda da taça até os lábios.

Ela tomou um gole; o conhaque escaldou sua garganta.

– Mais – murmurou Nick, forçando-a a tomar outra dose, e outra, até que seus olhos marejassem com o fogo líquido.

– Acho que já está estragado – disse ela.

Os olhos de Nick tremeluziram com uma diversão repentina.

– Não está estragado. É um Fin Bois 1898.

– Deve ter sido um ano ruim...

Ele sorriu, acariciando o dorso das mãos dela com os polegares.

– Bem, então alguém deveria avisar aos comerciantes de bebida, visto que uma garrafa costuma custar cinquenta libras.

– Cinquenta libras? – repetiu Lottie, horrorizada.

Fechando os olhos, ela terminou o conhaque em poucos goles determinados, tossindo enquanto devolvia a taça vazia a ele.

– Boa garota – murmurou ele.

Nick deslizou a mão pela nuca da esposa e apertou de leve.

Lottie não pôde deixar de pensar que, embora a mão de Nick fosse muito maior e mais forte do que a de Radnor, ele nunca havia causado a ela um único momento de dor. O toque de Nick só havia lhe dado prazer.

Ela se encolheu enquanto descansava o pulso dolorido no braço da poltrona. Por mais sutil que tivesse sido seu movimento, Nick o detectou. Ele praguejou baixinho ao pegar o braço dela e começou a tirar a luva longa.

– Não foi nada – garantiu Lottie. – Na verdade, eu preferiria continuar com a luva... Lorde Radnor apertou meu braço, mas não foi tão...

Ela parou de falar, arfando de desconforto quando Nick tirou a luva de sua mão. Nick congelou ao ver as marcas dos dedos cruéis que foram deixadas pelo aperto desumano de lorde Radnor. A fúria assassina que surgiu no rosto dele fez com que Lottie começasse a ficar alarmada.

– Eu me machuco muito facilmente – ponderou ela. – Não precisa ficar assim. As marcas vão desaparecer em um dia ou dois, e então...

Nick exibiu os dentes em uma fúria ardente.

– Eu vou matar aquele sujeito! Quando eu acabar com ele, tudo o que restará do maldito será uma mancha no chão. Que ele queime no fogo eterno, aquele...

Lottie colocou a mão macia no rosto tenso dele.

– Por favor, Nick. Lorde Radnor pretendia arruinar esta noite para nós dois, e eu me recuso a permitir que ele consiga. Quero que você amarre meu pulso com um lenço e me ajude a colocar a luva de volta. Precisamos nos apressar para voltar antes que sintam a nossa falta. Sir Ross vai fazer um discurso, e nós...

– Eu não me importo com nada disso.

Recuperando a compostura, Lottie acariciou o rosto dele com a ponta dos dedos macios.

– Mas eu me importo. Quero voltar ao salão e dançar a valsa com você. E, depois, ficar ao seu lado quando sir Ross anunciar para todos quem você realmente é.

Os cílios dela abaixaram quando ela olhou para a boca dele.

– Então quero que você me leve para casa e me leve para a cama.

Como era a intenção de Lottie, Nick ficou distraído por um momento. Seu olhar feroz começou a amolecer.

– E depois?

Antes que ela pudesse responder, a porta vibrou com uma batida determinada.

– Sydney – chamou uma voz abafada do outro lado.

– Sim – respondeu Nick, levantando-se.

A figura alta de sir Ross preencheu a porta. Seu rosto não tinha expressão alguma enquanto olhava para eles.

– Acabaram de me contar sobre a presença de lorde Radnor.

Sir Ross foi direto até Lottie e agachou-se diante dela como Nick tinha feito. Ao ver seu braço machucado, apontou para ele com cuidado.

– Posso? – pediu com uma voz mais suave do que nunca.

– Claro – murmurou Lottie, permitindo que ele pegasse sua mão.

Sir Ross examinou os hematomas de seu pulso com uma carranca. Seu rosto estava muito próximo e seus olhos cinzentos eram tão gentis e preocupados que Lottie se perguntou como podia ter pensado que ele era um homem distante. Ela se lembrou de sua reputada compaixão por mulheres e crianças – um ponto focal de sua carreira no magistério, pelo que Sophia havia dito.

A boca de sir Ross se abriu em um sorriso breve e reconfortante quando ele soltou sua mão.

– Isso não voltará a acontecer, eu lhe prometo.

– Festa maravilhosa – disse Nick, sarcástico. – Talvez você possa nos dizer quem diabo incluiu lorde Radnor na lista de convidados?

– Nick – intercedeu Lottie –, está tudo bem, tenho certeza de que sir Ross não...

– Não, não está tudo bem – contra-argumentou sir Ross baixinho. – Eu me considero responsável por isso e, humildemente, imploro por seu perdão, Charlotte. Lorde Radnor não estava incluído na lista de convidados que eu aprovei, mas com certeza vou descobrir como ele conseguiu obter um convite. Ele agiu de modo irracional e repreensível... Indica uma obsessão por Charlotte que não vai parar com este incidente.

– Ah, pois vai parar, sim – afirmou Nick em um tom sombrio. – Tenho vários métodos em mente capazes de curar a obsessão de Radnor. Para começar, se ele não tiver saído do salão até o momento em que eu retornar...

– Ele já se foi – interrompeu sir Ross. – Dois dos detetives estão presentes, eu os instruí a enxotá-lo da maneira mais discreta possível. Se acalme, Sydney. Ficar como um touro enlouquecido não lhe fará bem algum.

Os olhos de Nick se estreitaram.

– Você estaria calmo se alguém tivesse deixado esses hematomas em Sophia?

Sir Ross acenou com a cabeça, soltando um suspiro curto e franzindo a testa.

– Tem razão. Obviamente é direito seu lidar com Radnor da maneira que bem entender, Sydney, e eu não pretendo detê-lo nem interferir. Mas você precisa estar ciente de que pretendo abordá-lo e deixar claro que Charlotte está sob minha proteção, bem como sua. O fato de Radnor ousar assediar um membro da minha família é um ultraje inadmissível.

Lottie ficou tocada com a preocupação de sir Ross. Ela jamais imaginara que teria dois homens poderosos como aqueles para defendê-la de lorde Radnor. Não apenas seu marido, mas também seu cunhado.

– Obrigada, sir Ross.

– Ninguém a culparia se você quisesse ir para casa agora – disse ele. – Quanto ao discurso que eu tinha planejado fazer esta noite, outros arranjos podem ser feitos...

– Eu não vou a lugar algum – afirmou Lottie com firmeza. – E, se não fizer seu discurso esta noite, sir Ross, prometo que o farei em seu lugar.

Ele sorriu de repente.

– Muito bem, então. Eu odiaria contradizer seus desejos.

Ele lançou um olhar questionador na direção de Nick.

– Você pretende voltar ao salão de baile em breve?

A boca de Nick se contraiu.

– Se Lottie desejar...

– Pois então vamos – disse ela.

Apesar da dor no pulso, ela se sentia pronta para enfrentar o próprio diabo se necessário. Percebeu o olhar que os dois homens trocaram, concordando silenciosamente em discutir o problema de Radnor em um momento mais apropriado.

Sir Ross os deixou sozinhos mais uma vez, e Lottie permaneceu de pé. Nick se pôs ao seu lado, segurando a cintura dela com as mãos como se temesse que ela pudesse cair. Lottie sorriu com o ato de superproteção.

– Estou bem agora. Mesmo.

Ela esperou que o brilho familiar do humor irônico retornasse aos olhos de Nick, que ele voltasse a ser o homem insensível de sempre, mas ele permaneceu tenso, analisando seu rosto com uma gravidade estranha. Ele parecia querer envolvê-la e carregá-la para muito longe dali.

– Você não sairá do meu lado o resto da noite – ordenou ele.

Lottie inclinou a cabeça para trás e lhe deu um sorriso.

– Talvez seja uma boa ideia, visto que o conhaque parece ter subido à minha cabeça.

O calor se acendeu nos olhos dele, e uma de suas mãos deslizou para cima para segurar o seio dela.

– Está se sentindo zonza?

Ela relaxou sob a pressão dos dedos dele, um toque que arrancou um brilho de sensualidade de sua carne sensível. Ela quase se esqueceu da dor no pulso, seus nervos começaram a formigar enquanto o polegar dele provocava seu mamilo até enrijecê-lo.

– Só quando você me toca dessa maneira.

Encerrando a carícia tentadora com uma suave rotação da palma, Nick retornou a mão para um território mais seguro.

– Quero que esta noite terrível termine logo – disse ele. – Vamos... Quanto antes retornarmos, mais cedo Cannon poderá fazer esse maldito discurso.

Estendendo a mão despida, Lottie esforçou-se para não se encolher quando ele colocou a luva justa de volta em seu pulso inchado. Quando ele terminou, Lottie estava pálida, e Nick suava profusamente, como se a dor fosse dele, e não dela.

– Maldito Radnor – praguejou ele, servindo mais uma dose de conhaque. – Eu vou cortar a garganta dele.

– Sei de algo que o magoaria muito mais do que isso.

Com cuidado, Lottie secou a testa úmida dele com um lenço dobrado.

– O quê?

As sobrancelhas dele se arquearam em uma indagação sardônica.

Os dedos se fecharam ao redor do lenço, comprimindo-o em uma bola. Ela parou por um longo momento antes de responder, enquanto uma onda de esperança subia por sua garganta e quase ameaçava sufocá-la. Tirando o conhaque da mão dele, ela tomou um gole encorajador.

– Nós podemos tentar ser felizes juntos – disse ela. – Isso é algo que ele nunca poderia entender... Algo que nunca terá.

Ela não conseguia olhar para ele, com medo de ver zombaria ou rejeição em seus olhos. Mas seu coração bateu com força no peito quando sentiu a boca dele tocar a parte superior de sua cabeça. Nick usou os lábios para brincar com as pétalas das rosas brancas que farfalharam nas mechas sedosas de sua trança.

– Podemos tentar – concordou ele.

~

Depois das duas taças de conhaque, Lottie estava grata pela orientação constante de Nick enquanto eles retornavam ao salão de baile. A força e a estabilidade do braço dele a fascinavam. Não importava o quanto de peso ela apoiasse nele, ele a sustentava com facilidade. Ele era um homem forte... Mas, até aquela noite, ela não imaginava que ele fosse capaz de lhe oferecer um conforto tão carinhoso. De alguma forma, ela achava que ele mesmo não imaginava isso. Suas reações haviam sido impensadas – a dela, de recorrer a ele; e a dele, de enchê-la de tranquilidade.

Os dois entraram no salão de baile e se aproximaram de sir Ross. Subindo em um degrau móvel para se tornar mais visível à enorme multidão no salão, sir Ross sinalizou aos músicos que parassem de tocar e pediu a atenção de todos. Ele tinha uma voz elegante, autoritária, que qualquer político teria invejado. Um silêncio de expectativa se espalhou pelo salão, enquanto mais convidados entravam no recinto e um verdadeiro exército de criados se locomovia com bandejas de champanhe.

Sir Ross iniciou o discurso com uma referência à sua carreira no magistério e à satisfação que sempre sentira ao ver certas injustiças serem remediadas. Ele prosseguiu com uma série de observações positivas sobre as tradições e as obrigações invioláveis da hereditariedade da aristocracia. As observações gratificavam a ocasião para a qual viscondes, condes, marqueses e duques haviam sido convidados.

– Eu tinha a impressão de que sir Ross não era um grande defensor do princípio da hereditariedade – sussurrou Lottie para Nick.

Ele deu um sorriso malicioso.

– Meu cunhado pode ser um grande exibicionista quando quer. E ele sabe que lembrar a aristocracia de sua ferrenha finalidade às tradições vai ajudá-los a engolir a ideia de me aceitar como um nobre.

Sir Ross passou a descrever um cavalheiro anônimo que também tinha sido privado por muito tempo de um título que era seu por direito. Um homem que era descendente direto de uma família ilustre e que, nos últimos anos, havia se dedicado ao serviço público.

– Portanto – concluiu sir Ross –, sou grato pelo raro privilégio de anunciar a muito tardia reivindicação de lorde Sydney a seu título e ao posto que lhe cabe na Câmara dos Lordes. E tenho toda certeza de que ele continuará a servir o país e à rainha no papel que é dele por direito.

Erguendo a taça, ele arrematou:

– Brindemos ao Sr. Nick Gentry, o homem que será conhecido por nós, a partir de agora, como John, visconde de Sydney.

Uma onda de espanto se espalhou por todo o salão. Embora a maioria já soubesse o que sir Ross anunciaria, era surpreendente ouvir as palavras em voz alta.

– A lorde Sydney – ecoaram centenas de vozes obedientes, seguidas de muitos aplausos.

– E a lady Sydney – brindou sir Ross, incitando outra resposta entusiasmada, à qual Lottie fez uma reverência, em um agradecimento gracioso.

Levantando-se, Lottie tocou o braço de Nick.

– Talvez você devesse fazer um brinde a sir Ross – sugeriu ela.

Ele a olhou de relance, mas obedeceu, levantando a taça na direção do cunhado.

– A sir Ross – disse Nick em uma voz ressonante –, sem cujos esforços eu não estaria aqui esta noite.

A multidão respondeu com uma rodada de hurras enquanto sir Ross sorria subitamente, consciente de que o brinde de Nick não continha o menor indício de gratidão.

Brindes à rainha, ao país e à própria aristocracia se seguiram, e então a orquestra preencheu o salão com uma melodia animada. Sir Ross tirou Lottie para uma valsa, enquanto Nick foi dançar com Sophia, que estampava um sorriso irreprimível enquanto rodopiava nos braços dele.

Contemplando o par, um tão claro, o outro tão moreno, e, no entanto, ambos tão semelhantes em sua beleza, Lottie sorriu. Ela se voltou para sir Ross e descansou a mão dolorida sobre seu ombro quando começaram a dançar a valsa. Como era de se esperar, ele era um excelente dançarino, confiante e fácil de seguir.

Sentindo uma mistura de afeição e gratidão, Lottie estudou o rosto bonito dele.

– Você fez isso para salvá-lo, não fez? – perguntou ela.

– Não sei se salvará – respondeu sir Ross baixinho.

As palavras enviaram uma onda de medo pelo corpo dela. Será que ele queria dizer que ainda acreditava que Nick corria algum tipo de perigo? Mas Nick não era mais um detetive da Bow Street; ele tinha sido afastado dos perigos que sua profissão acarretava. Ele estava seguro... A menos que sir Ross estivesse implicando que o maior perigo para Nick viesse de algum lugar dentro dele mesmo.

~

Nos dias que se seguiram ao anúncio público da verdadeira identidade de Nick, a casa em Betterton passou a ser sitiada por visitas. A Sra. Trench conversou com todos, de comparsas do antigo submundo de Nick a representantes da rainha. Cartões e convites eram enfiados pela porta da frente, até a bandeja de prata na mesa do saguão de entrada ficar tomada por uma montanha de papel. Os jornais o apelidaram de "o visconde relutante", recontando seu heroísmo como ex-detetive da Bow Street. Os repórteres seguiam a linha que sir Ross havia estabelecido, retratando Nick como um herói altruísta que preferia servir ao homem comum a aceitar seu título de longa data. Para divertimento de Lottie, Nick estava indignado com sua nova imagem pública, pois ninguém mais parecia considerá-lo perigoso. Estranhos se aproximavam dele com entusiasmo, não mais intimidados por sua postura ameaçadora. Para um homem tão reservado, aquilo era quase insuportável.

– Em breve, o interesse deles por você vai desaparecer – garantiu Lottie em um tom consolador depois que Nick teve de abrir caminho por uma multidão para chegar à porta de sua própria casa.

Rabugento e carrancudo, ele arrancou o casaco e atirou-se no sofá da sala, esparramando as longas pernas sem pudor algum.

– Pena que não será de imediato – disse ele, fitando o teto com uma expressão raivosa. – Este lugar também é acessível demais. Precisamos de uma casa com uma via de entrada particular e uma cerca alta.

– Recebemos mais do que alguns convites para visitar amigos por todo país.

Lottie foi até ele e sentou-se no chão atapetado, sendo rodeada pelas saias de musselina estampada. Os rostos dos dois ficaram quase no mesmo nível quando Nick reclinou-se no braço do canapé de encosto baixo.

– Até um de Westcliff, perguntando se aceitaríamos passar duas semanas em Stony Cross Park.

O rosto de Nick se fechou.

– Sem dúvida o conde quer ter certeza de que você não está sendo maltratada pelo seu marido endiabrado.

Lottie não conseguiu conter o riso.

– Você precisa admitir que não era a versão mais encantadora de si mesmo na época em que esteve lá.

Nick segurou os dedos dela quando ela se aproximou para soltar sua gravata.

– Eu a queria demais para me preocupar em ser encantador.

Ele passou o polegar pelas pontas das unhas dela.

– Você deu a entender que eu poderia ser trocada por qualquer outra mulher – lembrou ela.

– Eu aprendi, no passado, que a melhor maneira de conseguir algo que quero é fingir que não quero.

Lottie balançou a cabeça, perplexa.

– Isso não faz sentido algum.

Sorrindo, Nick soltou a mão dela e brincou com a borda de renda de seu decote profundo.

– Funcionou – apontou ele.

Com seus rostos próximos e os olhos azuis brilhantes olhando bem no fundo dos dela, Lottie sentiu o rubor subir por seu rosto.

– Você foi muito perverso naquela noite.

Ele mergulhou a ponta do dedo no vale raso entre os seios dela.

– Não tão perverso quanto eu gostaria...

O som das batidas vigorosas à porta da frente ecoou pelo saguão de entrada e chegou até a sala. Recolhendo a mão, Nick ouviu quando a Sra. Trench foi atender à porta, informando ao visitante que nem lorde Sydney nem sua esposa estavam recebendo visitas.

O lembrete de sua privacidade sitiada fez com que Nick franzisse a testa.

– Basta. Quero ir embora de Londres.

– Quem devemos visitar? Lorde Westcliff seria perfeitamente...

– Não.

– Está bem, então – aquiesceu Lottie, sem rodeios. – Os Cannons estão morando em Silverhill...

– Por Deus, não. Não vou passar uma quinzena sob o mesmo teto que meu cunhado.

– Poderíamos ir para Worcestershire – sugeriu Lottie. – Sophia disse que a reforma da propriedade Sydney está quase completa. Ela não escondeu o fato de que quer que você veja os resultados de seus esforços.

Ele meneou a cabeça.

– Não tenho desejo algum de ver aquele lugar amaldiçoado.

– Sua irmã se esforçou um bocado... Você não vai querer magoar os sentimentos dela, vai?

– Ninguém pediu a ela para fazer essas coisas. Sophia se encarregou disso sozinha, e eu me recuso a ter de enchê-la de gratidão por isso.

O tom de voz de Lottie era repleto de saudosismo.

– Ouvi dizer que Worcestershire é muito bonita. O ar seria muito mais agradável lá, Londres é horrível no verão. E eu gostaria de, algum dia, ver o lugar onde você nasceu. Se não quiser ir agora, eu entendo, mas...

– Não há criados por lá – comentou ele.

– Podemos levar alguns criados daqui. Não seria agradável ir para o interior, para nossa própria casa, em vez de visitar outra pessoa? Só por duas semanas?

Nick ficou em silêncio, estreitando os olhos. Lottie percebeu o conflito interno pelo qual passava, seu desejo de agradar em guerra com uma forte relutância em voltar ao lugar que ele havia deixado todos aqueles anos atrás. Enfrentar aquelas lembranças, a dor de ficar órfão tão repentinamente, com certeza não seria nada agradável para ele.

Lottie baixou o olhar antes que ele pudesse ver a compaixão, que interpretaria mal.

– Direi a Sophia que aceitaremos o convite dela em outra ocasião. Ela entenderá...

– Eu vou – afirmou ele.

Lottie olhou para ele com surpresa. Ele estava tenso, vestido com uma armadura invisível.

– Não precisa – garantiu ela. – Podemos ir a outro lugar, se preferir.

Ele meneou a cabeça, torcendo a boca sardonicamente.

– Primeiro, você quer ir a Worcestershire, depois não quer mais. Minha nossa, as mulheres são mesmo perversas.

– Não estou sendo perversa – protestou ela. – Só não quero que você vá e depois fique aborrecido comigo durante toda a estadia.

– Não estou aborrecido. Os homens não ficam "aborrecidos".

– Irritados? Exasperados? Enfastiados?

Ela deu um sorriso afetuoso para ele, desejando poder protegê-lo dos pesadelos, das lembranças e dos demônios que o habitavam.

Nick começou a responder, mas, enquanto olhava para ela, pareceu esquecer o que dizia. Estendendo os braços em sua direção, parou o movimento de repente. Sob o olhar da esposa, ele se levantou do canapé e saiu da sala com uma pressa alarmante.

~

A viagem para Worcestershire em geral duraria um dia inteiro, tempo suficiente para que a maioria dos viajantes razoavelmente abastados optasse por percorrer uma parte em um dia, pernoitar em uma taverna, e chegar mais tarde na manhã seguinte. Nick, no entanto, insistiu que cumprissem o trajeto quase sem paradas, exceto para trocar de cavalo e descansar um pouco.

Embora Lottie tivesse tentado aceitar o combinado sem se abalar, achou difícil manter uma fachada alegre. A viagem de carruagem foi árdua, as estradas eram irregulares e o barulho constante e a oscilação do veículo a deixaram um pouco enjoada. Ao perceber seu desconforto, a expressão de Nick ficou sombria e resoluta, e a atmosfera se desintegrou em silêncio.

Na véspera de sua chegada, a criadagem já havia sido enviada para abastecer a cozinha e preparar os quartos. Como havia sido acordado, os Cannons visitariam a propriedade na manhã seguinte. Convenientemente, a residência de sir Ross em Silverhill ficava a apenas uma hora de distância.

O último brilho suave do sol poente desaparecia do céu quando a carruagem chegou a Worcestershire. Pelo que Lottie pôde ver, a região era fértil e próspera. Prados verdes e luxuriosos e fazendas bem-cuidadas cobriam a planície, dando lugar de tempos em tempos a colinas verdejantes tomadas por ovelhas brancas e gordas. O emaranhado de canais que afluíam dos rios agraciava a região com rotas fáceis para o comércio. Qualquer visitante reagiria ao Worcestershire com prazer. Nick, contudo, foi ficando cada vez mais moroso, emanando dos poros uma relutância sombria a cada volta das rodas que os aproximava das terras dos Sydney.

Por fim, entraram em uma longa e estreita via que se estendia por uma um quilômetro e meio até avistarem uma casa. A luz das lamparinas externas lançava um brilho quente sobre a entrada e fazia com que as janelas da frente brilhassem como diamantes negros. Entusiasmada, Lottie escancarou as cortinas das janelas da carruagem para obter uma visão melhor.

– É lindo – disse ela, com o coração batendo rápido de emoção. – Exatamente como Sophia descreveu.

A grande casa em estilo paladino era bonita, embora não excepcional; a combinação de tijolos vermelhos, colunas brancas e frontões meticulosos havia sido projetada com minuciosa simetria. À primeira vista, Lottie adorou o que viu.

A carruagem parou diante da entrada. Inexpressivo, Nick desceu do veículo e ajudou a Lottie a descer. Eles subiram as escadas até as portas duplas, e a Sra. Trench os recebeu em um grande salão oval, com piso em mármore cor-de-rosa brilhante.

– Sra. Trench – cumprimentou Lottie. – Como está?

– Muito bem, milady. E a senhora?

– Cansada, mas aliviada por enfim estar aqui. Teve alguma dificuldade com a casa até agora?

– Não, milady, mas há muito a se fazer. Um único dia não foi suficiente para organizar tudo...

– Está tudo bem – garantiu Lottie com um sorriso. – Após essa viagem longa, lorde Sydney e eu não exigiremos nada além de um lugar limpo para dormir.

– Os quartos estão em ordem, milady. Devo levá-los agora ao andar superior, ou gostariam de jantar...

A voz da governanta sumiu quando ela colocou os olhos em Nick. Seguindo seu olhar, Lottie percebeu que o marido estava olhando para o salão principal da casa, como se transfixado. Ele parecia assistir a uma peça que ninguém mais conseguia ver; seus olhos acompanhavam atores invisíveis que atravessavam o palco para declamar suas falas. Seu rosto estava corado, como se febril. Sem dizer palavra alguma, ele vagou pelo salão como se estivesse sozinho, explorando com a hesitação de um garoto perdido.

Lottie não sabia como ajudá-lo. Uma das coisas mais difíceis que ela teve de fazer na vida foi forçar um tom casual enquanto respondia à governanta, mas, de alguma forma, conseguiu.

– Não, obrigada, Sra. Trench. Acredito que não desejaremos jantar. Talvez a senhora possa mandar pouco de água e uma garrafa de vinho para o nosso quarto. E peça que as aias peguem apenas algumas coisas nos baús esta noite. Elas podem desfazer o restante das malas amanhã. Enquanto isso, lorde Sydney e eu daremos uma olhada na casa.

– Sim, milady. Mandarei buscar seus artigos pessoais imediatamente.

A governanta se afastou, dando instruções a duas criadas, que se apressaram em sair do saguão.

O candelabro suspenso no teto não tinha sido aceso e a atmosfera sombria era aliviada apenas por duas lamparinas. Seguindo o marido, Lottie aproximou-se do arco em uma das extremidades do saguão, que se abria para uma galeria de quadros. O ar estava impregnado pelos aromas fortes do novo carpete de lã e da tinta fresca.

Lottie estudou o perfil de Nick enquanto ele olhava para as paredes despidas da galeria. Ela supunha que estivesse se lembrando das pinturas que costumavam ocupar os espaços vazios.

– Parece que precisamos adquirir algumas obras de arte – observou ela.

– Todas as que tínhamos foram vendidas para pagar as dívidas do meu pai.

Aproximando-se mais, Lottie pressionou o rosto no tecido do casaco dele, onde seu ombro se fundia com a curva de seu braço musculoso.

– Quer me mostrar a casa?

Nick ficou em silêncio por um bom tempo. Quando olhou para o rosto dela, seus olhos estavam desolados com a ciência de que não havia mais nada daquele menino que um dia vivera ali.

– Hoje não. Preciso vê-la sozinho.

– Eu entendo – disse Lottie, colocando a mão na dele. – Estou bastante cansada. Eu preferiria conhecer a casa amanhã de manhã, à luz do dia.

Os dedos dele responderam à pressão dos dela com um aperto quase imperceptível, e então ele os soltou.

– Eu a acompanho até o piso superior.

Ela pressionou os lábios, formando um sorriso.

– Não há necessidade. Vou pedir ajuda à Sra. Trench ou a uma das criadas.

~

Um relógio em algum lugar da casa badalava meia-noite e meia quando Nick enfim entrou no quarto. Sem conseguir dormir, apesar da exaustão, Lottie havia pegado um romance de uma de suas valises e permanecera acordada, lendo, até chegar à metade do livro. O quarto era um refúgio aconchegante; a cama estava paramentada com uma colcha de seda bordada e dosséis combinando; as paredes tinham sido pintadas com um tom suave de verde. Contagiada pela história, Lottie leu até ouvir o ranger de uma tábua do assoalho.

Ao ver Nick à porta, Lottie colocou o livro na mesa de cabeceira. Pacientemente, esperou que ele falasse, perguntando-se quantas lembranças tinham sido despertadas por sua caminhada pela casa, quantos fantasmas silenciosos haviam atravessado seu caminho.

– Você deveria dormir – disse ele por fim.

Lottie removeu as cobertas. Depois de uma longa pausa, ela perguntou:

– Você também. Vem se deitar comigo?

O olhar dele deslizou sobre o corpo dela, demorando-se nos babados da frente de sua camisola, o tipo de peça recatada, de gola alta, que nunca falhava em excitá-lo. Ele parecia tão sozinho, tão desconsolado... Bastante parecido quando se encontraram pela primeira vez.

– Hoje não – disse ele pela segunda vez na mesma noite.

Seus olhares se encontraram e se fixaram um no outro. Lottie sabia que seria melhor manter uma expressão descontraída e despreocupada. Ser paciente com ele. Suas exigências, suas frustrações, só iriam afastá-lo.

Mas, para seu horror, ela se ouviu dizer:

– Fique...

Ambos sabiam que ela não estava pedindo por alguns minutos ou algumas horas. Ela queria a noite inteira.

– Você sabe que não posso fazer isso – respondeu ele com delicadeza.

– Você não vai me machucar. Eu não tenho medo dos seus pesadelos.

Lottie sentou-se, olhando para o rosto impassível dele. De repente, ela não conseguiu conter uma enxurrada de palavras imprudentes; sua voz embargada pela emoção.

– Eu quero que você fique comigo. Quero estar perto de você. Só me diga o que devo fazer ou dizer para que isso aconteça. Por favor, porque parece que não consigo me impedir de querer mais do que você está disposto a dar.

– Você não sabe o que está pedindo.

– Eu juro a você que eu jamais...

– Não estou pedindo garantias ou promessas – afirmou ele. – Estou expondo um fato. Há uma parte de mim que você não quer conhecer.

– No passado, você me pediu para confiar em você. Em troca, eu agora peço que *você* confie em mim. Me conte qual é a origem desses pesadelos. O que tanto o assombra.

– Não, Lottie.

Em vez de sair, contudo, Nick permaneceu no quarto, como se seus pés se recusassem a obedecer às ordens de seu cérebro.

De repente, Lottie entendeu a extensão do desejo torturado dele de confiar nela e sua crença igualmente potente de que ela o rejeitaria uma vez que ele o fizesse. Ele estava suando; sua pele brilhava como bronze molhado. Alguns fios de cabelo castanho estavam grudados à superfície úmida da testa. O desejo dela de tocá-lo era insustentável, mas, de alguma forma, ela conseguiu permanecer onde estava.

– Eu não vou me afastar de você – garantiu ela com firmeza. – Não importa o que seja. Foi algo que aconteceu no navio, não foi? Está relacionado ao verdadeiro Nick Gentry. Você o matou para que pudesse tomar o lugar dele? É isso que o atormenta?

Ela percebeu, pela maneira como Nick se encolheu, que havia chegado perto da verdade. A rachadura nas defesas dele aumentou, e ele meneou a cabeça, tentando superar aquela brecha. Sem conseguir, ele lançou um olhar repleto de repreensão e, ao mesmo tempo, desespero em sua direção.

– Não foi assim que aconteceu.

Lottie se recusou a desviar o olhar do dele.

– Então como foi?

Os contornos da figura dele mudaram, relaxando em uma espécie de resignação entristecida. Ele apoiou um ombro na parede, com o rosto ocultado dela, fixando o olhar em algum ponto distante no chão.

– Eu fui parar no navio porque fui responsável pela morte de um homem. Eu tinha 14 anos na época. Tinha me juntado a um grupo de ladrões de estrada, e um homem velho morreu quando assaltamos a carruagem dele. Pouco depois, todos fomos julgados e condenados. Eu estava com muita vergonha para contar quem eu era a qualquer pessoa. Simplesmente me apresentei como John Sydney. Os outros quatro da gangue foram enforcados pouco depois, mas, por causa da minha idade, o magistrado me condenou a dez meses no *Scarborough*.

– Sir Ross foi o magistrado que o sentenciou – murmurou Lottie, lembrando-se do que Sophia lhe dissera.

Um sorriso amargo retorceu a boca de Nick e ele se apoiou ainda mais na parede.

– Mal sabíamos que um dia seríamos cunhados... Bem, assim que pus os pés no navio, eu sabia que não duraria nem um mês ali. Um enforcamento rápido teria sido muito mais misericordioso. A Academia de Duncombe, era como eles chamavam o navio, sendo Duncombe o oficial no comando. Metade dos prisioneiros tinha acabado de ser aniquilada por uma onda de tifo. Sortudos foram eles.

Após uma pausa, Nick continuou:

– O navio era menor do que os outros ancorados perto da costa. Tinha sido projetado para cem prisioneiros, mas eles amontoaram mais cinquenta em uma grande área abaixo do convés. O teto era tão baixo que eu não conseguia ficar totalmente em pé. Os prisioneiros dormiam no piso descoberto ou em uma plataforma construída em ambos os lados do convés. Cada homem tinha permissão para ter um espaço para dormir de 1,80 metro de comprimento por cinquenta centímetros de largura. Ficávamos presos a bolas de ferro na maior parte do tempo e o constante barulho das correntes era quase insuportável.

Nick parou mais uma vez. Então prosseguiu:

– Mas o cheiro era o pior de tudo. Raramente nos era permitido tomar banho. Nunca havia sabão e tínhamos que nos enxaguar com a água do mar. E não havia circulação de ar, apenas uma fileira de portinholas deixadas abertas na face que dava para o mar. Como resultado, o fedor era tão forte que derrubava até os guardas que abriram as escotilhas logo cedo pela manhã. Certa vez, cheguei a ver um deles desmaiar. Durante o tempo em que ficávamos trancados, desde o início da noite até as escotilhas serem abertas, ao amanhecer, os prisioneiros eram deixados sozinhos, sem guardas ou oficiais para observá-los.

– E o que acontecia? – quis saber Lottie.

Os lábios dele se entreabriram em um sorriso feroz que a fez tremer.

– Os homens apostavam em jogos de azar, brigavam, faziam planos de fuga e se violavam.

– O que isso significa?

Nick olhou rapidamente para ela, parecendo assustado com a pergunta.

– Significa estupro.

Lottie balançou a cabeça, desnorteada.

– Mas um homem não pode ser estuprado.

– Garanto que pode – disse Nick. – E era algo que eu desejava muito evitar. Infelizmente, os garotos da minha idade eram as vítimas mais frequentes. Só permaneci intocado porque fiz amizade com outro garoto, que era um pouco mais velho e parecia muito mais durão do que eu.

– Nick Gentry?

– Sim. Ele me vigiava enquanto eu dormia, me ensinou formas de me defender... Ele me fazia comer para permanecer vivo, mesmo quando a comida era tão nojenta que eu mal conseguia engolir. Conversar com ele mantinha minha mente ocupada nos dias em que eu pensava que fosse enlouquecer de tédio. Eu não teria sobrevivido sem ele e sabia disso. Eu morria de medo do dia em que ele deixaria o navio. Seis meses depois de eu ter embarcado no *Scarborough*, Gentry me contou que seria liberado dali a uma semana.

A expressão no rosto dele fez com que as entranhas de Lottie se emaranhassem em nós gelados.

– Só mais uma semana, após sobreviver por dois anos naquele buraco infernal. Eu deveria ter ficado feliz por ele, mas não fiquei. Tudo que eu

225

conseguia pensar era na minha própria segurança, que não duraria cinco minutos depois que ele fosse embora.

Ele parou, mergulhando ainda mais fundo em suas memórias.

– O que aconteceu? – perguntou Lottie. – Me conte.

O rosto dele empalideceu. Sua alma estava agarrada àqueles segredos, recusando-se a libertá-los. Um sorriso estranho e frio lampejou nos lábios dele quando ele voltou a falar, com um tom de total desprezo por si próprio.

– Não posso.

Lottie enrijeceu as pernas para não saltar da cama e correr até ele. O calor das lágrimas não derramadas encheu seus olhos enquanto ela olhava para a figura escura e sombria do marido.

– Como Gentry morreu? – insistiu ela.

Nick engoliu em seco e meneou a cabeça.

Diante de sua luta silenciosa, Lottie procurou uma forma de persuadi-lo.

– Não precisa ter medo – sussurrou ela. – Eu vou ficar ao seu lado, não importa o que seja.

Virando o rosto, ele piscou com força, como se tivesse acabado de ser exposto a uma luz brilhante depois de passar muito tempo no escuro.

– Certa noite, fui atacado por um dos prisioneiros. O nome dele era Styles. Ele me arrastou para fora da plataforma enquanto eu dormia e me prendeu junto ao chão. Lutei muito, mas ele tinha o dobro do meu tamanho, e ninguém iria interferir. Todos tinham medo dele. Chamei por Gentry, para tirar o miserável de cima de mim antes que ele pudesse...

Parando de falar, ele emitiu um som estranho, uma risada trêmula que não continha qualquer vestígio de humor.

– E ele o ajudou? – perguntou Lottie.

– Sim... Miserável estúpido – disse ele, soluçando baixinho. – Ele sabia que não havia por que fazer qualquer coisa por mim. Se eu não tivesse sido acossado naquele dia, seria depois que ele fosse solto. Eu não deveria ter pedido a ajuda dele, e ele não deveria ter me ajudado. Mas ele tirou Styles de cima de mim e...

Outro longo silêncio se passou.

– Nick morreu durante a luta? – perguntou Lottie.

– Não. Algumas horas depois, naquela mesma noite. Ele se tornou inimigo de Styles ao me ajudar, e o troco não demorou a chegar. Pouco antes de amanhecer, Styles estrangulou Nick enquanto ele dormia. No momento

em que percebi o que havia acontecido, era tarde demais. Fui até Nick...
Tentei fazê-lo acordar, respirar. Ele não se mexia. Seu último suspiro foi
nos meus braços.

A mandíbula de Nick tremia e ele pigarreou com força.

Lottie não podia deixar aquilo terminar ali, sem saber a história completa.

– Como você trocou de lugar com Gentry?

– Todas as manhãs, o médico-assistente e um dos guardas desciam para
recolher os corpos dos que haviam morrido durante a noite, de doença, de
fome, ou algo que eles chamavam de "depressão do espírito". Aqueles que
ainda não haviam morrido eram levados até o castelo de proa. Eu fingi estar
doente, o que não era difícil naquele momento. Eles levaram nós dois até
o convés e perguntaram quem eu era e se eu sabia o nome do morto. Os
guardas não conheciam praticamente nenhum dos prisioneiros. Para eles,
éramos todos iguais. E eu tinha trocado de roupa com o... com o cadáver dele,
então eles tinham poucos motivos para duvidar de mim quando falei que eu
era Nick Gentry e que o garoto morto era John Sydney. Nos dias seguintes,
permaneci no castelo de proa, fingindo estar doente para não ser mandado
de volta à prisão no convés. Os outros homens que haviam sido levados para
lá estavam muito doentes ou fracos para se importarem com o meu nome.

– E pouco depois você foi libertado – concluiu Lottie –, no lugar de Gentry.

– Ele foi enterrado em uma vala comum perto das docas, enquanto eu
saí em liberdade. E, agora, o nome dele é mais real para mim do que o meu
próprio.

Lottie estava atordoada. Não era de se admirar que ele quisesse manter
o nome de Nick Gentry. De alguma forma, assim ele devia sentir que poderia manter uma parte do amigo viva. O nome tinha sido um talismã, um
novo começo. Ela não conseguia, de forma alguma, mensurar a vergonha
que Nick atrelava à sua verdadeira identidade, acreditando ser responsável
pela morte do amigo. A culpa não era dele, é claro. Mas, mesmo que ela
pudesse fazê-lo reconhecer as falhas em seu raciocínio, jamais conseguiria
expurgar a culpa.

Lottie saiu da cama, o tapete de lã espessa pinicando seus pés descalços.
Quando se aproximou dele, foi tomada por um sentimento de total incerteza.
Se o tratasse com bondade, ele entenderia como pena. Se não dissesse nada,
ele perceberia como um sinal de desprezo ou repugnância.

– Nick – chamou ela, mas ele se recusava a olhar para ela.

Ela foi até ele, parando à sua frente, ouvindo o padrão irregular de sua respiração.

– Você não fez nada de errado ao pedir ajuda. E ele queria ajudá-lo, como qualquer verdadeiro amigo faria. Nenhum de vocês fez nada errado.

Ele esfregou a manga nos olhos e inspirou o ar.

– Eu roubei a vida dele.

– Não – afirmou ela com determinação. – Ele não iria querer que você ficasse lá. Quem se beneficiaria com isso?

Uma gota quente tocou o canto de seus lábios, salgando-os. Ela entendia muito bem a culpa, o ódio por si próprio que tudo aquilo provocava, sobretudo na ausência do perdão. E a pessoa de cujo perdão Nick precisava estava morta.

– Ele não pode estar aqui para absolvê-lo – continuou ela. – Mas eu vou falar por ele. Se ele pudesse, tenho certeza que diria: "Você está perdoado. Está tudo bem agora. Estou em paz e você também deveria estar, porque já passou da hora de você perdoar a si mesmo."

– Como você sabe que ele diria isso?

– Porque qualquer um que se importasse com você faria isso. E ele se importava com você, caso contrário não teria arriscado a vida para protegê-lo.

Dando um passo adiante, Lottie colocou seus braços em torno do pescoço rígido dele.

– Eu também me importo com você.

Ela teve que usar todo o peso do corpo para fazê-lo se curvar em sua direção.

– Eu te amo. Por favor, não me afaste de você – sussurrou Lottie, e encostou a boca na dele.

Demorou muito tempo para ele responder à suave pressão dos lábios dela. Ele emitiu um ruído fraco em sua garganta e, devagar, suas mãos trêmulas subiram ao rosto dela, segurando-a enquanto sua boca se encaixava na dela. O rosto dele estava molhado de suor e lágrimas, e seu beijo era ardente.

– Ajuda, ouvir essas palavras? – sussurrou Lottie quando ele parou de beijá-la.

– Ajuda – respondeu ele.

– Então vou dizer sempre que você precisar ouvi-las, até você começar a acreditar.

Ela deslizou a mão até a nuca dele e o puxou para outro beijo.

Nick assustou-a com a súbita ferocidade. Pegando-a no colo com uma facilidade assustadora, ele a levou até a cama e a deixou cair no colchão. Ele arrancou as próprias roupas, estourando os botões, em vez de perder tempo em abri-los. Subindo pelo corpo dela com agilidade, Nick montou nela e abriu a frente de sua camisola com as mãos. Devagar, Lottie notou que a ânsia de Nick em penetrá-la era tão violenta que ele havia perdido todo o autocontrole. Abrindo bem as pernas dela com o joelho, ele pressionou a cabeça de seu membro no sexo dela, exigindo passagem. O corpo dela estava despreparado; sua carne, seca e apertada, apesar de sua vontade em recebê-lo.

Descendo pelo corpo dela, Nick a possuiu com a boca, segurando os quadris dela com as mãos grandes e pressionando-os com firmeza contra a cama, fazendo-a arquear o corpo para cima de surpresa. Sua língua mergulhou dentro dela, umedecendo e amolecendo a carne tenra. Encontrando o delicado pico logo acima da abertura vulnerável, ele o esfregou com a aspereza de sua língua repetidamente, até ela começar a emanar o cheiro íntimo de seu desejo. Erguendo-se, ele a montou de novo e a penetrou.

Assim que Nick penetrou seu corpo quente, sua ferocidade cega pareceu evaporar. Ele pairou sobre ela, apoiando os braços musculosos de ambos os lados da cabeça dela. Seu peito se movia com as respirações profundas e irregulares. Lottie estava presa abaixo dele, sua carne latejava ao redor do eixo grosso que a empalava.

Ele levou os lábios aos dela, desta vez com delicadeza. Nick a possuía com beijos longos, provocativos, acariciando o interior da boca dela com a ponta da língua. Ela se lembrava com saudade dos outros beijos dele, os toques fervorosos dos lábios de um estranho... Mas aquilo era muito diferente – sombrio, impetuoso e poderoso. Ela ansiava pelo toque dele, arfando de alívio com os suaves puxões que ele dava em seus mamilos. Ele usou toda a sua habilidade para excitá-la, provocando-a com investidas rasas, que a instigavam mais do que satisfaziam. Desejando mais, Lottie tentou puxá-lo para mais perto. Ele resistiu, mantendo o ritmo lânguido, silenciando-a com beijos quando ela protestava. De repente, Nick mergulhou dentro dela em um movimento profundo.

Desnorteada, Lottie olhou para o rosto atento dele.

– O que você está fazendo? – perguntou ela.

A boca dele acossou a dela com beijos de um fogo brando. E, enquanto ele a possuía, ela foi aos poucos entendendo o padrão de seus movimentos...

Oito arremetidas curtas, duas profundas... Sete curtas, três profundas... Progredindo até enfim chegar a dez mergulhos fortes e penetrantes. Lottie gritou de prazer, levantando os quadris e sentindo-se tomada por uma sensação volátil. Quando o deleite ardente começou a desaparecer, Nick alterou a posição, movendo-se mais para cima, abrindo mais ainda as pernas dela, ajustando o ângulo de seu sexo. Ele penetrou profundamente, selando seu corpo no dela, e girou os quadris em um ritmo lento e constante.

– Eu não consigo – disse Lottie sem fôlego, percebendo o que ele queria, sabendo que era impossível.

– Eu quero... – sussurrou Nick, incansável e perversamente hábil enquanto continuava com os círculos suaves, usando seu corpo para satisfazê-la.

Ela ficou espantada com a rapidez com que o calor voltou a crescer, seus sentidos dando as boas-vindas à estimulação paciente, seu sexo ficando úmido e inchado enquanto ele se movia dentro dela, por cima dela, contra ela.

– Ah... Ah...

Os sons foram sendo arrancados de sua garganta à medida que ela chegava a outro clímax. Suas pernas e braços tremiam, sua bochecha estava pressionada com força contra o ombro dele.

E, então, ele começou o ciclo inteiro novamente. Nove investidas curtas, uma profunda...

Lottie perdeu a conta de quantas vezes ele a levou ao êxtase, ou quanto tempo se passou enquanto faziam amor. Ele sussurrava em seu ouvido. Carícias, elogios íntimos, dizendo como ela o deixava duro, como a carne dela era deliciosa ao redor dele, como ele queria satisfazê-la. Naquela noite, Nick deu a ela mais prazer do que parecia possível suportar, até que Lottie enfim implorou que ele parasse, sentindo o corpo exausto.

Nick aquiesceu com relutância, penetrando-a uma última vez, liberando seu desejo reprimido com um gemido estremecedor. Ele a beijou outra vez enquanto se retirava de seu corpo saciado. Lottie mal tinha forças para levantar a mão, mas pegou o braço dele e murmurou:

– Você vai ficar?

– Vou...

Aliviada e exausta, ela mergulhou em um sono profundo.

CAPÍTULO 13

A luz do sol entrava pelas janelas que Lottie havia deixado abertas na noite anterior para receber o ar frio. Ela bocejou e se espreguiçou, encolhendo-se desconfortavelmente por causa dos músculos cansados de suas coxas e da dor incomum que sentia em sua...

Com a súbita lembrança da noite anterior, Lottie se virou. Um arrepio de prazer se espalhou por seu corpo ao ver Nick dormindo de bruços ao seu lado, suas costas compridas e musculosas reluzindo sob o sol nascente. A cabeça dele estava meio enterrada em um travesseiro e os lábios entreabertos. A barba espessa que começara a crescer durante a noite obscurecia o maxilar, conferindo uma aparência selvagem a seu belo rosto. Lottie nunca havia sentido esse tipo de interesse apaixonado por qualquer pessoa... Um desejo ardente de conhecer cada detalhe da mente, do corpo, da alma... O deleite puro de estar em sua presença.

Apoiando-se no cotovelo, Lottie percebeu que nunca tinha tido a oportunidade de observá-lo assim, à vontade. As linhas do corpo de Nick eram elegantes e fortes, suas costas largas afunilavam na cintura e nos quadris, uma figura musculosa, porém lisa. Ela admirou a curva sólida de suas nádegas, cobertas pelo lençol que encobria seus quadris.

Mas ela queria ver mais. Observando com cuidado o rosto sereno do marido adormecido, ela segurou a ponta do lençol branco e começou a puxá-lo. Cada vez mais para baixo...

Com uma rapidez que a fez ofegar, Nick estendeu a mão e agarrou seu pulso. Ele analisou Lottie com olhos sonolentos e um sorriso iluminou as profundezas de sua íris. Quando falou, a voz estava rouca de sono.

– Não é justo comer um homem com os olhos enquanto ele está dormindo.

– Eu não estava comendo você com os olhos – disse Lottie em um tom travesso. – As mulheres não fazem isso.

Lottie o analisou com um olhar ousado de aprovação.

– Mas gosto da sua aparência pela manhã.

Soltando-a, Nick meneou a cabeça, emitindo um ruído de descrença, enquanto passava os dedos pelos cabelos bagunçados. Ele rolou para o lado, revelando o torso coberto de pelos escuros.

Incapaz de resistir, Lottie aproximou-se dele até pressionar os seios ali.

– Alguma vez você passou a noite com sua amiga? – perguntou ela, entrelaçando as pernas nas dele.

– Com Gemma, você diz? Meu Deus, não.

– Então sou a primeira mulher com quem você dormiu – disse ela, satisfeita.

Ele a tocou, contornando a curva do ombro dela com a ponta dos dedos.

– É.

Lottie não protestou quando ele a deitou de costas, baixando a cabeça até seus seios. Lottie ficou sem ar ao sentir a língua quente e gentil envolver o mamilo rosado, sensível por todas as carícias da noite anterior. Mas logo se permitiu relaxar e aproveitar o sol e o toque do linho branco, envolvendo a cabeça dele com as mãos.

De repente, seu olhar recaiu sobre o relógio acima da lareira.

– Meu Deus, Nick, não podemos. Estamos atrasados!

– Atrasados para quê? – perguntou ele com a voz abafada, resistindo enquanto ela tentava empurrar seu corpo pesado para longe.

– Sophia e sir Ross prometeram chegar às dez horas. Quase não terei tempo de tomar banho e me vestir... Meu Deus, saia de cima de mim, preciso correr!

Rabugento e de testa franzida, Nick permitiu que Lottie se contorcesse para fora da cama.

– Quero continuar deitado.

– Não podemos. Combinamos de mostrar a casa para eles. Você vai ser um bom menino e vai elogiar sua irmã pelo esplêndido trabalho que ela fez e vai agradecer aos dois pela generosidade. E então vamos convidá-los para um jantar antes que voltem para Silverhill.

Nick permaneceu deitado enquanto a observava sair da cama.

– Isso vai levar pelo menos doze horas, contando a partir de agora. Não vou conseguir manter as mãos longe de você por tanto tempo assim.

– Então você vai precisar inventar alguns meios de...

Lottie parou de falar e inspirou ao ficar em pé.

– O que foi? – perguntou ele, assustado.

Ela corou da cabeça aos pés.

– Estou dolorida em... Em lugares em que normalmente não sinto dor.

Entendendo, Nick deu um sorriso tímido e inclinou a cabeça em um gesto pouco convincente de penitência.

– Sinto muito. Efeitos colaterais do sexo tântrico.

– Foi isso o que fizemos?

Lottie foi mancando até a cadeira onde havia deixado seu roupão e o vestiu.

– É uma antiga arte indiana. São métodos ritualizados cujo objetivo é prolongar as relações sexuais.

O rubor no rosto de Lottie persistiu enquanto ela se lembrava das coisas que ele havia feito com ela durante a noite.

– Bem, sem dúvida foi prolongado.

– Não muito. Os especialistas em sexo tântrico têm relações sexuais que muitas vezes duram nove ou dez horas ininterruptas.

Ela o fitou com olhos aterrorizados.

– Você conseguiria fazer isso se quisesse?

Levantando-se da cama, Nick foi até ela, sem pudor nenhum em relação à própria nudez. Ele a pegou nos braços e se aninhou em seus cabelos loiros macios, brincando com a trança solta pelas costas.

– Com você, eu não me importaria de tentar – disse ele, sorrindo com os lábios colados em sua têmpora.

– Não, obrigada. Eu mal estou conseguindo andar.

Lottie passou o rosto pelo torso peludo até encontrar seu mamilo.

– Não vou encorajar nenhuma de suas práticas tântricas.

– Tudo bem – respondeu ele. – Há outras coisas que podemos fazer. Eu ainda nem comecei a mostrar tudo o que eu sei...

– Eu temia justamente isso – disse ela, e ele riu.

Nick segurou o rosto de Lottie e o inclinou na direção do seu. Ela ficou maravilhada com a expressão nos olhos dele, com o calor que ardia naqueles poços azuis insondáveis. A boca de Nick desceu até a dela, como se temesse uma recusa. Lottie percebeu que ele estava com medo de que a manhã tivesse levado embora a vontade dela de beijá-lo. Ela permitiu que seus olhos se fechassem enquanto sentia o calor aveludado dos lábios dele.

～

Nick mal se reconhecia nos dias que se seguiram. Sua confissão a Lottie e a surpreendente reação dela haviam mudado tudo. Ela deveria ter sentido repulsa pelas coisas que ele lhe contara, mas, em vez disso, ela o abraçara e o aceitara sem hesitação. O que não fazia sentido para Nick. Ele a observava buscando sinais de arrependimento, pensando que ela voltaria a si... Mas a esperada rejeição não veio. Lottie se abrira para ele de corpo e alma. A confiança dela o apavorava. A necessidade que sentia dela o aterrorizava. Perceber até que ponto a própria independência tinha sido comprometida era enlouquecedor...

No entanto, ele parecia não conseguir impedir que isso acontecesse.

Diante dessa inevitabilidade, Nick não teve escolha a não ser ceder. E, dia após dia, ele deixava o sentimento ir mais fundo. Em pouco tempo passou a sentir um calor incerto e vertiginoso que só pôde identificar como felicidade. Já não se sentia atormentado e agitado, não desejava mais por coisas que não poderia ter. Pela primeira vez na vida, sentia-se em paz. Até os pesadelos pareciam ter recuado. Ele estava dormindo mais profundamente do que em toda a vida, e quando os sonhos começavam a incomodá-lo, ele acordava e encontrava o corpo pequeno de Lottie aconchegado contra seu, os cabelos sedosos por cima de seu braço. Ele nunca se permitira ficar tão ocioso... Demorando-se na cama, fazendo amor com a esposa, saindo para longos passeios ou caminhadas com ela, chegando até a ir a um maldito piquenique e achando isso divertido, apesar da sensação de que deveria estar em Londres, com Morgan e os detetives, fazendo algo útil.

Mas logo essa rotina começou a incomodá-lo... Voltou a ele o velho e familiar desejo de caçar criminosos, a empolgação viciante da perseguição e da captura. Nick não sabia como ser um visconde e sentia-se meio deslocado ali, na casa de sua infância. Nenhuma mudança mágica ocorreu com a chegada do mandado de intimação. Sangue azul ou não, ele havia sido forjado nas ruas.

Certa manhã, enquanto passeavam por uma trilha pavimentada com vista para uma lagoa comprida e simétrica, adornada por lírios d'água, Lottie disse:

– Estive pensando nas suas necessidades...

Além da lagoa, um gramado vasto e curvo levava a uma série de lagos artificiais margeados por uma floresta de cedros e olmos. Nick a conduzira por um atalho que costumava tomar quando era garoto, cortando o gramado ao passar por cima de uma pequena mureta de pedras e seguindo direto para a floresta.

Sorrindo com o que acabara de ouvir, Nick ergueu os braços para ajudá-

-la a descer da mureta. Embora pudesse ter saltado sozinha facilmente, ela aceitou a ajuda dele, apoiando as mãos sobre seus ombros enquanto ele segurava sua cintura.

– E quais seriam elas? – perguntou ele, deixando-a escorregar por suas mãos até que seus pés tocassem o chão.

– Você precisa de uma causa.

– De uma o quê?

– De uma causa, algo pelo qual valha a pena lutar. Algo que não tenha a ver com a administração das terras.

Nick deixou seu olhar passear pela figura pequena de Lottie. Ela usava um vestido de caminhada de um tom pêssego com adornos marrom-chocolate.

– Eu já tenho uma... – respondeu ele, pousando a boca na dela.

Lottie sorriu e recebeu o calor dos lábios de Nick, abrindo a boca para tocar a língua na dele.

– Estou falando de algo com o qual se ocupar no tempo livre – disse ela, ofegante.

Ele deslizou a mão pela cintura dela, que estava livre do espartilho.

– Eu também estou falando disso, ora...

Lottie se afastou com uma gargalhada, pisoteando o tapete de folhas enquanto entravam na floresta. Raios de um sol fraco penetravam pela antiga copa de galhos carregados de folhas, apanhando o brilho louro dos cabelos presos dela e fazendo-os reluzir como prata.

– Sir Ross se interessa pela reforma do judiciário – comentou ela –, além de pelos direitos das mulheres e das crianças. Se você se interessasse por uma causa que beneficiasse o público de alguma forma, poderia fazer bom uso de sua vaga na Câmara dos Lordes.

– Espere um pouco... – disse ele, seguindo-a através do labirinto de árvores. – Você não vai começar a me comparar com o santo do meu cunhado...

– Foi um exemplo, não uma comparação.

Parando ao lado de um enorme olmo, ela deslizou a mão pelos sulcos profundos da casca cinza sarapintada.

– A questão é que você passou os últimos anos servindo à sociedade, ajudando as pessoas, e parar tão de repente...

– Eu não estava ajudando as pessoas – interrompeu Nick, ofendido. – Eu estava correndo atrás de criminosos, prostitutas e fugitivos, de Tyburn a East Wapping.

Lottie lançou a ele um olhar de esguelha; seus olhos castanhos-escuros estavam cheios de uma ternura inexplicável.

– E fazendo isso, deixou Londres mais segura e justa para quem merece. Pelo amor de Deus, por que você se ofende com a possibilidade de fazer algo de bom de vez em quando?

– Eu não quero levar o mérito por uma coisa que eu não sou.

– Eu vejo você exatamente pelo que é – afirmou ela –, e eu seria a última pessoa a considerá-lo um santo.

– Que ótimo.

– Por outro lado, seu trabalho como detetive ajudou as pessoas, quer você admita isso ou não. Sendo assim, acho que agora você deveria encontrar outra atividade significativa com a qual ocupar seu tempo.

Lottie continuou caminhando despreocupadamente, saltando sobre um galho caído.

– Você quer que eu vire um reformista? – perguntou ele com repugnância.

Ignorando o mau humor súbito de Nick, Lottie continuou a andar entre as árvores até a floresta se abrir e revelar um pequeno lago cintilante.

– Deve haver alguma causa que lhe interesse. Algo pelo qual queira lutar. Que tal melhorar as péssimas condições do Tâmisa? Ou dos asilos onde velhos, crianças e loucos ficam amontoados sem cuidado nenhum?

– Daqui a pouco, você vai querer que eu faça discursos no Parlamento e promova bailes beneficentes – disse Nick, fazendo uma careta.

Lottie continuou listando os problemas que precisavam ser resolvidos.

– Educação pública precária, a crueldade dos esportes sangrentos, a situação dos órfãos ou dos ex-presidiários...

– Eu já entendi – interrompeu Nick, parando ao lado dela.

– E a reforma prisional? Esse é um assunto que você pode abordar com alguma convicção.

Nick congelou, sem conseguir acreditar que Lottie tivesse ousado sugerir isso. Ele mantinha essa parte do passado trancafiada em algum lugar distante de sua mente. O fato de ela mencioná-la de forma tão relaxada foi como um ataque. Uma traição. Mas ali, parado diante dela, se debatendo em busca de uma resposta, Nick percebeu a bondade absoluta em sua expressão. "Se sinta à vontade comigo", suplicavam os olhos dela. "Me deixe compartilhar um pouco desse fardo."

Ele desviou o olhar e a explosão de raiva arrefeceu. Inferno, como ele queria acreditar nela. Entregar a ela a única parte de sua alma que o mundo ainda não havia maculado, triturado, arruinado. Mas se permitir ser tão vulnerável?

– Vou pensar – disse ele, rouco.

Lottie sorriu, estendendo a mão para acariciar seu peito.

– Se você não se dedicar a uma causa digna, vai acabar enlouquecendo de tédio. Você não é homem de gastar todo o tempo em busca de diversões inúteis. E agora que não está mais trabalhando na Bow Street...

Lottie fez uma pausa, parecendo perturbada por algo que viu nos olhos dele.

– Você sente falta, não é?

– Não – respondeu ele.

– A verdade, Nick... – insistiu ela, franzindo o cenho.

Pegando a mão dela, Nick a conduziu pela trilha que margeava o lago.

– Tudo bem, eu sinto. Fui detetive por muito tempo. Eu gosto do desafio. Gosto da sensação de enganar aqueles imbecis nas ruas. Eu sei como eles pensam. Cada vez que coloco um assassino ou estuprador imundo atrás das grades da Bow Street, eu sinto uma satisfação como nenhuma outra. Eu sinto que... – Ele fez uma pausa, procurando pelas palavras certas. – Que ganhei o jogo.

– O jogo? – repetiu Lottie. – É assim que você pensa?

– Todos os detetives pensam assim. É necessário se você quiser ser mais esperto que seu oponente. É preciso manter um distanciamento, senão corremos o risco de perder o foco.

– Imagino que tenha sido muito difícil manter esse desapego algumas vezes.

– Jamais. Sempre tive facilidade em esconder meus sentimentos.

– Entendo...

Mas, embora Lottie parecesse entender, havia um tom discretíssimo de ceticismo em sua voz. Como se ela duvidasse de que ele ainda fosse capaz de permanecer alheio às emoções. Confuso e irritado, Nick ficou em silêncio enquanto continuavam a caminhada ao redor do lago. E disse a si mesmo que mal podia esperar para deixar o cenário idílico de Worcestershire e voltar a Londres.

CAPÍTULO 14

Lottie estava com as mãos ao redor de uma xícara de chá enquanto observava Nick devorar um prato grande de ovos, frutas e pão com passas.

– Você vai à Bow Street hoje, não vai? – perguntou ela.

Nick olhou para ela com um sorriso tranquilo.

– Por que pergunta?

Desde que tinham retornado de Worcestershire, três dias antes, ele havia se encontrado com banqueiros, contratado um corretor de imóveis, ido ao alfaiate e passado uma tarde no café do Tom com amigos. Até onde Lottie sabia, aquele dia se desenrolaria da mesma maneira, mas, de alguma forma, sua intuição a tinha levado a suspeitar do contrário.

– Porque você fica com um brilho nos olhos sempre que vai se encontrar com sir Grant ou com qualquer outra pessoa na Bow Street.

Nick não pôde deixar de sorrir diante da expressão desconfiada da esposa. Ela tinha os instintos e a tenacidade de um cão de caça, o que considerava um elogio, embora ela provavelmente não fosse partilhar da mesma opinião.

– Por acaso, não vou à Bow Street – respondeu ele.

Era verdade, embora apenas no sentido mais técnico.

– Vou visitar um amigo. Eddie Sayer. Eu já lhe falei dele antes, lembra?

– Falou, ele é um dos detetives.

Os olhos de Lottie se estreitaram por cima da delicada borda de sua xícara de chá.

– O que vocês dois estão tramando? Não vão fazer algo perigoso, vão?

Sua voz continha certa apreensão, e seu olhar o examinou com uma preocupação tão possessiva que acelerou o coração de Nick. Ele tinha dificuldade em entender o que significavam esses sinais. Era quase como se ela estivesse preocupada com ele, como se sua segurança importasse para ela. Ela nunca havia olhado para ele daquele jeito antes e ele não sabia ao certo como reagir.

Com cuidado, ele estendeu a mão e a fez levantar da cadeira e sentar em seu colo.

– Nada perigoso – afirmou ele, com a boca encostada na maciez da bochecha dela.

Inebriado com o sabor de sua pele, ele deslizou até a orelha e tocou o lóbulo delicado com a ponta da língua.

– Eu não arriscaria voltar para casa, para você, a menos que em plenas condições funcionais.

Lottie se contorceu em seu colo, e o movimento provocou uma onda de calor em suas partes íntimas.

– Onde você e o Sr. Sayer se encontrarão? – insistiu ela.

Ignorando a pergunta, Nick passou a mão sobre o corpete de seu vestido matinal, feito de um tecido branco delicado, estampado com flores e folhas minúsculas. O decote profundo revelava o contorno gracioso do pescoço, uma tentação forte demais para resistir. Nick beijou a pele doce e macia enquanto enfiava a mão por debaixo das camadas farfalhantes de saias.

– Você não vai me distrair com essa tática...

Mas Nick percebeu sua respiração acelerar quando ele chegou à pele macia de sua coxa. E então ele fez uma descoberta que enviou um raio de desejo por seu corpo; seu membro enrijeceu sob a saliência das nádegas dela.

– Você não está de ceroulas... – murmurou ele, passando a mão pelas pernas desnudas dela.

– Está muito calor hoje – disse ela, ofegante, agitando-se para evitá-lo, empurrando, sem sucesso, a mão dele sob seu vestido. – Eu não deixei de colocá-las por sua causa e... Nick, pare com isso. A criada vai chegar a qualquer momento.

– Então preciso ser rápido.

– Você nunca é rápido. Nick... Ah...

Ela pressionou o corpo contra o dele quando Nick tocou os pelos entre suas coxas; a fenda do sexo dela já estava muito úmida à medida que o corpo bem treinado respondia ao toque.

– Eu vou fazer isso com você na próxima semana, no baile do Markenfield – avisou ele, correndo o polegar pela abertura úmida. – Vou levar você até um canto escondido, vou puxar a frente de seu vestido e então vou tocá-la até você gozar.

– Não – protestou ela sem nenhuma convicção.

Seus olhos se fecharam quando ela sentiu o longo dedo médio dele deslizar para dentro ela.

– Ah, sim.

Nick retirou o dedo molhado e acariciou a carne cada vez mais rija do sexo dela, até sentir o corpo de Lottie começar a se contrair ritmicamente em seu colo.

– E vou manter você calada com minha boca, encher você de beijos quando você chegar ao clímax com meus dedos dentro de você... Assim...

Ele inseriu dois dedos dentro do canal quente e pulsante e cobriu os lábios dela enquanto ela gemia e estremecia.

Quando arrancou os últimos arrepios de prazer do corpo dela, Nick afastou a boca e sorriu de forma presunçosa diante de seu rosto ruborizado.

– Isso foi rápido o suficiente para você?

~

O breve interlúdio à mesa do café da manhã deixou os sentidos de Nick agradavelmente despertos e a mente repleta de pensamentos agradáveis sobre o que aconteceria quando ele voltasse para casa mais tarde. Bem-humorado, ele contratou um coche de aluguel para levá-lo ao local do encontro com Eddie Sayer. Não seria muito inteligente levar um bom cavalo ou uma carruagem particular à taberna Blood Bowl, um antro bastante frequentado por criminosos, conhecido como um "santuário de malfeitores".

Nick já estava familiarizado com o Blood Bowl havia muito tempo, visto que se localizava na região ao redor de Fleet Ditch, onde ele um dia fora proprietário de um cortiço. Fleet Ditch, o principal esgoto de Londres, cortava uma região de intensa atividade criminosa. Era, sem dúvida, o coração do submundo, situado em meio a quatro presídios, incluindo Newgate, Fleet e Bridewell.

Durante anos, Nick não conheceria outro lar. No auge de sua carreira como criminoso, Nick havia alugado um escritório elegante na cidade para se encontrar com clientes da classe alta e representantes de bancos que se sentiam relutantes em ir a Fleet Ditch. No entanto, tinha passado a maior parte do tempo em um cortiço não muito longe de lá e aos poucos se habituara ao fedor perpétuo. Ali, Nick tinha criado esquemas, armadilhas e organizado com habilidade uma rede de contrabandistas e informantes. Em sua mente, acreditava que morreria rico e jovem, tendo concordado com as palavras de um criminoso que, um dia, vira ser enforcado em Tyburn: "Uma vida bem vivida é curta, porém feliz."

Mas assim que Nick estava prestes a receber sua merecida recompensa, sir Ross Cannon tinha intervindo com seu acordo infame. Por mais que Nick odiasse admitir, os anos que passara como detetive tinham sido os melhores de sua vida. Embora se ressentisse de ser manipulado por sir Ross, não havia como negar que o cunhado havia mudado sua vida para melhor.

Nick olhou com curiosidade para as ruas escuras e lotadas de gente, enxames de pessoas entrando e saindo de prédios decrépitos que pareciam empilhados uns sobre os outros. Era chocante estar ali tendo acabado de deixar uma esposa cheirosa e bonita em sua serena casinha em Betterton. E, estranhamente, a expectativa de ir à caça não era, nem de longe, tão forte como costumava ser. Nick esperava sentir a mesma euforia ensandecida ao perambular pela região mais perigosa de Londres, mas, em vez disso...

Ele estava arrependido de ter concordado em ajudar Sayer naquele dia.

Mas por quê? Ele não era covarde, não era um aristocrata mimado. Era só que... Ele tinha a sensação assustadora de que não pertencia mais àquele lugar. Agora tinha algo a perder, algo que não queria arriscar.

Confuso, Nick entrou no Blood Bowl e encontrou Sayer aguardando em uma mesa em um canto escuro. A taverna estava tão nojenta e lotada como sempre, cheirando a lixo, gim e suor.

Sayer o cumprimentou com um sorriso amigável. Jovem, arrojado e corpulento, Sayer era, sem dúvida, o melhor detetive que sir Grant tinha, agora que Nick havia deixado a força. Embora estivesse contente em ver o amigo, Nick sentiu uma tristeza estranha ao ver o brilho de empolgação incauta nos olhos de Sayer e perceber que não compartilhava dele. Nick não duvidava de que suas habilidades e instintos ainda existissem, mas agora lhe faltava a gana de caçar. Ele queria estar em casa, com a esposa.

Maldição, pensou ele, cada vez mais agitado.

– Morgan vai me estripar como um bacalhau se descobrir que eu lhe pedi para fazer isso – disse Sayer com pesar.

– Ele não vai descobrir.

Nick se juntou a ele na mesa, meneando a cabeça quando uma garçonete se aproximou com um jarro de cerveja. A garota de rosto cansado fingiu ter ficado chateada, mas deu uma piscadinha e se afastou.

– Eu mesmo poderia dar conta disso, eu acho – disse Sayer, tomando o cuidado de não ser ouvido por outras pessoas. – Mas nem eu, nem ninguém, conhece as entranhas de Fleet Ditch tão bem quanto você. Você é o único que poderia identificar facilmente o sujeito que quero apanhar, você já teve que lidar com ele.

– Quem é?

Nick apoiou os antebraços sobre a mesa, mas tirou ao sentir que as mangas grudaram no tampo de madeira.

– Dick Follard.

O nome pegou Nick de surpresa. Ao contrário dos criminosos médios de Londres, meros oportunistas em sua maioria, Follard era da categoria considerada "a elite do crime". Era um homem tão habilidoso quanto desalmado. Nick tinha prendido Follard havia dois anos, depois que o marginal assaltara a casa de um advogado próspero, matando o homem e estuprando sua esposa quando ofereceram resistência. Entretanto, Follard havia sido poupado da forca e extraditado em troca de oferecer provas contra seus cúmplices.

– Follard foi mandado para a Austrália – lembrou Nick.

– Ele está de volta – respondeu Sayer com um sorriso sombrio. – Como um cão comendo o próprio vômito.

– Como você sabe disso?

– Infelizmente, não posso provar, mas há rumores de que ele foi visto nos últimos tempos, sem contar uma série de roubos violentos que lembram muito o trabalho de Follard. Ontem mesmo interroguei uma pobre mulher que foi estuprada por um ladrão que invadiu sua casa e matou seu marido. O mesmo método de arrombamento, o mesmo padrão de facadas, e a descrição que ela deu do criminoso corresponde, até a cicatriz no lado direito do pescoço.

– Meu Deus...

Franzindo a testa, Nick pinçou a ponte do nariz enquanto ponderava sobre as informações.

– Não acredito que Morgan mandou você para pegar Follard sozinho.

– Ele não mandou – disse Sayer. – Ele quer que eu interrogue alguns dos antigos comparsas dele e escreva um relatório. Mas eu prefiro levar Follard para ele.

Nick não pôde deixar de sorrir, sabendo exatamente qual seria a reação de Morgan.

– Se você conseguir, Morgan vai arrancar seu couro por esse exibicionismo estúpido.

– Sim... E depois ele vai beijar meus pezinhos fedorentos por ter capturado um fugitivo. Vou sair na primeira página do *Times*, dezenas de mulheres vão implorar a minha atenção.

Nick assumiu uma expressão de pesar.

– Isso não é tão agradável como você deve estar pensando – informou ele ao amigo.

– Não? Bem, mesmo assim eu gostaria de tentar.

Sayer arqueou a sobrancelha, cheio de expectativa.

– Você topa?

Nick assentiu e soltou um suspiro.

– Por onde você quer começar a procurar?

– Os relatos são de que Follard foi visto na área entre a Hanging Ax Alley e a Dead Man's Lane. Mas aquilo lá é um formigueiro, com todos aqueles buracos nas paredes e os túneis que ligam os porões...

– Sim, eu conheço o lugar.

Nick manteve uma expressão indiferente, embora tivesse consciência do frio que sentiu na barriga. Ele já tinha ido àquela região e, mesmo com sua alta tolerância aos horrores do submundo, a experiência não tinha sido nada agradável. Na última vez que havia visitado a Hanging Ax Alley, vira uma mãe prostituindo o próprio filho em troca de gim, enquanto mendigos e prostitutas se amontoavam pelas vielas como sardinhas.

– Teremos que ser rápidos – alertou Nick. – Quando perceberem que estamos na área, a notícia vai se espalhar em um segundo e Follard vai fugir antes que possamos sequer botar os olhos nele.

Sayer sorriu com um entusiasmo pouco reprimido.

– Então vamos. Você guia o caminho.

Os dois saíram da taberna e foram percorrendo as ruas com esgoto a céu aberto; o fedor de animais mortos e lixo em decomposição pairava no ar. Os prédios em ruínas caíam uns sobre os outros como se estivessem exaustos, gemendo a cada vento forte que soprava. Não havia placas para identificar ruas, nem números nas casas e edifícios. Uma pessoa que nunca tivesse estado na região se perderia e acabaria roubada, espancada e largada à mercê da morte em algum quintal ou beco escuro. A pobreza ali era inimaginável, e a única fuga para as pessoas que ali vivam era temporária, geralmente encontrada nas lojas de bebida. Na verdade, havia uma dessas em quase todas as ruas.

A miséria daquelas pessoas incomodava Nick; crianças esqueléticas, mulheres humilhadas, homens desesperados. As únicas criaturas saudáveis eram os ratos e camundongos que atravessavam a rua. Até então, Nick aceitara tudo aquilo como parte inevitável da vida. Pela primeira vez ele se perguntou o que poderia ser feito por aquelas pessoas. Por Deus, as necessidades daquela gente eram imensas, ele se sentia devastado. E então Nick se lembrou do que Lottie havia lhe dito apenas alguns dias antes... "Deve haver alguma causa que lhe interesse. Algo pelo qual você queira lutar..." Agora que ele tinha tido tempo de refletir sobre o assunto, precisava admitir que ela estava certa. Como lorde Sydney, ele poderia fazer muito mais do que um dia pôde fazer como Nick Gentry.

Enfiando as mãos nos bolsos, Nick olhou com cautela para Sayer, obcecado em capturar Dick Follard. Exatamente como deveria ser. *Sem distrações*, advertiu Nick para si mesmo, embora outra voz ecoasse em sua cabeça. "Chega um momento em que um homem já provocou o diabo vezes demais", dissera Morgan certa vez. "E, se ele for muito teimoso ou tolo para perceber, vai pagar por isso com o próprio sangue. Eu soube quando parar. E você também precisa saber."

Era, de fato, hora de parar, embora Nick não tivesse percebido até aquele momento. Depois de ajudar Sayer nessa missão, ele enfim abandonaria a carreira como detetive e se reinventaria mais uma vez. Dessa vez, como lorde Sydney... Um homem com uma esposa, um lar, talvez até filhos, um dia.

A ideia de ver Lottie grávida de um filho seu provocou uma pontada agradável em seu peito. Finalmente ele estava começando a entender por que sir Ross havia achado tão fácil pedir demissão quando se casou e por que Morgan valorizava a família acima de tudo.

– Gentry – murmurou Sayer. – Olá?

Perdido em pensamentos, Nick não percebeu até Sayer falar mais uma vez:

– Sydney!

Nick lançou a ele um olhar inquisitivo.

– Sim?

Sayer estava franzindo a testa.

– Preste atenção. Você parece um pouco distraído.

– Estou bem.

Mas Nick percebeu que estava, de fato, preocupado. E ficar preocupado em um lugar como aquele poderia ser um erro fatal.

Quando entraram no local, Nick esquadrinhou a área com um olhar experiente, tentando se lembrar do que sabia daquele labirinto de ruelas, túneis e encruzilhadas entre os edifícios. Passou a mão de leve sobre o peito, verificando o peso reconfortante do cacetete de ferro no bolso do casaco.

– Vamos começar pelo lado norte da rua – disse Nick. – De lá, vamos descendo até a esquina.

Sayer concordou; seu corpo se tensionou enquanto ele se preparava para a ação.

Revistaram os edifícios de maneira metódica, fazendo perguntas àqueles que pareciam saber de algo. Os quartos e muquifos eram mal iluminados, lotados e fétidos. Nick e Sayer não encontraram resistência, embora fossem alvo de muitos olhares desconfiados e hostis.

Em uma oficina perto do final da rua – tecnicamente, uma loja de fivelas, mas, na realidade, um ponto de encontro de falsários e falsificadores –, Nick percebeu certo brilho no olhar de um velho esquelético ao ouvir a menção do nome de Follard. Enquanto Sayer vasculhava a loja, Nick se aproximou do homem com um olhar inquisitivo.

– Você sabe de alguma coisa sobre Follard? – perguntou Nick.

Ele falou em um tom calmo, deslizando o dedo pela barra da manga esquerda com a mão oposta, em um sinal bem conhecido nos cortiços londrinos. O gesto sutil era uma promessa de pagamento por informações quentes.

O homem baixou as pálpebras finas como papel sobre os olhos amarelados enquanto considerava a oferta.

– Talvez...

Nick estendeu algumas moedas, e os dedos enrugados do velho se fecharam sobre o dinheiro.

– Sabe onde posso encontrá-lo?

– Dá uma olhada na loja de gim da Melancholy Lane.

Acenando com a cabeça em agradecimento, Nick olhou para Sayer e indicou, com um movimento dos olhos, que era hora de partir.

Os dois se dirigiram rapidamente à Melancholy Lane, a apenas duas ruas da Hanging Ax Alley. Como a maioria das lojas de gim perto de Fleet Ditch, o local já estava abarrotado muito antes do meio-dia, com vários bêbados jogados pelo chão. Depois de uma conferência rápida, Nick foi até a entrada da loja, enquanto Sayer circundava o edifício degradado para encontrar a saída na parte de trás.

Assim que entrou na loja, alguns resmungos nada lisonjeiros se espalharam pela multidão. Era lamentável que a altura e o tamanho de um detetive tornassem quase impossível que ele se misturasse à multidão. Era ainda mais lamentável que Nick tivesse feito inúmeros inimigos no submundo, uma vez que fornecera provas contra seus antigos aliados e fora trabalhar na Bow Street. Isso não tinha ajudado a aumentar sua popularidade em Fleet Ditch. Ignorando os murmúrios ameaçadores, Nick examinou a multidão com os olhos semicerrados.

Até que, de repente, avistou o rosto que estava procurando. Apesar das travessias de um continente para outro, Dick Follard não havia mudado nem um pouco; seu rosto de rato era coroado por um chumaço de cabelos pretos oleosos; os dentes afiados conferiam à boca uma aparência serrilhada. Os olhares dos dois homens se encontraram em um momento de desafio gélido e eletrizante.

Follard desapareceu em um instante, serpenteando pela multidão com a facilidade de um roedor, enquanto escapulia para a parte de trás da loja. Nick abriu caminho pela massa humana, espremendo-se entre eles com uma determinação cega. Quando chegou ao beco, Follard já tinha desaparecido pela complexa rede de cercas, muros e ruas laterais. Sayer não estava em lugar algum à vista.

– Sayer! – gritou Nick. – Onde diabo você está?

– Aqui! – gritou o detetive.

Ao se virar, Nick viu Sayer escalando uma cerca de quase dois metros de altura para ir atrás de Follard.

Nick correu para pular a cerca também e, aterrissando do outro lado, disparou por um beco escuro, sombreado pelo beiral dos edifícios de ambos os lados. A viela chegou a um fim abrupto; Nick parou quando viu Sayer olhando para cima. Follard escalava as ruínas de um antigo armazém de três pavimentos como um inseto, procurando por reentrâncias nos tijolos quebrados onde pudesse enfiar os dedos.

Depois de subir dois andares, enfim conseguiu alcançar um buraco grande o suficiente para saltar para dentro do armazém e sua figura esquelética desapareceu.

Sayer praguejou de raiva.

– Perdemos ele – afirmou. – Eu não subiria isso aí de jeito nenhum.

Analisando a estrutura da parede, Nick correu e pulou. Seguiu o mesmo caminho que Follard tinha tomado, enfiando as mãos e as pontas das botas nos buracos da parede. Ofegando com o esforço, ele escalou o paredão atrás do fugitivo.

– Maldição, Gentry! – exclamou Sayer em tom de aprovação. – Vou encontrar outra maneira de entrar.

Nick continuou escalando até alcançar a abertura no segundo andar. Uma vez dentro do prédio, ficou quieto e escutou. Ouviu som de passos no piso de cima. Avistou uma escada de mão que levava ao último andar do edifício, substituindo a escada original, de tijolos, que havia sucumbido há muito tempo. Nick foi até ela com passos rápidos e furtivos. Era relativamente nova, indicando que o armazém estava sendo usado apesar do estado de deterioração. Era bem provável que o prédio servisse para guardar mercadorias contrabandeadas ou roubadas, além de ser um excelente esconderijo. Nenhum agente da lei ousaria colocar os pés naquele lugar decrépito.

A escada rangeu com o peso de Nick. Assim que chegou ao terceiro andar, viu que as tábuas e vigas do estavam quase todas apodrecidas, deixando apenas uma fileira de hastes de apoio, como costelas de um esqueleto em franca deterioração. Embora as laterais do espaço ainda contassem com algumas tábuas frágeis, o centro do piso havia ruído, assim como o do segundo andar, resultando em um espaço propício a uma queda potencialmente mortal de uns bons dez metros, bem no meio do edifício.

Assim que avistou Nick, Dick Follard se virou e começou a atravessar por uma das tábuas no chão. Nick logo percebeu as intenções do bandido. O prédio ao lado era muito próximo e o salto até ele seria de, no máximo, um metro. Tudo o que Follard precisava fazer era pular por um dos buracos de janela e ele conseguiria escapar para o telhado do lado.

Nick o seguiu corajosamente, forçando-se a ignorar o vazio que se abria à sua frente. Posicionando os pés com cuidado, foi seguindo a figura cada vez mais distante de Follard, ganhando confiança ao passar a marca do meio da viga. Entretanto, quando já estava quase lá, um estalo agourento quebrou o silêncio, e Nick sentiu a viga ceder: seu peso tinha sido demais para a madeira corroída.

Praguejando, Nick saltou para a tábua seguinte e, de alguma forma conseguiu se agarrar às cegas, passando os braços ao redor da viga. Diversos destroços e lascas desabaram com um grande estrondo e uma chuva de poeira e pó de madeira embaçou sua visão. Arfando, Nick lutou para erguer o corpo, mas um golpe entorpecente repentino em suas costas quase o fez cair. Nick grunhiu com uma mistura de surpresa e dor e fitou o rosto triunfante de Follard acima dele.

Um sorriso maligno se abriu no rosto estreito do infeliz.

– Vou mandar você para o inferno, Gentry – disse Follard, aventurando-se sobre a viga.

Então ele pisou na mão de Nick com força. Nick sentiu os ossos dos dedos quebrando e soltou um rosnado de agonia.

Follard riu em júbilo maníaco.

– Um... – gritou ele. – Dois...

Ele pisou mais uma vez; a força esmagadora de seu pé causou uma explosão alucinante de dor no braço de Nick.

Follard ergueu o pé mais uma vez, preparando-se para o golpe de misericórdia.

– Três.

Nick arfou e agarrou o tornozelo de Follard, desequilibrando-o.

Soltando um grito estridente, Follard caiu da viga, e seu corpo despencou dois andares até atingir o piso inferior com força fatal.

Nick não ousou olhar para baixo. Desesperado, sua concentração estava toda em se agarrar à viga. Infelizmente, sua força chegava ao fim e a mão esquerda estava arruinada. Como uma minhoca no anzol, Nick se curvou, mas não pôde fazer nada em relação à queda fatal.

Incrédulo, se deu conta de que ia morrer.

~

O bilhete tremia na mão de Lottie enquanto ela lia mais uma vez.

> *Lottie,*
>
> *Por favor, me ajude. Nossa mãe disse que lorde Radnor está vindo me buscar. Não quero ir a qualquer lugar com ele, mas ela e o papai dizem que preciso... Os dois me trancaram no quarto até ele chegar. Pelo amor de Deus, não deixe isso acontecer comigo, Lottie, você é a minha única esperança.*
>
>
>
> *Sua irmã que a ama,*
> *Ellie*
>
>

Um garoto da vila havia trazido a carta manchada de lágrimas não muito depois de Nick ter saído. O menino informou que Ellie o havia chamado até a janela de seu quarto e lhe entregara o bilhete.

– Ela disse que se eu o trouxesse até a senhora, receberia meia-coroa – disse ele, mudando o peso do corpo de um pé para o outro, como se suspeitasse que a promessa não seria honrada.

Lottie gratificara o garoto com dez xelins e o mandara para a cozinha com a Sra. Trench para que fizesse uma refeição quente. Andando de um lado para o outro no saguão de entrada, ela roía freneticamente a articulação do dedo enquanto se perguntava o que fazer. Ela não tinha como saber quando Nick voltaria para casa. Por outro lado, se esperasse demais, talvez Radnor já tivesse buscado sua irmã.

O pensamento a deixou tão angustiada que Lottie cerrou as mãos e soltou um grito de ódio. Os pais estavam permitindo que Radnor levasse a pobre e inocente Ellie... Vendida como um animal...

– Ela só tem 16 anos – disse ela, alto, sentindo o rosto quente com o sangue da raiva. – Como eles são capazes? Como conseguem conviver consigo mesmos?

E não houvera menção alguma a casamento no bilhete, o que só podia levar Lottie a acreditar que seus pais estavam, tecnicamente, prostituindo Ellie em seu próprio benefício. A conclusão a enojou.

Não, ela não podia esperar por Nick. Ela mesma buscaria a irmã antes de Radnor. Na verdade, Lottie ficou furiosa consigo mesma por ainda não ter feito aquilo. Por outro lado, quem poderia ter previsto que Radnor iria querer Ellie ou que seus pais a entregariam dessa maneira?

– Harriet – gritou ela com força, avançando até o campanário mais próximo e puxando sem parar a corda do sino. – Harriet!

A aia de cabelos escuros apareceu, tendo corrido tão rápido que seus óculos estavam meio tortos.

– Milady?

– Vá buscar meu casaco de viagem e minha touca.

Parando, Lottie analisou mentalmente a lista de lacaios de Nick e decidiu que Daniel era o maior e mais capaz de ajudá-la na ausência de seu marido.

– Diga a Daniel que ele precisa me acompanhar em uma tarefa. Quero que a carruagem seja preparada agora mesmo!

– Sim, lady Sydney!

Harriet apressou-se em obedecer, contagiada pela urgência de Lottie.

Daniel apareceu em menos de um minuto, trajado com o uniforme preto. Ele era uma pessoa de boa índole, um jovem alto e robusto, com cabelos castanho-escuros e olhos cor de xerez.

– Milady – disse ele, fazendo uma reverência impecável e esperando por suas instruções.

Pegando a touca das mãos de Harriet, Lottie o amarrou com habilidade sob o queixo.

– Daniel, nós iremos até a casa dos meus pais buscar minha irmã. Não tenho dúvida de que minha família vai se opor fortemente. Existe até a possibilidade de um confronto físico, está bem? E, embora eu não queira que ninguém se machuque, precisamos trazer minha irmã de volta conosco. Acredito que eu possa confiar em você, certo?

Ele entendeu o que ela estava pedindo.

– Naturalmente, milady.

Ela abriu um sorriso leve, seu rosto estava pálido.

– Obrigada.

A carruagem foi preparada em tempo recorde e Lottie segurava o bilhete com força enquanto o veículo se afastava da Betterton Street em alta velocidade. Ela tentou se obrigar a pensar com clareza, tentar entender o que estava acontecendo.

O que Radnor queria com sua irmã? Nos anos em que Lottie o conhecia, ele mal parecia notar a existência de Ellie, exceto para fazer comentários depreciativos; que Ellie era roliça, simplória, nem um pouco refinada. Por que escolhê-la, entre todas as mulheres, como sua amante? Talvez por saber que essa seria a pior maneira de ferir Lottie. Radnor sabia que Lottie jamais seria feliz em seu casamento ciente de que essa felicidade havia sido comprada às custas da irmã.

Fervendo de medo e raiva, Lottie amassava o tecido das saias.

Chegaram ao destino em 25 minutos, mas, para Lottie, a espera foi insuportável. Não havia qualquer sinal da carruagem de Radnor na rua e Lottie se permitiu sentir um lampejo de esperança. Talvez não fosse tarde demais.

O veículo parou. O rosto calmo de Daniel ajudou a estabilizar seus nervos em frangalhos enquanto ela descia na calçada e permitia que ele a acompanhasse até a casa. O quintal da frente estava vazio, seus irmãos e irmãs, estranhamente ausentes.

Ao sinal de Lottie, Daniel usou o punho para bater com firmeza à porta, alertando os ocupantes da casa de sua chegada. Em pouco tempo, a porta foi aberta por uma criada.

– Srta. Howard – disse a empregada com os olhos bem abertos no rosto sardento, parecendo desconfortável.

– Agora sou lady Sydney – corrigiu Lottie, olhando de relance para o lacaio. – Pode esperar aqui fora, Daniel. Eu o chamarei se sua ajuda for necessária.

– Está bem, milady.

Ao entrar na casa, Lottie viu os pais de pé diante da porta de uma das salas de visita... A mãe, parecendo aflita e determinada, o pai sem conseguir erguer o olhar do chão. Os sinais de culpa transformaram a indignação de Lottie em uma fúria silenciosa.

– Onde está Ellie? – perguntou ela sem rodeios.

A mãe a fitou com indiferença.

– Isso não lhe diz respeito, Charlotte. Como eu deixei claro na sua última visita, você não é bem-vinda aqui. Você se desligou da família com suas atitudes egoístas.

Uma resposta amarga subiu aos lábios de Lottie, mas, antes que ela pudesse proferir qualquer palavra, ouviu batidas determinadas vindo dos fundos da casa.

– Lottie! – disse a voz abafada de sua irmã. – Lottie, estou aqui! Não me deixe!

– Estou indo! – gritou Lottie, lançando um olhar incrédulo na direção de seus pais. – Vocês não têm vergonha? – perguntou ela baixinho, fazendo de cada palavra uma acusação. – Vocês planejavam entregar Ellie a Radnor mesmo sabendo que isso arruinaria qualquer chance de ela ter uma vida decente? Como conseguem viver em paz?

Ignorando o clamor da mãe, Lottie foi até o quarto de Ellie e girou a chave que tinha sido deixada na fechadura.

Ellie saiu imediatamente, atirando-se sobre a irmã em meio a uma enxurrada de soluços agradecidos. Seus cabelos castanhos estavam foscos e emaranhados.

– Eu sabia que você me ajudaria – disse ela, arfando, molhando os ombros de Lottie com lágrimas. – Eu sabia. Lottie, me leve embora daqui, por favor... Ele está a caminho. Pode chegar a qualquer minuto.

Abraçando a garota soluçante, Lottie afagou suas costas e murmurou calmamente.

– Eu sempre virei quando você precisar de mim, Ellie. Vá buscar suas coisas e vou levar você para casa comigo.

A garota meneou a cabeça com veemência.

– Não temos tempo, precisamos ir agora.

– Tudo bem.

Mantendo o braço ao redor de Ellie, Lottie caminhou com ela dos fundos para a frente da casa.

–Você pode me contar tudo no caminho.

– Lottie – disse Ellie, ainda soluçando. – Tem sido tão horrível, tão...

Ellie parou e soltou um gritinho quando chegaram ao saguão de entrada e viram a figura magra e austera de Arthur, lorde Radnor, parada ali com seus pais. Ele devia ter chegado pouco depois de Lottie. A jovem não demonstrou qualquer emoção, mas seu coração trovejou no peito ao olhar para aqueles olhos negros calculistas. Ela apertou os ombros de Ellie com o braço e falou com uma frieza que estava longe de sentir.

– Não permitirei que leve minha irmã, lorde Radnor.

～

Nick ouviu o grito de Sayer em algum lugar abaixo dele:

– Sydney! Não solte!

– Eu não... pretendo... – murmurou Nick, embora seus dedos encharcados de sangue estivessem escorregando da madeira em decomposição.

Os ouvidos dele zuniam. Nick sentiu os braços ficarem dormentes, e seu corpo estava atormentado por uma dor excruciante. Estranhamente, seus pensamentos se tornaram calmos e claros quando ele percebeu que Sayer não chegaria a tempo.

Ele não queria morrer. Era irônico: se tivesse se visto na mesma situação há alguns meses, talvez não tivesse se importado. Uma vida curta, porém feliz... Era tudo o que ele sempre esperou. Ele não teria pensado em pedir mais.

Mas isso tinha sido antes de conhecer Lottie. Ele queria mais tempo com ela. Queria abraçá-la de novo. Queria dizer a ela o quanto a amava mesmo tendo achado que jamais sentiria isso por alguém. E queria cuidar dela.

Pensar que ele não seria mais capaz de zelar por ela... Que ela ficaria desprotegida, vulnerável... Seus dedos escorregaram um pouco mais. Fechando os olhos, Nick se agarrou com força à viga, sabendo que cada segundo de resistência era mais uma chance de revê-la. Demônios arranhavam a lateral de seu corpo com suas garras, rasgando carne e músculos, fazendo o suor escorrer sobre seu rosto e pingar no pescoço em gotas salgadas.

Lottie, pensou ele, com medo e agonia. Agora, tarde demais, havia tanta coisa que ele finalmente entendia... O pensamento nela seria o último de sua vida, seu nome, o som final que seus lábios emitiriam... Lottie...

De repente, ele sentiu uma pressão brutal no pulso, como se agarrado por uma braçadeira de ferro.

– Peguei você.

A voz estável de Sayer interrompeu o clamor de seus pensamentos. Sayer estava na viga com ele, apesar dos gemidos de advertência da madeira em decomposição. Nick queria dizer para ele sair dali, que a estrutura não suportaria o peso dos dois, mas não conseguiu reunir o fôlego necessário.

– Você vai ter que confiar em mim. Solte a outra mão, vou puxar você para cima.

Todos os instintos de Nick se rebelaram contra a ideia. Soltar sua única garantia e ficar dependurado, dependendo da força de outra pessoa...

– Você não tem escolha – disse Sayer entredentes. – Solte de uma vez e me deixe te ajudar. Ande, vamos logo!

Nick se obrigou a largar a tábua. Por um instante tenebroso, ficou totalmente suspenso, então sentiu o aperto esmagador de Sayer e um forte puxão para cima. Sayer o arremessou apenas o suficiente para equilibrar o peso de ambos em cima da madeira que gemia.

– Siga adiante – murmurou Sayer, ainda segurando o braço de Nick, e, juntos, os dois conseguiram se afastar da queda iminente.

Quando desceram da viga e se posicionaram na segurança de algumas tábuas relativamente sólidas, os dois homens desabaram no chão, ofegando.

– Caramba – disse Sayer quando conseguiu fôlego suficiente para falar. – Você é pesado como um demônio, Sydney.

Desorientado, com o corpo todo dolorido, Nick tentou assimilar que ainda estava vivo. Ele esfregou a manga na testa encharcada de suor e descobriu que seu braço estava tremendo e com cãibra; os músculos estavam exauridos.

Sayer sentou-se e o observou com uma ansiedade óbvia.

– Parece que você estirou alguns músculos. E parece que passaram sua mão em uma peneira.

Mas ele estava vivo. Era milagroso demais para acreditar. Nick tinha conseguido uma prorrogação que não merecia e, por tudo o que era mais sagrado, ele aproveitaria bem essa oportunidade. Foi tomado de saudade quando pensou em Lottie.

– Sayer... acabei de decidir uma coisa...

– É?

– De agora em diante, você vai ter que encontrar seu próprio caminho em Fleet Ditch.

Sayer sorriu de repente, parecendo entender as razões por trás da veemência de Nick.

– Suponho que você se ache bom demais para este lugar, agora que é visconde, não é? Eu sabia. Era só questão de tempo até você ficar todo afetado.

~

Lorde Radnor ficou surpreso ao encontrar Lottie na casa de sua família. Os olhos negros e severos passaram de seu rosto para o de Ellie, comparando os dois, catalogando as diferenças. Quando olhou para Lottie novamente, seu rosto estava tenso com uma mistura de ódio e desejo.

– Você não tem o direito de interferir – disse ele.

– Minha irmã é uma jovem inocente e que não fez nada a você – disse Lottie. – Ela não merece sofrer por minhas ações. Deixe Ellie em paz!

– Investi doze anos da minha vida em você – lembrou Radnor, entredentes, dando um passo à frente. – E de uma forma ou de outra serei ressarcido por isso.

Lottie olhou com incredulidade para seus pais.

– Vocês não podem estar pretendendo entregar Ellie a esse homem! Meu Deus! Como vocês podem ter chegado a esse ponto de indecência? Meu marido disse que estava disposto a cuidar de vocês, a assumir suas dívidas...

– Ellie terá uma vida melhor assim – murmurou o Sr. Howard. – Lorde Radnor proverá para ela...

Lottie olhou furiosa para todos eles enquanto Ellie se escondia atrás dela e chorava em suas costas.

– Vocês não se importam com o fato de que ele pretende transformar

Ellie em amante? Bem, pois fiquem sabendo que não vou permitir! Estou indo embora agora e vou levar minha irmã comigo. E, se alguém se atrever a colocar um dedo em nós, responderá a lorde Sydney.

A menção de Nick pareceu enfurecer Radnor.

– Como você se atreve? Você me enganou, me traiu, me insultou e agora quer me privar da única recompensa que estou pedindo...

– Você não quer Ellie – afirmou Lottie, olhando para ele com firmeza. – Você só quer me atacar, me castigar por ter me casado com outra pessoa.

– Sim – esbravejou Radnor, parecendo ter perdido todo o autocontrole. – Sim, eu quero punir você! Tirei você da lama e você se rebaixou novamente. Você se corrompeu e, fazendo isso, me privou da única coisa que eu um dia desejei.

Radnor deu alguns passos agressivos em sua direção.

– Todas as noites eu fico na cama imaginando você com aquele porco! – gritou ele bem perto do rosto dela. – Como você pôde preferir aquele animal abominável a mim? O homem mais imundo e mais depravado da...

Lottie ergueu o braço e desferiu um golpe no rosto dele com força, acertando o tapa com uma força desconcertante.

– Você não é digno de falar o nome dele!

Seus olhares se fixaram, e Lottie viu os últimos resquícios de sanidade desaparecerem dos olhos Radnor. Ele estendeu os braços, fechou as mãos em torno dela, como as garras de um falcão, e a ergueu do chão até fazê-la perder o equilíbrio. Atrás dela, Ellie deu um grito de medo.

Os pais de Lottie pareciam atordoados demais para se moverem enquanto lorde Radnor a arrastava pela casa. Presa nos braços de Radnor, Lottie cambaleou e tropeçou nos degraus da frente. Ele gritou algo aos lacaios enquanto ela lutava e se retorcia nos braços dele, até ele golpear a lateral de sua cabeça, acertando-a na orelha. Lottie ergueu e sacudiu a cabeça para afastar a chuva de faíscas que nublou sua visão. Seu olhar encontrou Daniel, mas ele havia sido dominado pelos lacaios de Radnor. Apesar do tamanho, Daniel não era páreo para dois homens.

– Milady – gritou Daniel, cambaleando para trás quando um punho pesado esmagou seu rosto.

Radnor afundou a mão nos cabelos de Lottie e enroscou os dedos com força nos grampos. Travando o outro braço ao redor do pescoço dela, forçou-a segui-lo até seu veículo.

– Por favor, milorde – disse o Sr. Howard, ansioso. – O senhor pode ficar com Ellie. Solte Lottie, nós...

– É ela que eu quero!

Em fúria, Radnor foi arrastando Lottie com o antebraço travado ao redor de seu pescoço, fazendo com que ela engasgasse e sufocasse com a falta de ar.

– Chega de barganhas. E de substitutas. Charlotte será minha e vocês que vão para o inferno!

Lottie se agarrou freneticamente ao braço esmagador dele, sentindo que seus pulmões estavam prestes a explodir. Ela não conseguia respirar... Ela precisava de ar... As manchas pretas e vermelhas embaçavam sua visão, e ela se sentiu desfalecer no abraço punitivo de Radnor.

CAPÍTULO 15

Lottie só recobrou os sentidos quando percebeu que estava sendo meio arrastada, meio carregada, para dentro da casa de lorde Radnor, em Londres. Sua cabeça latejava e o pescoço doía enquanto ela lutava contra o aperto implacável. Em algum lugar sob o medo e a fúria, estava muito aliviada por Ellie ter sido poupada. Sua irmã estava a salvo e, naquele momento, tudo se resumia ao confronto, que Lottie sempre soube que aconteceria, entre ela e o homem que dominara a maior parte de sua vida.

Embora estivesse ciente de alguns ruídos emitidos pelos criados ao redor, Lottie viu que nenhum deles ousou interferir. Todos tinham medo de Radnor e não levantariam um dedo sequer para impedi-lo de fazer o que queria. Ela se perguntou qual seria o propósito dele em levá-la até ali. A residência dele seria o primeiro local a ser investigado quando descobrissem que ela estava desaparecida. Imaginou que Radnor iria levá-la para algum lugar onde não pudessem ser encontrados com facilidade.

Radnor a arrastou à biblioteca, trancou a porta e forçou Lottie em uma cadeira. Colocando uma mão no pescoço machucado, ela se encolheu no assento. Pouco depois, sentiu algo duro e frio sendo pressionado contra sua têmpora ao mesmo tempo que Radnor puxava sua cabeça para trás.

O coração de Lottie parou de bater quando ela entendeu a razão pela qual lorde Radnor a havia levado ali. Como não podia tê-la, ele pretendia matá-la.

– Eu amava você – disse Radnor baixinho, parecendo são, mesmo com o cano da pistola tremendo junto à têmpora de Lottie. – Eu teria lhe dado tudo...

Estranhamente, Lottie viu que era capaz de responder em um tom racional, como se estivessem tendo uma conversa qualquer e sua vida não estivesse prestes a terminar com o puxão de um gatilho.

– Você nunca me amou.

Seu pescoço doía ao falar, mas ela se forçou a prosseguir:

– Você não sabe o significado dessa palavra.

A pistola tremeu com mais intensidade.

– Como pode dizer isso depois de tudo o que sacrifiquei por você? Você é tão ignorante assim?

– Em todos os anos em que nos conhecemos, você demonstrou sua necessidade de dominar, sua obsessão, desejo... Mas nada disso é amor.

– Então me diga o que é...

A voz dele trasbordava escárnio.

– Respeito. Aceitação. Altruísmo. Todas as coisas que o meu marido me mostrou em apenas algumas semanas. Minhas falhas não importam para ele. Ele me ama incondicionalmente e o sentimento é recíproco.

– Você deve seu amor a mim – disse Radnor.

– Talvez eu pudesse ter sentido algo do tipo se algum dia você tivesse tentado ser gentil.

Lottie parou, fechando os olhos enquanto sentia a pistola pressionar sua têmpora com mais força.

– É estranho, mas nunca pensei que isso fosse importante para você, se eu gostava de você ou não.

– É claro que era! – esbravejou Radnor. – Eu mereço isso de você, no mínimo!

Lottie deu um sorriso triste.

– Que ironia. Você exigia que eu fosse perfeita, que eu fosse algo que jamais conseguiria alcançar e, ainda assim, a única coisa que eu poderia ter oferecido, que era afeto, você nunca pareceu querer.

– Mas agora eu quero – disse Radnor, atordoando Lottie com suas palavras.

Mantendo a pistola pressionada na cabeça da jovem, ele se moveu para a frente dela e se ajoelhou até seus rostos estarem na mesma altura. O rosto dele estava avermelhado com um rubor que parecia arder, vindo do âmago. Seus olhos estavam ainda mais negros de raiva, ou talvez de desespero, e a boca fina estava contorcida por alguma emoção poderosa. Lottie nunca o vira assim. Ela não entendia o que o movia nem por que ele parecia tão devastado pela perda, já que tinha a mais absoluta certeza de que Radnor não era capaz de amar.

Ele agarrou a mão dela e levou seus dedos hesitantes até o rosto suado. Com espanto, Lottie percebeu que ele estava tentando fazer com que ela o acariciasse... Ali, daquele jeito, com uma arma apontada para sua cabeça.

– Me toque... – murmurou ele em uma voz febril. – Diga que me ama.

Lottie manteve os dedos imóveis e sem vida nos dele.

– Eu amo meu marido.

Desconcertado, Radnor ficou ainda mais vermelho de raiva.

– Você não pode fazer isso!

Ela quase sentiu pena dele enquanto encarava seus olhos incompreensíveis.

– Sinto muito por você, incapaz de conceber a ideia de amar alguém que não seja perfeito. Deve ser um destino muito solitário.

– Eu amei você – berrou ele, com a voz aguda de raiva. – Amei mesmo! Maldita seja sua alma, traidora!

– Então você amou alguém que nunca existiu. Você amou um ideal impossível, não a mim.

Lottie lambeu as gotas de suor do lábio superior.

– Você não sabe nada a meu respeito, milorde.

– Eu conheço você melhor do que ninguém – afirmou ele com veemência. – Você não seria nada sem mim, você me pertence!

– Não pertenço, não. Eu sou esposa de lorde Sydney.

Lottie hesitou antes de dar voz ao pensamento que lhe ocorrera mais de uma vez nos últimos dias.

– E estou bastante certa de que, a esta altura, já estou grávida dele.

Os olhos de lorde Radnor se tornaram dois poços de escuridão total no rosto branco como uma vela. Lottie percebeu que o havia chocado, que a ideia de ela estar grávida do filho de outro homem nunca havia ocorrido a ele.

Delicadamente, os dedos de Radnor largaram os dela e ele ficou de pé. O cano frio da arma seguiu encostado na cabeça de Lottie enquanto ele se movia para trás dela de novo. Ela sentiu a palma molhada da mão dele tocar de leve em seus cabelos e acariciá-los.

– Você estragou tudo – afirmou ele em um tom seco.

Radnor engatilhou a pistola; Lottie sentiu na pele o clique pesado.

– Não resta mais nada... Você nunca será o que eu queria.

– Não – concordou Lottie. – Sempre foi inútil tentar conseguir isso.

O suor frio escorria por seu rosto enquanto ela esperava que ele puxasse o gatilho. Diante da derrota absoluta, Radnor sem dúvida a mataria. Mas ela não passaria os últimos momentos de sua vida com medo, então fechou os olhos e pensou em Nick... Seus beijos, seus sorrisos, o calor de seus braços. Lágrimas de arrependimento e alegria pinicavam atrás de suas pálpebras.

Se ao menos ela pudesse ter tido um pouco mais de tempo com ele... Se ao menos pudesse tê-lo feito entender o que ele significava para ela. Um suspiro lento lhe escapou enquanto esperava quase pacificamente que Radnor atirasse.

Ao som de sua exalação, o cano da pistola foi afastado de sua cabeça. Em meio ao silêncio pesado que se seguiu, Lottie abriu os olhos, perplexa com o absoluto silêncio. Se não estivesse ouvindo o ruído leve da respiração de Radnor, poderia pensar que ele tinha saído da biblioteca. Quando começou a se virar, foi acometida por um som que fez seus ouvidos retinirem. Lottie caiu para trás, batendo as costas no chão, enquanto respingos quentes caíam em suas saias e braços.

Atordoada, ela tentou recuperar o fôlego e limpar as gotículas vermelhas dos braços, mas em segundos elas viraram longas manchas cor de vinho. Sangue. Perplexa, Lottie observou a figura confusa de Radnor. Ele estava estirado no chão, a alguns metros dela, seu corpo nos estertores da morte.

~

Concordando relutantemente que teriam que se reportar a Morgan, Nick e Sayer foram até a Bow Street. Nick sentia dores consideráveis, os músculos da lateral do corpo queimavam e os dedos quebrados haviam inchado sob o lenço com o qual ele os tinha amarrado. Estava cansado e dolorido e mal podia esperar para ir para casa, para Lottie.

Assim que entraram no bom e velho prédio da Bow Street, foram direto ao escritório de sir Grant, na esperança de que ele tivesse voltado da sessão vespertina no tribunal. O recepcionista, Vickery, saltou de sua mesa quando Nick e Sayer se aproximaram. Os olhos por trás dos óculos registraram assombro diante da aparência imunda dos dois.

– Sr. Sayer, e Sr... Hã, lorde Sydney...

– Tivemos que resolver uma pequena questão perto de Fleet Ditch – explicou Sayer. – Morgan pode nos receber, Vickery?

Por alguma razão, o escrivão lançou um olhar estranho a Nick.

– Ele está interrogando uma pessoa no momento – respondeu ele.

– Quanto tempo vai levar? – perguntou Nick, aborrecido.

– Não tenho ideia, lorde Sydney. Parece ser um assunto de certa urgência. Na verdade, o interrogado é seu lacaio, milorde...

Nick balançou a cabeça como se não tivesse ouvido direito.

– Como é?

– O Sr. Daniel Finchley – esclareceu Vickery.

– Que diabo Daniel está fazendo aqui?

Preocupado, Nick abriu a porta do escritório de Morgan sem bater.

O rosto de Morgan estava rígido quando olhou para Nick.

– Entre, Sydney. Sua chegada é bastante oportuna. O que aconteceu com sua mão?

– Esqueça isso – respondeu Nick, impaciente.

Nesse momento, viu que o interrogado era, de fato, Daniel. Seu rosto estava machucado, e um olho, arroxeado; o uniforme, rasgado.

– Quem fez isso com você? – perguntou ele, preocupado. – Por que você está aqui, Daniel?

– Não consegui encontrá-lo em casa, milorde – respondeu o lacaio, agitado. – Eu não sabia o que fazer, então vim contar a sir Grant. Algo aconteceu com lady Sydney.

Um choque de alarde se espalhou pelo corpo de Nick e ele sentiu o rosto empalidecer.

– O quê?

– Lady Sydney foi visitar a família esta manhã, para buscar a irmã. Ela me pediu para acompanhá-la e avisou que poderia haver algum tipo de resistência, pois os Howards não queriam deixar a garota partir.

Ele enfiou a mão no bolso e tirou um bilhete amarrotado, entregando-o a Nick.

– Lady Sydney deixou isto na carruagem.

Rapidamente, Nick passou os olhos pelo bilhete, focando-se na primeira linha.

"Por favor, me ajude. Nossa mãe disse que lorde Radnor está vindo me buscar."

Praguejando, Nick fitou o rosto pálido do lacaio.

– Continue – rosnou ele.

– Pouco depois de lady Sydney e eu termos chegado à casa dos Howards, lorde Radnor apareceu. Ele entrou na casa e, quando saiu, parecia fora de si. Ele estava com o braço em volta do pescoço de lady Sydney e a forçou a entrar em sua carruagem. Eu tentei impedi-lo, mas os lacaios dele me dominaram.

261

Uma onda gelada de pavor se espalhou por Nick. Ele conhecia a intensidade da obsessão sombria do conde. Sua esposa estava à mercê do homem que mais temia... E ele não estava lá para ajudá-la.

Aquela percepção o enlouqueceu.

– Para onde ele a levou? – rosnou Nick, agarrando o casaco do lacaio com a mão não machucada. – Onde eles estão, Daniel?

– Eu não sei – respondeu o lacaio, tremendo.

– Eu vou matar esse desgraçado – esbravejou Nick, enfurecido, caminhando para a porta.

Ele viraria Londres de ponta-cabeça, começando pelo imóvel de Radnor. Ele só lamentava que um homem não pudesse ser morto mais de uma vez, porque sua vontade era assassinar o maldito mil vezes.

– Sydney – interrompeu Morgan com veemência, movendo-se tão rápido que conseguiu chegar à porta junto com Nick. – Você não vai sair daqui desse jeito. Parece um lunático! Se sua esposa está em perigo, ela precisa que você mantenha a cabeça fria.

Nick soltou um rugido animal.

– Saia do meu caminho!

– Eu vou organizar uma busca, homem! Posso mandar quatro detetives e pelo menos trinta guardas em cerca de cinco minutos. Só me diga os lugares mais prováveis para onde Radnor possa ter levado Lottie, porque você conhece o sujeito melhor do que eu.

O olhar de Morgan se fixou no de Nick, e ele pareceu entender seu absoluto terror, pois sua voz suavizou-se quando ele acrescentou:

– Você não está sozinho nessa, Sydney. Nós vamos encontrá-la, eu lhe prometo.

Naquele momento, uma batida breve ecoou na porta.

– Sir Grant – chamou a voz abafada de Vickery. – O senhor tem outra visita.

– Agora não! – ralhou Morgan. – Diga para voltar amanhã.

Houve uma breve pausa.

– Hã... Sir Grant?

– O que foi, Vickery?

Morgan lançou um olhar incrédulo na direção da porta fechada.

– Acho que o senhor não vai querer mandar essa pessoa embora.

– Não quero saber de quem se trata, apenas diga que...

Morgan parou de falar enquanto a porta era aberta.

O olhar angustiado de Nick se voltou imediatamente para a porta e ele quase caiu de joelhos ao vê-la.

– Lottie!

~

Desgrenhada e suja de sangue, Lottie conseguiu dar um sorriso quando viu o olhar severo no rosto pálido do marido.

– O dia está sendo bastante atribulado – disse ela.

O som de sua voz pareceu desencadear uma enxurrada de emoções selvagens. Gritando seu nome, Nick chegou a ela em dois passos. Ele a puxou em um abraço brutal que ameaçou sufocá-la.

– Isso é... sangue... – disse ele, apalpando-a com sua enorme mão em uma busca frenética.

– É, mas não é meu. Eu estou bem, exceto por alguns...

Lottie parou de falar, e seus olhos se arregalaram ao ver a mão enfaixada do marido.

– Nick, você se machucou!

– Não foi nada.

Nick puxou a cabeça dela para trás, analisando seu rosto com o olhar atormentado. Seus dedos trêmulos contornaram a linha de sua bochecha e maxilar.

– Meu Deus. Lottie...

Enquanto continuava sua exploração aflita, ele descobriu os hematomas no pescoço dela e soltou um grito de fúria.

– Inferno! Olhe só o estado do seu pescoço. Ele ousou... Eu vou acabar com aquele maldito...

Lottie colocou os dedos sobre os lábios dele.

– Eu estou bem – disse ela.

Sentindo a maneira como o corpo dele tremia, Lottie pousou a mão sobre o peito dele em um gesto apaziguador. Após os eventos traumáticos das últimas horas, era tão maravilhoso estar com Nick que seus lábios se curvaram em um sorriso trêmulo. Ela olhou com preocupação para seu rosto cheio de poeira e suor.

– Na verdade, acho que devo estar em melhores condições do que você, meu amor...

263

Um gemido primitivo escapou da garganta de Nick e ele a agarrou com o braço direito, curvando-se sobre ela com avidez.

– Eu te amo – disse ele, com a voz baixa e trêmula. – Eu te amo tanto, Lottie.

Seus lábios cobriram os dela com um beijo feroz.

Nick estava desconcertado demais para lembrar que havia outras pessoas na sala. Lottie virou o rosto com uma risada abafada.

– Eu também te amo – sussurrou ela. – Mas aqui não, querido. Mais tarde, com mais privacidade, nós podemos...

Ela foi silenciada quando Nick se apossou de sua boca mais uma vez. De repente, ela se viu pressionada contra a parede por 1,80 metro de pura energia masculina. Percebendo que não havia a menor chance de contê-lo, Lottie acariciou suas costas em um esforço para acalmá-lo. Ele a possuía com beijos profundos e fervorosos, enquanto seus pulmões trabalhavam tão violentamente que ela podia sentir a caixa torácica dele se expandindo a cada respiração. Ela tentou reconfortá-lo, afagando a nuca enquanto ele a devorava com avidez. A respiração dele escapava em ofegos irregulares e, entre os beijos, ele sussurrava o nome de Lottie como se fosse uma oração.

– Lottie... Lottie...

Cada vez que ela tentava responder, ele tomava sua boca.

– Sydney – disse sir Grant, depois de pigarrear, sem conseguir chamar a atenção de Nick. – Hum. Sydney...

Depois de um longo tempo, Nick enfim levantou a cabeça.

Lottie empurrou o peito dele, afastando-o com gentileza. Com o rosto vermelho e sem fôlego, Lottie percebeu que Sayer estava muito interessado em analisar o tempo pela janela, enquanto Daniel tinha pedido licença para aguardar do lado de fora.

– Lamento interromper seu reencontro com lady Sydney, milorde – disse sir Grant com pesar. – Entretanto, preciso insistir em saber o que aconteceu com Radnor e onde ele está no momento, especialmente à luz do estado das roupas de lady Sydney.

Percebendo que ele estava se referindo às manchas de sangue em seu vestido, Lottie assentiu. Nick continuou a segurá-la enquanto ela explicava:

– Lorde Radnor morreu pelas próprias mãos – contou ela ao magistrado. – Ele me levou para a casa dele e depois de conversarmos por alguns minutos ele tirou a própria vida.

– Como? – perguntou sir Grant.

– Com uma pistola.

Lottie sentiu o tremor que atravessou o corpo de Nick ao ouvir aquelas palavras.

– Não sei como explicar as ações dele, mas posso dizer que ele parecia fora de si. Eu disse aos criados para deixarem o corpo dele onde estava e não tocarem em nada, já que você poderia querer mandar um detetive para investigar a cena.

– Fez bem, milady – disse sir Grant. – Posso pedir que responda a apenas mais algumas perguntas?

– Amanhã – falou Nick. – Lottie já passou por muita coisa hoje, Morgan. Ela precisa descansar.

– Eu ficaria mais do que feliz em contar todos os detalhes, sir Grant, se você mandar chamar um médico para cuidar da mão de Nick e também dar uma olhada no nosso lacaio.

Os olhos verdes do magistrado se enrugaram nos cantos de um jeito encantador.

– Mandaremos chamar o Dr. Linley.

– Vou buscá-lo – voluntariou-se Sayer, deixando o escritório em um piscar de olhos.

– Excelente – disse Morgan, voltando seu olhar para Nick. – E enquanto aguardamos por Linley, milorde, talvez você possa me explicar como acabou se ferindo e por que está com a aparência e o cheiro de quem passou por Fleet Ditch.

~

Muito mais tarde, quando estavam em casa, na cama, e tinham conversado pelo que pareciam ter sido horas, Nick contou a Lottie sobre os pensamentos que teve nos momentos de horror em que pensou que iria cair e morrer no armazém. Lottie ouvia tudo aconchegada na dobra do braço dele, traçando círculos suaves nos pelos de seu peito. Sua voz era grave e sonolenta por causa da medicação para dor que o Dr. Linley insistiu em dar a ele antes de endireitar e colocar talas em seus dedos. Nick só havia obedecido porque Sayer e Morgan ameaçaram contê-lo à força no chão enquanto o médico lhe despejava o remédio garganta adentro.

– Eu nunca quis tanto viver como naquele momento, agarrado àquela madeira podre – disse Nick. – Eu não podia suportar a ideia de nunca mais ver você. Tudo o que eu quero é tempo para passar o resto da minha vida ao seu lado. Tendo isso, não me importo com mais nada.

Murmurando seu amor por ele, Lottie beijou a pele rija e sedosa de seu ombro.

– Você se lembra de quando eu disse que precisava ser detetive? – perguntou ele.

Lottie confirmou com a cabeça.

– Lembro. Você disse que é viciado no desafio e no perigo.

– Pois é, não sou mais – afirmou ele com veemência.

– Graças a Deus – disse Lottie com um sorriso, apoiando-se em um cotovelo. – Porque agora sou um tanto viciada em você.

Nick contornou curva de suas costas, iluminada pela lua.

– E eu finalmente sei o que quero desejar.

Confusa, Lottie olhou para ele, arrastando as longas mechas de seus cabelos pelo peito e pelos ombros dele.

– Não entendi...

– O poço dos desejos – lembrou ele.

– Ah...

Lottie baixou o rosto até o peito dele novamente e aninhou-se nos pelos macios, lembrando-se daquela manhã na floresta.

– Você se recusou a fazer um desejo.

– Porque eu não sabia o que queria. Mas agora eu sei.

– Ah, é? E o que você quer? – perguntou ela com ternura.

Nick passou a mão pelos cabelos de Lottie e puxou sua cabeça para perto.

– Eu quero amar você para sempre – sussurrou ele, pouco antes de seus lábios se encontrarem.

EPÍLOGO

Uma hora após o nascimento de John Robert Cannon, sir Ross levou o filho pequenino até onde amigos e familiares esperavam. Um coro de exclamações suaves e encantadoras saudou o bebê adormecido, enrolado em um cobertor com rendas. Entregando o pacotinho à sua avó sorridente, Catherine, sir Ross foi até uma cadeira e sentou-se nela com um longo suspiro.

Analisando o cunhado, Nick pensou que nunca o vira tão exausto e desencorajado. Sir Ross havia ido contra a tradição e ficado com sua esposa enquanto ela estava tendo o bebê, porque não aguentou esperar do lado de fora enquanto ela passava pelo trauma do parto. Com os cabelos pretos bagunçados e a suprema autoconfiança temporariamente ausente, sir Ross parecia muito mais jovem do que o normal... Um homem comum, que precisava muito de uma bebida.

Nick serviu um conhaque do aparador e o levou até ele.

– Como está Sophia? – perguntou.

– Bem melhor do que eu – admitiu sir Ross, pegando a taça com gratidão. – Obrigado.

Fechando os olhos, ele tomou um longo gole de conhaque, deixando a bebida acalmar seus nervos exasperados.

– Misericórdia, não sei como as mulheres conseguem – murmurou ele.

Tendo em vista a familiaridade nula que tinha em relação ao universo feminino do parto, Nick sentou-se em uma cadeira próxima e o observou com uma expressão confusa.

– Sophia teve alguma dificuldade?

– Não. Mas mesmo o mais fácil dos partos me parece um esforço hercúleo.

Parecendo relaxar um pouco, sir Ross bebeu mais um gole de conhaque. Ele surpreendeu Nick com uma candura incomum.

– Faz o homem ter até medo de voltar para a cama da esposa, pensando no que isso acabará acarretando. Enquanto ela estava em trabalho de parto, eu mal conseguia acreditar que eu era o responsável por fazê-la passar por aquilo – disse sir Ross com um sorriso torto. – Por outro lado, é claro, a natureza mais primitiva do homem acaba vencendo.

Nick olhou para Lottie, consternado. Como as outras mulheres, ela estava olhando para o bebê com ternura; seu rosto estava calmo e radiante. Ela repousou uma das mãos sobre a curva da própria barriga, onde seu filho estava crescendo. Ao sentir seu olhar fixo nela, Lottie ergueu os olhos com um sorriso e enrugou o nariz em uma expressão travessa.

– Maldição – murmurou Nick, percebendo que não estaria em melhores condições do que sir Ross quando o próprio filho nascesse.

– Você vai sobreviver – garantiu sir Ross com um sorriso repentino, lendo seus pensamentos. – E eu estarei lá para servir o conhaque para você.

Os dois trocaram um olhar amigável e Nick sentiu um lapso inesperado de afeto pelo homem que por tantos anos fora seu adversário. Balançando a cabeça com um sorriso de pesar, ele estendeu a mão para sir Ross.

– Obrigado.

Sir Ross retribuiu com um aperto breve e forte, parecendo entender pelo que Nick estava agradecendo.

– Tudo valeu a pena, então? – perguntou ele.

Voltando a sentar-se em sua cadeira, Nick olhou mais uma vez para a esposa, amando-a com uma intensidade que jamais imaginara ser capaz. Pela primeira vez na vida, Nick estava em paz consigo mesmo e com o mundo, não mais atormentado por sombras do passado.

– Valeu – respondeu ele simplesmente, sentindo a alma se iluminar de alegria quando Lottie olhou para ele mais uma vez.

NOTA DA AUTORA

Querido leitor,

Espero que você tenha gostado das minhas histórias envolvendo os famosos patrulheiros da Bow Street. Adorei escrevê-las, e durante a pesquisa obtive informações interessantes. Os patrulheiros eram uma força policial particular cuja existência nunca foi autorizada oficialmente pelo Parlamento. Não eram submetidos a restrições legais ou territoriais, o que significava que faziam as próprias leis. Esse arrojado grupo de caçadores de ladrões foi formado por Henry Fielding, em 1753. Quando ele morreu, um ano depois, seu meio-irmão, John Fielding, o sucedeu como magistrado-chefe.

Após os patrulheiros da Bow Street servirem à comunidade por décadas, o primeiro decreto policial metropolitano foi aprovado em 1829, resultando na criação de uma "nova polícia". O escritório da Bow Street continuou funcionando de maneira independente por dez anos, até o segundo decreto expandir a nova polícia e eliminar de vez os patrulheiros. Eu humildemente peço perdão por ter recorrido a uma licença poética para estender a existência dos patrulheiros por mais dois anos e, assim, atender às necessidades da minha trama.

Também gostaria de comentar o fato de ter incluído uma "cena no chuveiro" em um romance de época, algo que sei ser incomum. Enquanto eu pesquisava sobre encanamento no século XIX, descobri que o duque de Wellington instalou muitos metros de canos para água quente em sua casa ainda em 1833; além disso, no final da década de 1830, o duque de Buckingham já havia equipado sua mansão com chuveiros, vasos sanitários e banheiros. Portanto, é verossímil que Nick Gentry, um próspero cavalheiro de sua época em Londres, tivesse um chuveiro.

Em relação ao processo de renúncia ao título, só foi realmente possível fazê-lo depois da aprovação do ato de nobreza de 1963. Apenas cerca de quinze pessoas renunciaram de fato desde então.

Com amor,
Lisa

CONHEÇA OUTRA SÉRIE DA AUTORA

Os Ravenels

Uma herdeira apaixonada

Viúva ainda jovem, Phoebe já viveu um grande amor e não cultiva mais ilusões românticas. Agora, ela precisa ser prática – e cuidar dos dois filhos pequenos e da propriedade da família. Mas quando vai passar alguns dias no Priorado Eversby, a bela dama se surpreende ao conhecer um cavalheiro incrivelmente charmoso.

Seu encanto se desfaz no momento em que ele se apresenta como ninguém menos que West Ravenel: o homem que tornou a vida de seu falecido marido um tormento. E ela jurou nunca perdoá-lo por isso.

West sabe que é um homem com um passado manchado e que não está à altura de uma mulher como Phoebe, mas, ao conhecê-la, é consumido por um desejo irresistível e um sentimento inteiramente novo. Sem terras nem fortuna, tudo que ele pode lhe oferecer é prazer.

O que West não imagina é que, apesar da aparente ingenuidade, Phoebe está decidida a tomar as rédeas da própria vida. Será que essa paixão esmagadora será suficiente para superar os obstáculos do passado?

Pelo amor de Cassandra

Tom Severin, o magnata das ferrovias, tem dinheiro e poder suficientes para realizar todos os seus desejos. Por isso, quando resolve que está na hora de se casar, acha que deve ser fácil encontrar a esposa perfeita. Assim que ele pousa os olhos em lady Cassandra Ravenel pela primeira vez, decide que ela é essa mulher.

O problema é que a bela e perspicaz Cassandra é tão determinada quanto ele, e faz questão de se casar por amor – a única coisa que Tom não pode oferecer. Além disso, ela não tem o menor interesse em viver no mundo frenético de alguém que só joga para vencer.

No entanto, mesmo com o coração de gelo, ele é o homem mais charmoso que Cassandra já conheceu. E quando um inimigo recém-descoberto quase destrói a reputação dela, Tom aproveita a oportunidade que estava esperando para conquistá-la.

Ao contrário do que pensa, porém, ele ainda não conseguiu o que queria. Porque a busca pela mão de Cassandra pode até ter chegado ao fim, mas a batalha por seu coração está apenas começando.

CONHEÇA OS LIVROS DE LISA KLEYPAS

De repente uma noite de paixão

Os Hathaways

Desejo à meia-noite
Sedução ao amanhecer
Tentação ao pôr do sol
Manhã de núpcias
Paixão ao entardecer
Casamento Hathaway (e-book)

As Quatro Estações do Amor

Segredos de uma noite de verão
Era uma vez no outono
Pecados no inverno
Escândalos na primavera
Uma noite inesquecível

Os Ravenels

Um sedutor sem coração
Uma noiva para Winterborne
Um acordo pecaminoso
Um estranho irresistível
Uma herdeira apaixonada
Pelo amor de Cassandra

Os mistérios de Bow Street

Cortesã por uma noite
Amante por uma tarde
Prometida por um dia

editoraarqueiro.com.br